Janne Loy

Buch:

Lindas große Liebe mit dem sehr viel jüngeren Studenten Jo endete vor vielen Jahren abrupt, ohne dass sich Linda daran erinnern könnte, was damals passiert ist. Wie es scheint, weiß das auch niemand in ihrem Umfeld so genau. Linda zieht sich vom Leben zurück. Schuldgefühle quälen sie. Aber selbst die kann sie nicht einordnen. Mit dem Aufschreiben ihrer Geschichte, die ihre Liebe zu Jo von den Anfängen an beschreibt, hofft sie, der Sache endlich auf die Spur zu kommen. Und dann tritt eine Frau in ihr Leben, die Lindas Welt komplett in Stücke reißt.

Über die Autorin:

Nur ein Schatten von dir ist eine Neuauflage des seinerzeit von Janne Loy veröffentlichten Debütromans Zerronnenes Wachs. Wenn Janne nicht schreibt, fährt sie gerne mit dem Fahrrad durch Felder und Wiesen oder geht spazieren, am liebsten am Meer. Die gebürtige Nordwalderin wohnt in Borghorst und arbeitet in der Romanistik der Uni Münster.

Janne Loy

Nur ein Schatten von dir

Trau dir nicht!
Nichts ist so, wie es scheint.

Roman

www.janne-loy.de

Taschenbuch

Neuauflage von Zerronnenes Wachs

Dieser Roman ist auch als E-Book erschienen.

Bibliografische Information der Deutschen Nationalbibliothek: Die Deutsche Nationalbibliothek verzeichnet diese Publikation in der Deutschen Nationalbibliografie; detaillierte bibliografische Daten sind im Internet über dnb.dnb. de abrufbar.

Die automatisierte Analyse des Werkes, um daraus Informationen insbesondere über Muster, Trends und Korrelationen gemäß §44b UrhG („Text und Data Mining") zu gewinnen, ist untersagt.

© 2024 Janne Loy

Covergestaltung: Rebecca Südfeld

Lektorat, Korrektorat: Stefanie Nowack

Satz: Affinity Publisher durch Rebecca Südfeld

Herstellung und Verlag: BoD – Books on Demand, Norderstedt

ISBN 978-3-7583-7280-3

Diese Geschichte ist für alle, deren große Liebe ohne jegliche Anzeichen von heute auf morgen nicht mehr auffindbar ist. Zunächst jedenfalls.

Vor allem für diejenigen, die es niemals fassen können.

»Bei dem Gefühl des Unvermeidlichen lief es mir eisig über den Rücken. Dieses Lachen nie mehr zu hören. Ich konnte diesen Gedanken nicht ertragen. Für mich war es wie ein Brunnen in der Wüste.«

(Der kleine Prinz)

Und unter den dicksten Bäumen im
Wald ist bestimmt ein ehemaliger Lichtmann, der alles in der Welt überschaut
und behütet. Und ganz oben in den
Baumkronen wohnen die Feen in Blätterhütten und fliegen tagsüber unsichtbar
umher. Und dann flüstern sie einigen
Menschen ins Ohr, keine Angst vor der
Liebe zu haben.

(AUSZUG AUS LINDAS MÄRCHEN)

PROLOG

Bis zu meiner Lebensmitte klopfte in größeren Abständen ein neues Glück an meine Tür, kam herein, legte den Mantel ab, setzte sich und verschwand nach einiger Zeit wieder. Dann und wann hinterließ es Spuren, die traurig oder komisch oder befremdlich waren, vereinzelt verlosch es spurlos. Zuletzt aber hinterließ es Risse in meinem Herzen, die nicht zu heilen vermögen. Es braucht Mut, etwas loszulassen, was einmal das Entscheidende im Leben war. Täglich denke ich an einzelne Stunden, Wochen oder Monate meines Lebens, die erfüllt waren von Zufriedenheit und Wohlgefühl, aber gleichwohl von meinem alles vernichtenden Misstrauen. Mein Gefühl sagt mir, dieses Misstrauen stehe womöglich in Verbindung mit dem Verlust der größten Liebe meines Lebens, auch wenn ich den Zusammenhang noch immer nicht erkennen kann.

Lange ist es her, dass ich damit begonnen habe, alles aufzuschreiben, aus dieser Phase meines Lebens, in der ich für kurze Zeit wirklich glücklich war. Fast ist es beendet, mein Werk. Seit Jahren schon. Fast! Was ich nicht hinbekomme, ist der Abschluss meiner Geschichte. Immer wieder hole ich mein Skript hervor und versuche es. Jahrelang. Aber ich kann mich an diesem einen Punkt, genau der, der das Ende meiner großen Liebe beschreiben soll, nicht mehr richtig konzentrieren. Ich bin da plötzlich nicht mehr bei der Sache. Meine Erinnerung lässt mich im Stich. Immer. So oft ich mein Gedächtnis auch ermahne, es auffordere, mich nicht länger hinzuhalten, es will sein Geheimnis für sich behalten.

Auch an diesem sonnigen Spätsommertag sitze ich mit Stift und Papier auf meiner kleinen Veranda, sinne über das Ende meiner Liaison nach, schaue währenddessen auf das unglaublich schöne Grün der umliegenden Felder, betrachte das Blumenmeer in Annas Garten, die beiden Hinkelsteine in meinem, die Dahlien neben dem Apfelbaum … Da brennt sich auf einmal ein verändertes Bild in meinen Kopf. Die Wiesen verlieren ihr prahlerisches Grün, werden blasser, verschwommener, die Gräser höher, uneinheitlicher. Schmale, buckelige Pfade führen zum teils sandigen, teils steinigen Ufer eines Flusses, der Maade.

DAS MANUSKRIPT

1

Wilhelmshaven – damals, vor vielen Jahren

Aushilfe gesucht

Obwohl es bereits Ende April war, hatte der Frühling sich bislang nicht durchsetzen können. Bis gestern noch hatte der Winter ihn fest im Griff. Heute war der erste sonnendurchflutete Tag. Das war normalerweise wunderbar stimulierend, aber ich fühlte mich auf eigenartige Art energielos. Es war Montagvormittag. In meinem Büro in einer Reiseagentur am Rande von Wilhelmshaven, die neben Sport- und Abenteuerurlauben auch Gruppenreisen und Klassenfahrten an die Strände Portugals und die französische Küste organisierte, grübelte ich gerade über der Vorbereitung eines Ferientrips für eine Pfadfindergruppe, die im Juni ins warme Portugal wollte und nahezu täglich neue Anforderungen stellte oder die Zahl der Teilnehmer immer wieder änderte. Normalerweise bin ich ein geduldiger Mensch, aber die Reise für diese Truppe, die sich Skipping Squirrels nannte, war kaum planbar und die Bande sowie die beiden Gruppenleiter schafften es, meinen Reizbarkeitsspiegel mit ihren Anforderungen komplett an den Anschlag zu bringen. Außerdem konnte ich mich heute wieder einmal nicht konzentrieren. Meine Gedanken schweiften ständig zum Fenster hinaus, weit, weit davon. Ich würde mich mal wieder durch den Tag träumen, wie so oft. Ich plante Reisen in die Sonne. Dabei sehnte ich mich selbst nach Sonne und Wärme. Und nach noch etwas: Meinem Traummann, mit dem sich nach einem Streit noch kuscheln ließ, einem, der mir abends etwas vorlas oder den Rücken streichelte, während ich langsam und behaglich einschlafen durfte, der unter dem Sternenhimmel Schampus mit mir trank und der Bücher liebte.

Das nervige Gepiepe meines Faxgerätes riss mich aus meinen Gedanken. Ich fuhr aus meinem Drehstuhl hoch, streckte meinen linken Arm über einen Haufen noch zu bearbeitender Rechnungen und riss ungeduldig das vom Gerät ausgespuckte Schreiben heraus. Ich ahnte schon, wer der Absender war. Und genau. Als der Schriftzug der Skipping Squirrels sowie darunter die auffallend große Betreffzeile ALLGEMEINE ERWARTUNGEN an das Küchenpersonal während unseres Sommerlager-Aufenthaltes meine Augen quälte, rechnete ich gleich mit etwa hundert-siebenundfünfzig kuriosen Sonderwünschen und stöhnte hörbar auf.

»Doch nicht hier, Linda. Und dann so laut!«, hörte ich Juliane im Büro nebenan fröhlich lästern.

Die Schwelle, an der man regelrecht platzt, wenn jemand etwas Ironisches oder Zweideutiges sagt, war bei mir soeben erreicht und ich fuhr sie an:

»Juliane, verdammt. Kannst du dich bitte einmal mit deinen saublöden Kommentaren zurückhalten?«

Da stand die Frau mit dem allzeit perfekten Äußeren auch schon in meinem Büro. Sie schüttelte ihre kinnlangen, platinblonden Locken, die ihr sorgfältig geschminktes Gesicht umrahmten.

»Begeisterung liegt bei dir heute nicht gerade in der Luft, was? Schlecht geschlafen, Süße?«

Schlecht geschlafen hatte ich allerdings, und zwar aufgrund der vielen Arbeit, die im Büro auf mich wartete.

»Jawohl, das auch«, fauchte ich zurück.

»Du musst mir mit deiner miesen Laune aber nicht den Tag verderben.« Juliane baute provozierend ihre dürre Statur dicht vor mir auf, stemmte ihre Hände in die Hüften, wobei sie ihre überlangen, violett lackierten Fingernägel zur Schau stellte, und zog eine hämische Schnute, um kurz darauf beschwichtigend zu lächeln. »Wenn du zu viel um die Ohren hast, sag Bescheid. Rieke kann dir sicher zur Hand gehen.«

Rieke, die den frischen, herzlichen Menschentyp repräsentierte und unter Julianes Obhut eine Ausbildung zur Reiseverkehrskauffrau machte, war mit ihren neunzehn Jahren das Küken in der Agentur. Manchmal half sie mir auch ein wenig, kopierte etwas für mich oder kümmerte sich um die Ablage.

»Na gut. Sie könnte ein paar Briefe zur Post tragen und Geld für die Handkasse von der Bank holen«, sagte ich grantig und ohne Dankbarkeit.

Juliane zog ihre schmächtigen Schultern hoch und seufzte.

»Ich merk' schon. Du bist heute ungenießbar.«

»Kann vorkommen«, muffelte ich weiter.

Ohne sie anzusehen, nahm ich das Fax der Pfadfinder widerwillig zur Hand und schaute darauf, las aber gar nicht. Mein Kopf war schon wieder mit Grübeln beschäftigt. Wer war ich? Durchschnitt. Eine Tagträumerin. Schönträumerin. Nicht unbedingt der Frauentyp, der Männer dazu bringt, augenblicklich zu entflammen. Mein Haar war von hellem Honigblond und ich trug es lang bis zur Brust, wenn mein Kollege Torsti und Juliane auch meinten, das sei nicht mehr altersentsprechend. Zu meiner kleinen Welt gehörten zwei erwachsene Kinder, die mittlerweile ihr eigenes Leben lebten. David schlug sich als freier Journalist in den

Niederlanden durch und wohnte mit seiner Freundin zusammen. Natalia arbeitete als Krankenschwester in Hamburg, kam wegen enormer potenzieller Verpflichtungen eher selten zu Besuch und wechselte ihre Männer so regelmäßig wie ihre Zahnbürste.

Irgendwie schien das mit den Frauen in meiner Familie und den Männern nicht so richtig zu klappen. Unbeirrt gab ich selbst dem aufgeweckten, sensiblen Typ den Vorzug, lieber mäßig schüchtern als zu vorlaut oder aufdringlich. Aber diese Art Mann war offenbar ausverkauft oder für andere Frauen reserviert. Bei mir schien diesbezüglich etwas falsch programmiert zu sein. Nahezu immer hatte mir das Leben den rücksichtslosen Helden zugespielt, den Hasserfüllten, der von seinem eigenen Gift verätzt, nicht mehr imstande war, jemanden zu lieben, oder den gefühlsarmen Vernunftmenschen, für den Sex kein Genuss, sondern eine Notwendigkeit wie regelmäßiger Stuhlgang war. Vergessen habe ich auch nicht den an geschlechtlicher Liebe gänzlich Desinteressierten, der sich seine Langeweile mit Holzfiguren schnitzen oder Nüsse sammeln in freier Natur vertrieb. Ich stellte mir häufig vor, vielleicht hielte das Universum an verborgenem Ort einen dicken Baum versteckt, behängt mit Urformen meiner Wunschkategorie und es existierte ein geheimes Spiel, nämlich zu erraten, wie ich mir einen davon pflücken konnte. Sollte meine esoterische Fantasie stimmen, war ich gewiss keine gute Spielerin.

Vorgestern Nacht wieder. Ich war aus. Tanzen. Hatte solche Lust verspürt, für eine Nacht die Welt mit meinen Händen aufzusammeln und an etwas anderes zu denken als an Stand-by-Flüge, desolat verlaufende Gruppenreisen und beunruhigende Kontoauszüge. Später fand ich mich in einer schmucken Männerwohnung, die einem recht galant scheinenden Mann namens Sven gehörte. Ich war wohl verrückt gewesen, einfach mit ihm zu gehen. So profimäßig, wie er uns Wein einschenkte, so gelassen wie er mir das korrekt gefüllte Glas reichte, die Unbefangenheit, mit der er nach dem ersten Schluck unter mein Shirt griff und mir auf spielerische Weise das Teil vom Leib riss, die schöpferische Energie, mit der er sich selbst entblößte, um den Koitus zu vollziehen, all das erinnerte mich an die routinemäßige Sachverständigkeit eines erfahrenen Draufgängers. Ich spürte ungeduldige Routine zwischen seinen Lippen, die ungeduldige Routine seiner Hände, ungeduldige Routine beim Überstülpen des Nahkampfgummis. Sodann kletterte er in Position, schaukelte und vibrierte mit verkrampfter Gesichtsmuskulatur gefühlte drei Sekunden auf mir und – eins, zwei, drei, zack – war er fertig. Rollte sich weg. Stand auf. Ließ mich liegen. Lief ins Bad. Ich hörte den Wasserhahn laufen. Als er zurückkam, stand ich bereits wieder fix und fertig angezogen vor seinem luxuriösen Scheiß-Angeber-Wasserbett und bat ihn, mich nach Hause zu fahren. Missmutig griff er nach seinen Klamotten, wobei er sich tatsächlich nicht nehmen ließ zu fragen, ob wir uns noch einmal wiedersehen. Ich verneinte. Seine Schuhe schepperten auf dem grauen Laminatboden, als er sich zu mir umdrehte und mich fassungslos ansah. Er rief ein Taxi und wir sprachen kein Wort mehr, während wir darauf warteten.

Es passierte manchmal, und nur dann, wenn eine Übellaunigkeit mich in den Arm nahm, dass ich ein kleines bisschen eifersüchtig auf Juliane war. Das Leben offerierte ihr scheinbar alles, um glücklich zu sein und bot ihr meiner Meinung nach nur wenig Grund zur Unzufriedenheit. Sie hatte bewusst reich geheiratet, woraus sie nie ein Geheimnis machte. Im Gegenteil. Sie war stolz auf ihr Attribut in Form eines angesehenen und gutverdienenden Chefarztes. Ihr Herz hing auffällig an materiellen Dingen. Juliane liebte Statussymbole und teure Klamotten. Anerkennung und Bewunderung waren für sie sehr wichtig, weswegen sie ihren anstrengenden Büroalltag wunderbar meisterte, ohne sich jemals zu beklagen. Lange Zeit hatte sie als Sprechstundenhilfe für ihren jetzigen Ehemann, den Chefarzt der Inneren Abteilung in der Reinhard-Nieter-Klinik, gearbeitet. Eines Tages hatte sie jedoch Lust bekommen, einmal etwas anderes zu probieren, als im Krankenhaus die Routinearbeiten zu erledigen. Ihr Mann war seit Langem mit Vincent, dem zweiten Geschäftsführer des Reisebüros, in dem ich arbeitete, befreundet und so hatte Juliane rasch eine neue Aufgabe und fing zunächst als Vincents Sekretärin bei uns an. Ohne viel eingearbeitet worden zu sein, war sie in allem, was zu ihren Aufgaben gehörte, perfekt, weswegen Vincent sie schon bald zur Büroleiterin beförderte. Ihrem Mann half sie häufig noch samstags oder sonntags im Sprechzimmer aus, wenn es auf der Inneren Abteilung besonders viel zu tun gab und wegen des Wochenendes die beiden regulären Arzthelferinnen nicht anwesend waren. Zwar konnte man über Juliane, was ihr mangelndes Einfühlungsvermögen betraf, oft nur den Kopf schütteln, aber grundsätzlich hatten wir sie schon gern, immerhin war sie immer hilfsbereit.

Plötzlich hatte ich ein schlechtes Gewissen wegen meiner Schroffheit.

»Sorry. Ich bin heute leicht reizbar, Juliane.« Ich hob entschuldigend die Schultern und lächelte krampfhaft. »Die Skipping Squirrels, du weißt schon. All die Extrawünsche und die schon im Vorfeld der Gesamtplanung telefonisch avisierten Bedenken hinsichtlich der Mahlzeiten, der Qualität und Quantität der Betten und, und, und …«

Sie grinste breit. »Lass dich von denen nicht unterkriegen. Zeig Enthusiasmus bei deiner Arbeit. Gib Feuer. Antworte fröhlich und bestimmt, wenn jemand dich am Telefon anmeckert. Ich kann mit allen Kunden umgehen, ob anstrengend oder nicht«, prahlte sie und schwebte stilvoll aus dem Raum.

Ich drehte mich zu meinem Schreibtisch um und schnaufte. Am liebsten hätte ich ihr etwas nachgeworfen. Da legte sich beruhigend eine Hand auf meinen Oberarm. Ich hatte Isa gar nicht kommen hören.

»Du kriegst das hin mit diesen Pfadfindern, Linda.« Und im Flüsterton: »Lass Juliane doch reden, was sie will.«

Ich zwinkerte ihr unwillkürlich zu. Isa hatte recht. Julianes große Klappe war sicher auch manchmal nur Schein.

»Gefällt's dir?« Isa drehte sich im Kreis. »Neu, diese Hose.«

»Hey. Top! Du trägst Jeans! Wie kann das sein?«, lachte ich.

Ich war überrascht. Isa verbarg ihre etwas rundliche Gestalt zu oft unter wallenden Gewändern, die sie fülliger erscheinen ließen, als sie war. Diese dunkle Jeans und die schlichte weiße Bluse dazu standen ihr gut. Die blauen Strähnchen in ihrem kurzen schwarzen Haar mochten bei dem einen oder anderen nicht zu Unrecht den Anschein von Nonkonformismus erwecken, jedoch war Isa in erster Linie authentisch und warmherzig.

»Nora hat mir die Jeans aufgeschwatzt.«

»Hat sie gut gemacht. Lass dich öfter von ihr beschwatzen.«

Isa grinste. »Ich überleg es mir. Sie kommt heute Abend noch bei mir vorbei. Sie will mir zeigen, was sie nun endlich für Finn gekauft hat.«

Nora war Isas 30-jährige Tochter, alleinerziehende Mama zweier reizender Mädchen und seit mehr als einem Jahr heimlich verliebt in ihren Lehrerkollegen Finn. Soweit meine Informationen reichten, versuchte Nora verzweifelt, für Finn ein passendes Geschenk als Dank für dessen Hilfe beim Tapezieren ihrer Küche zu besorgen, tauschte allerdings alle erstandenen Objekte aus Unsicherheit erst einmal wieder um.

»Den Bildband über Norwegen hat sie also auch nicht für ihn behalten?«

»Nee. Hat sie nach reiflicher Überlegung in die Buchhandlung zurückgebracht.« Isa knautschte die Lippen. Man merkte ihr an, dass sie ihre Tochter auch nicht so ganz verstand, aber mitfühlte.

»Nora sagt zwar, dass Finn Norwegen liebt, aber sie meinte, da er schon ein paar Mal dort war, erübrige sich vermutlich ein Bildband. Es müsse etwas anderes her. Etwas Geschmackvolles, aber nicht zu aufwendig, damit es nicht anbiedernd wirke.«

»Herrje. Sie macht es sich wirklich nicht leicht.«

»Nora fürchtet sich davor, dass Finn hinter ihre Verliebtheit kommt und sie auslachen könnte. Sie geht fest davon aus, dass er ihre Gefühle nicht erwidert. Mir tut sie so leid.«

Ich zuckte mit den Schultern und drückte Isa schnell. Was sollte man da machen? Jeder Ratschlag käme einer Anmaßung gleich.

Isa und Juliane waren meine engsten Kolleginnen, doch Isa war mir besonders vertraut und wichtig. Wir drei standen in der Mitte des Lebens, hatten unsere jugendliche chronische Sexyness im Großen und Ganzen hinter uns gelassen und trugen stattdessen die uns in den Jahren als feine Fältchen in unseren Gesichtern dokumentierten Freuden und Blessuren umher.

Juliane und Isa arbeiteten im Büro nebenan, waren im Grunde nur Vincent, unterstellt.

Isa war nur halbe Tage im Büro. Zusammen mit Torsti kümmerte sie sich um Einzelreisende.

Torstis unrasiertes Gesicht schaute gerade zu uns herein.

»Ist Hannes heute gar nicht da?«, fragte er in einem Jammerton.

»Der ist bestimmt noch beim Zahnarzt«, mutmaßte Isa. »Ich komm sofort und helfe dir bei den Reservierungen, Torsti.« Sie klopfte mir noch mal ermutigend auf die Schulter. »Ich mach mich an die Arbeit. Bis gleich.«

Mein Blick huschte zu Torstis Kopf, der durch die Tür um die Ecke lugte, bis Isa bei ihm war. Seine vollen dunklen Haare wirkten wieder einmal ungewaschen. Dicke Ringe unter seinen Augen verdarben seinen warmherzigen Gesichtsausdruck. Es war uns allen klar, dass er Probleme hatte, er sprach aber nie darüber. Höchstens mit Hannes.

Unser Hannes mit der Riesenbrille kümmerte sich um die Organisation neuer Reiseziele, buchte für Abenteurer Rucksacktouren, Kletterurlaube, Segeltörns. Er sprach nicht viel, kam, grüßte, machte sich an die Arbeit und ging wieder. Hin und wieder versuchte ich, ein wenig mit ihm zu schwatzen. Aber es funktionierte nicht. Funktionierte bei keinem von uns – mit einer Ausnahme. Mit Torsti kam er prima aus. Torsti war handwerklich sehr geschickt und hatte Hannes im Jahr zuvor kräftig beim Hausbau unterstützt. So hatte sich eine Art Freundschaft zwischen den beiden entwickelt. Auf der Arbeit redeten sie nie privat, aber in der Freizeit trafen die beiden sich manchmal auf ein Bierchen. Was Torsti betraf, waren es in der Regel mehrere Bierchen.

Benedikt, Vincents Partner und der andere Geschäftsführer des Reisebüros sowie mein unmittelbarer Chef, war selten anwesend, sodass ich für nahezu alles allein verantwortlich und in gewissem Grade auch haftbar war. Ich liebte meinen Job, war auch stolz angesichts der Verantwortung, die mein Chef mir übertragen hatte. Doch manchmal wurde es mir einfach zu viel. Benedikt war die meiste Zeit des Jahres irgendwo in Europa unterwegs, um neue Ziele für unsere Gruppenreisen zu entdecken. Gestern Abend jedoch rief er mich zu Hause an, um mir zu sagen, dass er heute kommen wolle, um nach dem Rechten zu sehen. Als ob ich mich nicht eh' um alles allein kümmern musste! Bis er eintrudelte, wollte ich wenigstens noch den Bettenplan für das Pfadfinderlager fertigstellen.

Zum Frühjahr hin war im Büro immer Hochkonjunktur, sodass ich jedes Jahr einen mir geeignet erscheinenden Studenten einstellte, der mir zunächst im Büro half und über den Sommer für uns in Frankreich als Animationskraft oder Surflehrer arbeiten konnte.

Der junge Mann, der mich nun fröhlich begrüßte, war einer meiner Kandidaten für dieses Jahr. Er nahm sein Käppi ab, kam auf mich zu und gab mir die Hand. Seine Stimme, seine offenen Gesichtszüge und sein beflügelter Gang ließen mich an eine Kombination von Sensibilität, Stärke und Beherztheit denken.

»Hallo. Schön, dass du heute Zeit hast. Ich bin Linda. Ist das du okay für dich?«

»Aber sicher. Ich bin Joe-Niklas Zacharias. Meine Kumpels sagen Joe oder Nick. Zacharias können wir unter den Tisch fallen lassen.«

»Dann nenn' ich dich einfach Joe.«

In mein Herz drängten komplexe romantische Töne, als ich ihm einen Platz anbot und fragte, ob er lieber Kaffee oder Saft trinken wolle. Er entschied sich mit einem hinreißenden Lächeln für Kaffee.

Ich rief nach Rieke. Gleich schritt sie beschwingt durch die Tür, fragte nach meinen Wünschen, nickte fröhlich und rauschte pfeifend wieder hinaus.

Indessen fühlte ich, wie sich Joes überwältigende Aura in meine Seele sog. Immer wieder strich ich mir verlegen eine Haarsträhne aus dem Gesicht, während ich mit ihm zunächst über den schönen Frühlingstag und derlei Smalltalk-Banalitäten plauderte.

Rieke hatte sich mit dem Service beeilt, sogar für Brötchen gesorgt. Ihre Sommersprossen tanzten in ihrem Gesicht, als sie belustigt schmunzelte, weil ein frecher Spatz durch das geöffnete Fenster in den Raum geflogen kam und seltsam furchtlos meinen Arbeitsplatz inspizierte, gerade in dem Moment, als sie das Tablett vor uns auf den Tisch stellte.

»Darf ich?« Joe war aufgestanden und deutete auf eines der Körnerbrötchen.

Ich nickte. Ungeniert griff er danach, zerbrach es behutsam im Stehen und zerkrümelte ein Stückchen auf einen Teller, den er auf die Fensterbank stellte, während er sich sachte ein paar Schritte rückwärts entfernte, sich für zwei Sekunden zu uns umdrehte und konspirativ einen Finger auf seinen Mund legte. Er wandte uns wieder den Rücken zu und zwitscherte. Mein Ernst, er konnte perfekt zwitschern. Aufmerksam verfolgte ich sein Tun und kicherte, als wäre ich vierzehn. Gleichzeitig machte ich mir Sorgen um Rieke, die vor Lachen zu ersticken drohte. Was den Spatz nicht daran hinderte, auf den Teller zu hüpfen und die Krumen aufzupicken. Wie Joe da von mir abgewandt vor dem Fenster stand … Wow!

Ich nutzte die den Augenblick, um meinen Blick gemächlich über seinen Rücken wandern zu lassen, ohne dass es auffiel. Ich betrachtete sein Haar, das dem sanften Braun von guter Vollmilchschokolade glich und in leichten Wellen seinen Kopf umschmeichelte. Angeregt durch die entzückende Ansicht wünschte ich, dass der Spatz noch etwas blieb. Bedauerlicherweise funktionierte die Telepathie zwischen dem Vogel und mir nicht, und er flog davon, so flugs, wie er hereingeflogen war.

Juliane lugte herein, hatte Riekes Gelächter vernommen und wollte auch Anteil an unserem Spaß nehmen.

»Was ist denn bei euch los? Weswegen gackert ihr so herum?«

»Hey Juliane. Alles okay. Wir sind einfach gerade ein bisschen ausgelassen.«

Sie musterte in Sekundenschnelle erst Rieke, die sich nur schwer wieder einkriegen und deshalb nicht sprechen konnte, und dann Joe. Augenblicklich schaute sie mich an, etwas säuerlich und gleichermaßen fragend. Ich verspürte keine Lust auf Erläuterungen, und lediglich anstandshalber stellte ich ihr meinen Bewerber vor.

»Das ist Joe-Niklas. Er interessiert sich für den Job an unserer Surfschule.«

»Hallo.« Höflich ging Joe auf sie zu und gab ihr die Hand.

Sie fixierte ihn mit neugierigem Blick und schüttelte flink ihre wilde Haarmähne auf. Ihr puppenhaftes Antlitz neigte sich schwach nach links und präsentierte ihm ihr kokettestes Lächeln, während sie lasziv eine Locke ineinander drehte, ganz so, als wolle sie ihn schon auf eine heiße Nacht einstimmen.

Ich verscheuchte sie.

Das Bewerbungsgespräch verlief dermaßen wünschenswert, dass ich mir keine ausgezeichnetere Hilfe im Büro und keinen geeigneteren Surflehrer für unsere Frankreichurlauber vorstellen konnte. Joe studierte Sport, Biologie, insbesondere Ornithologie und Meeresbiologie. Er berichtete, Französisch habe er nach zwei Semestern aufgegeben, um sich mehr auf die anderen Fächer konzentrieren zu können. Er surfe leidenschaftlich gern und mit Bedacht auf die Semesterferien wäre es ihm gut möglich, von Juli bis Oktober in Frankreich seine Surfkenntnisse weiter zu vermitteln.

Ich war angetan von seinen Augen, die farblich zwischen stein- und moosgrau changierten und einen lodernden Scharfsinn verrieten. Und das sagte ich ihm. Sofort wunderte ich mich über meine Kühnheit. Deswegen täuschte ich einen kleinen Husten vor, damit er mein Erröten hoffentlich hierauf zurückführen würde.

Alles in allem mutmaßte ich, dass dieser charmante und anregende Mann ernsthaft erwog, die Welt zu entern.

Die anderen Bewerber für den Surflehrer-Job lud ich erst gar nicht ein. Ich wollte Joe-Niklas.

Schon zwei Tage später half er mir im Büro. War er bereits morgens da, sortierte er Kontoauszüge, mittags verfasste er kleinere Angebote und nachmittags akquirierte er telefonisch und sehr erfolgreich neue Kunden.

Morgens betrachtete ich ihn verstohlen von der Seite, mittags sah ich liebevoll an ihm entlang, nachmittags war ich voller Sehnsucht. Und abends machte ich mir Gedanken, ob ich verrückt geworden war.

»So eine Sch ...«

Manchmal schaute Joe mich leicht verlegen an, sagte aber anfangs nicht viel.

LAUENBURG

Gegenwart

1

Warnzeichen

Gleich heute Morgen, kurz nach dem Aufwachen durchzuckt mich eine Ahnung, dass mich etwas Unerwartetes einholen würde. Seit Jahren hat mein Leben nur noch etwas mit, sagen wir, hinnehmen zu tun. Ich habe mich daran gewöhnt, manchmal ohne Anlass von einer Unruhe oder außergewöhnlichem Herzklopfen gestresst zu werden, aber das verflüchtigt sich in der Regel schnell wieder. Jetzt jedoch ergreift mich eine unnatürliche Nervosität, die ich in dieser Form vorher noch nie gespürt habe.

Es mag wohl an meiner unruhigen Nacht liegen. Ich erinnere mich, wie ich in meinem Traum gefangen, vom Bett aus durchs Fenster am Himmel etwas Blinkendes wahrnahm. Unmittelbar dachte ich an eine Sternschnuppe. Doch das Ding war viel zu rund. Ich glaubte, einen riesigen Stein zu erkennen. Und dieser Brocken trieb mit zunehmender Geschwindigkeit auf mein Fenster zu. Er schien direkt auf mich zu zu gleiten und zu wachsen, je näher er kam. Erschrocken, beide Arme schützend über meinem Kopf verschränkt, duckte ich meinen Kopf unter ein Kissen. Jeden Augenblick erwartete ich ein Klirren und das Splittern von Glas. Stattdessen begann draußen etwas laut zu dröhnen. Ich riss ich meine Augen auf. Noch realisierte ich nicht, dass ich in meinem Bett lag, außer Gefahr war. Furcht brannte in mir, lähmte meine Beine, die ich in diesem Augenblick nicht mehr spürte.

Da fuhr mir plötzlich ein zärtlicher Wind über meine nackten Arme und bereitete dem Schrecken ein Ende.

Erleichtert nahm ich die zartgrünen, transparenten Vorhänge wahr, die sich vor der offenen Balkontür im Wind bauschten. Ich atmete auf, blieb aber erschöpft liegen.

So verweilte ich einen kurzen Moment, eine Hand auf dem linken Knie, mein Kopf ruhte in der anderen. Ich zitterte noch, obwohl mir nicht kalt war. Mit dem Zipfel meiner Bettdecke wischte ich mir den Schweiß von der Stirn. Was träume ich auch dauernd für einen Mist! Fröhliche Sonnenstrahlen erwärmten mein Schlafzimmer. Gestern noch hat es erbarmungslos geregnet.

***

Von draußen ertönt immer noch das nervige ratternde Geräusch. Blick auf meinen Wecker. Es ist schon nach neun. Ich muss aufstehen. Ich schaffe es nur schwer hoch. Die Arthrose in meinen Hüften und Knien macht mir zu schaffen. Ich schleppe mich ins Bad und auf die Toilette. Putze meine Zähne. Schleiche unter die Dusche, wo ich den Brauseschlauch aufdrehe und mich auf dem an den Fliesen angeschraubten Sitzbänkchen niederlasse. Es tut mir gut, mir im Sitzen die Haare zu waschen, meine schlaffe Haut einzuseifen und zu versuchen, mit voll aufgedrehtem Duschkopf den Schrecken meines Traums fortzuschwemmen. Warm und kräftig fließt das Wasser an meinen Brüsten hinunter, die ihre Jugendlichkeit schon lange eingebüßt haben und nun zwei luftleeren Ballons gleichen. Währenddessen hoffe ich vergeblich auf das Nachlassen meiner Unruhe.

Später schlüpfe ich in meine Lieblingshose und zupfe ein ärmelloses Shirt aus dem Schrank, das ich gern trage.

Im Wohnzimmer sperre ich die Terrassentür auf, um durchzulüften. Meinem liebenswerten Kumpel Joe rufe ich ein herzliches »Guten Morgen!« zu. Er ist es, der da draußen mit der Säge herumhantiert und mich wegen des lauten Motorengeräusches nicht hören kann.

***

Mein Blick durchs Küchenfenster schweift vorbei an reglosen Wolken, hellblau, mit wolligen weißen Rüschen, unter die weiter entfernt endlos erscheinende grüne Wiesen schlüpfen. Es ist ein warmer, aber windiger Septembertag. Die letzten Reste des Sommers wetteifern noch mit dem sich ankündigenden Herbst. Da sehe ich den Briefträger, der gerade etwas in meinen Postkasten wirft. Ich beobachte belustigt, wie er anschließend pfeifend weiter schlendert. Die Sonne weckt die Heiterkeit in den Menschen.

Von dem freistehenden knallbunten Säulen-Briefkasten, ein Flohmarkt-Mitbringsel meiner verstorbenen Freundin Isa, werde ich mich niemals freiwillig trennen. Mein Postständer wird umschwärmt von einer Gruppe lachsrosa Teehybriden, die meinen Vorgarten auffrischen, aber im Kasten landen seit Jahren für gewöhnlich nur Werbung, Kataloge und dergleichen. Papier, mit dem ich mich üblicherweise zum Zeitvertreib eine Weile beschäftige und das ich dann in den Müll befördere. Postkarten und Briefe bekomme ich ausgesprochen selten. In der heutigen Zeit wird doch nur noch über E-Mail, meistens sogar nur noch mit dem Handy mithilfe dieser rätselhaften WhatsApp kommuniziert. Ich vertraue diesem ganzen technischen Kram nicht. Umso mehr wundere ich mich über diesen Umschlag, den ich soeben in meinem Postkasten finde. Mitsamt den üblichen Werbeprospekten trage ich ihn in die Küche und lege ihn auf der Anrichte. Der Absender ist eine Olivia Herzbeck aus Wilhelmshaven. Ich kenne niemanden mit diesem Namen. Da bin ich mal gespannt.

28

Zuerst werde ich mir aber einen Tee machen, Lavendel und Melisse zur Beruhigung, mit einem Schuss Zitrone. Ich stelle den Wasserkocher an, krame in der Tee-Box nach dem richtigen Beutel, übergieße diesen mit kochendem Wasser und zünde eine duftende Kerze an. Während sich die kleine Flamme schaukelnd in der Fensterscheibe spiegelt, fällt mein Blick auf Joe, der in meinem Garten wütet und gerade die langen Äste meines Apfelbaumes zurückschneidet. Sein Haar ist inzwischen ganz grau, aber er ist immer noch gesund und fit, bis auf seine Herzrhythmusstörungen. Aber die hat er mit seinen Betablockern gut im Griff. Ich betrachte sein Gesicht beim Arbeiten. Es hat sich in den vielen Jahren, seit ich ihn kenne, kaum verändert. Vor langer Zeit war ich einmal mit ihm zusammen. Ich habe ihn sehr geliebt. Aber dann ist etwas dazwischengekommen. Damals spielten Misstrauen, Zweifel und die Besorgnis um mein eigenes Image ein gemeines Spiel mit mir und überzeugten mich davon, dass ich kein Recht hatte, ihn zu lieben. In Wirklichkeit war die Zeit mit ihm etwas Wertvolles, ein Gut, das ich hätte schützen müssen. Heute ist das alles nicht mehr ganz so schlimm für mich. Joe kommt mich regelmäßig besuchen, um mich zu fragen, ob er mir bei diversen Dingen behilflich sein kann oder ob er mir etwas aus der Stadt besorgen soll. Manchmal bleibt er auch ein Stündchen zum Plaudern oder um mir etwas vorzulesen. Inzwischen ist er längst verheiratet und hat zwei fabelhafte Söhne.

Ich warte ein paar Minuten, bis der Tee durchgezogen ist, nehme dann die dampfende Tasse, greife nach dem Brief und setze mich an den Küchentisch, ein altes, aber wunderbar stabiles und guterhaltenes Exemplar aus zimtfarbenem amerikanischen Nussbaum. Der würzige Duft des Tees schlüpft in meine Sinne und ich genieße ihn in behutsamen Schlucken. Ein Brot kann ich mir auch nachher noch schmieren.

»Ach! Du Vergessliche!«, schimpft eine innere Stimme mit mir. »Um deine Post zu lesen, musst du leider wieder aufstehen.«

Richtig. Denn meine Augen sind schlechter geworden im letzten Jahr. Die Lesebrille ist inzwischen mein wichtigstes Utensil. Und die liegt jetzt wo? Moment, … im Bad? Nein, da habe ich gar nichts gelesen. Im Wohnzimmer auf dem Sideboard könnte sie sein.

Ich stehe auf, ziemlich lahm, und stütze mich dabei auf der Tischplatte ab. Die Arthrose! So mobil wie einst bin ich heute nicht mehr.

Im Wohnzimmer werde ich tatsächlich fündig, nehme die Brille von der Kommode und gehe zurück in die Küche, wo ich mich schwerfällig wieder auf der Eckbank niederlasse. Mit kleinen langsamen Schlucken nippe ich am Tee. Und kümmere mich endlich um den Brief.

Der Umschlag ist korrekt an mich adressiert:

Frau Linda Mondhi
Hinter der Münze 32
21481 Lauenburg

Behutsam schlitze ich das Kuvert auf, entfalte das in gut leserlicher Handschrift geschriebene DIN A4-Blatt. Und beginne zu lesen …

Sehr geehrte Frau Mondhi,

Sie mögen mir meine Aufdringlichkeit verzeihen. Mein Name ist Olivia Herzbeck. Lange habe ich nach Ihrer Anschrift geforscht und diese nach vielen Bemühungen letztendlich von einem Herrn Benedikt Rosenkemper erhalten, der seinen Wohnsitz in Frankreich, in Montpellier, hat.

Ich schreibe Ihnen heute aufgrund einer nicht unbedeutenden Angelegenheit, welche eine Dame betrifft, die Sie bereits eine gewisse Zeit vor mir kannten. Diese hatte mich eindringlich gebeten, Ihnen nach ihrem Tod ein Utensil auszuhändigen, das sie Ihnen nicht für immer vorenthalten wollte. Sie war zu Lebzeiten nicht dazu in der Lage und dies nicht nur, weil sie Ihre Anschrift nicht kannte. Ganz sicher ist es nicht meine Absicht, Sie zu beunruhigen oder aufzuregen, doch meinem Empfinden nach könnte mein Besuch für Sie von immenser Wichtigkeit sein. So gern würde ich persönlich mit Ihnen sprechen. Wann wäre es Ihnen recht?

Hochachtungsvoll

Olivia Herzbeck

Oben rechts ist eine Telefonnummer angegeben. Was hat das zu bedeuten? Wer konnte diese Frau sein? Ich schüttele unwillkürlich den Kopf und denke einen Augenblick lang, dass ich mittlerweile zu alt bin, um wunderliche Dinge zu ernst zu nehmen. Nein, ich bin nicht sonderlich alarmiert. Gespannt. Ja. Neugierig. Außer meiner Tochter Natalia und meinem Sohn David habe ich keine Verwandten. Ich habe nahezu alle sozialen Kontakte in Wilhelmshaven hinter mir gelassen, seit ich vor Jahren von dort nach Schleswig-Holstein in die kleine Stadt Lauenburg an der Elbe gezogen bin.

In Wilhelmshaven lebte ich von Geburt an. Dort ging ich zur Schule, heiratete, bekam Kinder, ließ mich scheiden. Ich hatte dort einen tollen Job und Freunde, aber alles, was mit dieser Stadt in Zusammenhang stand, interessierte mich auf einmal nicht mehr. Das ist nun so viele Jahre her. Ich fühlte damals schlagartig, dass ich so schnell wie möglich von dort wegmusste. Denn trotz eines psychiatrischen Aufenthaltes litt ich weiter unter unbezähmbaren Beklemmungen, die ohne Vorwarnung aus der Luft in mich drangen und sich dort stundenlang festbissen. Sie raubten mir das bisschen an Lebensenergie, das überhaupt noch in mir übrig war. Manchmal waren es versteckte Ängste und seltsame Unruhezustände, die mich lähmten. Aber das Gefühl, das sich am deutlichsten hervortat, war die Vorstellung, etwas Dunkles mit mir herumzutragen, etwas, das darauf wartete, gesühnt zu werden. Ich hatte keine Ahnung, um was es sich handelte, aber ich hätte alles getan, um das Vergehen abzutragen, für Wiedergutmachung zu sorgen, wenn das Delikt für mich greifbar gewesen wäre. Ich zog mich immer mehr von meinen Freundinnen zurück. Vielleicht war es auch umgekehrt, und meine Freundinnen bekamen es mit der Angst, wenn ich von meiner anonymen Schuld sprach. Nachts trieben meine Grübeleien mich in den Wahnsinn. Ich verbrachte damals sogar einen ganzen Monat abgeschieden in einem Kloster, betete und fastete dort in der Hoffnung, meinen Verstoß zu erkennen. Meine Kinder besuchten mich zu dem Zeitpunkt öfter als gewöhnlich zu Hause und versuchten, mich aufzurichten. Nichts half. Meine seelischen Torturen wurden immer schlimmer. Sie ähnelten einem Raubtier, das mich von innen in Stücke riss. Nur die Idee fortzuziehen, spendete mir neue Leuchtkraft für mein Leben.

Beinahe hätte ich ein Häuschen in Pirna in der Sächsischen Schweiz, weit weg von Wilhelmshaven gekauft. Es hatte auf Fotos ausgesehen wie ein Puppenhaus, hätte jedoch gründlich renoviert werden müssen. Ich hatte zunächst große Lust gehabt, es umzugestalten, um für den Rest meines Lebens darin zu wohnen. Weit fort von allem. Meine Kinder lebten inzwischen ihr eigenes Leben und darin hatte ich ohnehin wenig Platz.

Benedikt, mein damaliger Chef, hatte das Haus wegen seines guten Preises gekauft. Nach Öffnung der Grenzen zwischen Ost und West waren Häuser im Osten extrem günstig. Im Nachhinein aber wurde ihm klar, dass er doch nicht so recht Gefallen daran finden konnte und bot es mir an. Denn spätestens nach der kurzen Reise, die er mit mir nach England gemacht hatte, ein paar Tage nach meiner Entlassung aus der Psychiatrie, war er sich sicher, dass ich verrückt geworden war. Auch er hielt es für besser, dass ich Wilhelmshaven verließ, um irgendwo neu anzufangen.

Dann meldete sich Anna, meine langjährige Freundin. Sie überzeugte mich davon, zu ihr nach Lauenburg in das freistehende Nachbarhaus zu ziehen.

»Warum willst du so weit in den Osten? Linda, du brauchst jetzt eine Freundin in deiner Nähe! Als ich dich aus der Klinik abgeholt habe, schien es mir nicht so, als wärst du über das Geschehene hinweg.«

»Hinweg?! Wie soll ich über etwas hinwegkommen, was für mich nicht greifbar ist? Ich kann mich auch nach drei Monaten in der Klapse an nichts Reales erinnern. Ich fühle nur, dass damals unten am Fluss etwas Scheußliches passiert sein muss. Juliane lag auf einer Bahre. Sie war tot. Joe war nur kurz da. Oder er war nicht da, und ich habe mir seine Gegenwart nur eingebildet. Ich kann mich nicht richtig erinnern. Die wilde, holprige Umgebung am Fluss keimt in meinem Gedächtnis immer wieder auf, die Wiese, die Bäume, Büsche, das Gras. Nachts schleichen sich steinartige Gebilde, die zu Monstren heranwachsen, in meine Träume. Was ist mit Juliane passiert? Ich weiß nicht mehr, warum sie auch dort war, was sie gesagt hat. Auf einmal war sie tot. Ich bin wie blind, erkenne kein Detail, wenn ich versuche, mir den Schauplatz wieder in Erinnerung zu rufen. Alles verschwimmt.«

»Du hast eine Amnesie, Linda. Aufgrund des Schocks. Vermutlich kommt dein Gedächtnis eines Tages unerwartet zurück.«

»Man munkelt, ich sei verrückt geworden. Zerstört und zerbrochen. Mir ist es egal. Vollkommen gleichgültig. Juliane ist tot. Und Joe hab ich so lange nicht gesehen. Er hat mich nicht einmal in der Klinik besucht!«

»Linda, bitte … ich weiß, dass das alles schwer für dich ist. Er konnte …«

»Es hätte mir nichts ausgemacht zu sterben, Anna. Ich vermisse Joe so sehr. Der Arzt sagt, es ist ungewiss, ob ich mich je wieder an Details erinnern kann. Das hat er auch der Kripo immer wieder zu erklären versucht. Du weißt, dass die zwei Polizistinnen mich anfangs mehrmals in der Klinik aufgesucht haben. Sie wollten herausfinden, woher ich Juliane kenne. Ob wir uns an der Maade verabredet hatten oder wir uns zufällig dort getroffen hatten. Ob wir befreundet oder nur Kolleginnen waren. Juliane. Juliane. Juliane! Ich konnte diese dämlichen Fragen nicht beantworten. Weil ich mich nicht erinnern konnte, warum Juliane auch am Fluss war. Und heute kann ich es immer noch nicht. Irgendwann haben die Polizisten aufgehört zu insistieren. Diese Befragungen waren sinnlos. Mich interessiert auch jetzt nur, wo Joe abgeblieben ist.«

»Die Kripo hat Nachforschungen angestellt, um herauszufinden, was genau mit Juliane geschehen ist. Sie haben dir erklärt, was sich mit Joe ereignet hat, und sie haben versucht, die buckligen Fugen zwischen dem Ablauf des Geschehens an der Maade ebnen zu können. Dabei konnten sie keine Verbindung herstellen zwischen …«

»Ich will nichts mehr davon hören. Nichts mehr, Anna! Zwölf Wochen Psychiatrie! Ich habe null neue Lebensqualität gewonnen und ich will das alles hinter mir lassen. Ich muss raus aus Wilhelmshaven, weg von Benedikt und diesem Reiseunternehmen.«

»Überleg es dir gut. Und wenn du es ernst meinst, dann nimm nicht das Haus in Pirna. Nach wie vor vermiete ich das Holzhaus neben mir. Hinter dem Haus ist ein verwunschener Garten, den du mögen wirst. Das Häuschen wird in sechs Wochen frei werden. Die derzeitigen Mieter ziehen aus, und ich würde mich freuen, wenn du darin wohnen würdest. Ich überlass es dir zu einem absoluten niedrigen Mietpreis. Du weißt, ich bin auf Geld nicht angewiesen. Mein Mann hat mir genug finanzielle Mittel hinterlassen, als er gestorben ist. Dein Chef soll selbst zusehen, was er mit dem Kaufvertrag anstellt. Du kannst nicht immer noch die Kastanien für ihn aus dem Feuer holen.«

Ich gab schließlich nach und zog nach Lauenburg in Annas Holzhaus. Anna ist eine wirklich gute Freundin, aber seit meinem Umzug will ich mit ihr und auch mit niemandem sonst mehr über Vergangenes sprechen. Und sie versteht es zu schweigen.

Joe, der einige Monate später, ohne jemals sein monatelanges Abtauchen zu erklären, überraschend nachgezogen ist, ging meinen Fragen bezüglich dessen, was damals passiert ist, stur aus dem Weg. Natürlich bringe ich auch heute hierfür immer noch kein Verständnis auf, aber es tut so gut, ihn hier zu haben. Wir sind beste Freunde geworden.

Meine Kinder sehe ich selten. Sie sind sehr beschäftigt. Manchmal fühle ich mich, als lebe ich auf einer Insel, die im Nichts umherschwimmt und für niemanden erreichbar ist.

Ich gehe nicht mehr aus. Anna versucht immer mal wieder, mich dazu zu bewegen. Früher fuhr ich oft ans Meer, setzte mich in den Sand oder auf einen Steg und ließ meine Gedanken langsam in die schwappenden Wellen rieseln. Dort wurden sie gründlich durchgespült und kamen sauber wieder zum Vorschein. Ich vermisse das Meer so sehr.

Ein dummes Gefühl, ein Gefühl von Sich-nicht-vergnügen-dürfen schleicht seit meinem Umzug nach Lauenburg um mich herum. Ich kann es nicht abstellen. Ein Vierteljahrhundert früher hatte ich noch Lust auf Abenteuer, auf Feste, auf Kontakte. Bis zu dem Tag, an dem an diesem Fluss in Wilhelmshaven, der Maade, etwas Schreckliches passiert sein muss, hatte ich geglaubt, auch dann noch die Freuden und Köstlichkeiten des Lebens in mich aufzusaugen, wenn ich alt bin. Das war ein Trugschluss. Heute bringt mich niemand mehr dazu, an Vergnügungen teilzuhaben. Es ändert sich oft viel im Leben. Ich bin eine einsame, langweilige, verdrießliche Seniorin geworden. Wer sollte mir also schon etwas Wichtiges zu sagen haben? Was will diese Olivia Herzbeck von mir?

Nichtsdestotrotz, es wird nichts anbrennen, wenn ich diese Dame später anrufe. Meine anfängliche Neugier ist mit einem Mal verflogen und macht einem Anflug von Melancholie Platz. Nein, jetzt gerade habe ich keine Lust mehr darauf. Mich beschäftigen auf einmal andere Dinge. Mein Manuskript, das fast zu einer Lebensaufgabe für mich geworden ist.

Ich bewahre es in meiner Küchenschublade auf, weit hinten. Ab und zu nehme ich es zur Hand, verändere ein paar Kleinigkeiten im Satzbau, füge Absätze hinzu, lösche oder ersetze einzelne Passagen. Manchmal habe ich das Gefühl, wie in einem Nebelschleier zu schreiben. Eine Denkblockade ruiniert immer wieder meine Eingebungen. Eines Tages werde ich es schaffen.

DAS MANUSKRIPT

2

Wilhelmshaven – damals, vor vielen Jahren

Besuch von zwei alten Damen

Einer unserer Strände, für die wir eine Lizenz zum Betreiben einer Windsurfschule besaßen, war der in Le Lavandou. Für dieses Jahr musste die Lizenz nicht verlängert werden, da sie regelmäßig für zwei Jahre galt. Ich war froh, nicht wieder einen Antrag beim Bürgermeister stellen zu müssen, denn der war wenig erbaut davon, dass die Strände in der Umgebung immer mehr an Animation boten und – wie er sich auszudrücken pflegte – »das natürliche Umfeld darunter sehr leidet«. Alle zwei Jahre musste ich mich auf eine langwierige Diskussion mit ihm einlassen, die ich letztendlich stets gewann. Unklar blieb, ob er Spaß daran hatte, ein bisschen mit mir zu pokern. Das blieb mir jetzt erst einmal erspart. Dennoch gab es momentan viel zu tun für mich. Eine Schulklasse aus Schortens sollte in fünf Wochen in einer Herberge in Le Lavandou einquartiert werden, die Benedikt für diesen Zweck vor Jahren gekauft hatte. Es war eine ehemalige Arztpraxis, ein recht geräumiges Haus, aber keine Villa. Optisch machte der Bau wenig her. Aber das Gebäude war zweckmäßig, ausbaufähig und verfügte über mehrere Zimmer. Vincent und Lutz, Julianes Ehemann, hatten neben einigen Schwarzarbeitern aus den umliegenden Ortschaften bei Le Lavandou Benedikt beim Ausbau unter die Arme gegriffen. Aufgrund der unglaubli-

37

chen Mühe, die sich alle mit diesem Projekt gegeben hatten, und der damit verbundenen Kosten war der Innenausbau recht gut gelungen. Die Gäste durften sich über einige hochmoderne separate Duschen sowie einen großen Gemeinschaftsduschraum und ordentliche Toiletten freuen. Es gab eine gigantische Gemeinschaftsküche mit zwei Herden, zwei Backöfen, drei Kühlschränken und einem kolossalen Esstisch in der Mitte, an dem den Gästen das Frühstück und auf Wunsch auch ein warmes Mittag- und Abendessen serviert werden konnte. All das erforderte zweifelsohne auch eine kleine Staffel an Personal innerhalb der Saison. Dazu gehörten eine Putzfrau, ein Koch und für den Animationsbereich brauchten wir zumindest einen Surflehrer, denn Windsurfing war der Renner in diesen Jahren. Und in diesem Sommer würde Joe den Surflehrer-Job in Frankreich machen – und folglich nicht mehr bei mir im Büro sein. Wie schade.

Mittlerweile half er mir seit drei Wochen. Eines Morgens, es war ein Freitag, brachte er eine pinkfarbene Rose für mich mit ins Büro, worüber ich mich sehr freute. Ich konnte nicht einschätzen, ob es nur eine Liebenswürdigkeit von ihm war oder ob er mich umwerben wollte. Letzteres war wahrscheinlich nur Fantasie und ich verbannte diesen Gedanken aus meinem Kopf, nicht aber aus meinen Tagträumen.

So eine fleißige und aufnahmefähige Saisonkraft wie ihn hatte ich zuvor noch nie. Er nahm mir viele Routinearbeiten ab. Meine eigene Arbeit erledigte ich jedoch bald schon nicht mehr so konzentriert wie gewohnt. Lieber unterhielt ich mich mit ihm, und ich war froh, dass niemand hierbei meinen Blutdruck kontrollierte. Beide liebten wir französische Autoren, besonders Jean-Jacques Rousseau, Guy de Maupassant, Antoine de Saint-Exupéry und Michel Houellebecq. Wir diskutierten viel über Rousseaus

Gedankenwelt, über Émile, über die Weltanschauung Houellebecqs …

Es war Joe, der mich meistens ermahnte, nun mit der Arbeit fortzufahren.

Ich mochte besonders Zitate von Rousseau, solche wie diese:

Der Mensch ist frei geboren und überall liegt er in Ketten. Oder: Um einen guten Liebesbrief zu schreiben, musst du anfangen, ohne zu wissen, was du sagen willst, und ihn beenden, ohne zu wissen, was du gesagt hast.

Hierauf wusste Joe eine Menge zu sagen. Anschließend rauchte mir der Kopf.

Einmal las ich ihm meinen Lieblingsdialog aus Der kleine Prinz vor, in dem der Fuchs dem kleinen Prinzen erklärt, was zähmen bedeutet. »›Das ist eine in Vergessenheit geratene Sache«, sagte der Fuchs. Es bedeutet, sich vertraut machen …‹«

Joe legte die Stirn in Falten, nickte und kommentierte auch das. Sein Blick war vollkommen ernst, als er sagte: »Zähmen ist Vertrauen verdichten, es mit Wachs überziehen und einen Docht aus Verbindlichkeit und Achtung hineinstecken. An diesem darf man niemals zündeln, um das Wachs nicht schmelzen zu lassen, sonst bleibt vom Vertrauen nichts übrig.

Es gab keinen Grund, dem etwas hinzuzufügen. Es war exakt das, was ich auch dachte.

»Vertrauen, das sich zwischen zwei Menschen mühsam aufgebaut und schließlich stabilisiert hat, wird leider viel zu oft im Leben durch eine Nachlässigkeit oder Lieblosigkeit oder durch unangebrachtes Misstrauen zerstört«, sagte er.

Ich nickte und er wechselte das Thema. »Ich muss gleich noch die restlichen Pfadfindergruppen aus dem Oldenburger Umkreis anrufen. Ein bisschen Akquise kann nicht schaden.«

»Klar, gerne. Häng' dich ans Telefon.«

Ich freute mich immer wieder über sein Engagement und genoss seine Sensibilität, liebte seine Ausstrahlung. Zuweilen warf er mir kokette Blicke zu, die mich verunsicherten. Auch spürte ich, dass seine Augen manchmal einen Moment zu lang auf mir verweilten, und irgendwann begann ich davon zu träumen, wie er mein Gesicht mit Küssen bedeckt. Wie schade, dass er bald in Frankreich arbeiten würde. Dennoch war es besser. Für meinen Blutdruck.

Was mich verunsicherte, war die Tatsache, dass Joe sich zwar mit mir gern zu unterhalten schien, jedoch ständig auch mit Juliane, Isa und Rieke ein wenig flirtete. Es wirkte auf mich jedenfalls so. Vielleicht täuschte ich mich auch.

An einem der folgenden Tage sollte er noch einmal die Telefonakquise für mich übernehmen, doch im Büro nebenan brauchten die Damen Unterstützung bei der Computerarbeit. So saß Joe heute eben dort.

»Morgen solltest du dem Steuerberater die Akten vom Frankreich-Geschäftskonto mit den dazugehörigen Unterlagen bringen«, sagte ich zu Joe, der gerade damit beschäftigt war, Juliane und Isa das Textverarbeitungssystem zu erklären, das Vincent für sein eigenes Unternehmen neu angeschafft hatte. Er fürchtete ansonsten der Zeit hinterherzulaufen. Ich hoffte insgeheim, dass Benedikt dieser Idee nicht nacheifern würde. Die Software auf meinem Rechner reichte vollkommen aus, wenngleich sie tatsächlich veraltet war und schon oft genug getestet hatte, wie viel meine Nerven aushielten. Das war mir jedoch allemal lieber, als mich auf ein komplett neues Programm einzustellen.

»Bei der Gelegenheit könntest du auch den neuen Darlehensvertrag für die Neuausstattung der Surfschule kopieren und ihm vorlegen. Das wäre schön.«

Ich vernahm meine eigenen Worte als seltsame Melodie. Warum Isa verstohlen lächelte, war mir unmittelbar klar. Meine Anweisungen klangen eine Spur zu samtig, als handele es sich nicht um einen Arbeitsauftrag, sondern um eine Aufforderung zum Beischlaf. Ich schämte mich vor mir selbst. Irgendetwas machte Joe mit meinem Denkvermögen. Mein Kopf wurde heiß und suchte nach passenden Worten, die kamen und wieder abtauchten, wenn er neben mir stand. Entweder klangen meine Sätze auffällig flaumig wie soeben, oder aber sie erschienen mir plötzlich naiv oder in dem Moment ungeeignet, der Situation nicht sachdienlich. Ich bemühte mich schon tagelang um Beherrschung, damit keinem auffiel, wie ich in Joes Gegenwart meine Unbefangenheit verlor, erst recht nicht Joe. Daher beendete ich meine Anweisung zur Tarnung mit einer strengeren Fassung:

»Und das muss bis morgen Mittag erledigt sein. Der Steuerberater wartet dringend auf die Dokumentationen.«

Joe verneigte sich leicht.

»Geht in Ordnung, Chefin.«

Sein sonniges Lächeln verfolgte mich noch eine kurze Zeit, bevor ich beschloss, es aus meinem Kopf zu verbannen, um meinen Verstand abzukühlen. Schließlich wollte ich mir noch die Bewerbungen derjenigen ansehen, die sich für die Stelle des Kochs in Le Lavandou interessierten. Bevor die Klassenfahrt vernünftig organisiert werden konnte, musste eine Köchin oder ein Koch eingestellt sein.

Ich hatte mich noch nicht lange durch den Stapel mit den Bewerbungsunterlagen gewühlt, als Maxi, die für die Buchung der Flüge zuständig war, ihren orangeroten Stoppelhaar-Kopf in mein Büro steckte.

» Sieh dir das mal an. Ich könnte kotzen.«

Sie öffnete den Mund und streckte die Zunge heraus.

Genervt lief ich hinter ihr her. Was war denn jetzt wieder so wichtig?

Vorhin hatte ich flüchtig Rieke mit Plätzchen und Kaffeetassen vorbeihuschen sehen. Also blickte ich in die Besucherecke. Vor der roten Ledercouch pausierten zwei Rollatoren. Auf unseren beiden Bequem-Sesseln saßen zwei ältere „Damen". Während die eine ihre Zahnprothese in der Hand hielt und mit der anderen in der Plätzchenschale herumwühlte, sorgte die Zweite mit einem geräuschvollen Rülpser für Aufmerksamkeit. Vincent und Benedikt, die soeben zur Eingangstür hereinkamen, blickten vergnüglich in Richtung des unkultivierten Vorgangs und hoben wie abgesprochen beide den Daumen. Schließlich stand Joe, immer noch beschäftigt mit der Installation der neuen Software in Vincents Büro, auf. Er ging ruhig auf die beiden zu und erkundigte sich höflich, was er für sie tun könne.

»Ah, sind wir nun endlich dran. Wir haben es nämlich eilig«, sagte die Seniorin zur Linken.

»Wir wollen eine Safari machen«, antwortete die zur Rechten.

»In Kenia«, fügte die andere hinzu.

»Erst aber hätten wir gern ein Bier«, verlangte die Erste.

Joe blieb gelassen. »Tut mir leid. Bier servieren wir hier nicht.«

»Gleicher Scheiß wie bei uns zu Hause«, meckerte eine der Alten.

»Junger Mann, hören Sie gut zu. Wir beide, Josefa und ich, Bernhild, wir wollen eine Safari in Kenia machen. Wir wünschen uns das schon so lange. Nun muss er auch einmal in Erfüllung gehen! Sie sorgen doch dafür?«

»Ich muss Sie leider enttäuschen. Reisen nach Kenia bieten wir nicht an«, informierte Joe die beiden mit echtem Bedauern im Blick.

Maxi mischte sich ein. »Wir haben nur wenige Flugreisen im Angebot. Ich könnte Ihnen Flüge auf die Kanarischen Inseln anbieten, auch Tunesien käme vielleicht Ihrem Wunsch nahe?«

»Kenia!«, schrie Bernhild.

»Safari!«, brüllte Josefa.

»Wo bleibt denn unser Bier?«, forderte Bernhild wieder. »Gehören Getränke hier tatsächlich nicht zum Service? Das glaube ich nicht!«

Jetzt stand Torsti auf, zog einen Korbstuhl heran und setzte sich zwischen die Damen. Erst sah er Bernhild streng an, dann Josefa. In erschreckend gelassenem Ton informierte er: »Alkoholische Getränke bieten wir unserer Kundschaft nicht an. Sie können gern ein Glas Wasser haben«.

Die beiden Alten schüttelten den Kopf und Torsti fuhr fort: »Dafür können wir mit anderen Unternehmungen dienen. Radwandern quer durch Deutschland zum Beispiel, Segelboot-Touren in Italien, Wandern im Himalaya und wenn Sie möchten, buchen wir für Sie auch gern eine Klettertour in Österreich.«

Wenn er nun dachte, die alten Damen mit seinen Angeboten vergrault zu haben, hatte er sich geirrt. Die waren völlig unbeeindruckt und bestanden weiterhin auf ihrer Safaritour durch Kenia.

»Wollen Sie uns verdumdeubeln, junger Mann? Safari haben wir gesagt. Sie sind doch ein Reisebüro? Oder etwa nicht? Sie müssen alles ermöglichen, stimmt's, Josefa?«

»Sollen wir nur zu Hause rumhängen, fernsehen und uns langweilen?«, fragte Josefa und steckte ihr Gebiss wieder umständlich in den Mund.

Einem Instinkt folgend, ging Joe vor den beiden Seniorinnen in die Hocke. »Ich verstehe gut, dass Sie gern nach Kenia wollen. Leider können wir Ihnen diesen Wunsch nicht erfüllen. Selbstverständlich würden wir es Ihnen möglich machen, wenn wir dazu imstande wären. Die Reisen aber, die mein Kollege – er deutete auf Torsti – soeben angesprochen hat, die sind – mit Verlaub – in Ihrem Alter einfach zu anstrengend. Sicherlich möchten Sie nicht an einem Seil an einem Felsen hängen oder sieben Stunden am Tag Rad fahren oder auf steilem, steinigem, unebenem Gelände ihre Füße peinigen.«

»Nein. Aber wir wollen weg von zu Hause. Safari machen. Josefa und ich müssen dringend einmal etwas anderes sehen. Wir wollen noch etwas erleben, bevor wir das Zeitliche segnen. Verstehen Sie das, junger Mann?«

Joe kam nicht mehr zu einer Antwort, denn Juliane ergriff von ihrem Schreibtisch aus das Wort. Während sie empörte Blicke in Richtung der beiden Seniorinnen sandte, fragte sie mit schriller Stimme:

»Wohnen Sie hier im Ort?« Sie hegte wohl Hoffnungen, irgendwelche Verwandten der beiden telefonisch um Beistand bitten zu können.

»Hör dir das an, Bernhild. Die verhört uns, statt unsere Reise zu buchen.«

»Sie sind ja vielleicht dreist«, beschwerte sich Josefa und warf Juliane einen verächtlichen Blick zu. »Hübsch und dreist sind Sie.«

Juliane erhob sich und schritt bedrohlich auf die beiden zu.

»Verdienen Sie hier so wenig?«, fragte Bernhild unvermittelt und musterte Juliane auffällig von unten bis oben und wieder zurück.

»…?« Juliane war platt. Sie blieb entgeistert stehen Es war schon ein besonderes Erlebnis, sie sprachlos zu sehen. Normalerweise hatte sie auf alles die passende Antwort und immer schlagfertige Argumente parat.

Benedikt und Vincent hatten sich zusammen vor der Eingangstür positioniert, um das Senioren-Szenario beobachten zu können. Jetzt schritt Benedikt jedoch auf die Damen, Joe und Juliane zu.

»Was meinen Sie denn damit, Verehrteste?«

Vincent lehnte sich an die Wand und hielt sich den Mund zu, um sein Lachen zu unterdrücken.

»Na, fällt Ihnen denn nicht auf«, sie wies mit dem Finger und ausgestrecktem Arm auf Juliane, »wie dünn die Frau hier ist. Das ist doch ein Ding, dass Unternehmen ihre Mitarbeiter heutzutage dermaßen ausbeuten, dass die sich kein richtiges Essen mehr leisten können! Davon hört man in letzter Zeit häufig.«

»Joseeefa!« Bernhild schrie nun und zeigte weiterhin auf Juliane. »Guck dir das Gerippe an.«

Josefa nickte zweimal kräftig, griff dann in ihre beigefarbene Umhängetasche.

»Bitte gute Frau. Ich habe hier noch ein paar getrocknete Aprikosen, falls Sie die mögen, und ein Rosinenbrötchen, das von meinem Frühstück übriggeblieben ist. Das werde ich sowieso nicht mehr essen. Nehmen Sie.« Sie nickte mehrmals auffordernd mit ihrem weißgelockten Kopf.

Juliane wich zwei Schritte zurück. »Vielen Dank. Das ist nicht nötig. Ich habe genug zu essen. Das dürfen Sie mir glauben.« Sie war ganz bleich geworden.

Es war fesselnd, Joe zu beobachten, wie er da vor den beiden hockte und sich dann die Hände vors Gesicht schlug, weil auch er nicht mehr weiterwusste. Man konnte es nicht sehen, aber ich spürte, dass er lachte, lautlos, versteht sich, um die beiden Seniorinnen nicht zu kränken. Wie so oft, wenn ich ihn heimlich beobachtete, klopfte mein Herz so laut, dass ich Angst hatte, man könnte es hören.

Dann stand er auf, schüttelte den Kopf wie um zu sagen Ich bin wohl im falschen Film und nahm wieder am Schreibtisch Platz.

Ich hockte mich jetzt an seiner Stelle vor Josefa und Bernhild.

»Machen Sie sich keine Sorgen. Wir werden hier schon vernünftig bezahlt. Wie mein Kollege Ihnen schon erklärte, für Safari-Reisen sind andere Reiseagenturen zuständig. Wir haben dergleichen nicht im Programm. Deswegen können wir hier nichts weiter für Sie tun.«

»Komm, Bernhild. Das ist doch alles Mist. Dann müssen wir erst einmal zurück. Weißt du noch den Weg?«

»Den habe ich mir nicht gemerkt. Wir wollten doch nicht zurück, Josefa. Das hatten wir doch so geplant. Weg von dort. Es ist langweilig und wir bekommen keinen Besuch. Das Essen ist nie richtig gewürzt, wo ich doch so gern scharf esse. Und Bier gibt es nie.« Sie schaute jeden von uns der Reihe nach herausfordernd an. »Früher habe ich immer Bier getrunken, manchmal auch Rotwein. Und jetzt? Ein Glas Wein bekam jeder auf der letzten Weihnachtsfeier. Ein Glas, halbvoll und genau abgezählt. Das ist doch kein Leben. Wo bleibt der Spaß in diesem öden Heim?«

»Heim?«, fragten Torsti und Joe gleichzeitig.

»Kapiere«, sagte Juliane, spitzte die Lippen und kniff sie an einer Seite zusammen. »Die beiden sind vermutlich aus dem Seniorenstift zwei Straßen weiter ausgebüxt. Ich ruf da mal an.«

Nach einem kurzen Gespräch war alles geklärt und der Ausflug der alten Damen zu Ende. Mir taten die beiden leid. Ihr Traum von der großen weiten Welt war geplatzt, die Hoffnung auf ein Bier ebenfalls und die Eintönigkeit des Heimalltags unausweichlich. Vincent wandte sich an Joe »Wärst du bitte so nett, die beiden in ihre Wohnstätte zurückzubringen, natürlich mit dem Firmen-Bulli, der parkt im Hof.«

»Mir wäre lieber, wenn das ein anderer machen könnte«, hörte ich Joe antworten.

Das war seltsam. Reagierte er so, weil der Auftrag von Vincent kam und nicht von mir? Auch Vincent schien im ersten Moment sprachlos. Dann prustete er los. »Verstehe, du hast gesoffen und musstest deinen Führerschein abgeben. Hab ich recht?

»Nein«, Joe wirkte bedrückt. »Ich möchte nur nicht zu diesem Altenheim fahren.« Er machte eine Pause. Alle Augen waren auf ihn gerichtet. »Mein Vater ist dort untergebracht. Ich will ihn nicht sehen, nicht einmal in seine Nähe kommen. Sorry.«

Er blickte mich nervös an. »Könntest du das für mich übernehmen, Linda? Dafür nehme ich dir was anderes ab, Hauptsache, ich muss nicht in die Nähe dieses Heims.«

»Schon in Ordnung«, antwortete ich beunruhigt. »Bleib hier.« Ich machte mir Sorgen um ihn. Offensichtlich ging es ihm nicht gut.

»Linda bleibt auch hier. Wir lösen das anders«, bestimmte Benedikt, nahm den Telefonhörer und rief den beiden enttäuschten Damen ein Taxi.

Ein großer Zirkus gastierte gerade in Wilhelmshaven und wir verkauften hin und wieder die Tickets für solche Spezialveranstaltungen. Benedikt spendierte Bernhild und Josefa je eine Eintrittskarte und rief noch einmal im Seniorenstift an, um den Besuch abzustimmen. Er bezahlte auch den Taxifahrer. Fürsorglichkeit war für Benedikt noch nie ein Fremdwort gewesen.

Joe schaute mich bekümmert an.

»Wenn du magst, erzähl mir doch bei Gelegenheit etwas über deinen Vater.« Er presste die Lippen zusammen und nickte.

DAS MANUSKRIPT

3

Wilhelmshaven - damals, vor vielen Jahren

Die „kochenden" Bewerber

Am nächsten Morgen stand ich früher auf als sonst. Meine allmorgendliche Hochstimmung hatte nichts mit dem heiteren Wetter, nichts mit ein paar Pfunden, die ich abgenommen hatte, zu tun. Es war allein Joe, der für meinen Rausch verantwortlich war, Joe, um den herum ich meine Luftschlösser baute. Ich dachte an ihn, bevor ich einschlief. Mein erster Gedanke beim Aufwachen galt ebenfalls ihm. Heute fühlte ich mich innerlich zwar unruhig, war aber gut gelaunt. Ich konnte wohl deswegen nicht mehr schlafen, weil der Tag für mich anstrengend werden würde. Vormittags hatte ich zwei Termine mit Bewerbern für die Küchenstelle in Südfrankreich. Am Nachmittag würde ich mich mit dem Direktor der Bank treffen, um zu versuchen, den Dispo für eines unserer Geschäftskonten zu erhöhen. Und abends wollte ich mit allen Kollegen und den beiden Chefs einen Ausflug zum Wilhelmshavener Stadtfest machen. Ich überlegte, was ich anziehen sollte, denn es sollte angesichts des bevorstehenden Tagespensums möglichst bequem sein. Der Wetterbericht in den Morgennachrichten sagte für heute 26 Grad voraus. Kleiderwetter. Doch Kleider trug ich selten. Ich fühlte mich nie wohl darin und besaß auch nur zwei. Ein schwarzes Etuikleid für alle Fälle und ein violettes mit langem Arm. Gerade geschnittene lange Hosen standen mir einfach besser. Davon besaß ich reichlich in verschiedenen Stoffqualitäten, wenn auch nur in drei Farben: lila, grau und schwarz. Meine Shirts, Blusen und Pullis waren dazu passend fast alle beerenfarbig. Ich liebte diese Farbpalette von Pink bis tief Lila und griff nach einer Bluse in einem Fliederton sowie einer schwarzen Jeans. Nach einem halben Liter Kaffee und zwei Scheiben Brot mit Tomaten und Frischkäse suchte ich im Schuhregal nach bequemen Tretern. Die Dinger türmten sich. Ich müsste dringend mal aussortieren. Allein in Beerentönen besaß ich vierundzwanzig Paar. Wegen meiner Größe von 1,78 cm trug ich meistens flache Schuhe oder solche mit wenig Absatz. Da musste doch für heute etwas Passendes dabei sein. Ich entschied mich schließlich für meine Lieblings-Sneakers und machte mich auf den Weg zur Arbeit.

Zum ersten Termin heute Morgen erwartete ich einen Medizinstudenten. Am Telefon klang er äußerst selbstbewusst. Ein Koch, der für eine Reisegruppe das Essen zubereiten soll, hat es nicht immer leicht, besonders, wenn es sich um eine Gruppe von Teenagern handelt, die sich noch beweisen müssen. Da war unstrittig eine gehörige Portion Selbstsicherheit und Durchsetzungsvermögen erforderlich.

Der Bewerber nannte sich Rick, und als er mein Büro betrat, wurde ich beinahe geblendet durch weißblondes schulterlanges Haar und intensiv weißen ebenmäßigen Zähnen. Sein hoheitsvolles Lachen offenbarte einen riesigen Mund, mit dem er eine Salatgurke quer fressen könnte, und seine Haut war entschieden zu gebräunt, als dass es noch natürlich gewirkt hätte. Also ein intensiver Solariumbesucher und der spätere Hautkrebs vorprogrammiert.

Ich bat ihn, mir gegenüber am Schreibtisch Platz zu nehmen. Er schob den Stuhl ein Stück zurück, bevor er sich breitbeinig vor mich hinsetzte und seine muskelbepackten Arme hinter dem Kopf verschränkte. Sein weißes Hemd war eine Spur zu weit aufgeknöpft.

»Euer Job-Angebot hört sich gut an, wenn ich mich darauf beziehen darf, was du mir am Telefon erzählt hast. Vier Monate Côte d'Azur sind nicht zu verachten«, eröffnete er das Gespräch.

Ich stand auf, ging zum Fenster, stieß den zweiten Flügel weit auf. Dann machte ich eine unauffällige Atemübung, bevor ich mich wieder setzte.

»Sie sagten, Sie haben Erfahrung mit Jugendgruppen?«

»Klar. Ich war jahrelang Pfadfinderleiter in Osnabrück. Hab da alles organisiert, auch die Sommerfreizeiten. Die Kinder waren in verschiedenen Gruppen von sechs bis siebzehn Jahren eingeteilt. In den Sommerlagern hat es unter meiner Mitwirkung zu keiner Zeit Probleme hinsichtlich der Organisation oder irgendwelche Krawalle gegeben. Bei den übrigen zwei Leitern unserer Scout-Gruppen ist es jedes Mal schlechter gelaufen. Ich habe Teenager gut im Griff. Du kannst dir nicht vorstellen, wie sensationell die spuren konnten, wenn ich was gesagt habe.«

Wenn ich was gesagt hatte … Tztz …

Allein die Betonung des ich ärgerte mich. Da hatte ich wohl einen verkappten Narzissten vor mir, der von sich glaubte, er wäre der Fabelhafteste.

»Ganz schön heiß heute. Nach dem Gespräch hier gehe ich erst mal irgendwo etwas trinken«, fuhr er fort.

Kleine Pause. Herausfordernder Blick zu mir. »Ich bin gespannt, wie du meine Qualitäten einschätzt. Sicher positiv.« Er riss seinen Mund wieder quer von Ohr zu Ohr und fletschte dabei sein schneeweißes Gebiss. Es sollte wohl ein Lächeln ausdrücken. Auf mich wirkte es wie ein Überfall.

Er hatte recht. Es war warm. Aber ich bot ihm kein Wasser an, keinen Kaffee, keinen Tee. Ich bot ihm gar nichts an.

»Wir sind noch beim Sie, und ich wäre Ihnen dankbar, wenn Sie sich daranhalten würden«, sagte ich lakonisch.

Seine Augenbrauen rutschten ein wenig zusammen und er starrte mich ungläubig an. Sein Ton wechselte die Frequenz, wurde härter, als er erwiderte. »Wenn Sie meinen.«

»Im letzten Jahr haben Sie in diesem Restaurant am Strand in Schillig gearbeitet, wie ich Ihren Unterlagen entnehme. Wo haben Sie kochen gelernt?«

»Kochen kann man oder man lässt es, werte Frau Mondhi. Ich beherrsche die Technik als natürliche Gabe. Ich habe nicht nur im Strandhotel gearbeitet. Wenn Sie sich meine Unterlagen sorgfältiger durchgelesen hätten, wäre Ihnen aufgefallen, dass ich während meines Studiums zwei Jahre durchgehend in einem französischen Nobelrestaurant gejobbt habe. Von der Gänseleberpastete mit Rote-Beete-Bohnen-Chutney, Marseiller Fischeintopf, Steaks in allen Variationen, Praline von der Schweinskeule bis zum Zanderfilet mit Mandelsoufflé koche ich alles. Des Weiteren sind meine Erfindungen ausgefallener Nachspeisen erwähnenswert, wie fünferlei Fruchtsorbet mit Orangenlikör oder Honig-Zitronenmelissenschaum …«

»Stopp!!«, brüllte ich. »Können Sie Spinat mit Kartoffelpüree machen, Apfelpfannkuchen und Milchreis mit Waldbeersoße, Linsensuppe mit Würstchen und panierte Hähnchen- und Schweineschnitzel mit Bratkartoffeln, Fischstäbchen aus der Packung und Pommes? Das genau erwarten unsere Gäste. Keine Leckereien an Himbeersoufflé oder dergleichen.«

Er überhörte mich.

»Im Übrigen bin ich nicht einverstanden mit dem Gehalt, das Sie am Telefon schon angedeutet haben. Schließlich bin ich ein erfahrener ...«

»Die Konditionen sind nicht verhandelbar. Ich habe für meine Saisonkräfte ein bestimmtes Budget zur Verfügung. Darüber hinaus existiert kein Spielraum. Entweder Sie akzeptieren meine Bedingungen oder Sie gehen wieder«, sagte ich kalt. Wie konnte jemand nur auf so ekelhafte Weise von sich selbst überzeugt sein?

Er schraubte seinen Kopf langsam in Richtung Decke und seine zusammengepressten Lippen warfen mir ein angedeutetes Lächeln zu. Von oben herab traf mich sein süffisanter Blick.

»Heute ist nicht Ihr Tag, wie?«

»…?«

»Sie wirken unentspannt auf mich. Sie sollten lernen, lockerer zu sein. Möglicherweise kann man das nicht, wenn die Budgets so niedrig sind. Man kann es auch nicht, wenn man den ganzen Tag in einem muffigen Büro verbringt und, wie ich annehme, zu wenig verdient, um schöne Reiseziele selbst zu besuchen.«

In der folgenden Sprechpause streckte er sein Kinn vor und strich sich affektiert eine blonde Haarsträhne aus dem Gesicht. Ich war sprachlos, starrte ihn betreten an und hätte viel darum gegeben, Julianes Schlagfertigkeit zu besitzen. Sie wäre mit diesem widerlichen Typen bestimmt besser fertig geworden.

»Ich jedenfalls werde nicht eines Tages für ein Almosen arbeiten. Ich stehe kurz vor dem erfolgreichen Abschluss meines Medizinstudiums und werde später als Chirurg arbeiten. Jetzt muss ich mich noch mit Jobs durchschlagen, aber nur jetzt. Später werde ich als Arzt Erfolg und genug Geld haben, um mir alles zu ermöglichen. Sie haben sich bedauerlicherweise für ein anderes Leben entschieden. Und scheinen frustriert zu sein. Wie dem auch sei, es kann nicht jeder erfolgreich sein.«

»Erfolg im Leben bedeutet für mich nicht das Ansammeln von Geld und Gütern, sondern Freunde, auf die man sich verlassen kann, einen Menschen an seiner Seite, der einen liebt und ein Job, der einem Spaß macht«, fauchte ich ihn an. Meine Geduld war zu Ende. Ich stand auf. Es dauerte ein paar Sekunden, bis er kapierte. Dann erhob auch er sich. Ich öffnete die Tür, damit er verschwand. Das tat er jedoch nicht, jedenfalls nicht sofort.

»Kein Ring am Finger? Wissen sie was?« Er straffte sich und reckte den Kopf. »Sie brauchen mal wieder einen anständigen Kerl. Leider gibt es heutzutage viele Frauen wie Sie, die zickig und vermutlich frigide sind.«

So ein Mist, dass Jo gerade in der Stadt unterwegs war, um sich über neue Sportartikel für die nächste Saison zu informieren. Ich überlegte für einen Moment, Benedikt zu Hilfe zu rufen. Nein, besser noch Vincent.

Aber dann blieb ich doch gelassen, denn durch die offene Tür hatte Juliane die Bemerkung meines Bewerbers gehört und eilte herbei. Die kleine Juliane wirkte auf mich wie David neben Goliath, als sie vor Rick zum Stehen kam. Sie stemmte die Hände in die Hüften und schaute entschlossen hoch in sein Gesicht.

»Wissen Sie, es gibt überhaupt keine frigiden Frauen, höchstens Männer, die in ihrem Kopf ständig heiße Geistesgüter mit sich führen.« Sie lächelte süß. »Und weiter unten …« – sie machte eine kleine Pause – »… leider nichts als heiße Luft.«

Rick zog süffisant eine Lippenseite hoch, stolzierte ohne ein weiteres Wort durch das Nachbarbüro zum Ausgang und ließ die Tür offen. Nachdem ich diese hinter dem Widerling zugeknallt hatte, ging es mir sofort besser. Juliane und ich klatschten einander in die Hände. Dann nahm ich die junge Bewerberin mit dem rotblonden Pferdeschwanz, mit der ich auch einen Termin hatte, mit in mein Büro.

Vierzig Minuten später hatte ich wieder gute Laune. Es war ein tolles Gespräch gewesen. Simone studierte Seefahrtstechniken. Kochen war ihre Leidenschaft. Sie tat es, wann immer sie Gelegenheit dazu hatte. Sie kochte gern für ihre Freunde, ihre Eltern, ihre Zimmernachbarn, was man ihren Hüften ein wenig ansah, dennoch war sie hübsch und vor allem extrem sympathisch. Ja, sie würde ich getrost nach Le Lavandou schicken können. Dort konnte sie dann nach Herzenslust für die Gäste brodeln und brutzeln.

DAS MANUSKRIPT

4

Wilhelmshaven - damals, vor vielen Jahren

Joe

Auf die Fensterbank schaute ich seit Freitag besonders gern. Dort stand die pinkfarbene Rose von Joe, deren Stiel ich täglich ein wenig beschnitt, damit sie sich lange hielt. Ich hatte mich sehr über diese Geste gefreut. Aber eigentlich war es nur eine Rose, ein Mitbringsel, eine kleine Aufmerksamkeit von Joe. Nichts weiter. Und doch war es mehr. Es war sogar sehr viel. Aber im Grunde hatte es nichts zu bedeuten.

Joe kam aus der Stadt mit neuen Squashschlägern für die Strandausstattung in Frankreich zurück. Es war Mittagszeit und mein Termin mit dem Bankdirektor stand in eineinhalb Stunden an. Ich hatte Hunger und Lust, irgendwo etwas essen zu gehen. Heute Abend hatten wir einen kleinen Betriebsausflug zum Wilhelmshavener Stadtfest geplant und wollten vorher zusammen irgendwo essen gehen. Aber so lange wollte ich nicht warten. Mein Magen knurrte jetzt. Gern würde ich Joe mit zum Griechen hier in der Nähe nehmen, traute mich aber nicht, ihn zu fragen. Ich befürchtete, er würde nicht gern mit einer Frau, die man für seine Mutter halten könnte, essen gehen. Was für dumme Bedenken! Wenn ich meine Grübeleien heute betrachte, war ich mir damals ganz sicher selbst im Weg.

»Ich habe Hunger und will zum Griechen«, informierte ich Joe. »Danach habe ich den Termin in der Bank.« So wusste er Bescheid, sollte jemand am Telefon nach mir fragen.

»Grieche hört sich gut an. Aber du willst bestimmt deine Ruhe beim Essen? Sonst würde ich gern mitkommen.«

Ich errötete, als er seine Hand sanft auf meinen linken Oberarm legte.

Joe war nicht so zögerlich wie ich, er war viel unbedarfter, viel natürlicher. Mein Puls ging schnell und nur seine flüchtige Berührung verursachte ein Zittern in mir, von dem ich nicht sagen konnte, wo ich es zuerst verspürte, in meinen Beinen, in meinen Armen oder in meinem Herzen.

Wir brauchten nicht lange zu Fuß, um das Olympia zu erreichen. Unterwegs erzählte Joe mir, dass er wieder angefangen hätte, Gedichte zu lesen – nur hin und wieder – zur Aufmunterung, wenn er traurig sei.

Beim Griechen setzten wir uns in eine stille Ecke. Nachdem wir für uns beide heiße Peperoni, für Joe einen Gyrosteller und für mich einen Salat mit kleinen Brötchen und viel Tsatsiki bestellt hatten, sah ich ihn erwartungsvoll an.

»Bist du oft traurig?«, wollte ich wissen.

»Ja schon. Nein. Nicht so oft. Ach, ich weiß nicht. Manchmal scheint mir alles über den Kopf zu wachsen – das Studium, die Arbeit in der Vogelwarte und bei euch. Obwohl ich alles richtig gern mache. Ich bin ehrgeizig und will gute Leistungen bringen. Engagement zeigen, das ist meine Lebensphilosophie.«

Er lachte, um seine Aussage weniger ernst klingen zu lassen, aber es klang überhaupt nicht fröhlich.

»Ich verliere mich oft in meinem Anspruch, alles gut zu machen oder noch besser, als man es von mir erwartet, weil ich gern will, dass jeder mich mag und akzeptiert. Das zu erreichen, ist nicht immer einfach. Vom Verstand her würde ich sogar sagen, es ist gar nicht möglich.«

Er presste die Lippen aufeinander und zuckte mit den Schultern.

»Meine leibliche Mutter hat mich von Anfang an nicht gewollt und mich verschenkt.«

Verschenkt betonte er so, als sei es etwas Unanständiges. Was er sagen wollte, war, dass er unmittelbar nach der Geburt bei Pflegeeltern abgegeben worden ist. Er erzählte weiter, dass diese schon sehr bald überfordert waren mit einem Baby wie ihm, eines, das ständig schrie und so seinen Hunger auf das Leben ankündigte. Sie gaben ihn ab. Er kam erneut zu Pflegeeltern, die ihn einige Zeit später adoptierten. Joe durfte ihren Nachnamen tragen und hieß nun Joe-Niklas Zacharias Beinke. Doch Liebe und Geborgenheit wurden ihm verwehrt. Joes Ansporn, immer das Beste zu geben, um geliebt zu werden, war augenscheinlich geboren aus jenem ersten Moment, in dem er gespürt hatte, dass er als Kind niemals und von niemandem erwünscht war. Nur wenn er großartig war, war seine Existenz gesichert.

***

Sein Pflegevater Herbert war als Leiter des Amtes für Öffentlichkeitsarbeit und Stadtmarketing eine angesehene und finanziell gutgestellte Persönlichkeit. Er war ein exzellenter Redner und verstand es wunderbar, Menschen für sich zu gewinnen. Seinen Status hob er gern hervor, denn Bewunderung war Vollwert-Nahrung für sein Wohlbefinden. Jeder, der mit ihm zu tun hatte, war davon überzeugt, einen eindrucksvollen und achtbaren Mann vor sich zu haben. Allerdings dauerte diese Einschätzung nur so lange, wie man ihm grenzenlos Beifall entgegenbrachte. Der kleinste Widerspruch, die geringfügigste Kritik bedeutete für

Herbert Hochverrat, und in so einem Fall konnte er verdammt ungemütlich werden.

Joes Pflegemutter Annegret war, als sie Herbert heiratete, eine außergewöhnlich schöne, aber geistlose und blasierte Frau. Sie war stolz auf ihren hochgeschätzten Ehemann, sah zu ihm auf und pflichtete ihm in allem bei, ohne jemals ihren eigenen Kopf einzuschalten. Stets achtete sie darauf, elegant gestylt zu sein und der wöchentliche Besuch bei der Kosmetikerin und beim Friseur war Pflichtprogramm. Einen Großteil des Geldes, das ihr Mann verdiente, investierte sie in Wermut oder ähnlichen Fusel, mit dem sie allabendlich ihre Seele aufpeppte. Der regelmäßige Konsum von Spirituosen stieg allmählich, so weit, bis sie das bisschen Verstand, das sie besaß, vollständig ersäuft hatte.

Eines Tages entschied sich Herbert, auf eine besondere Art Öffentlichkeitsarbeit zu betreiben, und überzeugte Annegret davon, ein Pflegekind aufzunehmen. Zwar war er zu dem Zeitpunkt schon 49 Jahre, aber ein Kind, das er nach einer Probezeit adoptieren würde, konnte seiner Ehrbarkeit noch ein bisschen nachhelfen. Und es dauerte nicht lange, da spielte Joe-Niklas, kaum ein Jahr alt, eine ehrwidrige Rolle in einem von Machtgehabe, Demütigungen, Blasiertheit und Alkohol durchtränkten Regime.

Als Jo fünf Jahre alt war, verlangten seine Eltern, dass er jeden Tag je eine Stunde Klavier und Flöte üben sollte. Er wurde von Annegret geohrfeigt, wenn er einmal merklich keine Lust hatte oder ihm das Üben schwerfiel. Schließlich war der Unterricht teuer und es war doch blamabel, wenn er den regelmäßigen Gästen im Haus, denen er vorspielen musste, falsche Töne zumutete. »Gut gemacht. Wir sind sehr stolz auf dich«, sagten seine Eltern, wenn das Vorspielen hervorragend war. War es das nicht oder ließ die Qualität in ihren Augen auch nur geringfügig zu wünschen übrig, wurde ein harter Ton angeschlagen: »Du machst uns lächerlich! Kannst du überhaupt etwas richtig?« Und Annegret fügte manchmal noch bissig hinzu: »Wie sollen wir dich liebhaben, wenn du nicht richtig übst? Andere Kinder wären froh, wenn sie zwei Instrumente spielen dürften.« Mit Todesverachtung übte und übte der kleine Joe. Irgendwann begann er, länger als die zwei vorgesehenen Stunden am Tag zu üben, um seine fordernden Pflegeeltern nicht zu enttäuschen. Schließlich war er doch auf ihre Liebe angewiesen. Mit zehn Jahren brillierte er sowohl beim Klavierspielen als auch beim Spielen der Flöte. Nachdem er sich Jahre später von seinen Pflegeeltern endlich lösen konnte, begann er, Klavier und Flöte zu hassen. Nie wieder wollte er ein Instrument spielen.

Gerade eingeschult, war Jo nach dem gemeinsamen Abendessen für das Spülen oder das Abtrocknen des Geschirrs zuständig. Er war glücklich, wenn er abtrocknen durfte, denn Abwaschen war das Schlimmste, weil das Spülwasser von Herbert immer so heiß gemacht wurde, dass Joes kleine Hände sich anfühlten, als würde er das Geschirr mit Feuer reinigen. Weinte er dann, behauptete sein Vater, er sei zimperlich, und er wurde wieder in die Ecke geschickt.

Einmal rutschte dem kleinen Joe beim Trockenreiben ein Weinglas aus der Hand. Eine gefahrverkündende Röte durchflutete Herbert vom Hals hinauf bis zum Haaransatz, ein Glühen, das der wachsende Zorn ins Purpurne steigerte. Langsam und bedrohlich erhob Herbert seine imposante Gestalt von seinem Eckbankplatz. Sein Gesicht war eine Fratze, als er den zitternden kleinen Jungen anbrüllte.

»Du nichtsnutziger, tollpatschiger Blödmann. Was machst du da für eine Sauerei?«

Er stützte seine Fäuste auf den Küchentisch – ein untrügliches Signal dafür, dass er sich Joe gleich vornehmen würde.

Der Kleine wartete diesmal nicht, bis Herbert bei ihm war, um ihn zu verprügeln wie gewöhnlich, wenn sein Gesicht mit dieser gefährlichen dunkelroten Farbe überzogen war. Joe hangelte sich am Backofengriff seitlich an den teuflisch glitzernden Glassplittern, die auf den grauen Bodenfliesen verstreut waren, vorbei und rannte, so schnell ihn seine Beine trugen, zur Haustür hinaus. Flitzte durch den farbenprächtigen Vorgarten geradewegs auf die Hauptstraße zu, die am Wohnhaus vorbeiführte.

Zu dieser Stunde war die Straße beherrscht vom Berufsverkehr. Joe verschnaufte Sekunden auf dem schmalen Bürgersteig. Dann vernahm er plötzlich die fluchende Stimme seines Pflegevaters, der ihm dicht auf den Fersen war. Kopflos und voller Angst, sprintete Joe zwischen die fahrenden Autos auf die Straße. Ein Lastwagen konnte ihm ausweichen, knallte dafür aber in einen BMW, der auf der linken Spur neben ihm fuhr. Der Fahrer eines buntbemalten Bullis dahinter riss das Lenkrad herum in Richtung Bürgersteig, um dem Aufprall auf die beiden Fahrzeuge zu vermeiden, stieß dafür aber glatt mit einem Bus zusammen, der soeben von der Haltestelle wieder angefahren war. Weitere Autos drängten ineinander. In Sekundenschnelle war die Fahrbahn blockiert. Mit weit aufgerissenen Augen stand Joe wie festgeklemmt mitten auf der Straße zwischen dem ermattenden Verkehr. Ein viel zu schnell fahrender schwarzer VW Polo rauschte von irgendwoher heran, nahm den kleinen Körper auf seine Motorhaube und schleuderte ihn auf den Bürgersteig.

Der Schutzengel, der für den Jungen zuständig war, musste nebenher noch eine Bodyguard-Ausbildung absolviert haben. Wie durch ein Wunder überlebte Joe den Aufprall. Ein Wunder war es obendrein, dass Joe durch den Unfall keine dauerhaften körperlichen Beeinträchtigungen behielt. Er lag jedoch wochenlang mit einer schweren Gehirnerschütterung, Rippen- und verschiedenen Knochenbrüchen im Krankenhaus. Sein Vater kam ihn an keinem dieser schweren Tage besuchen. Seine Mutter, inzwischen unerwartet schwanger, schaute zwar hin und wieder vorbei, sie blieb jedoch nie länger als ein paar Minuten. Sie brachte Jo nichts mit, was ihn hätte aufmuntern können, fand keine tröstenden Worte für ihn, strich ihm nicht über das zugepflasterte Gesichtchen. Aber sie informierte Jo darüber, wie sehr Herbert und sie darunter litten, ein Kind wie ihn aufgenommen zu haben, ein Kind, das nur Scherereien machte.

Am Entlassungstag holte Herbert den Jungen persönlich ab. Er ließ ihn seine Wut augenblicklich spüren, packte Jos Sachen in die kleine Reisetasche, bedankte sich bei dem Pflegepersonal und marschierte mit dem Kind den langen, nach Fäkalien stinkenden Krankenhausflur entlang Richtung Ausgang. Neben Herbert lief Joe, den Kopf gesenkt, die kleinen Hände in den Hosentaschen versteckt. Unter den Arm geklemmt, trug er seinen Stoffhund, den ihm die Krankenschwestern geschenkt hatten, weil er sich so allein gefühlt hatte.

Annegret empfing das Kind ebenso kalt. Sie sagte nichts dazu, als Herbert dem Jungen befahl, sich in die gefürchtete Ecke in den Flur zu stellen. Annegret sagte auch nichts, als Herbert eine Pistole aus dem Garderobenschrank nahm. Sie sagte nichts, als Herbert dem vor Todesangst schlotternden Jungen diese vor die Brust hielt und ihm erklärte, er und Annegret seien glücklich gewesen, bevor sie ihn in ihr Haus geholt hätten. Es wäre nicht übel, ihn wieder loszuwerden. Sie sagte immer noch nichts, als Joe sich verängstigt einnässte. Und sie blieb stumm, als Herbert die Waffe lässig wieder in den Schrank zurücklegte.

Es war eine alte Spielzeugpistole.

Monate später war das Baby da. Ein Junge, der von seinen Eltern so verwöhnt wurde, dass für jeden Erziehungslaien erkennbar war: Aus diesem Kind wird ein egozentrisches Arschloch. Er hieß Bastian. Und war in der Tat ein Teufel.

Im Haus der Pflegeeltern gab es eine schrille Glocke. Joe hatte deren Klang zu fürchten gelernt. Denn jedes Mal, wenn Annegret diese Glocke betätigte, wurde ihm aufgetragen, die Spielsachen, die Bastian überall verstreut hatte, einzusammeln und in den richtigen Schachteln unterzubringen. Bastian erhielt keine Ermahnungen dafür, dass er häufig die Dinge, die Joe gerade eingeräumt hatte, wieder ausräumte und umherwarf. Dafür bekam Joe ordentlich Ärger, wenn er zu lange brauchte, um Ordnung zu schaffen. Annegret und Herbert bestätigten Bastian immer neu in seinem unsozialen Verhalten. Ganz gleich, was Bastian sagte oder anstellte, dem Zehnjährigen geschah nichts. Er war der King in der Familie, das eigene, das echte, das blutsverwandte Kind, das Kind, mit dem Annegret und Herbert nicht mehr gerechnet hatten und das nun ihr ganzer Stolz war.

Joe bekam regelmäßig von seinen Eltern zu hören, dass sie selbst darunter litten, ihn ständig maßregeln zu müssen.

Im dritten Schuljahr waren Jos Leistungen außergewöhnlich. Er versuchte alles, was einem Kind einfallen kann, um Anerkennung und Liebe zu bekommen, um seine Existenz vor seinen Eltern zu rechtfertigen. Er war immer aufmerksam und half, wo er konnte. Dass einige Mitschüler ihn nur benutzten, um regelmäßig von ihm die Hausaufgaben abzuschreiben, bemerkte er vielleicht sogar, aber es war ihm egal. Hauptsache, man akzeptierte ihn.

Alkohol und Sonnenstudio waren mit Annegret nicht freundlich umgegangen. Ihr Gesicht war mit fünfzig Jahren schon so runzelig wie zerknülltes Papier. Die geschwollenen Augenlider hingen schwer und trostlos herab und der Schnaps hatte nicht nur eine schwere Parodontitis hervorgerufen und ihre Zähne bis zum Ausfallen gelockert, sondern auch ihr Hirn zermalmt. Als Annegret eines Tages an den Folgen ihres Alkoholabusus starb, nahm Joe es einfach nur zur Kenntnis.

***

Wegen dieser Geschichte bekam ich keinen Bissen mehr runter und schob meinen Salatteller achtlos beiseite. Die Joe von seinen Pflegeeltern eingeredete »Wertlosigkeit« kompensierte er durch Höchstleistungen. Vermutlich wirkte er deswegen so vernünftig und lebenstüchtig. Ich war perplex aufgrund seiner Ehrlichkeit und des Vertrauens, das er mir entgegenbrachte. Als wir die Tür des Lokals hinter uns geschlossen hatten, bat er mich, ihn kurz in den Arm zu nehmen.

Ich hielt ihn stumm länger umschlungen, als es angemessen gewesen wäre. Am liebsten hätte ich ihn nicht mehr losgelassen.

Als wir wieder im Büro waren, rief ich bei der Bank an und sagte unseren Termin ab. Meine Gedanken waren so sehr bei Joes Kindheitsgeschichte, dass ich mich nicht in der Lage fühlte, mit der Bank wegen eines neuen Geschäftskredits zu verhandeln.

DAS MANUSKRIPT

5

Wilhelmshaven - damals, vor vielen Jahren

Vergnügungstour nach Feierabend

Bevor wir uns in den Trubel des Stadtfestes wagten, genossen wir im Taj Mahal köstliche scharfe Speisen, gewürzt mit Ingwer, Knoblauch und Curry. Sogar Juliane aß eine gewaltige Portion und trank dazu Bier, ausnahmsweise ohne uns mit ihren üblichen Gesundheitsvorträgen zu nerven. Gelegentlich reizte sie uns gewaltig, wenn sie bei der Bewirtung von Gästen oder auf gemeinsamen Feiern jedes Gramm versteckten Zucker, jedes Krümelchen helles Brot, jeden noch so kleinen Tropfen Alkohol wegen der angeblich gesundheitsschädigenden Folgen mit missionierenden Worten ablehnte und so scheinbar subtil um Applaus buhlte. Dabei schätzte sie selbstverständlich zuvor den Nutzen neuer Leute für ihre eigenen Zwecke ein, um so mit ihrem vermeintlichen Gesundheitsbewusstsein, ihrer Fitness oder aber mit ihren Leistungen hier im Büro zu beeindrucken. Soweit wir wussten, trieb sie gar keinen Sport. Aber sie redete unentwegt von Funktionsgymnastik, von der notwendigen Belastung des Quadrizeps beim Beintraining, vom therapeutischen Effekt des Bogenschießens und der wundersamen Wirkung des regelmäßigen Laufband-Trainings auf die Konturen des Hinterns. In der Tat fuhr sie oft mit dem Rad zur Arbeit, immerhin täglich insgesamt 3 km. Von weiteren Sportarten fantasierte sie vermutlich. Und des Öfteren hatte ich sie ertappt, wie sie sich trotz der Abneigung gegen jegliche Form von Zucker und Fett hastig Schokolade in den Mund schob. So ganz ernst zu nehmen war Juliane also nicht.

Vom köstlichen Essen und einigen Gläsern Hefeweizen vergnüglich gestimmt, erzählte Benedikt von seinen neuesten Projekten und der Kohle, die er damit machen könne. Bisher waren seine Vorhaben häufig aufgrund seiner desolaten Finanzplanungen gescheitert. Und am Ende war ich diejenige, die bei der Bank um neue Kredite für unser Unternehmen betteln musste. Für unsere Konten hatte ich eine Vollmacht. Und das Erste, was ich am Monatsende tat, war, mir mein Gehalt zu überweisen, bevor es für Verbindlichkeiten draufging, die schon längst hätten beglichen sein müssen, es aber aufgrund von Liquiditätsengpässen nicht waren.

Beim Essen hatte Vincent plötzlich Maxi geknuddelt und uns strahlend informiert, dass beide seit zwei Wochen ein Paar waren. Mich freute das. Ich fand, die beiden passten gut zusammen. Maxi war etwas korpulent und ihrem Wesen nach eher unaufdringlich besänftigend. Sie schob sich selbst nicht gern in den Vordergrund. Vincent, von ähnlicher Statur wie Maxi, hingegen schon. Es war nicht übertrieben, ihn als vorlaut zu beschreiben. Oft genug hatte ich mir gewünscht, es existiere eine Fernbedienung für sein lockeres Mundwerk, um seine Klappe blitzschnell auszuschalten, wenn es unerträglich wurde, vor allem dann, wenn er Alkohol getrunken hatte. Dergleichen war aber leider noch nicht erfunden. Wir freuten uns für die beiden und stießen noch einmal mit einem Gläschen Sekt auf die gute Nachricht an. Vincent und Torsti hatten schon richtig einen in der Karre, als wir das Lokal verließen.

Bevor wir den Flohmarkt stürmten, der noch bis 23.00 Uhr geöffnet sein sollte, warteten wir auf Juliane. Sie war mit Isa zur Toilette gegangen, die sich im Keller des Lokals befand.

»Ist Juliane noch nicht zurück?«, fragte uns Isa. »Ich hab unten im Kellereingang auf sie gewartet, aber als sie nicht kam, dachte ich, sie wäre schon wieder bei euch.«

»Hier ist sie nicht«, sagte ich. »Warten wir noch einen Moment.«

Ich entschied dann aber auch noch mal, zur Toilette zu gehen, bevor ich auf dem Flohmarkt in Not geriet.

»Gehst du auch, Rieke?« »Ja, besser ist's.«

Sie hatte sich ihren verrückten schwarzen Hut aufgesetzt und hüpfte ausgelassen auf mich zu.

»Dann müssen wir nachher nicht auf die Bauwagentoiletten.« Sie zog eine Fratze, um anzudeuten, wie eklig sie diese Vorstellung fand.

»Ich komm auch mit«, rief Maxi und küsste Vincent auf die Wange.

»Wie oft ihr Frauen aufs Klo müsst, ist unfassbar.« Vincent stülpte seine fesche Kappe auf sein fortschreitend lichter werdendes Haar und schüttelte den Kopf. Dann ging er zu Hannes und Torsten, die auf dem Bürgersteig draußen warteten.

Wir überraschten Juliane vor einem Waschbecken beim Auftragen frischer Wimperntusche. Anscheinend hatte sie ihr ganzes Gesicht gewaschen, ihre Haare waren an der Seite und Stirn noch feucht.

»Hoppla, Juliane«, sagte Maxi nur und öffnete die Tür zu einer Toilette.

»Was treibst du hier so lange?«, fragte Rieke. »Du bist schön genug.«

»Schminkst du dich komplett neu?« Auch ich war überrascht. Normalerweise reichte es, sich die Lippen ein wenig nachzuziehen.

»Und die Zähne hast du dir auch geputzt.« Rieke machte große Augen vor Erstaunen.

»Klar. Ich habe immer was zum Zähneputzen dabei. Und außerdem war ich nach dem scharfen Essen völlig verschwitzt im Gesicht. Meine Nase lief, die Augen tränten. So wollte ich nicht mit euch über den Flohmarkt.«

»Na dann«, antworteten Rieke und ich gleichzeitig und huschten in die Kabinen. Als wir fertig waren, war Juliane endlich auch so weit.

Viele Verkäufer boten reizvolle Sachen an. Vincent tänzelte mit Maxi im Arm trällernd um einige Besucher herum. Während Juliane und ich an einem Stand extravagante Shirts und Jeans mit Applikationen in Augenschein nahmen und dabei von Joe und Rieke begleitet wurden, hörten wir Vincent mit einem Mann diskutieren, der Maxi ein elektrisches Massagegerät – für den Rücken – verkaufen wollte. Benedikt mischte sich ein.

»Zeig mal her.« Er nahm dem Verkäufer das Gerät aus der Hand. »Linda. Schau mal. Ist das nichts für eure verkrampfte Muskulatur? Isa, Juliane! Ihr beklagt euch doch immer über Nackenschmerzen.«

»Brauche ich nicht«, rief Isa, die sich zu uns an den Stand gesellt hatte, lachend. »Ich mache Pilates.«

»Wenn du für uns je eines kaufst, gerne«, meinte Juliane lapidar.

Benedikt schien tatsächlich zu überlegen, sah mich dabei fragend an. Ich dachte, dass er mal wieder einen Haarschnitt benötigte. Seine knapp schulterlangen, dicken braunen Locken wucherten wie Pflanzen in einem Naturgarten.

»Lass gut sein«, rief ich ihm zu.

Ich hatte ohnehin nur Blicke für Joe, der gerade Juliane eine Jeans mit viel Schnickschnack empfahl und diese in alle Richtungen schwenkte, mal zu Rieke, die fortwährend gackerte und deren Sommersprossen mit einer leichten Röte überzogen waren, weil ihr der Alkohol zu Kopf gestiegen war, dann wieder zu der asiatischen Verkäuferin, wieder zurück zu Juliane, zu Isa, zu mir. Ich hoffte sehr, dass Joe nicht gemerkt hatte, wie ich ihn heimlich angestarrt hatte und schaute verlegen in Benedikts Richtung. Ich war wohl nicht ganz bei Sinnen, und das lag nicht am Hefeweizen.

Ich hatte in den letzten Jahren so viele junge Männer als Saisonkraft eingestellt, aber keiner von ihnen, egal, wie gut er aussah, hatte je auch nur im Ansatz meine Aufmerksamkeit erregt. Um Joe wehte ein besonderes Flair, welches meine Gelassenheit unter einer Schicht Hilflosigkeit begrub. Seiner Ausstrahlung vermochte ich mich nicht zu entziehen und ich fand dafür keine Worte. Etwas, das mich schwach und zittrig, wehrlos und berauscht werden ließ, schwebte diskret um ihn herum, um alles, was er sagte, um alles, was er tat. Ich schämte mich wegen meiner unangemessenen Empfindungen und befürchtete, dass ich sie vorläufig aushalten musste. Die Vorstellung war beängstigend. Aber ich würde damit umgehen können.

Der Verkäufer vom Stand gegenüber wandte sich nun wieder an Vincent, wollte unbedingt seine Ware an den Mann bringen.

»20 % Nachlass für Sie, der Herr.«

Er schlug Vincent auffordernd auf die Schulter und hielt ihm das Massageteil unter die Nase. »Für Ihre Frau.« Dabei deutete er auf Maxi, die bisher gar nichts gesagt, nur fröhlich gegrinst hatte.

»Behalten Sie's.« Vincent lachte dem Verkäufer frech ins Gesicht. »Ich habe das Massagegerät für meine Frau immer dabei.« Er deutete mit dem Finger zwischen seine Beine.

Wie peinlich! Aus irgendeinem Grund war mir das alles hier zu viel. Plötzliche Erschöpfung machte sich in mir breit. Ich verspürte den Drang, mich abzuseilen, gleichzeitig wollte ich bleiben – wegen Joe. Der scharwenzelte allerdings immer noch um Juliane herum. Offensichtlich war er gefesselt von ihrem Hinterteil, das sie – ich wusste es von ihr selbst – in ein Push-up-Höschen gesteckt hatte.

Joe griff nach einer grauen Hose mit Glanzeffekt und reichte sie Juliane. Ich machte einen Schritt auf sie zu und sagte unüberhörbar:

»Hm, … Juliane, ich würde eine Nummer kleiner wählen. Wenn du die Silikoneinlagen aus deiner Polsterunterhose wieder rausnimmst, sitzt die Jeans eventuell zu labberig.«

Leider konnte ich meine Zunge nicht so schnell stoppen, wie sie zu sprechen gewillt war.

Juliane sah mich scharf an, erwiderte aber nichts. Sie war keine Frau, die viel herumzickte, und mir tat meine Bemerkung auf einmal leid, aber nur ein bisschen. Unschuldig wühlte ich dann in den Shirts herum, ohne eines kaufen zu wollen, aber auf jeden Fall in der Hoffnung, dass Joe mir half, eines auszusuchen, von dem er annahm, dass es mir stand. Benedikt unterhielt sich unterdessen mit dem Massagegerät-Verkäufer. Die beiden schienen sich gut zu verstehen. Ich konnte nicht genau hören, worum es ging, schnappte nur einzelne Wörter auf wie Schulden, Bürgschaft, Kantine, über die Runden kommen, ohne eine Idee für den Zusammenhang. Vincent und Maxi standen schon am nächsten Stand. Ich erschrak, weil Joe mich am Oberarm geboxt hatte.

»Darf ich dir helfen?«

Herzpochen. Weiche Knie. »Sicher, gerne.«

Mehr wusste ich gerade nicht zu sagen. Verdammt. Warum schwammen mir so häufig die Worte davon, wenn er mit mir sprach?

»V-Ausschnitt steht dir gut. Schau, dieser hier.« Isa hielt mir einen grünen Lappen vor die Brust.

»Isa! Nicht so was«, sagte ich leicht aggressiv. Isa war meine Freundin und Lieblingskollegin, aber ich wollte nicht, dass sie sich jetzt einmischte, jetzt, wo Joe endlich von der schönen Juliane abgelassen und von mir Notiz genommen hatte.

Joe schmunzelte und zwinkerte mir zu. »Ich sehe hier nichts in den Farben, die du gern trägst.«

»Ich brauche eigentlich gar nichts, wollte nur mal stöbern. Meine bevorzugten Farbtöne sind auch nicht dabei.«

»Du siehst bestimmt in allen Farben toll aus«, sagte Joe schmeichelnd.

Über meine Lippen kam lediglich ein verlegenes Lächeln und ein schwaches Danke. Die Schlagfertigste war ich nie gewesen und überhaupt, wie konnte es sein, dass dieser Mann die Macht hatte, mich, eine Frau, die mit beiden Beinen im Leben stand, derart wuschig zu machen?

»Immer noch bei den Klamotten?« Vincent stand mit Maxi neben uns. Sie kuschelte sich an ihn und schien überaus glücklich zu sein. »Guckt ihr nur, wir haben doch Zeit«, meinte sie und stupste Vincent in den Bauch. »Und du hörst auf zu treiben, klar?«, foppte sie ihn.

»Frauen!« war alles, was er dazu sagte, und dann rief er rüber zu Benedikt »Hey, Alter, über was schwafelt ihr denn so lange? Wollen wir langsam mal weiter?«

»Geduld, Vincent. Ich bin hier gleich fertig«, antwortete Benedikt.

Ich bemerkte, wie Vincent Maxi mit einem Nicken aufforderte, mal eben zu ihm zu kommen und sah nur noch, wie sie auf ihn zuging. Denn mit einem Mal drehten wir uns alle wie choreografiert in eine Richtung, aus der wir ein unappetitliches Geräusch hörten.

Es war Torsti, der in einen Papierkorb hinter uns kotzte. Isa kramte in ihrer Tasche nach feuchten Tüchern, die sie wegen der zeitweiligen Matschhände ihrer Enkelkinder immer dabeihatte, und bot Torsti Hilfe an. Der drehte seinen Kopf schwerfällig wieder in Normalstellung und griff dankbar zu, um sich über den Mund, dann über das Gesicht und seine Haare zu wischen. Er sah ganz schön mitgenommen und bleich aus. Ich ging zu ihm, massierte kurz seinen Rücken und nahm seine Hand.

»Danke, Isa. Danke, Linda. Hab doch wohl zu viel …«

Mehr zu sagen, war ihm nicht möglich. Schon im nächsten Moment übergab er sich erneut. Diesmal war der Papierkorb davongekommen, aber nicht meine Hose und auch nicht meine Schuhe. Torsti ließ sich auf den Boden sacken und blieb dort wie ein Häufchen Elend hocken. Joe und Rieke eilten herbei, um mich und Torsti zu bedauern. Aber der war eh außer Gefecht gesetzt.

Joe und Rieke verbrauchten Isas gesamten Vorrat an Feuchttüchern, um an meinen Schuhen und Hosenbeinen herum zu putzen. Ich stand da, verärgert, sagte aber erst mal nichts. Immer, wenn etwas Unangenehmes passierte, erstarrte ich, und es dauerte eine Weile, bis ich mich wieder rühren konnte. Die Flohmarktbesucher in unserer unmittelbaren Nähe waren alarmiert ein Stück abgerückt und betrachteten neugierig unser kleines Schauspiel.

Juliane lachte. Sie packte Joe energisch am Oberarm. »Das reicht. Der Gestank geht sowieso nicht raus aus den Klamotten.«

Und an Isa und Rieke gewandt »Passt bloß auf, dass ihr euch nicht auch noch einsaut.« Typisch Juliane. Anteilnahme war nicht so ganz ihre Branche.

»Juliane!« Joe, immer noch ihre Hand auf seinem Arm, schob diese zur Seite und sah sie mahnend an. Sie verstand den Wink.

»Tut mir leid. Es war nicht fair zu lachen, aber ich konnte nicht anders.«

Ihr Gesicht zeigte allerdings immer noch kein Mitgefühl. Ich rollte meine Pupillen und atmete tief ein und dann gemächlich aus.

Juliane griff in ihren schwarzen Lederbeutel und reichte mir ein Deo.

»Hier. Sprüh das über deine Klamotten. Fürs Erste müsste es so gehen. Dann riechst du nicht mehr ganz so abstoßend.«

Joe nahm das Spray und sprühte wortlos meine Hose und Schuhe damit ein.

»Lieb von dir«, säuselte ich ihm entgegen, zog eine Donald-Duck-Schnute und fand, dass er wirklich ritterlich gehandelt hatte, als er vorhin Julianes albernes Gekicher mit einem strafenden Blick beendet hatte.

»Kopf hoch, Linda.« Seine wachen Augen konnten mich aufmuntern. Und sein Lächeln erst recht.

»Da hätte es besser meine Hose getroffen.« Er zeigte auf seine Bermuda-Shorts. »Das wäre weniger tragisch gewesen. Die ist sowieso verschlissen und ich brauche eine neue.«

»Lass uns auf einem der Stände eine neue Hose für dich suchen«, flötete Juliane. Ihr Blick war mehr als keck.

»Nein, nein, schon gut.« Joe schüttelte den Kopf. »Ich bleib nicht mehr lang. Ich muss noch mit dem Rad nach Hause. Bis Sengwarden fahre ich damit noch eine knappe Dreiviertelstunde. Morgen ist zwar Wochenende und ich kann schlafen, aber nicht so sehr lange, denn ich will noch ins Vogelforschungsinstitut, ein paar Register neu ordnen. Mein Vorgesetzter hätte das gern bis Montag erledigt. Dieser zweite Job ist wichtig für mein Studium. Ich lerne extrem viel, wenn ich dort aushelfe, und Geld nebenbei kann ich immer gut gebrauchen.«

»Ich verstehe schon.« Juliane strich sich kokett eine Locke aus der Stirn.

»Was geht denn hier ab?« Maxi und Vincent hatten Torstis Kotzszenario nicht mitbekommen. Sie waren Sekunden vor dem Desaster zu Benedikt hinüber gegangen, um diesen endlich von dem Anbieter der Massageartikel wegzulotsen. Leider erfolglos. Benedikt blieb eisern stehen, wo er war, und plauderte munter weiter mit dem Verkäufer, der ihm interessante Dinge zu erörtern schien.

»Torsti hat sich heute wieder richtig einen über die Lampe gegossen und musste reihern. Leider hat die Brühe auch Linda getroffen.« War ja klar. Ausgerechnet Juliane fühlte sich zu einer Antwort verpflichtet.

Auch Hannes hatte nichts von dem Schauspiel mitbekommen und sich währenddessen zwei Stände weiter antike Radios angeschaut. Nun kam er auf uns zu, um sich zu verabschieden. Er bedankte sich bei Vincent für das leckere Essen, das er sehr genossen habe, allerdings seien Flohmärkte und Stadtfeste nicht so ganz sein Ding. Torsti erblickte er erst danach und sichtlich ergriffen, teilte er uns mit, er würde das arme Schwein am besten unter seine Schulter klemmen und nach Hause bringen. Torsti wohnte zum Glück nur um die Ecke. Hannes winkte Benedikt, der vor dem Massagegerätestand festgefroren zu sein schien, nur kurz zu, bevor er Torsti stützend davon stapfte.

Joe zögerte kurz, rannte ihnen dann nach, um Torsti seinerseits auch zu stützen, denn der war kaum fähig, sich nur mit Hannes' Hilfe gerade zu halten.

Benedikt redete nun eindringlich auf den Verkäufer ein. Er war schon immer ein eloquenter Wortführer gewesen und es dauerte noch etwas, ehe er sich aus seiner anscheinend wichtigen Unterhaltung mit dem Massagemann lösen konnte.

»So, die Herrschaften. Ausgeplaudert. Wollen wir noch auf einen letzten Schluck ins Zelt?«

»Hannes und Torsti sind schon weg«, sagte ich.

»Was war los?« Benedikt hatte gar nichts mitbekommen.

»Torsti ist blau«, klärte ich ihn auf. »Hättest du nicht so lange gequatscht, dann wüsstest du, dass Hannes und Joe ihn gerade nach Hause bringen. Ihm geht es richtig schlecht! Er hat auf meine Klamotten gekotzt.«

Benedikt grinste und nahm mich spontan in den Arm. Ich war müde und merklich gereizt. Darum schuppte ich ihn weg. Nicht, weil ich ihn heute nicht mochte, aber momentan war ich genervt. Denn ich fragte mich, ob Joe wiederkommen würde.

»Ich habe meinen Enkeltöchtern morgen einen Ausflug mit dem Schiff zu den Seehundsbänken versprochen. Da will ich fit sein«, entgegnete Isa mit beschwichtigender Gebärde. »Tut mir leid, aber für mich ist es spät. Ich möchte es Hannes und Torsti nachmachen und mich jetzt verabschieden. Nicht böse sein, Benedikt.«

»Ach komm, Isa. Ein Bierchen noch.«

Benedikt setzte seinen üblichen fordernden Blick auf, der meistens zur Folge hatte, dass er bockig wurde, wenn er seinen Willen nicht bekam.

»Wirklich nicht, Benedikt. Ich hab genug intus für heute. Vielen Dank für die Einladung. Vielen Dank auch dir, Vincent.«

Sie umarmte Juliane und mich, den anderen winkte sie zu und machte sich davon, bevor Benedikt weiterquengeln konnte. Weit nach Hause hatte auch sie es nicht.

»Also, was jetzt? Isa ist weg, Torsti und Hannes auch. Kommt Joe zurück?« Benedikt wirkte etwas gereizt. Erst plauderte er unentwegt mit einem Fremden und scherte sich nicht um uns, und nun sollten alle nach seiner Pfeife tanzen.

»Bestimmt kommt Joe zurück. Er begleitet Torsti und Hannes nur«, antwortete Juliane.

»Hoffentlich. Eine kleine Runde über den Markt und ein halbes Stündchen im Festzelt müssten wir doch noch schaffen, Leute«, meinte Benedikt. »Dann erzähle ich euch nebenbei, was der Verkäufer mit mir beredet hat.«

»Machen wir«, sagte Vincent eher zu Maxi und er nickte dabei so, als wenn er keinen Widerspruch duldete. Auch Rieke wollte sich der Runde über den Markt und ins Festzelt anschließen. Sie hätte mit ihrem Freund ausgemacht, dass dieser sie um 22.30 Uhr an der Straßenecke neben dem Zelt abholen komme. Und Juliane kommentierte, Lutz sei auf einer Fortbildung und das ganze Wochenende nicht zu Hause. Sie habe Zeit und Lust und wir sollten auf jeden Fall noch auf Joe warten.

Da kam er auch schon. »Da seid ihr ja noch! Torsti ist im Bett. Hannes bleibt heute Nacht bei ihm. Der hat im Wohnzimmer auf der Couch sein Nachtlager aufgeschlagen und zwei Eimer vor Torstis Bett gestellt.«

»Dann ist er wenigstens nicht allein«, stellte ich erleichtert fest. »Kommst du noch mit uns?«, fragte Benedikt Joe zugewandt.

»Wenn ihr nicht mehr allzu lange bleibt. Ich habe morgen noch etwas vor.« Joe sah uns einzeln fragend an.

»Mir reicht's auch bald«, wandte ich mich an Benedikt.

Der rollte die Augen, presste seine Lippen aufeinander und maulte irgendwas Unverständliches.

»Also kommt. Nur kurz«, sagte ich.

Wir entschieden uns, einfach quer über den Markt direkt ins Zelt zu gehen.

Unterwegs blieben wir jedoch noch an einem Stand mit wunderschönen Kerzen, Windlichtern und geschliffenen kleinen Kristallkörpern stehen. Die kleinen Kristalle waren absolut schön und glitzerten im Kerzenschein. Wir alle waren begeistert und wirklich teuer waren sie nicht. Benedikt und Vincent eilten jedoch voraus. Sie hatten offensichtlich Sorge, heute nicht mehr ins Zelt zu kommen. Und so ließen wir unser Portemonnaie in der Handtasche, kauften nichts.

Maxi hatte sich zuvor endlich von Vincents Arm gelöst und lief nun neben Juliane, Rieke und mir her. Joe schaute noch kurz nach etwas und kam nach.

Auf unsere kleine Gruppe wartete tatsächlich noch ein freier Stehtisch im Zelt. Benedikt bestellte eine Runde Hefeweizen. Vincent spendierte schlüpfrige Witze und trällerte obszöne Lieder.

»Was war nun mit dem Verkäufer?«, wollte Juliane von Benedikt wissen.

»Ach, der Arme!« Benedikt nahm seine Brille ab, putzte sie mit seinem Taschentuch und strich sich seine lange Mähne aus dem Gesicht. »Seine Geschichte ist interessant. Ich will jetzt nicht zu sehr ins Detail gehen, nur kurz zusammenfassen. Der Mann macht die Verkaufsarbeit mit den Massagedingern nur tageweise hier und da auf irgendeinem Markt. Er sagte, es sei ganz schön schwer, überhaupt etwas auf den Floh- oder Trödelmärkten zu verkaufen. Die meisten Leute würden nur schauen, alles begrabschen und an den falschen Platz zurücklegen. Er ist gerade mal neunundzwanzig und schon geschieden, macht die Arbeit höchst ungern, ist aber darauf angewiesen, da er sowieso kaum über die Runden kommt. Sein ehemaliger Chef, Inhaber einer großen, aber schmierigen Betriebskantine, ist urplötzlich wegen illegalen Drogenhandels in den Knast gewandert. Das Personal – drei Kolleginnen und neben ihm ein weiterer Kollege – war von heute auf morgen arbeitslos. Der Mann stammt aus der ehemaligen DDR, und nach der Wende hatten er und seine Ex leichtsinnigerweise für Schnickschnack und zwei nagelneue Autos einen Konsumentenkredit aufgenommen, den beide zu gleichen Teilen noch lange abzahlen müssen. Dem geht der Hintern auf Grundeis, wenn der nicht bald eine vernünftige neue Stelle findet.«

»Ist er selbst schuld«, meinte Juliane stumpf an Benedikt gewandt und hakte sich dann bei Joe ein, der es sich offenbar gern gefallen ließ. Wie es mir dabei ging, ist nicht zu beschreiben. Julianes Selbstzufriedenheit war schon immer eine Waffe, die sie geschickt einzusetzen wusste.

»Es ist nicht immer so, dass jeder die alleinige Verantwortung trägt für alle Irrungen und Unannehmlichkeiten des Lebens. Wer andere unterstützen will – und wenn es nur durch Zuhören ist – sollte es deshalb bedingungslos tun, ohne Fragen nach Schuld.« Benedikts Worte blieben unkommentiert in der Luft hängen. Heute Abend wollte keiner von uns mehr anderer Leute Probleme diskutieren.

»Der ist selbst schuld. Da gebe ich Juliane recht.« Vincent, mittlerweile reichlich betrunken und entsprechend wackelig auf den Beinen, stakste um den Tisch herum, um eine bessere Aussicht auf das Publikum im Zelt zu haben. »Du bist doch nicht die Seelsorge, Ben«, meinte er. »Wieso brauchen die jungen Leute nagelneue Autos? Spinner! Allesamt verwöhnte Spinner!« Er zog die Stirn kraus und rümpfte die Nase.

»Nun mal sachte, Vince«, versuchte Maxi zu vermitteln.

»Ach, Schnecke, du bist auch nicht die Seelsorge. Fang mir nur nicht mit Mutter-Teresa-Geplauder an.« Er kniff sie in den Hintern. »Gleich zu Hause haben wir noch was anderes vor«, sagte er anzüglich und grinste ihr zweideutig ins Gesicht.

»Nun halt mal dein Mundwerk im Zaum, Vince.« Maxi musterte den besoffenen Vincent von oben bis unten und kniff die Lider zusammen. »Heute klappt das sowieso nicht mehr, glaub mir.«

Ich holte tief Luft und fragte mich, wie gewaltig mein Maß an Höflichkeit und Zartgefühl wohl sein musste, um diesen Abend mit Takt und Anstand hinter mich zu bringen. Joe und Juliane lachten laut. Benedikt schmunzelte. Rieke weinte.

Erschrocken drehten wir uns zu ihr um. Sie stand mit dem Rücken zu uns und beobachtete die Tanzfreudigen. Joe hockte sich vor sie, nahm ihre Hand. Ich ergriff ihre andere.

»Was ist passiert, Schätzchen?« Maxi streichelte Riekes Rücken.

Rieke brachte vor lauter Schluchzen kein Wort hervor. Da kam Benedikt hinzu, fasste sie sachte am Arm und führte sie nach draußen, obwohl sie sich anfangs wehrte. Wir alle hörten, wie Benedikt laut auf sie einredete.

»Heul diesem Heini nicht hinterher, Rieke. Der trennt sich niemals von seiner Frau.«

Wir alle wurden hellhörig. Bis auf Vincent, der kopfschüttelnd im Zelt zurückblieb, stapften wir hinter Benedikt und Rieke her. Was wusste Benedikt, was wir nicht wussten? Klar, er war ein Typ, der mit seinem Hundeblick schnell andere für sich einnahm. Und genau mit diesem Blick brachte er besonders Frauen dazu, ihm ihr Herz auszuschütten, wenn sie Probleme hatten. Benedikt hatte auf jeden Fall väterliche Qualitäten. Das war unstrittig. Aber wie konnte er nur wissen, warum Rieke jetzt so verzweifelt war?

»Benedikt!«, rief Juliane.

»Nicht jetzt!«, brüllte er zurück.

Wir sahen, wie er versuchte, Rieke zu beschwichtigen, und, weil er ein guter Redner und sehr fürsorglich war, beruhigte sie sich langsam.

»Scheißkerl.« Nacheinander sah sie uns direkt an und endlich machte sie ihrem Herzen Luft.

»Peter, mein Freund, wollte mich um halb elf heute Abend abholen. Das hab ich ja eben erzählt, weil ich mich dann auch verabschieden wollte. Wir hatten uns vorgenommen, übers Wochenende nach Boltenhagen an die Ostsee zu fahren, nur wir zwei. Ich hab mich so darauf gefreut...« Sie begann wieder zu weinen. »Dann rückt der auf einmal im Zelt mit seiner Frau an, macht vor allen Leuten auf total verliebt mit der Gattin. Turtelt mit der auf der Tanzfläche herum, als wenn's mich gar nicht geben würde. Als seine Frau mal kurz weg war, schlich er sich zu mir – gerade, als Vincent so dämlich gesungen hat –, nimmt mich an die Seite, und schleppt mich dahinten in die Ecke.« Sie deutete mit dem Finger auf einen schmalen Spalt zwischen irgendwelchen Kisten etwas abseits neben dem Zelteingang, musste dann erst Luft holen, um weiter zu erzählen. »Sagt er einfach so, dass es leider nichts werden könne mit unserem geplanten Wochenendausflug. Er hätte gedacht, seine Ehefrau sei ab heute Nachmittag für ein paar Tage mit ihren Kegelschwestern im Allgäu. Aber diese Reise sei von den Frauen aus unerfindlichen Gründen kurzfristig verschoben worden.«

Sie riss sich ihren Hut vom Kopf, warf ihn auf die Erde und trampelte darauf herum. Ich spürte in mir selbst, wie gut Rieke das tat. Möglicherweise trat sie gerade symbolisch kräftig in den Hintern von diesem Peter. Ich kannte den Mann nicht, hatte bisher nur wenig von ihm gehört, nur das, was Juliane und Maxi mir einmal erzählt hatten. Sie hatten Rieke mal mit ihm gesehen, als sie am Helgolandkai in sein Auto stieg. Und tags darauf wussten sie zu berichten, Rieke habe einen Freund. Er sei etwa fünfzig Jahre, sehe recht gut aus und fahre einen schwarzen Angeberschlitten.

Benedikt ergriff das Wort.

»Als du mir kürzlich von deinem Peter erzählt hast, Rieke, habe ich dir gleich gesagt, das ist ein Strohfeuer. Für ihn und für dich. Der wird nie seine Frau für dich verlassen. Auch wenn du es nicht einsehen willst. Ich kenne den Typen aus einer lange zurückliegenden Geschäftsbeziehung. Du bist jetzt sauer und verletzt, weil er dich versetzt hat. Aber in den nächsten Tagen schon wirst du ihm verzeihen und das Drama mit euch geht weiter. Ein Dauerversteckspiel wird das. Bis es dann mal richtig knallt. Vergiss ihn und warte auf einen Mann, der zu dir passt, und vor allem nicht verheiratet ist.«

»Er wollte sich von seiner Frau trennen, Benedikt. Aber momentan glaube ich selbst nicht mehr dran.«

Joe trat dicht an Rieke heran und trocknete ihr Gesicht mit einem Papiertaschentuch, das er sich von Maxi besorgt hatte.

Nun kam auch Vincent aus dem Zelt, weil er austreten musste. Er schien vollkommen knülle zu sein, und was hier draußen vor sich ging, war ihm spürbar egal.

»Danke. Ist schon gut«, sagte Rieke und Joe wandte sich nun an uns.

„Ich muss dann auch mal los. Aber mit dem Rad fahre ich jetzt nicht mehr nach Hause. Vielleicht finde ich für heute Nacht hier in der Stadt noch ein Hotelzimmer. Das dürfte hoffentlich nicht allzu schwierig sein. Ein Bus nach Sengwarden fährt um diese Zeit nicht mehr. Das weiß ich sicher.«

Mein Herz schien sich aufzublähen wie ein Schokokuss in der Mikrowelle. Es begann laut zu pochen und sachte zu schnurren. Vom Magen her spürte ich einen angenehmen Schauer.

Ich könnte Joe mit zu mir nehmen. Er spart so die Suche nach einem Zimmer in der Stadt und unnötige Kosten.

Ich wohnte, wie Torsti und Isa, auch nicht sehr weit von hier. Etwa fünfzehn Minuten würden wir laufen bis zu mir. Im Wohnzimmer hatte ich eine Schlafcouch. Perfekt. Ich öffnete meine Lippen und lugte zu ihm herüber. Wollte ihn fragen. Aber dann schlossen sich meine Lippen wieder mutlos. Nein. Ich konnte ihm das unmöglich anbieten. Was sollte er von mir denken? Was würden die anderen denken, wenn ich meinem jungen Mitarbeiter eine Übernachtung in meiner Wohnung anböte? Das ging auf keinen Fall. Ich genierte mich, daran so schnell gedacht zu haben und hörte Julianes laute Stimme wie aus weiter Ferne.

»Du suchst dir doch kein Hotelzimmer, Joe. Jetzt doch nicht mehr. Komm doch mit zu mir. Du kannst im Gästezimmer schlafen.«

Mir schien, als schaute Joe mich erwartungsvoll an. Als ich nichts dazu sagte, weil Julianes selbstsicheres Vorpreschen mich sprachlos machte, nahm er das Angebot an.

»Warum nicht? Wenn es dir keine zusätzlichen Probleme macht.«

»Eine frische Zahnbürste habe ich auch noch für dich.«

»Super. Aber wegen meines Zweitjobs im Vogelforschungsinstitut kann ich morgen früh nicht lange schlafen. Ich werde leise aufstehen und mich zeitig vom Acker machen.«

»Na klar. Mach das. Falls ich noch schlafen sollte …, ich zeige dir gleich, wo der Kaffee in der Küche versteckt ist.«

Sie blickte in unsere Runde.

»Dann verabschieden wir uns am besten gleich.« Juliane setzte ihre großen Augen in Szene. »Geht doch in Ordnung, wenn wir jetzt abmarschieren?« Sie lachte fröhlich und schaute mich direkt an.

Mein Lächeln war etwas säuerlich. Joe kam zu mir und nahm mich flüchtig in den Arm und drückte mir etwas Kleines in die Hand, das mit einem Papiertütchen geschützt war.

»Tschau, bis Montag.«

Er drückte dann Maxi, gab Benedikt die Hand. Vincent klopfte er auf die Schulter. »Schlaf dich aus, Vince.«

Und Rieke umarmte er fest. »Du hast einen Besseren verdient als diesen Scheinheiligen, Riekchen. Denk mal am Wochenende drüber nach.«

Nachdem Juliane sich auch von uns verabschiedet hatte, hakte sie Joe einfach unter.

Ich kochte.

Die beiden stahlen sich zusammen davon.

Ich starb.

»Ich werde Vincent jetzt nach Hause bringen«, verkündete Maxi. »Es reicht.«

»Schaffst du das mit ihm allein?«, fragte Benedikt.

»Geht schon. Noch muss ich ihn nicht tragen.« Maxi lachte nur. »Zu Hause halte ich seinen Kopf unter den Wasserhahn. Tschau, ihr drei.«

Sie machte sich mit Vincent auf den Weg.

»Rieke, wir begleiten dich nach Hause«, sagte Benedikt und sah mich auffordernd an.

Wir nahmen sie in die Mitte, und Arm in Arm marschierten wir vom Flohmarkt in Richtung Riekes Wohnung. Rieke wohnte in der Nähe der Kaiser-Wilhelm-Brücke in einem kleinen Miets-haus.

»Mir ist dein Peter gleich aufgefallen, als er mit seiner Frau ins Zelt kam. Ich habe ihn beobachtet, Rieke. Ich habe auch dich beobachtet, natürlich so, dass du es nicht mitbekommen hast. Mir ist nicht entgangen, wie er dich heimlich an die Seite gezogen hat, der Feigling. Hatte offensichtlich Manschetten davor, dass du ihn ansprichst, während er vor Publikum seine Ehefrau herzt. Das ist ein deutliches Zeichen dafür, dass er es nicht ernst mit dir meint, Kleines. Schon neulich, als ich euch zufällig bei eurem Spaziergang am Südstrand erwischt – er betonte auffällig erwischt – und nach dir gerufen habe, ist er zusammengezuckt. Ich vermute, wenn du nicht sofort auf mich zugegangen wärst, hätte er dich bestimmt in eine andere Richtung gedrängt.«

»Ich will nichts mehr über Peter hören. Nichts mehr. Hört ihr.«

Benedikt seufzte und ich wechselte das Thema, erzählte von meiner Vorfreude auf ein Wochenende, das ich demnächst in Dresden mit Isa und Marion, einer weiteren Freundin, verbringen wollte.

Wir standen nun vor Riekes Wohnungstür.

»Hier. Nimm am besten gleich ein paar Kügelchen, damit du schlafen kannst«, sagte ich und gab ihr ein paar Beruhigungsglobuli, die ich immer bei mir in der Tasche habe. Zu Hause würde ich selbst ein stärkeres Beruhigungsmittel nehmen, um meine Gedanken hinsichtlich dessen, was Juliane wohl mit Joe anstellen würde, zu verjagen.

»Danke. Ich hoffe, es hilft. Gute Nacht. Und noch mal Danke für eure Begleitung.«

»Mach's gut«, sagte ich.

»Tschüss, Rieke. Find ein bisschen zu dir übers Wochenende«, fügte Benedikt hinzu.

Die Luft hatte sich zwar abgekühlt, aber es war angenehm. Es begann, leicht zu regnen. Ich mochte diesen feinen sanften Regen und legte meinen Kopf in den Nacken, um sein Streicheln im Gesicht zu spüren. Während wir ein paar Schritte gingen, nahm Benedikt mich an die Hand.

»Linda.« Er sah mich an. Mit Hundeaugen.

Das hatte mir noch gefehlt. Es war nicht schwer, mir auszudenken, was jetzt folgen würde. Und richtig.

»Zu dir nach Hause ist es von hier aus noch ein kleines Stückchen zu laufen. Bei mir sind wir in ungefähr. vier Minuten.«

» … ?«

»Mit dem Taxi«, fügte er hinzu. »Willst du nicht heute Nacht bei mir bleiben? Du kennst mich schließlich ziemlich gut. Zu fürchten brauchst du dich bei mir nicht. Aber das weißt du ja.« Er schmunzelte leicht verlegen. »Wenn du willst, mache ich uns noch einen Weißwein auf.«

Ich konnte nichts erwidern. Zunächst musste ich diesem Hundeblick ausweichen.

Da nahm er mein Kinn in die Hand und hob es leicht an, damit ich ihn ansehen musste.

»Hey. Komm schon. Morgen früh bekommst du das tollste Frühstück, das jemals in Wilhelmshaven aufgetischt wurde. Versprochen.«

Er hatte einen Gesichtsausdruck wie ein kleiner Junge, der um Süßes bettelt.

»Und ich mag dich sehr«, fügte er hinzu.

Das reizte mich dann doch zum Lachen. »Klar, und all die anderen Damen, die du während deiner Auslandsaufenthalte kennengelernt hast, magst du auch. Eine ganze Schreibtischschublade ist voll mit Liebesbriefen für dich – von verschiedenen Frauen. Ich habe alle Briefe gesammelt. Da mache ich mal ein Buch draus. Du wolltest ja unbedingt, dass ich alles lese, was an dich geschickt wird, wenn du mal wieder längere Zeit nicht vor Ort bist.«

»Ach, manche Frauen sagen nur, dass sie mich lieben und mich vermissen, wenn ich fortmuss, und innerhalb kürzester Zeit haben sie schon wieder einen Neuen.«

»Du Armer«, erwiderte ich neckend. Und dann fiel mir Joe ein, der mit Juliane vielleicht …

»Okay« sagte ich. »Ich komme heute mit zu dir.« Ich musste mich unbedingt ablenken.

Benedikt gab mir einen Kuss auf die Nase und plante unterwegs zu seiner kleinen Eigentumswohnung, die einen tollen Ausblick auf den Stadtpark bot, all die Köstlichkeiten, die er für das fulminante Frühstück am nächsten Morgen schon ganz früh besorgen wollte.

Es war nicht das erste Mal, dass ich mit ihm schlief. Und als ich es in dieser Nacht tat, war es nur wunderschön, weil ich mir vorstellte, er wäre Joe. Im Leben kommt es nicht selten vor, dass man sich etwas anderes zum Ausgleich für das nimmt, was man in Wirklichkeit liebt, aber unmöglich haben kann.

LAUENBURG

Gegenwart

2

Noch ein Zeichen

Ein Klopfen aus Richtung Küchenfenster lässt mich aufhorchen. Ach. Das ist Joe. Er habe alles Unkraut von den Pflastersteinen im Vorgarten entfernt. Richtig lieb. Ich lade ihn zum Mittagessen ein, Sauerkrautauflauf. Den isst er normalerweise besonders gerne, doch heute lehnt er dankend ab, weil er wegen seines Herzfehlers noch einen Untersuchungstermin beim Internisten hat. Nicht, dass ich mir Sorgen machen müsse, es sei nur eine Routineuntersuchung. Dann ist ja gut. Ich drücke ihn noch einmal fest, bevor er auf sein Rad steigt und davonfährt. Auf einmal fühle ich mich unfrei. Das passiert mir häufig. Unfrei, weil abhängig von Gefühlsschwankungen, die mir so oft den Alltag verleiden. Tiefe Trostlosigkeit wechselt sich ab mit Bitternis und helleren wolkenlosen Stimmungsphasen. Gerade trifft es mich mit voller Wucht.

Hm … kein guter Moment, um mich meinem Manuskript zu widmen. Ich sollte besser ein bisschen lesen, um das deutliche Unbehagen zu verscheuchen.

Also suche ich das Buch, das ich neulich angefangen habe zu lesen. Ein Roman zur Zeit des spanischen Bürgerkriegs. Meine Hüfte nimmt es mir zwar übel, aber zuerst einmal muss ich unter mein Bett schauen. Manchmal, wenn ich abends lese, kann es nämlich passieren, dass ich dabei einschlafe, mir das Buch aus den Händen fällt und ich es am nächsten Morgen versehentlich mit den Füßen unters Bett stoße. Doch jetzt habe ich mich ganz umsonst gebückt. Gestern Abend habe ich doch im Wohnzimmer gesessen und gelesen. Soweit ich mich erinnere, liegt der Schmöker dort irgendwo. Vorsichtig hieve ich mich wieder hoch und halte mich dabei gut am Bett fest. Ich schaue auf meinen Couchtisch, nichts, aber – ah, da auf dem Esstisch liegt es – mein Buch. Einen Augenblick lang muss ich mich setzen. Mein Blick fällt automatisch auf die schöne milchige Kugelvase, die zwar selten gefüllt ist, aber trotzdem ihren festen Platz auf dem Tisch hat. Die Vase hat Isa mir einst geschenkt. Isa …

Nanu? Wer klingelt denn jetzt an der Haustür? Ich unterbreche meine Gedanken an Isa und die schöne Vase. Springe auf. Zu hastig. Au, verdammt, die Arthrose in meinem rechten Knie ist heute wieder aufsässig. Ich schleppe mich zur Tür. Vor mir steht der Postbote, der eben noch pfeifend seine Runden gemacht hat.

»Guten Morgen, Frau Mondhi«, begrüßt er mich laut und fröhlich. »Ich habe hier noch eine Karte für Sie. Die habe ich vorhin übersehen, als ich Ihre Post in den Briefkasten warf. Bitte entschuldigen Sie. Ich bringe sie Ihnen lieber persönlich, da ich annehme, dass Sie den Postkasten schon geleert haben?« Es klingt wie eine Frage. Ich antworte: »Guten Morgen. Ja, das stimmt. Am Briefkasten war ich vorhin schon.« Ich lächele ihn an. »Das ist aber nett von Ihnen, dass Sie mir die Karte persönlich bringen.«

»Für Sie immer gern. Dann wünsche ich Ihnen noch einen schönen Tag.« Er schmunzelt, dreht sich um und trällert ein Lied, während er zum Gartentor marschiert. Ich sehe ihm nach und gleich stellt sich die gute Laune wieder bei mir ein.

Es ist schon außergewöhnlich, dass ich eine Ansichtskarte in meiner Hand halte. Die Leipziger Peterskirche sticht mir sofort ins Auge. Nun weiß ich auch, von wem die Karte ist. Und richtig. Ich erkenne die Handschrift meines Patenkindes Emilia. Sie ist vor ein paar Jahren nach Leipzig gezogen. Sie berichtet kurz über das Wave-Gotik-Fest, an dem sie jedes Jahr so gern teilnimmt. Ich staune, dass es dieses Festival immer noch gibt, schon seit den 90ern. Emilia liebt diese mehrtägige Veranstaltung über alles und hat mich, als sie ungefähr zwanzig Jahre alt war, einmal mitgenommen. Auf ihr unerbittliches Drängen hin sind wir damals mit ihrem alten Renault 4 den weiten Weg von Wilhelmshaven nach Leipzig gefahren und haben dort eine ganze Woche Spaß gehabt. Ich muss zugeben, dass das Festival mir gut gefallen hat. Vielleicht aber lag es auch nur an der ansteckenden Lebensfreude von Emilia.

DAS MANUSKRIPT

6

Wilhelmshaven - damals, vor vielen Jahren

Kein Frühstück, dafür
ein Auftrag à la Benedikt

Das Rütteln der Fensterläden weckte mich. Es stürmte und regnete, als wäre es bereits Herbst. Benedikt neben mir bekam nichts mit. Er schlief wie ein Stein. Ich schlüpfte aus seiner nächtlichen Umarmung und duschte ausgiebig. Tja, mit dem Frühstück, das war wohl nichts. Typisch Benedikt, große Klappe, aber nichts passierte. Wie fast immer. Ich lieh mir eine Jogginghose aus seinem Schrank. Wollte meine bekotzte, stinkende Hose vom Vorabend nicht noch mal tragen. Auch ein frisches weißes Shirt von ihm zog ich mir über. So fühlte ich mich besser. Dann wollte ich meine Tasche holen, die ich am Abend zuvor auf die Couch im Wohnzimmer gelegt hatte. Ich wurde jedoch abgelenkt von den im Raum stehenden Pflanzen, die mit hängenden Blättern um Wasser bettelten. Ich hatte Mitleid mit ihnen. Also ging ich in Benedikts Küche und füllte mehrere Messbecher mit Leitungswasser, um sofort Abhilfe zu schaffen. Die Pflanzen taten mir von Herzen leid, Benedikt als Pflegeverantwortlichen zu haben. War klar, dass das nicht funktionierte. Seinen Mitmenschen gegenüber zeichnete er sich meistens durch besondere Fürsorglichkeit aus. Pflanzen kamen leider nicht in diesen Genuss. Ich goss alle Gewächse im Raum und dann goss ich Benedikt. Ich goss ihm ein wenig über

89

den Kopf und das Wasser rann zärtlich über seine Lider, seine Nase und Wangen.

»Iih. Was ist …?«

»Wasserküsschen, Süßer«, antwortete ich und goss nach.

»Linda! Was soll das? Warum tust du das?«

»Weil ich auf mein Frühstück warte, das tollste, das es in Wilhelmshaven heute gibt.«

»Ach, du Scheiße. Das habe ich verschlafen.«

»Schon klar, Ben. Ich habe auch nicht ernsthaft damit gerechnet.«

Er setzte sich schwerfällig auf. Fuhr sich mit der rechten Hand durch sein Strubbelhaar und gähnte ausgiebig.

»Wir gehen frühstücken in die Venezianische Ecke. Das ist teuer, aber geschmackvoll und die Auswahl am Büffet morgens ist phänomenal. Ich dusche so fix wie möglich. Ehrenwort.«

Sprach's und sprang aus dem Bett.

In der Zwischenzeit packte ich meine verschmutzte Hose in eine Plastiktüte. Dabei fiel eine kleine Papiertüte aus der Hosentasche auf den Boden. Ach ja, die hatte Joe mir gestern Abend noch fix in die Hand gedrückt. Ich hatte sie irritiert in meine Hosentasche gestopft. Nun hob ich die Tüte auf, entfernte die Verpackung und hielt ihn zunächst fassungslos, dann freudig erregt, in meiner Hand – den kleinen Kristallstein, den ich, den wir alle, am Vorabend so toll gefunden, aber dann doch nicht gekauft hatten.

Es dauerte tatsächlich nicht sehr lange, bis Benedikt, appetitlich riechend und locker, aber stilvoll, gekleidet, seine Autoschlüssel vom Schlüsselbrett nahm und mich zur Haustür hinaus bugsierte.

Wir fuhren zuerst zu mir nach Hause, damit ich mich umziehen konnte. Benedikts Jogginghose erschien mir doch etwas zu lässig für die Venezianische Ecke. Also nahm ich einen himbeerfarbenen Kurzarmpulli aus meinem Kleiderschrank und entschied mich für eine leicht glänzende Stoffhose. Diese Hose hatte leicht Hochwasser, aber mit feinen Strümpfen und meinen schwarzen Pumps sah es ganz gut aus.

Das Frühstücksbuffet, zu dem Benedikt mich einlud, war zweifellos eines der Besten, das ich bisher kennengelernt hatte. Wir aßen uns gemütlich und genüsslich durch das ganze Buffet. Als wir satt waren, wandelte sich unser zuvor munteres Geplauder in ein ernsthaftes Gespräch. Benedikt machte plötzlich ein befangenes Gesicht, als er zu sprechen begann:

»Übrigens Linda, ich habe erfahren, dass du schon Gespräche mit Bewerbern für die Kochstelle in Le Lavandou geführt hast. Ich weiß deine investierte Zeit und dein Engagement immer sehr zu schätzen …«

»Ja, Ben?« Was wollte er mir denn jetzt sagen?

Benedikt faltete seine Hände vor dem Gesicht, so als wolle er vor dem zu erwartenden Sturm noch beten. Dann sagte er: »Vergiss all deine Bewerber. Ich habe bereits einem Bewerber zugesagt.« Der Ausdruck auf seinem Gesicht zeugte keineswegs von einem Scherz.

»Wie jetzt? Ich habe mich bereits für jemanden entschieden. Für eine junge Frau. Erst einmal für den Einsatz in unserem Quartier an der Côte d'Azur und im Februar könnte sie dann in Vincents Skiurlaubs-Quartieren kochen. Ich will sie heute noch anrufen. Sie studiert Maritimes Management, insbesondere Seeverkehrs- und Hafenwirtschaft, und hat auf mich einen sehr guten Eindruck gemacht. Außerdem kocht sie gerne und hat Erfahrungen mit Gruppenreisenden. Willst du dich jetzt wieder um unsere Personalangelegenheiten kümmern? Ich denke, du hast keine Zeit dafür.« Ich war außer mir und entsprechend laut geworden.

»Nein, nein«, versuchte er, mich zu beschwichtigen, »du machst das alles prima und wählst gut aus. Keine Frage. Aber dieses eine Mal muss ich dir dareinreden. Ich werde dir das irgendwann erklären, aber nicht heute. Nun gebe ich dir die Adresse von diesem Herrn hier« – er hielt mir einen zerknickten Notizzettel vor die Nase – »und will, dass du genau ihn hier für Südfrankreich einstellst, und zwar von Gruppenreise zu Gruppenreise, von Klassenfahrt zu Klassenfahrt. Befristet für die nächste Zeit, sagen wir für mindestens zwei Jahre.«

»Was ist mit dir, Benedikt? Das haben wir bisher nie so gehandhabt. Ein Zwei-Jahresvertrag bedeutet, du musst den Mann auch bezahlen, wenn es keine Klassenfahrt oder Gruppenreise gibt, beispielsweise im Dezember.«

»Stimmt, Linda. Aber mach es bitte trotzdem so. Fahre zu ihm nach Waldesch, das liegt in der Nähe von Koblenz, und erkläre ihm die Details, also unsere üblichen Konditionen. Er braucht das Geld, hat kein Telefon, und wenn du ihn persönlich triffst, kannst du dir selbst ein Bild von ihm machen. Die Gegend ist fabelhaft. Der Ort liegt in der Nähe der Mosel und wenn du möchtest, übernehme ich für zwei Nächte die Hotelkosten, damit du dort noch einen Tag Urlaub machen kannst, wenn du Lust hast.« Er setzte eine Miene auf, die keinen Widerspruch duldete.

Aufgrund des vielversprechenden Beginns dieses Tages mit so einem Superfrühstück verspürte ich zwar Ärger, allerdings kein Verlangen, mich zu streiten. So lenkte ich ein.

»Du bist extrem unvernünftig. Das weißt du! Aber das kenn ich schließlich von dir«, sagte ich etwas schnippisch.

Er grinste nur und schenkte uns Kaffee nach.

»Wichtig ist noch, wann du ihn antreffen kannst. Das wäre am nächsten Wochenende. Als ich ihm vor Kurzem begegnet bin, sagte er mir, grundsätzlich wäre er das ganze Wochenende zu

Hause. Das Mietshaus, in dem er wohnt, steht am Anfang der Römerstraße. Die liegt gegenüber vom Friedhof und in unmittelbarer Nähe zur Dorfkirche. Das wirst du leicht finden. Der Ort ist relativ klein. Wolle wohnt im zweiten Stock.«

»Und wie lautet der Nachname von diesem … ähm, Wolle, Ben?«

»Keine Ahnung. Mit Nachnamen hab ich es nicht so. Das weißt du doch.«

»Die Adresse lautet also Römerstraße, in einem Ort namens Waldesch. Und den Nachnamen weißt du nicht. Klasse!«

Das war wieder ein typischer Auftrag à la Benedikt. Und der hatte offensichtlich nicht mehr dazu zu sagen. Also war ich geneigt, die Unterhaltung zu meinen Gunsten fortzuführen.

»Ich würde gern mit Joe fahren. Isa und Juliane können uns sicher mal zwei Tage im Büro vertreten. Immerhin helfen Joe und ich auch häufiger mal bei Vincent aus, wenn es dort eng wird. Ich gehe davon aus, dass du auch die Hotelkosten für Joe übernimmst.«

»Diesen Auftrag schaffst du doch allein! Oder hast du Angst, weil du Wolle noch nicht kennst?«, fragte Benedikt sarkastisch.

»Natürlich schaffe ich das. Was für eine dämliche Frage!« Ich hatte große Lust, ihn vors Schienbein zu treten. »Aber ich möchte nicht ohne Begleitung fahren. Das ist langweilig. So hätte ich wenigstens ein wenig Unterhaltung während der Fahrt. Wenn Waldesch an der Mosel liegt, fahre ich schließlich nicht nur mal eben um die Ecke. Und wenn du dich schon in meine Personalplanung einmischst, kannst du für eine angemessene Entspannung der Situation sorgen. Dir ist hoffentlich klar, wie wenig begeistert ich bin. Ich habe ich einen ganzen Vormittag mit Vorstellungsgesprächen verplempert! Du hättest mir früher sagen können, dass du schon jemanden für den Koch-Job in Frankreich hast.«

»Linda, mir ist dein Termin-Management im Büro nicht bekannt. Das regelst du alles selbst. Woher sollte ich denn wissen, dass du schon Gespräche mit Bewerbern geführt hast. Sorry.«

Darauf ging ich nicht weiter ein.

»Joe könnte im Hotel unsere Geschäftsvorfälle vorkontieren, während ich mit deinem Wolle wegen des Vertrags spreche.«

»Joe, Joe! Ich höre immer Joe.« Benedikt rollte theatralisch mit den Augen. »Der soll seine Arbeit im Büro erledigen und nicht in einem Hotelzimmer, das ich auch noch bezahlen soll.«

»Jetzt stell dich doch nicht so an. Das ist wirklich kleinlich von dir, Benedikt.«

Scheinbar beiläufig fragte er: »Könnte es sein, dass du auf eine Affäre oder sogar mehr mit ihm spekulierst, Linda-Maus?«

»So ein Nonsens!« Ich geriet außer mir und sprang vom Stuhl. »Was denkst du von mir?«

»Ich denke nicht, ich beobachte. Du benimmst dich nicht wie du, wenn er in der Nähe ist. Der Kleine ist eh zu jung für dich. Versuch's erst gar nicht.«

»Als wenn …! Du bist heute Morgen unmöglich! Und was heißt überhaupt zu jung? Wer legt das fest? Du?« Die Antwort für ihn übernahm ich. »Natürlich du, der Spezialist in Frauenfragen. Du hast antiquierte Vorstellungen, Ben. Für viele Männer ist es keinesfalls widernatürlich, wenn ein 60-Jähriger eine 25-Jährige poppt oder gar heiratet. Im umgekehrten Fall ist die Frau die letzte Schlampe und der Typ hat offenkundig einen Ödipuskomplex. Schon klar!«

»Wenn meine Vermutung nicht zutrifft, warum regst du dich dann so auf?«

»Ich rege mich nur über deine Denkmuster auf!«

»Das heißt, du empfindest überhaupt nichts für Joe?«

»Du spinnst doch total. Selbstverständlich nicht!«

Ich wäre lieber gestorben, als es zuzugeben.

»Gut. Nimm ihn mit nach Waldesch. Ich habe keine Lust auf endlose Reibereien mit dir. Du kannst verdammt zickig werden.«

»Nur, wenn ich bis aufs Blut gereizt werde«, sagte ich sanft und gar nicht mehr zickig.

LAUENBURG

3

Emilia

Ich freue mich außerordentlich über Emilias Karte. Meine kleine Emilia, die inzwischen eine erwachsene und kluge Frau geworden ist. Zu ihr habe ich noch Kontakt, wie schön das ist. Wir schreiben uns hin und wieder, nicht sehr häufig, aber immerhin regelmäßig zwei- oder dreimal im Jahr. Für mich ist es beruhigend zu wissen, dass es Emilia jetzt gutgeht. Das war nicht immer so. Und ich hatte mit Schuld daran. Ich bin Emilias Patentante, aber ich war seinerzeit nicht für sie da, als sie mich brauchte, als sie allein war, ganz plötzlich, weil Viola, diese verunglückte Mutterseele, nichts Besseres zu tun hatte, als sich mit einer Überdosis Schlaftabletten aus ihrer Verantwortung zu schleichen, kurz nachdem ich damals in die Psychiatrie eingeliefert worden war. Ich war zu sehr mit mir selbst beschäftigt gewesen, mit den verwirrenden Ereignissen am Tag nach meinem Streit mit Joe. Mein eigenes Leben schien zu jener Zeit kaputt. Zu kaputt, um mich auch noch um das Leben eines kleinen Mädchens zu kümmern, das ich liebte und das mir doch im Rahmen einer Patenschaft anvertraut worden war. So war ich in der Klinik und Emilia wurde nach dem Tod ihrer Mutter vom Jugendamt abgeholt und in einem Heim untergebracht, wo das Personal keine Zeit hatte für die individuellen Sorgen und Ängste der Kinder. Und schon gar nicht für Kuscheleinheiten. Natalia und David haben Emilia einmal auf meinen Wunsch hin besucht. Ich selbst konnte es nicht, nachdem ich aus der Psychiatrie entlassen worden war. Ich war damals innerlich wund und zerrissen. Aber Emilia hat mir verziehen oder besser ausgedrückt, sie hat es mir nicht übelgenommen, dass ich sie damals allein gelassen habe. Nur traurig sei sie gewesen, schrieb sie mir, traurig, weil sie keine Mama mehr hatte, traurig, weil sie gehört hatte, dass es mir nicht gut ging. Kleine Emilia. Wie sensibel sie ist. Und klug. Und wie sie sich selbst aus der eigenen Misere befreit hat! Immer schon habe ich ihren Kampfgeist bewundert, mit dem sie Problemen in ihrem Leben die Stirn bot. Ihr Lebensweg sah folgendermaßen aus: Das Heim hatte ihr den Besuch der Realschule ermöglicht. Dort hatte Emilia den Abschluss der 10. Klasse mühsam geschafft. Sie bekam eine Lehrstelle als Verkäuferin in einer Supermarktkette, brach diese jedoch nach einem halben Jahr ab. Die nachfolgende Ausbildung als Arzthelferin in einer allgemeinmedizinischen Praxis hielt sie ebenfalls nicht durch. Dafür ließ sie der Gedanke, Schauspielerin zu werden, nicht mehr los. Sie bewarb sich an mehreren Schauspielschulen, sogar mit Erfolg. Jedoch fehlte ihr das Geld, um sich an einer dieser Schulen tatsächlich einschreiben zu können. Ein cleverer Regisseur nutzte ihre Unerfahrenheit und ihre Sehnsucht, Filme zu drehen dazu, ihr ein für sie und sich selbst einträgliches Angebot zu machen. Emilia verdiente ihr erstes Geld mit schmierigen Pornostreifen. Später, als sie schon eine gute Summe angespart hatte und diese Arbeit sie nur noch langweilte, nahm sie an verschiedenen Kursen der Volkshochschule teil und besserte dadurch ihren Bildungsstandard deutlich auf. Ein Jahr später kündigte sie dem fetten Pornoregisseur und arbeitete zunächst einige Monate als Hostess in einer seriösen Begleitagentur. Hierbei lernte sie eine Frau kennen und lieben. Emilia verdiente sehr gut und wieder häufte sie ein kleines Vermögen an. Und dann war es so weit. Mit ihrer Lebensgefährtin, deren Verwandtschaft zum größten Teil in Leipzig wohnt, zog Emilia in diese Stadt und gründete dort mit ihr ein kleines Blumengeschäft, dem ein Café mit selbstgebackenem Kuchen und besonderem Flair angeschlossen war. Ein unübliches Unternehmen war das zu dieser Zeit, aber das Geschäft lief gleich gut an und ist noch heute lukrativ.

Ich sehe sie vor mir, die große Kleine. Als ich ihre Postkarte noch einmal lese, fällt mir auf, dass noch etwas in winziger zusammengestauchter Schrift am rechten seitlichen Rand geschrieben steht:

Ach Linda, bevor ich es vergesse, unter Mamas altem Porzellan habe ich ein Pillendöschen gefunden. Auf der Unterseite klebt ein kleines Etikett mit deinem Namen. Anscheinend ist es deins. Warum ich es erst jetzt gefunden habe, weiß ich nicht. Brauchst du es noch oder kann es weg?

DAS MANUSKRIPT

7

Wilhelmshaven - damals, vor vielen Jahren

Planänderung

Den Samstag verbrachte ich entspannt mit Benedikt in seiner Wohnung. Ich hatte keine Lust verspürt, zu Hause zu putzen und all die Arbeit nachzuholen, die unter der Woche liegen geblieben war. Stattdessen schaute ich mir, Benedikts Bauch als Kopfkissen nutzend, einen Film mit ihm an. Und im Anschluss daran mit Hochgenuss noch einen – im Kino, wo ich in der letzten Zeit viel zu selten gewesen war. Nicht einmal mit der kleinen Emilia hatte ich es geschafft, obwohl ich es ihr versprochen hatte. Emilias Mutter, meine depressive Nachbarin aus dem Haus gegenüber, hatte keinen Job, wenig Geld und kümmerte sich mehr um ihre diversen Liebhaber als um ihre kleine Tochter. Ich fühlte mich für Emilia verantwortlich. Sie war ein aufgewecktes Mädchen. Als ich die Patenschaft für sie übernahm, hatte ich mir vorgenommen, sie zu fördern. Am kommenden Wochenende wollte ich etwas mit ihr unternehmen: Kino, Zoo oder Eis-Essen. Ich hatte es ihr versprochen und zwei Finger gehoben. Und nun musste ich genau an diesem Wochenende nach Waldesch. Danke, Benedikt!

Am Sonntag wischte ich gerade bei lauter Musik das Bad, als ein durchdringendes Klopfen mich erschreckte. Womöglich kam es von der Haustür. Wenn ich Musik hörte, konnte es schon mal vorkommen, dass ich die Türklingel überhörte. Ich warf den Wischlappen ins Waschbecken und schlurfte zur Haustür. Es könnte Marion sein. Des Öfteren kam sie sonntags ohne Anmeldung vorbei. Aber nein! Es war Benedikt mit Joe im Schlepptau. Hervorragend. Ich war gerade vortrefflich angezogen. Außer einem Slip, grauen Stoppersocken und einem weißen, mit Kühen und bunten Blumen verzierten Oversized-Shirt, das zum Glück über meine Oberschenkel reichte, trug ich nichts – außer einem Rotton im Gesicht.

»Ben … Joe … tut mir leid, dass ich euch in diesem Outfit die Tür öffne.«

Ich blickte verlegen zu Boden. Dabei war es mir vollkommen wurscht, dass Benedikt mich so sah. Scheinbar aber nahmen weder Benedikt noch Joe überhaupt Notiz von meinem Sonntagsstaat. Keiner von beiden grinste dämlich. Keiner sagte etwas dazu. Im Gegenteil. Sie schauten vielmehr ernst drein.

»Ist jemand gestorben?«, fragte ich zwar nicht ernsthaft, dennoch leicht beunruhigt.

Benedikt reckte den Hals und bemühte sich schon wieder um ein wichtiges Gesicht – wie immer, wenn er noch überlegte, wie er was sagen sollte. »Keine Panik, Linda. Wir müssen eine kleine Planänderung vornehmen. Weiter nichts. Können wir reinkommen?«

»Klar.« Ich öffnete die Tür einen Hauch weiter und wies mit dem Finger Richtung Wohnzimmer. Hatte ich sie einfach draußen stehen lassen. Das machte ich normalerweise nie. Jeden, den ich gut kannte, bat ich sofort herein. Es lag daran, dass Joe unerwartet bei mir auftauchte. Das machte mich einfach perplex. Ich war gespannt, was die zwei mir sagen wollten. Nachdem sie sich gesetzt hatten, wollte ich mich umziehen gehen.

»Das ist doch Blödsinn, Linda. Wir haben dich eh jetzt so gesehen, und du bist ja schließlich nicht nackt. Bleib hier. Es dauert nicht lang«, sprach Benedikt in väterlichem Ton. Also setzte ich mich zu ihnen und dachte seltsamerweise einen kurzen Augenblick an Juliane. Die wäre wahrscheinlich viel lockerer mit diesem Überraschungsbesuch umgegangen.

Joe, der bisher noch gar nichts gesagt hatte, saß auf der Couch und schlug seine Beine übereinander, bevor er erst zur Seite blickte, um mich dann direkt anzusehen. Etwas wie Trübsal überschattete seine Augen.

»Linda, ich kann nicht mit.«

Ich glaubte zu spüren, wie sich meine Brauen ein bisschen zur Nase hin zusammenzogen. Was wollte er mir sagen?

»Nach Waldesch, meine ich.«

»Von vorne, Joe«, ermahnte Benedikt ihn und sprach dann für Joe weiter, während ich mit offenem Mund zuhörte. »Piet Winske, mein guter Kumpel, hatte von mir den Auftrag erhalten, nach Le Lavandou zu fahren, um dort die beiden großen Wohnwagen für die Saison startklar zu machen. Wie du weißt, waren die nicht mehr in allerbestem Zustand, aber sauber und nutzbar. Wir brauchen schließlich einen als Quartier für den Koch und den anderen für Joe. Joe oder Wolle könnten sich einen Wohnwagen teilen. Oder Wolle und eventuell eine zweite Animationskraft, die wir für andere Sportarten oder Strandbelustigungen brauchen, sollen dort zusammenwohnen. Mal sehen. Hängt davon ab, wie die Saison läuft.«

»Na und?«, fragte ich. Worauf wollte Benedikt hinaus?

»Piet ist seit gestern Abend vor Ort. Er hat heute sehr früh bei mir angerufen. Beide Campingwagen sind völlig vergammelt. Überall sind Stockflecken. Außen hat sich extrem viel Rost angesetzt. Die Jungs letztes Jahr haben die Wohnwagen nicht winterfest gemacht. Ich hatte doch diese beiden französischen Studenten dafür eingestellt, die auch das Haus während der Saison geputzt und gepflegt haben neben Carla, die nur für das Haus zuständig war. Ich hatte den beiden aufgetragen, auch die Wagen nach Saisonende winterfest zu machen. Und dazu sogar eine schriftliche Anleitung hinterlassen. Sie sollten die Campingwagen von der Grasfläche weg auf die Betonfläche stellen, damit die Räder im Winter nicht im Nassen versinken und die Feuchtigkeit aus der Erde nicht eindringen kann. Die beiden Studis haben die Wagen aber nur ein Stück versetzt. Die Campingwagen standen immer noch im Gras, dafür aber unter einem dicken Baum. Die Wagendächer sind voller Blätter, die alles verfärbt haben.« Benedikt bekam kaum noch Luft, als er aufgewühlt fortfuhr: »Das ist aber nicht das Schlimmste. Ein Wagen hat eine dicke Delle abbekommen, weil ein schwerer Ast aufs Dach gefallen ist. Wie kamen diese Idioten darauf, die Wohnwagen im Winter unter einen Baum zu stellen?«

»Das französische Personal vor Ort stellst du ein. Da musst du dich auch darum kümmern, dass die Arbeit richtig gemacht wird. Du bist oft genug dort unten. Von hier aus kann ich nicht kontrollieren, ob alles nach Plan läuft.«

»Du hast recht.« Benedikt schnaufte so ausgiebig, als würde er sich im Fitness-Studio verausgaben. Dann lehnte er sich mit hinter dem Kopf verschränkten Armen zurück. »Es ist auch nicht deine Schuld. Ich hätte vor dem Winter noch einmal hinfahren und nachsehen müssen, ob alles läuft wie besprochen. Ich rede mich gerade in Rage. Tut mir leid.«

Benedikt biss sich auf die Lippen und raufte sich die Haare. Er stützte seine Hände auf die Knie und beugte sich vor, um mit seinem Bericht fortzufahren. Man sah ihm an, wie fertig er war. »Die Außenöffnungen für die Kühlschränke wurden in beiden

Wagen nicht verschlossen. Es waren oder sind immer noch Mäuse in den Wagen. Die konnten natürlich ganz prima dadurch … durch diese Löcher!«

Er raufte sich abermals die Haare, sprach dann vor Aufregung schneller. »Die Caravans sind zumindest außen nicht gesäubert worden, jedenfalls nicht so, wie gewünscht. Der Dreck hat sich über den Winter in die Außenwände gefressen. Überall in den Ecken seien jetzt noch kleine Erdklumpen zu sehen, sagt Piet. Dreck und Schmutz überall, der im vergangenen Winter die Feuchtigkeit so prima gespeichert hat, dass die Außenwände vor allem an den Unterseiten der Wagen nun völlig verwittert sind.«

»Bei einem der Wagen sind wohl die Wasserleitungen geplatzt, weil versäumt wurde, das Wasser vor dem Frosteinbruch abzulassen. Das ist der Wagen mit der dicken Delle im Dach, auf das der Ast gefallen ist«, fügte Joe ruhig hinzu.

Benedikt sah mutlos zu Joe rüber, dann wieder zu mir.

»Diesen Caravan werden wir wohl verschrotten müssen. Piet meinte, den bekommen wir auch mit allergrößter Anstrengung nicht mehr durch den TÜV. Joe und ich werden Anfang der Woche einen neuen Wohnwagen kaufen. Ich denke an einen gebrauchten. Wir werden heute noch alle entsprechenden Zeitungsinserate studieren. Den anderen bereiten wir auf Deubel komm raus noch einmal auf für dieses Jahr. Das aber bedeutet, dass ich Joe möglichst schon am nächsten Wochenende nach Le Lavandou schicken muss. Zusammen mit dem neuen Wohnwagen, wenn es bis dahin damit klappt. Er wird Piet helfen, den anderen wieder bewohnbar zu machen. Dabei ist es allerdings nur mit Putzen nicht getan.«

Joe presste die Lippen zusammen und zuckte mit den Achseln, als er sagte:

»Das werden wir schon schaffen.« Es klang jedoch resignierter als er es beabsichtigt hatte.

Er blickte mich eindringlich an, so als dulde er keinen Widerspruch.

»Ich bin kein geborener Handwerker, aber ich werde sehen, was ich tun kann, um Piet zu helfen. Piet ist Fachmann, wie Benedikt sagt, und zusammen werden wir die Instandsetzung des einen Caravans schon hinbekommen.«

Dann übernahm wieder Benedikt: »Ich habe Joe heute Morgen, nachdem ich mit Piet gesprochen hatte, sofort angerufen, damit wir so schnell wie möglich alle Einzelheiten durchsprechen und uns um einen neuen Wagen kümmern können.« Er sah mir fest in die Augen. »Natürlich habe ich Joe vorhin erzählt, dass du ihn gern am nächsten Wochenende mit nach Waldesch genommen hättest. Aber es geht nun einmal nicht, Linda. Es ist effektiver, wenn Joe mit dem neuen Wohnwagen gleich runter nach Le Lavandou fährt, um den anderen Wagen wieder halbwegs bewohnbar zu machen. Das Haus ist in der Regel ausgebucht. Und bisher haben sowohl unser jeweiliger Surflehrer als auch der Koch während der Saison immer in den Caravans gewohnt. Wenn dir im Büro eine Hilfe fehlt für einen Monat, stell dir eine neue Aushilfe ein.«

Ich schloss kurz die Lider, wollte nicht akzeptieren, dass Joe ab nächster Woche für mindestens drei Monate in Frankreich sein würde.

»Den Wohnwagen kann er ja hinfahren. Aber Joe sagt selbst, er sei kein Handwerker. Kann Piet sich dort unten nicht selbst Unterstützung suchen? Er kennt da doch eine Menge Leute!«

»Ich will, dass Joe mitfährt«, bestimmte Benedikt mit frostiger Stimme. »Nicht nur, weil er den neuen Wohnwagen hinbringen soll. Es ist am besten, wenn er gleich vor Ort bleibt und anpackt.

Schließlich will er nicht die Saison in einem der versifften Caravans verbringen. Und du glaubst doch nicht, dass er vierzehn Stunden am Stück dort runterfährt und am nächsten Tag wieder zurück. Das wäre doch hirnschissig.«

Benedikt reckte sein Kinn ein wenig vor und sah mich an. Sein Blick hatte etwas leicht Arrogantes, als er fortfuhr: »Joe würde zunächst mit dem Hochdruckreiniger den gröbsten Schmutz an den Außenwänden entfernen und den Wassertank ordentlich reinigen und desinfizieren.«

»Ich werde es wohl noch schaffen, die Dichtungen an Türen und Fenstern zu überprüfen und notfalls zu ersetzen. Wenn du mir einen gut funktionierenden Akkuschrauber mitgibst und einen darauf passenden Kugelkopfschleifer, könnte ich damit auch schon die Roststellen an dem Wagen beseitigen«, meinte Joe. Bedauernd schaute er mich an.. Er schien sich verantwortlich für unsere Firmenprobleme zu fühlen. Was ich einerseits bewunderte, andererseits fühlte ich mich alleingelassen. Ich hatte so viel Arbeit auf dem Schreibtisch!

»Einen guten Akkuschrauber hat Vincent. Den Schleifeinsatz könntest du morgen im Baumarkt besorgen, Joe. Piet sagte, vor allem – Moment, ich hab's mir aufgeschrieben …«, er stand auf und kramte in seiner Hosentasche herum, …»also, die Anhängerkupplung ist komplett verrostet wie auch die Gelenke des Bremsgestänges und die Scharniere der Kurbelstütze. Der Unterboden ist korrodiert, und so wie Piet es darstellte, will ich mir die Verwitterung des Lackes an den Außenwänden erst gar nicht vorstellen.

Auf jeden Fall wartet jede Menge Arbeit auf uns. Aber mit gutem Willen ist es zu schaffen.«

Joe schaute zu Benedikt hinüber, als meide er absichtlich den Blickkontakt mit mir: »Den Lack können wir zum Teil runterschleifen und dann überlackieren. Am besten wäre, wenn ich die Farbe auch gleich morgen im Baumarkt besorge.«

»Du wolltest mir morgen bei den neuen Angeboten helfen. Die müssen diese Woche noch verschickt werden«, machte ich mich ärgerlich bemerkbar. Mich schloss man anscheinend gar nicht mehr in die Planung ein. Aber ich musste mir eingestehen, dass es nicht das war, was mich nervös machte.

»Linda, nun halt dich mal zurück«, sagte Benedikt. »Joe wird dir diese Woche weniger zur Hand gehen können. Die Wohnwagen haben Vorrang.«

Ich schüttelte den Kopf, setzte eine beleidigte Miene auf und hätte auf der Stelle geheult, wenn ich darauf etwas erwidert hätte.

»Neue Reifen brauchen wir auch. Die alten haben Risse.« Benedikt redete unentwegt auf Joe ein. »Des Weiteren müssen Handbremse und Batterie überprüft werden …. Scharniere, Türen, Schlösser, Rollos … Unterboden …, Heißwachs … Hauptuntersuchung …«

Ich hörte nicht mehr richtig hin und versank stattdessen in Selbstmitleid. Jetzt musste ich auch noch eine neue Aushilfe für die Büroarbeit einstellen. ... Nein, das würde ich nicht machen! Zwar ist um diese Jahreszeit das Arbeitspensum besonders hoch, aber es war mir egal.

Joe würde schon nächstes Wochenende nach Südfrankreich fahren. Und ich musste nun allein nach Waldesch.

Meine Unerschütterlichkeit, meine Beherrschung und die ganze Vorfreude auf ein Wochenende mit Joe waren dahin und so haftete meiner Mimik bestimmt ein provozierender Ausdruck an, als ich ihn unverblümt fragte: »Wie war deine Nacht mit Juliane? Hast du gut schlafen können?«

»Linda …«, hörte ich nur mahnend aus Benedikts Richtung.

Zunächst stutzte Joe und sah mich irritiert an. Dann begann er, erfrischend zu lachen.

»Doch. Ja. Äh … ganz gut. Die Matratze im Gästebett war für meinen Rücken zwar zu weich, aber ich hab's überstanden.« Er grinste. »Erst letzte Woche habe ich Juliane und Lutz im Bettenfachhandel getroffen. Sie waren gerade dabei, sich neue Matratzen der Luxusqualität zu kaufen. Natürlich hätte ich wohl besser geschlafen, wenn ich mich gestern auf die neue Matratze zu Juliane ins Ehebett gelegt hätte, auf Lutz' Seite. Er war doch wegen der Fortbildung nicht zu Hause«, er schüttelte den Kopf und zog die Augenbrauen zusammen, »aber das hätte bestimmt 'ne Menge Ärger nach sich gezogen.« Er zwinkerte mir zu.

Benedikt stützte das Kinn auf seine Faust und warf mir einen unmissverständlichen Blick zu.

DAS MANUSKRIPT

8

Wilhelmshaven – damals, vor vielen Jahren

Kleine rosa Kapseln

Selbstverständlich bekam Benedikt es rechtzeitig hin, einen neuen Wohnwagen zu beschaffen. Nach Durchsicht aller möglichen Zeitungsannoncen sahen er und Joe sich in den zwei Tagen einen nach dem anderen in der Umgebung an. Um dann am späten Dienstagabend nach Hamburg zu fahren und dort einen zu kaufen, der ihren Ansprüchen genügte.

In der Zwischenzeit durfte ich mich weitgehend alleine um die Büroarbeit kümmern. Ich suchte Notizen für ein Gruppenreisen-Angebot, das Joe hatte vorbereiten sollen. Dabei fand ich in der Schreibtischschublade, die ich ihm zur Verfügung gestellt hatte, ein Glasfläschchen ohne Etikett, gefüllt mit kleinen rosa Kapseln. Ich nahm mir vor, ihn danach zu fragen. Natürlich ging es mich nichts an, welche Medikamente er nahm. Dennoch wollte ich es wissen. Wenn er dazu nichts sagen wollte, würde ich es selbstverständlich akzeptieren.

Am Mittwoch war Joe den ganzen Tag im Büro. Er erzählte, dass er nicht nur angefangen habe, wieder vermehrt Gedichte zu lesen, sondern auch welche zu schreiben.

»Hast du Lust, mal eines zu lesen?«, wollte er wissen.

»Na klar, her damit, wenn du es dabeihast.«

Es war ein unglaublich schönes Gedicht über die Naturgewalten und er versprach, mir von Frankreich aus noch zwei oder drei weitere zu schicken, wenn ich daran interessiert sei. Er sagte, er schreibe fast immer und liebend gern über die Urkraft der Schöpfungen.

Aha. Über die Urkraft der Schöpfungen. Klar, war ich interessiert. Ich freute mich darüber, dass ich seine Verse lesen durfte – und auf Post von ihm.

Ein Blick auf das Gruppenreise-Angebot, das auf meinem Tisch lag und für welches ich gestern in Joes Schublade ein paar Aufzeichnungen gesucht hatte, lenkte meine Gedanken auf etwas anderes.

»Sag mal, gestern habe ich bei der Suche nach Angebotsnotizen Tabletten in deiner Schreibtischschublade gefunden … deine?«

Ganz wohl war mir nicht bei der Frage, aber Joe nahm es gelassen. »Meine Betablocker. Ich habe seit meiner Kindheit Herzrhythmusstörungen. So kann es schnell mal zu unangenehmen Stichen in der linken Brustseite kommen oder zu Schwächeanfällen mit oder ohne Bewusstlosigkeit. Mach dir keine Gedanken. Das kleine Manko ist nicht außergewöhnlich und war mit diesem Medikament bisher recht gut zu händeln. Allerdings soll es nach neuesten Erkenntnissen bei meiner Form von Herzrhythmusstörungen doch nicht das Wirksamste sein. Und so nehme ich auf Empfehlung meines Arztes die Pillen in der Schublade momentan nicht ein und warte auf die nächsten Forschungsergebnisse, was Herz-Medikamente betrifft. Ich kann normal leben und Sport treiben. Mir geht's gut, Linda.« Er kramte ein Schächtelchen aus seinem Rucksack.

»Guck hier. Ein Ersatzpräparat für den Übergang.«
Ich nickte stumm, blickte ihn liebevoll an und war halbwegs beruhigt.

DAS MANUSKRIPT

9

Wilhelmshaven - damals, vor vielen Jahren

Zeit für Emilia

»Du hast es versprochen!« Emilias Stimme, ein Gemisch aus Enttäuschung und Hoffnung, zielte aus dem Telefon direkt auf mein Gewissen und boykottierte meine mir mühsam zurechtgelegte Entschuldigung dafür, dass ich meine Versprechungen hinsichtlich Kino, Eis-Essen und Zoobesuch am Wochenende wieder nicht würde einhalten können.

»Schatz, lass mich mal schnell nachdenken. Wir finden eine Lösung.«

»Du sollst aber nicht nachdenken. Du hast gesagt, wir gucken »Bernhard und Bianca« im Kino! Meine Freundinnen im Kindergarten haben den schon gesehen. Und ich nicht. Die wissen, was im Känguruland passiert ist. Nur ich weiß es noch nicht!«

»Weißt du was, Schätzchen? Ich nehme mir morgen Nachmittag einfach frei. Der Film läuft doch bestimmt auch in der Woche. Dann gehen wir zwei eben morgen ins Kino und danach haben wir bestimmt auch noch Zeit für ein Eis. Wäre das was?«

»Jaaaa!«

»Dann gib mir mal die Mama. Ich muss ihr doch Bescheid sagen, wenn du morgen mit mir ausgehen willst.«

»Brauchst du gar nicht. Ich kann das selbst bestimmen!«

110

»Ach so?« Ich lachte, berührt von Emilias keckem Ton. Dann besprach ich mit Viola, um wie viel Uhr Emilia am nächsten Tag startklar sein sollte. Viola war merklich erfreut darüber, dass ich mit ihrer Tochter etwas unternehmen wollte. Selbst kam sie nicht darauf. Ich fand es schade, denn die Kleine war ein herziges und scharfsinniges Mädchen. Die Kleine zu lieben und zu verwöhnen, fiel mir nicht schwer.

Emilias Wangen glichen der Farbe von Erdbeeren, so aufgeregt war sie, als sie tags darauf die Haustür öffnete. Benedikt war zwar nicht begeistert gewesen. Es interessierte mich jedoch nicht. Ich hatte meinem Patenkind ein Versprechen gegeben und ich würde es halten. Sollte Benedikt doch eine Schnute ziehen, schließlich würde ich wegen seiner seltsamen Alleingänge das nächste Wochenende in einem Ort namens Waldesch verbringen statt wie geplant mit Emilia im Kino.

Tatsächlich hatten wir einen tollen Nachmittag. Mit einem Kind machte Kino richtig Spaß. Mich faszinierte die Vorfreude, die ganze Aufregung. Nach dem Film genossen wir beide noch einen famosen Eisbecher, und ich versprach Emilia nochmals den angekündigten Zoobesuch. Das würde allerdings erst nach meiner Rückkehr aus Waldesch etwas werden. Aber das war für sie in Ordnung. Jetzt aber wollte sie mit mir gern noch ein bisschen durch die Geschäfte bummeln. In einem Kaufhaus waren spezielle Mädchenjeans im Angebot, von denen sie sich eine wünschte, die ich in einem Werbeprospekt zu Hause entdeckt hatte. Also machten wir uns auf in die Fußgängerzone. So hatte ich gleich die Gelegenheit, Emilia noch etwas Hübsches zum Anziehen zu kaufen.

»Der Bernd ist komisch«, sagte Emilia, als wir die Eisdiele verließen. »Er hat ganz laut zu Mama gesagt, dass seine Frau krank ist und Mama ihr nichts erzählen darf. Welche Frau denn, Linda?«

»Das weiß ich auch nicht, Emilia.« Ich hatte ein schlechtes Gefühl, als ich log. Selbstverständlich wusste ich es, wusste es von Viola selbst. Aber wie sollte ich es Emilia erklären? Bernd war verheiratet, seine Frau hatte Krebs, würde aller Voraussicht nach sterben und Bernd war nach meiner Einschätzung kein Mann, der einer Todgeweihten zur Seite stand, sondern sich lieber den schönen Seiten des Lebens zuwendete. Er würde auch niemals bei Viola bleiben, wenn sie ein solcher Schicksalsschlag träfe. Davon war ich überzeugt.

Zwischen der Apotheke und der noblen Herrenboutique entdeckte ich schon das Geschäft, in dem ich für Emilia immer schöne Sachen zum Anziehen fand. Der Prospekt mit dem Kinderjeans-Angebot stammte ebenfalls von hier.

»Mama will gerne, dass Bernd zu uns in die Wohnung zieht, aber das geht nicht wegen der Frau«, redete Emilia weiter. »Mama möchte unbedingt ...«

Ich konzentrierte mich auf das, was Emilia sagte und gleichzeitig kreisten meine Gedanken um Viola und ihre Marotte, ohne Mann nicht leben zu können. So nahm ich den rücksichtslosen Radfahrer, der hinter uns angeprescht kam, erst wahr, als ich ihn hörte: »Schaff deinen fetten Arsch aus meinem Weg!« Und noch ehe ich begriff, stolperte Emilia zur Seite, weil er sie fast umgefahren hätte. Sie stürzte und landete auf den Knien. Erschrocken bückte ich mich, um zu sehen, ob ihr außer dem schmerzhaften Aufprall noch Schlimmeres passiert war.

»Besser 'nen fetten Arsch haben als ein fetter Arsch sein, Sie Flachpfeife. Dies ist eine Fußgängerzone. Sind Sie kopfgestört oder einfach zu blöd, um sich die gängigen Verkehrsregeln zu merken?«, fauchte ich hinter ihm her. »Warten Sie!«

Zwei etwa 16-jährigen Jungen blieb keine andere Wahl, als eilig an die Seite zu springen, um von diesem Vollidioten nicht über den Haufen gefahren zu werden. Mit ihren Baggy-Jeans, bei denen der Hosenschritt bis zu den Knien reichte, und dem breitbeinigen, betont männlichen Gang, boten sie einen komischen Anblick.

Emilia, die sich ihr Knie aufgeschlagen hatte, weinte. »Das brennt so.«

Verdammt. Dieser Wichser! »Halten Sie an!«, brüllte ich dem rücksichtslosen Radler nach und drückte das Kind fester an mich.

In Höhe der Boutique sah ich ihn seine Fahrt lediglich verlangsamen, als er sich zu uns umdrehte.

»Ich denk nicht dran, dumme Sau«, gab der Radler lautstark zurück.

»Sie bleiben auf der Stelle stehen und geben uns Ihre Adresse!« Von irgendwoher vernahm ich auf einmal Julianes Stimme, bevor ich sie sah. Sie stand, ihre beiden zierlichen Arme fest auf das Lenkrad gepresst, mit vernichtendem Blick vor dem Radfahrer, der seine rasante Fahrt so nicht fortsetzen konnte. Den Gepäckträger seines Rades blockierte ein mittelgroßer, athletisch wirkender Mann mit Halbglatze, der den Raser mit einer drohenden Gebärde aufforderte, sofort abzusteigen. Erst als dieser sich kurz umschaute, erkannte ich Lutz. Ich war zunächst vollends damit beschäftigt gewesen, Emilia zu trösten und mit einem Papiertaschentuch ihr blutendes Knie abzutupfen. Das Taschentuch klebte jedoch an ihrem Blut fest und löste sich stellenweise in kleine Fetzen auf. Von der Seite näherte sich uns ein älteres Paar und bot Hilfe an.

»Was soll der Scheiß? Lasst auf der Stelle mein Fahrrad los, ihr unterbelichteten Dumpfbacken«, keifte der Radfahrer Lutz an.

»Das ist ganz klar Nötigung«, dröhnte es bis zu Emilia und mir herüber.

Lutz schnaubte, packte den Burschen, den ich auf Anfang zwanzig schätzte, mit einer Hand unter das Kinn, mit der anderen griff er um seine Taille und riss ihn vom Rad, während Juliane dieses weiterhin am Lenker festhielt. »Pass mal auf, du Windbeutel. Du stellst jetzt dein Geschoss mal schön an die Seite, gehst dort hinüber …«, er zeigte auf Emilia und mich, »… und entschuldigst dich! Für die ›dumme Sau‹ und für deine Rücksichtslosigkeit. Und danach erkundigst du dich, wie du helfen kannst. Denn du bist der, der hier andere nötigt und verletzt. ›Dumme Sau‹ und ›Unterbelichtete Dumpfbacken‹ kosten dich im Falle einer Anzeige gute tausend Kröten, wenn nicht mehr.«

Der Raser guckte dämlich drein.

Lutz fuhr fort: »Wegen Beleidigung und Körperverletzung, mein Lieber. Also mal schön vorsichtig, Kleiner.«

»Es blutet.« Emilia wurde panisch, als sie die Wunde am Knie bemerkte. Vor ihr hockend hielt ich ihren kleinen Kopf zwischen meinen Händen und versuchte sie zu beruhigen. Ich sah, wie die alte Dame neben mir ein Feuchttuch sowie ein Fläschchen Merfen Orange aus ihrer schwarzen Tasche zog und damit Emilias Wunde desinfizierte. Weitere Personen, darunter die beiden Jungen, ein junges Pärchen mit einem gewaltigen Bernhardiner im Schlepptau und eine ökomäßig gekleidete Frau in meinem Alter hatten sich zu uns gesellt, um ihrer Empörung Ausdruck zu verleihen. Die Ökofrau hatte gleich ein passendes Pflaster zur Hand. Mich wunderte immer wieder aufs Neue, wie durchorganisiert die Handtaschen mancher Frauen sind.

»Hier nehmen Sie. Ach nein, warten Sie. Ich mach das schon«, sagte die Frau, bückte sich zu Emilias Knie und machte sich daran, das Pflaster auf die allmählich stoppende Blutung zu kleben.

Emilia drückte unterdessen ihren Kopf gegen meine Oberschenkel, so als wollte sie nicht mitbekommen, was da mit ihrem Knie passierte. »Warum blutet das so, Linda?«

»Das muss bluten, Schatz. Damit der Dreck aus der Wunde gespült wird. Der kann sonst die Verletzung entzünden. Da kann sie doch besser ein bisschen bluten, oder?«

Sie nickte mit zusammengepressten Lippen und hängenden Mundwinkeln, womöglich ohne recht zu verstehen, und schmiegte sich noch fester an mich. »Das hört gleich auf. Du wirst sehen.«

Als das Knie schließlich verarztet und die offene Schramme nicht mehr zu sehen war, malte sich ein zartes Lächeln in ihr Gesicht. »Im Kindergarten erzähle ich morgen von dem da«, ihr kleiner Finger zeigte gebieterisch in die Richtung des Übeltäters. Alles in allem schien in dem ganzen Tumult nun gehörig etwas in Fluss gekommen zu sein.

»Ey, Alter, bist du behindert, oder was?«, brüllte einer der Baggy-Jeans-Jungen dem Radfahrer entgegen.

»Halt's Maul, Eckenkind«, blaffte der Radfahrer zurück. Der Junge machte ein paar Schritte auf den Raser zu und stemmte die Hände in die Hüften.

»Pass auf, wie du mit mir redest. Du hast gerade ein kleines Mädchen angefahren, hast du's nicht geschnallt, Penner?«

»Was hast du damit zu tun, ey, waaas?«

»Ich bin Zeuge. Alex, mein Kumpel, auch.« Empört zeigte der Junge auf seinen Freund. »Dein Nachteil.«

»Genascht! Ihr könnt mir gar nichts!« Der Radfahrer drehte seinen drahtigen Körper so lange hin und her, bis er sich von Lutz, der ihn immer noch festhielt, fast losreißen konnte. Lutz aber war stärker. Als Leiter einer Judosportgruppe wusste er, wie er den Mann festhalten musste. Juliane schob jetzt das Rad weiter weg und stellte es an einem Beton-Blumenbeet ab.

Auch Alex, der andere Junge, schob seinen Körper bedrohlich auf den Radler zu.

»Wie abgefuckt du bist. Du fährst ein Kind übern Haufen, willst abhauen und beleidigst übelst die Frau. Das ist voll hardcore, Mann.« Er nickte seinem Kumpel Tobi zu. »Komm Alter, wir gehen in die Apotheke und rufen die Bullen.«

»Ja … korrekt, Mann.« Mit einer seitlichen Kopfbewegung bedeutete Tobi seinem Freund, mitzukommen. »Die werden diesem Minusmenschen schon zeigen, was Sache ist.«

Beide wollten sich gerade auf den Weg machen, als wir die Ökofrau aus der Herrenboutique kommen sahen. Ich hatte sie in dem ganzen Chaos hier nicht einmal hineingehen sehen.

»Ist schon erledigt«, rief sie laut. »Polizei ist auf dem Weg.«

»Ich zeig dich an wegen Freiheitsberaubung!« schrie der Radfahrer Lutz ins Gesicht. Und dann an Juliane gewandt: »Sag dem Alten, er soll mich sofort loslassen, damit ich rechtzeitig zu meinem Termin komme.«

»Bei Ihnen piept's wohl. Nachdem die Polizei Ihren Namen und Ihre Anschrift notiert hat, kann mein Mann Ihnen gern ein Fußtaxi besorgen, damit Sie rechtzeitig zu Ihrem Termin kommen«, antwortete Juliane trocken und ohne mit der Wimper zu zucken.

Die Ökofrau lachte. »Was meinen Sie denn mit einem Fußtaxi?«, fragte sie Juliane.

»Das ist ein Arschtritt«, erwiderte Juliane und sah den Radfahrer herausfordernd an. Der hatte sich endlich seiner dicken Sonnenbrille entledigt und der Blick aus seinen kaffeebraunen Augen war hart und voller Wut.

»Ganze Arbeit haben Sie da geleistet.« Ich sah im direkt ins Gesicht und schaute kurz zu Emilia hinunter und dann wieder ihn an. »Die Kleine hatte sich auf einen schönen Nachmittag gefreut und nun ist sie verletzt.«

Doch kein Wort des Bedauerns. Stattdessen blaffte er die Kleine an. »Du musst einfach besser aufpassen!« Und an mich gewandt: »Kinder fallen doch sowieso dauernd auf die Fresse.« Ich ließ ihn genervt in Ruhe und wandte mich an Juliane und Lutz, der dafür sorgte, dass der Radler sich kaum bewegen konnte.

»Das ist aber eine Überraschung, dass ihr beide ausgerechnet jetzt auftaucht.«

»Lutz braucht einen neuen Anzug. Da hatten wir spontan die Idee, heute mal ein wenig zu shoppen.«

»Ärztekongress nächsten Mittwoch in München«, sagte Lutz nur. So als würde es ihn langweilen, dorthin fahren zu müssen. Den Radfahrer hatte er immer noch fest im Griff.

Das Paar mit dem Bernhardiner verabschiedete sich. »Falls Sie unsere Aussage brauchen, Moment …«, der Mann kramte eine Visitenkarte aus seiner Geldbörse, »…unsere Adresse und Telefonnummer.«

Ich nahm die Karte und steckte sie in meine Tasche. »Danke. Ich hoffe, das wird nicht nötig sein.«

Die beiden nickten höflich und zogen mit ihrem Hund von dannen.

»Hast du denn etwas Entsprechendes gefunden?«, wandte ich mich wieder an Lutz.

»Nicht wirklich. Hab auch keine Lust mehr, lange zu suchen.« Er blickte zu Juliane hinüber. »Juliane meinte, ein neuer Anzug wäre vonnöten. Aber ich bin mit den vorhandenen noch zufrieden.«

»Klamotten kaufen nervt ihn«, erklärte Juliane und sah dabei eher Emilia an als mich.

»Wie wär's? Lutz will eh' schon nach Hause. Habt ihr beiden Lust, mit mir noch mal dort reinzugehen?« Sie zeigte auf das Kaufhaus.

»Das hatten wir ohnehin vor, Juliane. Deswegen sind wir hergekommen«, antwortete ich an Emilias Stelle.

»Oh prima«, jubelte sie. »Dann müssen wir nur noch auf die Polizei warten. Und dann shoppen wir ein bisschen.« Sie schien sich zu freuen.

Auch die Ökofrau und die beiden Jungen blieben bis zum Eintreffen des Polizisten. Wir mussten gar nicht lange auf ihn warten. Er rauschte mit einem Motorrad heran und wirkte auf mich gleich sehr sympathisch. Er begrüßte uns freundlich, wobei er dem Radfahrer ernst zunickte. Er bat Lutz mit leicht belustigter Miene, den fluchenden Radfahrer loszulassen und wandte sich diesem dann in strengem Tonfall zu. Hart wie zwei Bohrer stach der Blick des Rasers dem Polizisten ins Gesicht, doch der ließ sich davon nicht beirren. Er belehrte ihn sachlich, dass Fahrerflucht, ob mit dem Auto oder einem Fahrrad, kein Bagatelldelikt sei und das Festhalten einer straffällig gewordenen Person bis zum Eintreffen der Polizei nicht den Tatbestand der Freiheitsberaubung erfülle. Während er die Personalien des Mannes aufnahm, fragte mich Juliane, ob ich gleich im Geschäft nach etwas Bestimmtem suchen wollte oder ob wir einfach nur mal schauen wollten.

»Wir suchen etwas für mich aus.« Emilia war schneller mit der Antwort als ich.

»Ach so«, sagte Juliane mit einem verständnisvollen Zwinkern.

»Ja. Linda hat in der Zeitung gesehen, dass die dort Jeanshosen mit Minnie-Maus und welche mit den Panzerknackern draufgenäht haben. Soooo eine möchte ich. Am liebsten mit den Panzerknackern.«

»Die Panzerknacker habe ich alle eingelocht«, lachte der Polizist und stupste Emilia auf die Nase.

»Glaub ich dir nicht.« Sie verschränkte die Arme und sah ihn altklug an. »Und wenn schon? Die entkommen sowieso immer wieder!« Sie grinste.

»Na sowas.« Der Blick des Polizisten schweifte von Emilia zu mir. »Will deine Mama denn morgen noch mit dir zur Polizeidienststelle kommen und eine richtige Anzeige erstatten?« Er zeigte auf den muffig dreinblickenden Radfahrer.

Emilia nickte eifrig und anhaltend, während sie den Radler böse anschaute und vermutlich gar keine Ahnung hatte, was eine Anzeige überhaupt war. Aber ich ruderte dagegen.

»Ich denke nicht, dass das sein muss.« Einerseits war es nicht okay, den Burschen einfach so davonkommen zu lassen, andererseits hatte ich keine Lust, einen halben Vor- oder Nachmittag für eine Anzeige auf der Wache zu opfern.

Im Gesicht des Radfahrers glaubte ich, Erleichterung zu sehen.

»Also gut.« Der Polizist schaute von mir zum Raser und sah diesen streng an, als er ihm seinen Ausweis zurückgab. »Sie können dann fahren.« Dann schrieb er etwas auf einen kleinen Notizblock, riss den Zettel ab und reichte ihn mir. »Es ist besser, wenn Sie die Anschrift des Mannes parat haben, falls mit dem Knie noch Komplikationen auftreten sollten.«

Er zwinkerte Emilia an. »Aber meistens heilen solche Wunden schnell.«

Er verabschiedete sich und brauste auf seinem Motorrad davon. Den Zettel, den er mir gegeben hatte, steckte ich in meine Jackentasche und betrat mit Juliane und Emilia das Kaufhaus. Ich hoffte, dass die Panzerknacker Jeans noch nicht ausverkauft waren, da das Angebot schon länger als eine Woche lief.

Zwei nicht mehr ganz junge Verkäuferinnen standen schwatzend und lachend vor einem Ständer mit Damenblusen. Das grelle Kaufhaus-Licht schraffierte ihre stark geschminkten Gesichter und ich fühlte mich gleich unwohl, irgendwie nicht geborgen. Wenn man sich in einem Kaufhaus überhaupt geborgen fühlen kann.

»Guten Tag. Die Kinder-Comic-Hosen aus ihrem Angebot, wo finden wir die?«, fragte ich die beiden Plaudertaschen.

»Na. Wo wohl?«, raunzte die Dunkelhaarige. »Natürlich unten. In der Kinderabteilung.« Sie schüttelte den Kopf, so als würde sie denken, ich wäre nicht ganz helle, ihr so eine blöde Frage zu stellen. Das Kaufhaus hatte kürzlich umgebaut, nur deswegen hatte ich gefragt. Vor dem Umbau war die Kinderabteilung in der obersten Etage untergebracht.

Mein ›Danke‹ klang daher etwas schnippisch. »Wissen Sie, ob die Jeans mit den Panzerknackern noch vorrätig sind?«, fragte ich dennoch.

»Gute Frau«, antwortete die Verkäuferin mit den weißblonden Engelslocken. »Glauben Sie, wir zählen die Restposten eines Angebotes täglich nach? Sie müssen sich schon selbst in die Abteilung bemühen, um nachzusehen. Oder wissen Sie nicht, wie Sie zur Rolltreppe gelangen?«

»Da werden wir uns bestimmt noch lange durchfragen müssen«, schaltete sich Juliane patzig ein. »Wissen Sie denn, wo die Volkshochschule hier in Wilhelmshaven ist?«

»Was …? Ja. Wieso?«

»Dort bieten sie regelmäßig Kurse zum Thema „Kundenservice“ an.«

Die Verkäuferinnen glotzten dumm.

»So? Und um was geht es da im Detail?«, fragte die Dunkelhaarige hochmütig.

»Positive Umgangsformen, gutes Benehmen und Verkaufstraining.«

Juliane drehte sich von den frechen Tussen weg, schubste mich an und wir gingen in Richtung Rolltreppe.

Sie hatte es wieder richtig drauf, sich wehren zu können. Warum war ich nicht so? Ich beneidete Juliane um ihre unverblümte Art, mit der sie andere konfrontierte. Hätte Joe sich in ihr Herz geschoben, sie hätte keinen Hehl daraus gemacht und ihn, wenn nötig, sogar mit schlüpfrigen Anspielungen problemlos für sich gewonnen. Da war ich mir sicher. Zum Glück stand sie auf Männer mit Geld. Und ich? Meine Worte blieben mir im Hals stecken, wenn Joe in meiner Nähe war. Ich stolperte über meine eigene Befangenheit, schmiss mich stattdessen abends auf mein Bett und träumte von ihm, bis der Morgen das Dunkel der Nacht vertrieb.

Emilia hatte ihr aufgeschlagenes Knie schnell vergessen, denn eine letzte Jeanshose in ihrer Größe ergatterten wir noch, eine mit dem Panzerknacker Kuno Knack auf den Gesäßtaschen, Bankjob Knack auf dem einen Hosenbein und Karlchen Knack auf dem anderen. Dazu kaufte ich noch ein flottes rosa Mädchen-Hoody, ein paar Prinzessinnen-Söckchen und eine Haarspange in Erdbeerform. Mit vor Glück strahlendem Gesichtchen offenbarte Emilia mir alsdann, wenn sie groß wäre, würde sie mir auch so schöne Anziehsachen kaufen.

Auch Juliane wurde fündig. Sie probierte ein figurbetonendes silbergraues Shirt an.

»Wie findest du es?«, fragte sie mich kokett.

»Ganz gut. Steht dir hervorragend.« Ob es irgendein Kleidungsstück auf der Welt gab, das Juliane nicht gut stand, wagte ich zu bezweifeln.

Sie wiegte ihren Body, so wie sie es im Gespräch mit Geschäftspartnern und attraktiven Männern ständig zu tun pflegte, wie ein

Aal hin und her, eine Hand in die knöchrigen Hüften gestemmt, den Kopf seitlich geneigt, ein süßes Lächeln auf den Lippen und ganz sicher mit der Vorstellung, die begehrenswerteste Frau der Welt zu sein. Wenigstens schien es mir jedes Mal so, wenn sie ihre Formen auf diese Art betonte. Ich bewunderte Juliane wegen ihrer Schlagfertigkeit und um ihre Energie, die es ihr ermöglichte, selbst bei größter Hektik und schwierigen Kunden gelassen zu bleiben. Um ihre unfassbare Konzentration auf Äußerlichkeiten, auf Details, die das Leben nicht zwingend lebenswerter machten, darum beneidete ich sie nicht. Im Gegenteil. Sie tat mir leid in ihrem Kampf um jedes angeblich zugenommene Gramm, in ihrer Art, die Welt in schön und hässlich zu unterteilen. Ich erlebte Juliane häufig, dass sie von ihrem eigenen Ego gedrosselt, zu blockiert war, um sich auf Begegnungen mit anderen Menschen wirklich einzulassen, weil sie ständig auf ihre Wirkung bedacht war. Ihre Kontakte waren immer oberflächlich geblieben, wie sie mir einmal erzählte. Eine richtige Freundin hatte sie nicht.

»Ich verstehe einfach nicht, wie du dich freiwillig noch um ein kleines Kind kümmern kannst«, tuschelte Juliane mir auf dem Nach-Hause-Weg leise zu. »Meine Freizeit wäre mir viel zu schade für so etwas. Ich kann mich noch gut erinnern, wie schwer es für dich war, allein deine eigenen Rangen durchzufüttern. Warum machst du das mit Emilia?«

»Weil ich sie gernhabe, Juliane. Es fällt mir nicht schwer.« Ich sah sie schärfer an, als ich wollte, weil ich mich in Emilias Gegenwart nicht über die Kleine unterhalten wollte. Aber Emilia hatte gar nicht hingehört. Sie schwang ihre kleine Shoppingtasche hin und her und summte ein Kinderlied.

Juliane zuckte nur mit den Schultern und sagte dazu nichts mehr.

»Wie wär's mit einem leckeren Eis?«, fragte sie stattdessen mit Blick in Richtung der kleinen Eisdiele an der Straßenkreuzung.

Das jedoch hatte Emilia sofort gehört. »Wir hatten schon Eis«, rief sie Juliane zu. »Bestimmt darf ich nicht noch eins, oder Linda?»

Ich hob meine Augenbrauen. »Na ja. Wenn du mir versprichst, dass dir nicht schlecht wird …« Ich wartete auf ihre Antwort, wunderte mich aber gleichzeitig, dass Juliane in aller Öffentlichkeit Eis essen wollte. Wegen dem Zucker, den sie doch, zumindest ihrem dauernden Reden nach, ablehnte.

»Ich schaff bestimmt noch ein kleines. Ich esse das auch auf. Versprochen.« Emilia schaute mich bittend an.

»Aha. Und du Juliane? Du hast heute Lust auf Süßes?«

»Manchmal brauch sogar ich das. Aber erzähl's nicht überall herum.« Sie machte ein betretenes Gesicht. »Mit Lutz und mir läuft's gerade nicht so rund und ich habe richtig Lust, mich jetzt mit einem großen bunten Eisbecher zu trösten. Am besten mit viel Sahne obendrauf.«

Sie bestellte tatsächlich eine Riesenportion mit Sahne und Schokoraspeln. Dazu trank sie Kakao. Ich enthielt mich besser jeglichen Kommentars und nahm nur einen Cappuccino, weil ich noch satt von der Eisportion war, die ich nach dem Kino verdrückt hatte. Emilia bekam einen Kinderbecher. Vorsichtig sprach ich Juliane auf Lutz an.

»Er zeigt kaum noch Interesse an mir«, sagte Juliane. »Er macht mir keine Komplimente mehr, so wie früher. Weißt du noch? Früher war er stolz auf mich und hat das anderen gegenüber ziemlich deutlich gemacht.«

»Warum ist das so wichtig für dich? Du weißt, dass du dich auf ihn verlassen kannst. Er ist doch immer sehr um dich besorgt und auch besonders achtsam dir gegenüber, Juliane.«

»Das reicht mir aber nicht. Ich brauche mehr Aufmerksamkeit von ihm. Manchmal fühle ich mich wie betäubt, weil auf nichts, was ich tue oder sage, mehr ein Echo von ihm kommt.« Sie schluckte, räusperte sich.

»Auch im Büro reiße ich mir den Arsch auf. Letztes Jahr hat Vincent mit meiner Hilfe für sein wichtiges Belgienprojekt einen phänomenalen Umsatz erreicht. Er sollte stolz auf mich sein. Aber meine ganzen Anstrengungen waren ihm in der Weihnachtsansprache nur sehr wenige Worte wert.« Sie senkte den Kopf, aber ich nahm noch ein verräterisches Zucken ihres Kinns wahr, bemühte sie sich doch offensichtlich, nicht zu weinen. »Komm, lass' uns von etwas anderem reden. Ich will mein Eis wirklich genießen«, schloss sie das Ganze abrupt ab.

Und machte sie sich mit sichtlichem Appetit über ihren Eisbecher her. Wir redeten kaum. Ich schlürfte in Ruhe meinen Cappuccino und Emilia schaffte, wie ich es geahnt hatte, nur die Hälfte ihres Kinderbechers. Während ich später für uns drei bezahlte, huschte Juliane noch einmal zur Toilette und ich fragte Emilia, ob sie auch noch mal müsse.

»Nein, ich muss nicht!«, sagte sie entschieden. Und so warteten wir draußen, bis Juliane nach zwanzig Minuten endlich auftauchte. Auf dem Heimweg unterhielten wir uns über Banalitäten.

Nachdem ich die Kleine wieder zu Hause abgeliefert hatte, freute ich mich auf ein warmes Bad. Ich würde den Rest vom gestrigen Brokkoli-Auflauf erwärmen, mit einem Buch und einem Glas Wein in orientalisch duftendem Wasser schwelgen und mich danach ins Bett legen, endlich einmal früh schlafen gehen.

Als ich den Auflauf vollständig verputzt hatte, fiel mir der Notizzettel mit der Adresse des Radfahrers wieder ein, den mir der Polizist gegeben hatte und den ich in meine Jackentasche gesteckt hatte. Also huschte ich zur Garderobe und fischte den Zettel aus meiner Jeansjacke. Ich setzte mich damit an den Küchentisch. Nachdem ich den Namen gelesen hatte, interessierte mich weder die Straße, in der er wohnte, noch die Telefonnummer. Ich las nur den Namen immer wieder und wünschte, dass es einen Bastian Beinke mehrfach geben würde. Von dem hatte ich bisher nur über Joe einiges gehört – und das war nichts Nettes.

Am nächsten Morgen nahm ich den Zettel mit ins Büro. Joe hatte einen Tag vor seiner Abreise nach Frankreich zwar noch etliche andere Dinge zu erledigen, aber er wollte vormittags auf jeden Fall vorbeikommen. Ich wartete sehnsüchtig auf ihn und als er mich begrüßte, hielt ich ihm den Notizzettel mit der Radfahrer-Adresse unter die Nase. »Das ist aber nicht dein Bruder, oder?«, fragte ich.

Er nahm sein Käppi ab, schmiss es auf meinen Schreibtisch und schnappte sich den Zettel. Bastian Beinke, Am Mühlentief 2, Jever.

»Doch. Isser. Wieso? Wie kommst du an die Adresse von dem Dreckskerl?«

Joe hörte mir zu, ohne ein Wort zu sagen. Sein Gesichtsausdruck verriet zunehmende Wut, während ich erzählte. Nachdem ich meinen Bericht beendet hatte, griff er gleich zum Telefon.

Ohne jegliche Einleitung stieß Joe in den Hörer: »Du kommst sofort in die Reiseagentur. Die Frau mit dem kleinen Mädchen, das du gestern beinahe überfahren hast, ist meine Chefin.«

Joe setzte sich auf den Schreibtisch, während er mit seinem Bruder durch das Telefon schimpfte. »Ja tatsächlich. So ein Zufall, was? Du machst dich jetzt auf die Socken, kommst her und entschuldigst dich noch einmal. Ansonsten werde ich meine Chefin davon überzeugen, doch noch Anzeige zu erstatten. Erst recht wegen deiner Äußerungen. Es gibt zum Glück Zeugen. Viel zu gutmütig von Linda, dass sie von einer Anzeige absehen will … Ja.

Ich bin noch mindestens bis mittags hier. Mach dich auf die Socken … Du wirst dich nie ändern … Selber Affe, … du mich auch … und wenn du binnen zwei Stunden nicht hier bist, sind Linda und ich auf der Polizeiwache. Freu dich auf weitere Unannehmlichkeiten. Und die Kohle, die du mir noch schuldest, kannst du auch gleich mitbringen.«

Er legte auf. »Dieses Arschloch.«

Ich stimmte ihm zu, war aber überhaupt nicht scharf darauf, Bastian gleich wiederzusehen.

Wir sprachen noch ein paar Angebote durch, die Joe erstellt hatte und dann stand sein Bruder plötzlich vor mir. Einen Gruß sparte er sich.

»Ich soll mich bei Ihnen offiziell entschuldigen«, ließ er verlauten, wobei er die Lippe auf der linken Seite leicht nach oben zog, was ihm einen süffisanten Ausdruck verlieh. Da stand er breitbeinig, präsentierte sich betont selbstbewusst im schwarzen Shirt mit Designer-Label und grauen Designer-Turnschuhen, die Hände in den Taschen seiner ausgebeulten schwarzen Jeans vergraben. In Haltung und Mimik war er an Arroganz kaum zu überbieten, ohne ein Anzeichen wirklicher Reue.

»Spar's dir, wenn du es nicht ehrlich meinst«, antwortete ich und duzte ihn unwillkürlich. Vermutlich, weil er irgendwie zu Joe gehörte. »Wäre schön von dir zu hören, dass du in Zukunft mit mehr Rücksicht auf andere auf deinem Fahrrad unterwegs sein wirst.«

Er kratzte sich lediglich am Kopf und zog eine belustigte Schnute.

Joe hatte sich hinter mich gestellt und mir wie zum Schutz seine Hände auf die Schultern gelegt. »Das ist mein Bruder, wie er leibt und lebt. Er läuft durch die Welt und sieht nichts außer sich selbst.«

»Und du Wichser?«, schnaubte Bastian zurück. »Du nimmst dir nicht mal Zeit, um unseren Vater im Seniorenstall zu besuchen.«

»Du weißt genau, der Alte kann mich mal!«, knurrte Joe zurück und ließ seine Hände immer noch sehr angenehm auf meinen Schultern ruhen. Ich wehrte mich nicht. Wäre ja blöd gewesen.

»Du weißt aber schon, dass er langsam ganz schön seltsam wird dort, oder? Aber nein! Woher auch?« Bastian fühlte sich anscheinend wie auf einer Bühne. »Woher solltest du schon wissen, dass Vater den halben Tag mit seinem Rollstuhl den Fahrstuhl auf seiner Etage blockiert, diesen rauf und runter rollen lässt und dabei brüllt: »Ihr Hurensöhne. Wo habt ihr mein Geld versteckt?« Die Schwestern und Pfleger sind überfordert, haben mich gefragt, ob ich der einzige Angehörige bin, der ihn besucht oder ob es da noch weitere Kinder gebe. Sie können unmöglich den ganzen Tag nur Vater beaufsichtigen. Schließlich sind noch andere alte Herrschaften in diesem Heim untergebracht. Erst vor ein paar Tagen habe ich den Pflegekräften noch Geld in die Kaffeekasse gesteckt, damit sie sich um Vater in besonderer Weise kümmern.«

»So. Geld in die Kaffeekasse! Was ist mit den 200 Kröten, die ich dir vor zwei Jahren geliehen habe, he, waaas?«

»Du verdienst genug, wenn du mit dem Studium fertig bist«, schrie Bastian. »Stell dich wegen der 200 Kröten doch nicht so an.«

»Weißt du was? Ich schäme mich, dass du mein Bruder bist.« Joe sprach auf einmal ruhig, in normaler Tonlage. Wie ein Nachrichtensprecher hörte er sich an.

Torsti klopfte und kam, ohne dass jemand von uns Ja gerufen hätte, herein. »Alles in Ordnung, Linda, Joe?« Er fixierte Bastian wie einen Schwerverbrecher.

»Wir kommen klar. Danke, Torsti«, sagte ich und da ich immer noch Joes Hände auf meinen Schultern spürte, glaubte ich daran.

Torsti nickte kurz, drehte sich um und zog die Tür hinter sich zu.

Bastian sah mich plötzlich seltsam hinterhältig an. »Sie haben doch nicht ernsthaft daran gedacht, mich anzuzeigen? Ich habe Ihnen jetzt gesagt, dass es mir leidtut. Dennoch hätte das Mädchen besser aufpassen müssen und Sie erst recht als Verantwortliche.«

Seine Arroganz war nicht zu toppen. »Ich überlege mir das noch mit der Anzeige«, antwortete ich gelassen.

Als er ein paar Schritte auf mich zu kam, hörte ich seine Schuhe quietschen. »Überlegen Sie auch, wie Sie meinen Bruder ins Bett kriegen?«, fragte er schmierig grinsend.

Ich fühlte alles Blut aus meinem Körper in meinen Kopf steigen und war außerstande, etwas zu erwidern.

»Was hast du gerade gesagt?«, herrschte Joe ihn an.

Bastian reckte angriffslustig sein Kinn vor. »Na, sieht man der untervögelten Tusse doch an, dass sie scharf auf dich ist.«

Noch ehe ich begriff, was passierte, hatte Joe seinen deutlich schmächtigeren Bruder gepackt und an die Wand gedrückt.

»Du selbstgefälliger Hohlkopf. Du lernst nichts, kannst nichts, schmeißt jede Ausbildung, bringst Vaters Geld durch und erlaubst dir Urteile und Bewertungen über Menschen, die du nicht einmal kennst. Verschwinde und trete mir nicht mehr unter die Augen.«

Er packte Bastian an die Gurgel und ich spürte nackte Angst. Nie hätte ich erwartet, dass Joe dermaßen in Rage geraten könnte. Ich rief intuitiv nach Torsti, nach Hannes, nach Benedikt und Vincent, obwohl ich wusste, dass die letzteren beiden gar nicht im Büro waren. Hannes und Torsti stürmten auf der Stelle herein, rissen Joe von Bastian weg und schleppten ihn auf die Besuchercouch im Nebenbüro, wo sich Isa und Juliane um ihn kümmerten.

Ich stand nur starr da und nahm wahr, wie Bastian sich in Windeseile aus dem Staub machte.

Ich sah Isa auf Joe einreden und Juliane, wie sie ihre Gazellengestalt aufreizend vor ihm hin und her wiegte, während sie ihm ein Glas Wasser reichte und Isa wortreich unterstützte. Ich selbst brauchte einen langen Moment, um mich aus meiner Erstarrung zu lösen, setzte mich auf die Besuchercouch neben Joe und streichelte seine Hand, was ganz automatisch passierte. Er wandte sich mir zu und legte seine freie Hand über meine. Isa und Juliane verzogen sich daraufhin. Ich hatte Joe noch nie außer Fassung geraten sehen. Und dann hörte ich wieder und wieder die Worte seines Bruders: »Na, sieht man der untervögelten Tusse doch an, dass sie scharf auf dich ist.« Man sah es mir also an. Man sah, dass ich … Bastian war ein Fremder für mich. Ein Fremder, dem es nicht entging, dass ich …

»Trink das. Päppelt dich vielleicht wieder ein bisschen auf.«

»Was?!« Ich fuhr zerstreut aus meinen Gedanken. Es war Isa, die mir eine Tasse dampfenden Melissentee reichte. Joe verabschiedete sich. Er hatte für heute die Faxen dicke.

DAS MANUSKRIPT

10

Wilhelmshaven/Waldesch - damals, vor vielen Jahren

Ein Koch für Frankreich

Tagträume

Tags darauf musste ich Lebewohl sagen. Lebewohl auf Zeit. Joe musste nach Frankreich. Ich vermisste ihn schon, bevor er sich von mir verabschiedet hatte. Seine Umarmung unmittelbar vor seiner Abreise speicherte ich tief in meiner Seele. Das kleine, in rosa Papier gewickelte Marzipanherz, das er mir beim Abschied in die Hand drückte, war für mich ein ganz besonderes Geschenk.

Abends stellte ich meinen Wecker auf 5.30 Uhr, denn auch für mich stand am nächsten Tag eine Fahrt an: die Reise nach Waldesch. Ich würde mindestens fünf Stunden mit dem Auto unterwegs sein und wollte nicht erst nachmittags ankommen. Das Suchen nach Wolles Wohnung musste ich schließlich auch noch mit einkalkulieren.

Als das Radio mich weckte, war mein erster Gedanke der an Joe, wie immer. Ich drehte mich noch einmal um und knuddelte die Bettdecke. Nein, ich wollte nicht aufstehen. Nein. Nein. Nein. Und schon gar nicht wollte ich nach Waldesch. Ich beschimpfte meinen Radiowecker und hatte das Gefühl, als maule er zurück und schelte mich eine blöde Kuh, deren Verstand von dem Aufruhr ihres Herzens gelähmt war. »Gnädigste, Sie sind nicht ganz bei Sinnen …« Ich haute dem Wecker eine drüber und wünschte mir, meine Sehnsucht nach Joe würde sich mit der Zeit verflüchtigen. Ich wollte nicht mehr leiden, nicht nur träumen und ahnen, dass Träume oft Träume blieben, wenn kein Wunder geschah.

Mit dem Zitronenduschbad, das Isa mir geschenkt hatte, seifte ich mich ordentlich ein. Es roch extrem erfrischend und anschließend fühlte ich mich wacher. Der Kaffee mit viel Milchschaum tat sein Übriges. Ich räumte die Küche auf, goss die Blumen, sah nach, ob alle Türen und Fenster verschlossen waren und, mit einer weiten Jeans und einer lockeren himbeerroten Bluse bekleidet, stieg ich in meinen nachtblauen Ford Sierra.

Es ging über mehrere Autobahnen ziemlich gut ohne Behinderungen voran und gegen 12.30 Uhr, als es anfing zu regnen, nahm ich auf der A 61 die Abfahrt Koblenz/Waldesch und fädelte mich der Beschilderung folgend in den spärlichen Verkehr ein. Die Straße wand sich schier endlos das Tal hinunter und irgendwann, ungefähr gegen 13.00 Uhr, fuhr ich am Ortsschild vorbei und hinein in das beschauliche Dorf. Ich parkte in einer Parkbucht nahe der Kirche, um von dort aus Wolles Wohnung zu suchen. Und war schon ganz gespannt: Dieser Wolle musste eine außergewöhnliche Person sein, wenn Benedikt sich so für ihn ins Zeug legte.

Ich spannte meinen Schirm auf und spazierte die Dorfstraße entlang. Allem Anschein nach gab es hier nicht einmal ein Café. Einen Supermarkt hatte ich ganz am Anfang des Dorfes gesichtet, eine Tankstelle, eine Sparkasse. Und einen Friedhof. Ich wollte ihn mir anschauen und spürte sofort, dass er eine andere Atmosphäre ausstrahlte als alle Friedhöfe, die ich bisher besucht hatte. Etwas Besänftigendes ging von ihm aus. Ich kramte in meiner Jacke nach einem Taschentuch, um die Bank, die unter einer duftenden Linde stand und von der aus ich über die relativ kleinen Grabstätten schauen konnte, trocken zu wischen. Ich setzte mich, den Schirm schützend über meinem Kopf. Und dann weinte ich. Es regnete immer noch. Und in Frankreich, um die Gegend von Le Lavandou herum, waren es laut Wetterbericht bereits knapp 30°C.

Die Römerstraße war vom Friedhof aus leicht zu finden. Das von Benedikt beschriebene Mietshaus entdeckte ich auch direkt. Es lag am Anfang der Straße, die sehr schmal war und eine beträchtliche Anhöhe hinaufführte. Auf mich machte das Haus einen gepflegten Eindruck. Zwar gab es keinen Vorgarten, aber die Fassade war gut in Schuss und in einem warmen Gelb gestrichen. Die Fensterrahmen schienen erneuert worden zu sein. Die Haustür mit ihren weißen Streben und lichtundurchlässigen Glaseinsätzen, wirkte dagegen etwas unmodern. Auf den Klingelschildern suchte ich nach dem Vornamen Wolfgang, woraus meiner Einschätzung nach der Spitzname Wolle abgeleitet worden war. Das Haus schien in drei Stockwerke mit je zwei Mietparteien aufgeteilt zu sein. Leider waren die Schilder völlig unzureichend beschriftet. Auf zweien stand gar nichts, auf den anderen nur der Anfangsbuchstabe des jeweiligen Vornamens und der Nachname. Für den zweiten Stock gab es ein Schild ohne Namen und eines mit der Bezeichnung W. Czerny. Das könnte Wolle sein. Ich schellte. Niemand öffnete. Ein erneuter Versuch. Nichts. Dann probierte ich es am Schild ohne Namen, wenngleich es gut möglich war, dass niemand dort wohnte. Aber der Türsummer ging und ich marschierte durch den gepflegt aussehenden Korridor die Treppe hoch zum zweiten Stock. An der linken Tür erschien eine junge Frau mit dunkelbraunen Locken.

»Hallo, guten Tag. Ich möchte zu einem Mann namens Wolle. Leider weiß ich den Nachnamen nicht. Wohnt jemand, der so heißt, hier im Haus?«, fragte ich die Frau, die ziemlich mürrisch dreinblickte.

»Wolle. Der wohnt hier, das ist richtig. Er ist da drinne.« Sie machte eine Halbseitendrehung und wies mit dem Finger in die Wohnung, aus der sie soeben gekommen war.

»Der ist noch fertig vom Saufen gestern Abend. Was immer Sie von ihm wollen, machen Sie's kurz. Ich muss jetzt leider gehen.«

Sie schob die leicht heruntergekommene mahagonifarbene Holztür zu Wolles Wohnung so weit auf, dass ich hineinschlüpfen konnte, nickte mir zu und verschwand die Treppe hinunter.

Gleich hatte ich das Gefühl, in einem Stall gelandet zu sein. Es roch übel nach Körperausdünstungen, so als hätte jemand tagelang nicht geduscht oder als läge ein Haufen getragener Wäsche in irgendeiner Ecke herum. Dann sah ich ihn. Er lag, mit nichts als einer roten Boxershorts bekleidet, auf einer grauen schäbigen Ledercouch, den Rücken gestützt von zwei großen roten Satinkissen, die kontrastmäßig eine ideale Bühne für sein strähniges schwarzes Haar abgaben. Eines seiner braun gebrannten, muskulösen Beine hatte er auf einem großen runden Tisch aus Marmor abgelegt, das andere auf dem grauen Teppichboden. Sein fahles, jedoch gut geschnittenes Gesicht erzählte von einer anstrengenden Nacht und ich glaubte, er würde mich vor lauter Erschöpfung gar nicht wahrnehmen. Ich hatte nämlich vor Überraschung und Schrecken über Benedikts seltsame Personalauswahl das Grüßen ganz vergessen. Ohne Anmeldung stand ich mitten in einem fremden Wohnzimmer und war im ersten Moment nicht fähig, auch nur eine Silbe herauszubringen. Er fuhr erschreckt zusammen, als er mich sah und schob sein Bein viel zu hastig vom Tisch. Der volle Aschenbecher neben seinem Oberschenkel rutschte zu Boden.

»Was machen Sie in meiner Wohnung? Wer sind Sie?«

»Bitte entschuldigen Sie, dass ich hier so unangemeldet hereinplatze. Eine junge Frau hat mich hereingelassen. Vermutlich Ihre Freundin.«

»Ich habe keine Freundin. War bestimmt ne Nutte.« Er räusperte sich und setzte sich ordentlich hin.

»Wie dem auch sei …« Ich stutzte. Wo zur Hölle war ich hier gelandet?

»Mein Name ist Linda Mondhi. Ich komme aus Wilhelmshaven und habe von meinem Chef, Benedikt Rosenkemper, den Auftrag, mit Ihnen einen Zwei-Jahresvertrag für eine Stelle als Koch in unserem Unternehmen abzuschließen. Wie er mir mitteilte, haben Sie den groben Rahmen schon miteinander besprochen. Ich möchte heute eher die Details mit Ihnen durchgehen und den Vertrag mit Ihnen unterzeichnen.«

»Ah ja. Verstehe. Gut. Dann nehmen Sie doch Platz.« Er wies auf einen der beiden grauen Ledersessel. »Kann ich Ihnen etwas anbieten?«

»Ein Café scheint es hier am Ort nicht zu geben. Ich habe schon vergeblich danach Ausschau gehalten. Wenn Sie für mich einen Kaffee machen könnten, wäre ich Ihnen dankbar. Ich möchte Ihnen keine Umstände machen, aber ich habe eine lange Fahrt hinter mir und Kaffee würde mich im Augenblick aufmuntern. Natürlich nur, wenn es Ihnen nichts ausmacht. Ich vermute, dass Sie selbst auch einen vertragen könnten.«

Tatsächlich verspürte ich eine unglaubliche Gier nach Koffein und betete insgeheim, dass er die Tasse, in der er mir den Trunk servieren würde, vorher auch gespült hatte.

»Stimmt.« Er grinste breit. »Kaffee kommt gleich. Überhaupt kein Problem. Warten Sie.« Er stand auf und lief in die Küche. Die Boxershorts war ihm beim Aufrichten von der Couch ein Stückchen heruntergerutscht. Er zog sie nicht hoch. Aber ich musste ja nicht hinzusehen.

Das brodelnde Geräusch einer Kaffeemaschine hallte wenig später aus der Küche, und ich freute mich einfach nur auf eine schöne heiße Tasse Kaffee.

»Nett, dass Sie vorbeischauen. Wann genau soll ich denn mit meiner Arbeit anfangen?«, rief er aus der Küche.

»Gegen Ende des Monats, weil wir dann eine Schulklasse in Südfrankreich, in Le Lavandou haben. Die muss teenagergerecht bekocht werden. Aber Sie haben ja ausreichend Erfahrung, wie Benedikt mir erzählte.«

»Sicher doch. Ich kann kochen. Sie werden es nicht bereuen, mich eingestellt zu haben.« Er schlurfte aus der Küche und lachte. Aber es klang irgendwie eigenartig. Ich hoffte, dass Benedikt sich gut überlegt hatte, wen er da engagieren wollte. Vor allem sollte ein Koch doch eine gepflegte Erscheinung abgeben. Der hier ging meiner Ansicht nach überhaupt nicht. Aber wer weiß? Vielleicht war ich nur zur falschen Zeit und ohne Anmeldung aufgekreuzt? Oder ich war einfach nur spießig? Oder die Chemie zwischen uns stimmte einfach nicht? Warum machte ich mir schon wieder Gedanken? Es war Benedikt, der diesen Mann einstellen wollte. Wenn er sich unbedingt in meine Aufgaben einmischen wollte – bitte. Ich hatte gerade lediglich die Rolle der Vermittlerin inne.

Wir gingen die Einzelheiten des Vertrages, den ich provisorisch schon mal aufgesetzt hatte, durch. Unser Gespräch entwickelte sich erstaunlich gut, besser als ich erwartet hatte. Der Kaffee hatte Wolle etwas munterer und zugänglicher gemacht und mich auch.

»Mit dem Gehalt bin ich einverstanden. Sicher. Das ist absolut in Ordnung und ich werde mir die allergrößte Mühe geben, die Gäste nicht zu enttäuschen.«

»Wir haben einen geräumigen Bulli für Sie bereitstehen, mit dem Sie nach Le Lavandou fahren können. Das hat Benedikt Ihnen sicher schon erzählt.«

»Sicher, Benedikt hat mich bereits über das meiste informiert.«

»Also gut. Dann wissen Sie also Bescheid. Die Schulklasse fährt mit dem Reisebus nach Südfrankreich. Darum brauchen Sie sich nicht zu kümmern. Ein Mitarbeiter wird Sie zwei Tage, bevor die Schüler in Le Lavandou eintreffen, in Empfang nehmen. Sie müssten also mindestens drei Tage vor Abreise der Schulklasse zu mir ins Büro kommen, damit ich Ihnen zeigen kann, was alles in den Bulli einzuladen ist. Da wären etliche Kisten Wasser und Sprudel, haltbare Lebensmittel wie Nudeln, Tütensuppen, Dosengemüse, Getreide, Reis, Tunfischkonserven und eine kleine Auswahl an verschiedenen Fertigsoßen, sodass Sie auch dann den Gästen etwas servieren könnten, wenn eine Schneeverwehung eine Fahrt zum nächsten Supermarkt absolut unmöglich machen würde. Aber Schnee im Frankreich-Sommer wäre unrealistisch. Ich sage das nur, damit Sie informiert sind, welche Dinge als Vorrat notwendig sind und keinesfalls vergessen werden dürfen.«

Ich versuchte, ein Lächeln aus ihm herauszuholen. Stattdessen huschte etwas wie Verachtung über sein Gesicht.

»Geht schon klar. Immer schön locker bleiben. Sie machen sich zu viele Gedanken.«

»Ist mein Job«, antwortete ich kurz und hatte auch recht. »Einen kleinen Tresor mit Bargeld müssten Sie auch mitnehmen und gut darauf aufpassen.«

»Na gut.« Sein Blick verriet Arroganz. »Ich werde natürlich damit türmen«, sagte er abfällig und sah mich provozierend dabei an. »Hätte ich Sie in meiner Wohnung mit Anzug und Krawatte empfangen sollen?« Er grinste dreckig.

»Wie kommen Sie darauf?«

»Sie mustern mich die ganze Zeit über schon so von oben herab. Das fällt Ihnen selbst nicht einmal auf, was?«

Ich fühlte sofort Hitze auf meinen Wangen, demnach errötete ich wieder einmal. Mann! – Dass mir das in meinem Alter manchmal noch passierte, war mir sehr unangenehm.

»Also gut. Auch wenn Sie mich für spießig halten, denke ich, es wäre angemessener gewesen, mit mir normal gekleidet die Vertragsangelegenheiten durchzusprechen und nicht fast nackt.«

»Entschuldigung! Daran hätte ich denken müssen.« Er versuchte es mit dem Blick eines Kleinkindes und schlug die Augen nieder, als wäre er vier Jahre alt, seine Hände vom Spielen mit Sand und Erde verklebt, während er mit ernster Miene beteuert, sie vor dem Essen noch gewaschen zu haben.

»Gestern Abend bin ich auf einer Party leider versackt. Ich bin noch nicht ganz wach und wusste nicht, wann genau Sie kommen würden.« Er erhob sich, legte den Kopf schief und fragte: »Wie wär's, wenn ich jetzt schnell unter die Dusche hüpfe, und als Entschädigung lade ich Sie irgendwo draußen zum Mittagessen ein?«

Dazu hatte ich nun überhaupt keine Lust. Ich stand ebenfalls auf und schnappte mir meinen Schirm aus dem Flur, den ich einfach dort auf die Fliesen gelegt hatte, was sicher auch nicht die feinste Art war. Aber es war mir momentan wurscht.

»Danke. Aber das ist nicht nötig. Wir haben alles besprochen. Legen Sie sich wieder hin.«

»Wie Sie wollen.« Es war mehr ein unfreundliches Brummen als eine Erwiderung. Er begleitete mich dennoch zur Tür.

Noch im Treppenhaus kribbelte mir sein unangenehmer Schweißgeruch in der Nase.

Zurück im Auto fuhr ich zunächst ins Hotel, das gelegen innerhalb von Feldern und Wiesen mit der Natur verwachsen zu sein schien und wo ich schon vor zwei Tagen ein Zimmer gebucht hatte. Dort lud ich erst einmal meine Reisetasche ab. Ich benutzte die Toilette, machte mich ein bisschen frisch, bürstete mein Haar und verließ mein Zimmer nach einer knappen Viertelstunde schon wieder. Die Rezeptionistin erklärte mir sehr freundlich den Weg zu einem ihrer Ansicht nach sehr schönen Café direkt an der Mosel, in dem man neben einer riesigen Auswahl an Kuchen und Torten auch regulär speisen konnte.

Der Regen trat den Rückzug an. Die Sonne kam wieder raus. Während ich eine enge kurvenreiche Straße durch ein bewaldetes Tal hinunter zur Mosel fuhr. Ich fühlte mich auf seltsame Weise frei. Traurig, aber frei. Traurig, weil ich kaum noch an etwas anderes denken konnte als an den einen Mann, der sich wie eine Zecke in meinem Herzen festgebissen hatte, der sich aber unmöglich für mich interessieren konnte. Frei, weil ich innerlich davon überzeugt war, dass es hinsichtlich aller Herzensangelegenheiten keine Unmöglichkeiten geben durfte, so närrisch manches auch sein mochte. Frei außerdem, weil ich bis morgen Abend ohne zu erwartende Behinderungen meinen vielfältigen Träumereien unkontrolliert nachhängen und die herrliche Gegend genießen durfte.

Nun saß ich in dem mir empfohlenen Café, trank Cola und einen Cappuccino mit Sahne. Dazu genoss ich eine Pizza mit Spinat, Knoblauch und unglaublich vielen Zwiebeln. Ohne Reue. Denn ich war schließlich alleine heute Nacht. Da ich die Freiheit dieses Restwochenendes vollkommen ausschöpfen wollte, gestattete ich mir ohne Rücksicht auf die Kalorien, als Nachspeise noch eine Vanillecreme mit Früchten.

Als ich mich anschließend auf einer Bank am Ufer niederließ, betrachtete ich verträumt die Lichtstrahlen, die auf dem Moselwasser blinkten und flimmerten. Der Fluss spielte mit dem Sonnenlicht und es war angenehm, inmitten der tröstenden Natur einfach meinen Gedanken nachzuhängen.

Meine Fantasien kreisten in erster Linie mal wieder um Joe. Um das, was er mir von seinen Pflegeeltern erzählt hatte. Um seine Mutter, deren Tod er gleichgültig zur Kenntnis genommen hatte. Um seinen Vater, der im Seniorenheim gleich um die Ecke lebte und dem er nie mehr begegnen wollte. Tausend Fragen hatte ich noch an Joe, die ich nicht zu stellen wagte, aus Angst, noch mehr Dreck in diesem jammervollen Kapitel seines Lebens aufzuwühlen. Und da war noch etwas anderes, was mich bewegte. Etwas, das mir einige Zeit nach seiner vertrauensvollen Erzählung beim Griechen aufgefallen war. Ich war ihm in gewisser Weise ähnlich. Durch seine Geschichte ist mir das erst bewusst geworden, wenngleich meine eine ganz andere ist, jedoch mit nahezu den gleichen Nachwehen.

Sowohl mein Vater als auch meine Mutter arbeiteten im Management einer großen Textilfabrik. Sie schufteten beide mindestens zehn Stunden am Tag. Mit sieben Jahren öffnete ich nach der Schule unsere Haustür mit einem Schlüssel, der in unserem Kräutergarten unter einem Stein versteckt war. Wenn ich mittags unser Haus betrat, war ich allein und fühlte mich auch so. Aber es fehlte mir die Zeit zum Trübsal blasen, denn ich hatte zu tun: Kartoffeln kochen oder Gemüsereis aufwärmen, bevor meine Mutter in ihrer Mittagspause nach Hause kam, um mit mir gemeinsam zu essen. Sie bereitete meistens auf die Schnelle noch ein Spiegelei oder ein kleines Schnitzel zu sowie Gemüse aus der Dose zu. Für meinen Vater mussten wir nur selten etwas vom Mittagsgericht aufheben. Er war kaum zu Hause, reiste dauernd für die Firma herum. Wenn er denn mal körperlich anwesend war, hielt er meine Mutter und mich auf Distanz. Manchmal aß er mittags in seinem Stammlokal ganz in der Nähe der Textilfabrik.

Beim Essen erzählte ich meiner Mutter manchmal etwas von der Schule. Vielmehr setzte ich an zu erzählen, aber ihre Mittagspause war stets so knapp bemessen, dass sie nur mit halbem Ohr zuhörte. Meistens stand sie schon auf, wenn unsere Teller noch nicht ganz leer waren, zog ihren Mantel vom Kleiderbügel und verschwand wieder. Ich kümmerte mich dann um den Abwasch, saugte, räumte ein bisschen auf. Manchmal kaufte ich später im Tante-Emma-Laden um die Ecke noch ein paar Lebensmittel ein. Regelmäßig schrieb meine Mutter mir auf, was in unserem Haushalt fehlte, und ließ immer ein wenig Geld in der Küchenschublade. Wenn die gröbste Hausarbeit erledigt war, steckte ich häufig noch die dreckige Wäsche aus dem Korb im Badezimmer in die Waschmaschine, bevor ich meine Hausaufgaben für die Schule machte.

Abends kehrte meine Mutter zu unregelmäßigen Zeiten von der Arbeit nach Hause zurück, aber ich deckte immer schon gegen achtzehn Uhr für unser Abendbrot ein und wartete am Esstisch, bis sie kam. Währenddessen mischten sich die Freude auf ihre Rückkehr mit der bangen Erwartung, wie Mutter heute Abend gelaunt sein würde. Gelegentlich kam es vor, dass sie bloß erschöpft, aber zufrieden heimkehrte. Mitunter aber war ihre Stimmung nach der Arbeit dermaßen im Keller, dass sie nur noch herummaulte, wenn ich ihrer Meinung nach zu nachlässig gesaugt oder das Geschirr nur gespült, nicht aber abgetrocknet hatte. Um sie zu entlasten und um mir die zeitweilige hysterische Schreierei abends zu ersparen, hatte ich mir mit der Zeit angewöhnt, alles so perfekt wie möglich zu machen. Damit ich mir der Liebe meiner Mutter sicher sein konnte, musste ich ihr helfen, so gut ich konnte. Daran bestand für mich nie ein Zweifel. Schließlich hatte sie auf ihrer Arbeitsstelle schon Stress genug.

Mein Vater war kaum zu Hause, vielleicht jedes zweite Wochenende oder hin und wieder auch mal für einen Tag innerhalb der Woche. Von Mutter erfuhr ich irgendwann beim Abendbrot, dass er vorhatte, in eine andere Stadt zu ziehen, nämlich nach Freiburg, wo die Textilfabrik, in der meine Eltern arbeiteten, eine Filiale unterhielt, die ausgebaut worden war. Ich spürte, dass, wenn es so weit war, der feine Leim, der meine Eltern noch zusammenhielt, noch dünner werden und sich schließlich auflösen würde. Ich spürte es nicht nur in mir selbst, ich las es in den feuchten Blicken meiner Mutter, als sie mir von dem Vorhaben meines Vaters berichtete. Warum wir ihm als Familie nicht folgten, meine Mutter nicht einmal erwogen hatte, auch umzuziehen, traute ich mich nicht zu fragen. Als mein Vater seine letzten Sachen aus unserem Haus trug, wusste ich instinktiv, dass wir ihn nie wiedersehen würden. Fortan sorgte ich mich nicht nur um unseren Haushalt, sondern auch um meine Mutter, die ständig weinte und nach der Arbeit stets übel gelaunt war. Nichts konnte ich ihr recht machen, an allem hatte sie etwas auszusetzen.

Manchmal kaufte ich von dem Haushaltsgeld in unserem Tante-Emma-Laden etwas Süßes für sie, um sie aufzumuntern. Natürlich gab es deswegen jedes Mal eine Rüge, dennoch fühlte ich, dass sie sich insgeheim über diese Fürsorge – oder wie man es sonst nennen mochte – freute.

Bestimmt hatte ich es heute diesen Umständen zu verdanken, dass ich mich für alles verantwortlich fühlte. Joe hatte mir mit seiner eigenen Kindheitserzählung die Augen geöffnet. Auch mein Lebensmotto war es, alles so gut wie nur möglich zu machen, mir stets Gedanken darüber zu machen, ob es anderen gut ging, ob meine Arbeit perfekt genug war, ob mein Verhalten in alltäglichen Situationen vertretbar war. Ich glaubte, erst, wenn alles absolut zufriedenstellend erledigt war, für mich selbst, aber auch für andere, hatte ich ein Anrecht darauf, geliebt zu werden. Anerkannt fühlte ich mich oft erst dann, wenn andere einen Schritt auf mich zu machten oder sich für gemeinsame Unternehmungen und Pläne engagierten, und nicht ich diejenige sein musste, die alles in die Hand nahm. Aber – warum auch immer – am Ende war doch meistens ich diejenige, die sich kümmerte. Und so fühlte ich mich gerade deswegen beinahe nie in dem Maße bestätigt, wie es mir lieb gewesen wäre.

Ich lebte in ständiger Angst, fremde Erwartungen nicht erfüllen zu können und etwas falsch zu machen. Und dachte dabei an meine Mutter, für deren Wohl mir keine Mühe zu groß war, und an Tom, den Vater meiner beiden Kinder. Tom und ich waren nie verheiratet gewesen. Was mir damals zu schaffen machte. Aber Tom war strikt gegen eine solche Verbindung, die in seiner Vorstellung einer Trauerfeier gleichkam. Er hatte ein überaus forderndes Wesen und ich glaubte, seine Liebe nur zu verdienen, wenn ich ihm seine Wünsche erfüllte. Schwierig wurde es immer, wenn ich anderer Meinung war. Tom akzeptierte keine Frau mit eigenen Ansichten. Nein. Er wollte eine, mit der er keinerlei Konflikte hatte.

Die freudlose Beziehung mit Tom wurde durch einen anderen Mann abgelöst. Und das trügerische Spiel begann von aufs Neue, bis ich eines Tages begriff: Bedingungen sind keine Basis für die Liebe. Ich wollte um meiner selbst Willen geliebt und geschätzt werden. Aber nicht zwingend von jedermann. Denn dieses Bestreben ist pure Illusion, weiter nichts. Mir war es gelungen, diese Tatsache in meinem Kopf abzuspeichern, nicht aber, sie zu akzeptieren. Und so kämpfte ich, ohne dass es mir bewusst war, mit meinem Perfektionsstreben bisweilen um Zuneigung – wie Joe.

Als die Sonne sich zurückzog, verspürte ich ebenfalls Lust, mich zu verdrücken und ins Hotel zurückzufahren, was ich dann auch tat. Bequem mit Boxershorts und Trägershirt und einem spannenden Buch verkrümelte ich mich sehr früh ins Bett.

Ich schlief relativ gut. Mein Radio-Reisewecker meldete sich um 7.00 Uhr am Sonntagmorgen. Weil ich gern nach dem Aufwachen noch ein wenig meinen Gedanken nachhänge, hatte ich ihn so früh eingestellt. Im Radio lief Popmusik, aber ich wollte keine hören und drückte die Stopp-Taste.

»Gnädigste, passt diese Musik etwa nicht zu ihren romantischen Träumen?«, schien der Wecker mich zu fragen.

»Halt die Klappe«, erwiderte ich in Gedanken, zog mir die Decke über den Kopf und träumte von Joe.

Um 8.00 Uhr stand ich auf, duschte ewig lang, schlüpfte in eine Jeans und eine weiße Sweatjacke mit Kapuze und ging frühstücken. Danach entschied ich mich für einen langen Streifzug durch die Felder. Das Hotel lag mitten in freier Natur – total schön – und so marschierte ich munter die Wald- und Feldwege rundum Waldesch entlang. An einem plätschernden Bach stand ein Ahorn, der mich wegen seiner Stärke und der Geborgenheit, die er vermittelte, in den Bann zog, und so ließ ich mich darunter nieder. Beim Frühstück war mir die Idee gekommen, ein Gedicht zu schreiben, nur für mich selbst, eines, das niemand sonst zu lesen bekäme. Der Platz hier am Bach schien mir ideal für eine kreative Pause. Also holte ich Block und Stift aus meiner Umhängetasche, stärkte mich mit Apfelschorle aus einer Plastikflasche und begann zu sinnieren. Lange brauchte ich nicht nachzudenken. Die Verse sprudelten geradezu aufs Papier:

Jede Mimik von dir im Herzen verstaut,
kann nicht schlafen, kaum noch essen.
Hast mich schon wieder süß angeschaut,
möcht' bei dir sein und träum' stattdessen.

Sonne sickert durch die Bäume.
hübsche Wolken, blau und klar,
bewachen meine kühnen Träume,
in welchen ich dir bin ganz nah.

Hab dir so vieles preiszugeben,
tausend Worte zwischen den Lippen,
doch wieder werd' ich stumpf erleben,
wie alle meine Wörter kippen,
wenn du lächelnd vor mir stehst
und mir total den Kopf verdrehst.

Hab Gänsehaut, ohne zu frieren,
lass mich von Gefühlen führen.
Und weiß, dass meine Fassung
zusammenbricht,
sobald jemand nur deinen Namen spricht,
und dass deine Stimme meine Seele küsst,
und man Liebe nicht am Alter misst.

Die schönen Wolken verfärben sich,
und auf einmal regnet es fürchterlich.
Ich verharre unter den tropfenden Zweigen,
und wünsch mir nur eins:
mein Herz würde schweigen.

»Linda, du bist kitschig«, sagte ich zu mir selbst, als ich die fertigen Verse las. Ich zerknüllte das Papier und stopfte es in meinen Beutel. Es war Zeit, den Heimweg anzutreten.

DAS MANUSKRIPT

11

Wilhelmshaven - damals, vor vielen Jahren

Benedikts Geschäftsreise

Der Büroalltag hatte mich schnell wieder eingeholt. Benedikt würde den ganzen Sommer über nicht in Wilhelmshaven sein.

»Ich fliege morgen Mittag für einige Tage nach England, um mir Cornwall und die Umgebung von Gravesend anzusehen«, teilte er uns allen mit.

»Linda, wir hatten schon darüber gesprochen. Die Gegend bietet hervorragende Voraussetzungen für unsere Gruppenreisen«, sagte er mir zugewandt, während er, so dass jeder im Büro es sehen konnte, seine Hand liebevoll über meine Wange strich. »Von da aus fliege ich weiter nach Österreich. Dort treffe ich mich mit Vincent, um geeignete Unterkünfte für unsere Ski- und Kletterurlauber zu finden. Zwischenzeitlich mache ich einen kurzen Abstecher nach Frankreich, um zu sehen, wie es mit den Gästen dort unten klappt, und danach bin ich im Erzgebirge. Dort gibt es recht schöne Häuser, die wirklich günstig zu erwerben sind, und ich könnte mir vorstellen, eines zu kaufen, als Altersvorsorge oder als Ferienhaus.«

Juliane sagte ruhig: »Kein Problem. Die Arbeit hier im Büro wird Linda bestimmt auch ohne deine Anwesenheit schaffen. Sie hat meistens alles besser im Griff als du, Benedikt.« Sie lachte verschmitzt. Benedikt legte den Kopf schief und lächelte dann ebenfalls.

»Und ich bin auch noch da. Wenn es zu turbulent wird, helfe ich euch aus«, redete Juliane weiter und schickte mir einen forschenden Blick. »Jetzt, wo Joe in Frankreich ist, hast du bestimmt eine Menge mehr zu tun. Willst du dir keine neue Aushilfe suchen?«

»Nein, das wird nicht nötig sein«, erwiderte ich.

»Juliane, ich kann Linda auch helfen«, hörte ich Rieke, der es wieder recht gut ging. Sie hatte ihrem verheirateten Lover inzwischen den Laufpass gegeben. Und wider Erwarten war ihr das nicht einmal sehr schwergefallen. »Wenn du's mir erlaubst, heißt das natürlich.« Sie lächelte Juliane fröhlich an.

»Sicher. Wenn du deine Arbeit bei uns erledigt hast, kannst du gerne noch Überstunden bei Linda machen«, sprach Juliane mit gespielt ernster Miene. »Geht klar. Linda braucht unsere Hilfe, wenn sie niemanden mehr einstellen will. Tja, dass Joe schon fortmuss, ist schon schade.« Ihr leises Kichern klang wie das eines frechen Monsters, das sich in ihrer Kehle niedergelassen hatte.

»Juliane, möglicherweise müsst ihr mehr von meiner Büroarbeit übernehmen, als euch lieb ist«, vernahm ich auf einmal von Benedikt. »Wenigstens für drei Wochen.«

Ich sah ihn verwundert an. Juliane ebenso.

Isa sagte: »Ach so, verstehe« und grinste, während sie mir zublinzelte. »Ich habe gestern Abend unsere Verabredung wegen der Enkelkinder nicht einhalten können, sonst hättest du mir es bestimmt schon gesagt.«

Alle blickten verständnislos drein. Dann fuhr Isa fort. »Du begleitest Benedikt?«

Mir verschlug es die Sprache. »Nein Isa, wie kommst du darauf?«

Benedikt kam Isa mit der Antwort zuvor. »Isa vermutet schon richtig. Bitte begleite mich nach England, zumindest die drei Woche in Cornwall. Ob ich wegen der Unterkünfte die Gegend um Gravesend sofort abklappere, weiß ich noch nicht. Vielleicht mache ich das auch später. Aber ich möchte, dass du wenigstens mit nach Cornwall kommst. Ich werde jetzt längere Zeit unterwegs sein, Linda, und dort hätten wir wenigstens noch ein bisschen Zeit für uns. Ich habe zwei Flugtickets in der Tasche.«

Ich war verblüfft und überrumpelt.

»Du kannst mich doch mit dieser Idee nicht einfach so überfallen!«, rief ich eine Spur zu laut, aber mein Unmut musste sich Luft machen.

»Ich dachte, du freust dich, mal ein paar Wochen aus dem Büro herauszukommen. Wir könnten zumindest für den Telefondienst kurzfristig eine Hilfe bei einem Personaldienstleister anfordern.«

»Benedikt, nein. Ich bleibe hier.« Mein Ton war ungewohnt hart, und wäre ich an Benedikts Stelle gewesen, ich hätte bestimmt geheult. Er tat mir leid. Was hatte er erwartet? Dass ich wieder eine längere Affäre mit ihm begann, wie schon einmal, eine ohne Zukunft, weil Benedikt nicht treu sein konnte. Er war warmherzig, väterlich und großzügig, aber kein Mann, an den ich mich binden wollte.

Ich musste es ihm schonend beibringen. Wir verzogen uns in mein Büro, weil ich nicht vor den anderen mit ihm diskutieren wollte. Anschließend huschte ich auf die Toilette, um mein verheultes Gesicht zu waschen. Währenddessen hörte ich Benedikt nach Rieke rufen. Er gab ihr barsch den Auftrag, in Frankreich anzurufen und ihn mit Joe zu verbinden. Vermutlich wollte er Joe, der unseren Koch empfangen sollte, ein paar Anweisungen geben.

Am nächsten Tag flog er allein nach England. Er würde nun wochenlang nicht mehr hier und in der Zeit auch schwer erreichbar sein, wie er verkündet hatte. Probleme sollte Vincent lösen, anderes notfalls liegenbleiben.

Aha. Das würde sicher heiter werden.

Als ich später im Nachbarbüro Angebote kopierte, entdeckte ich auf Riekes Schreibtisch ein Marzipanherz, welches dem glich, das Joe mir vor seiner Abreise geschenkt hatte. Ich war verblüfft, sagte aber erst einmal kein Wort, sah mich nur verstohlen um. Und erspähte dabei das gleiche Herz neben Isas Büroklammerkörbchen. Dass auch meine Kolleginnen dieses süße Etwas von Joe bekommen hatten, war mir bis jetzt nicht aufgefallen.

»Wo habt ihr denn die Marzipanherzen her? Sind die etwa auch von Joe?« Die Frage ging mir recht schwer von den Lippen, aber ich wollte es wissen. Unbedingt.

»Ja. Hat er uns doch allen geschenkt«, rief Juliane vom Faxgerät aus. »Wieso fragst du?«

»Nur so.« Wie sollte ich meine dämliche Frage begründen? »Ich wundere mich nur, weil er wohl für alle das Gleiche gekauft hat.«

Ich packte meine Papiere zusammen, steuerte meinen Schreibtisch an, holte das Herz aus Marzipan, dem ich eine persönliche Gewogenheit zugeschrieben hatte, aus meinem Regal und warf es aus dem Fenster.

Bei seinem Abschied hatte Joe also allen Kolleginnen ein Marzipanherz geschenkt. Nicht nur mir. Schade. Vielleicht war es ein Wunschtraum von mir gewesen, reine Fantasie. Okay. Nicht schlimm. Ich hatte mich inzwischen wieder im Griff. Und – es war ebenso töricht wie hanebüchen – bei unseren wenigen Telefonaten suchte ich zwischen seinen Worten weiterhin unentwegt nach Zeichen seiner Zuneigung, die ich mir in den vergangenen Wochen manchmal eingebildet hatte.

Ja, ich wollte ihn so gern an meiner Seite, aber es war nichts weiter als ein Traum.

Nur wenige Male hatten wir in der Zwischenzeit telefoniert. Ihm schien es gut zu gehen in der Sonne Südfrankreichs und er hatte schon mit dem Surfunterricht für ein paar junge Franzosen begonnen. Voller Enthusiasmus berichtete er, dass er zu seinen Schülern gleich einen guten Draht gefunden hatte. Das wunderte mich nicht.

Joe wohnte im neuen Caravan.

»Geile Kiste! Ich kanns gut drin aushalten«, verdeutlichte er sein Wohlbefinden.

Den anderen Campingwagen hatte er mithilfe von Piet und zwei jungen Männern aus der Region, die Piet gut kannte, ordentlich aufgemöbelt.

»So ungeschickt bin ich gar nicht beim Handwerkeln«, fuhr es stolz fort. »Wenn du diesbezüglich mal Hilfe brauchst …«

»Wir werden sehen«, sagte ich lachend. »Freut mich, dass es dir dort unten so gut geht.«

Das stimmte. Aber es wäre auch schön gewesen, wenn er mir irgendwie zu verstehen gegeben hätte, dass er mich – ein kleines bisschen ja nur – vermisst.

DAS MANUSKRIPT

12

Wilhelmshaven – damals, vor vielen Jahren

Böse Überraschung

Wolle traf pünktlich am Wilhelmshavener Bahnhof ein, von wo Hannes ihn abholte. Wolle war seinem Puma-Verlies in Waldesch also entkommen und lud, sauber anzusehen, die Lebensmittel in unseren Bulli. Er schien also doch zuverlässig zu sein. Juliane hatte ihm den Schlüssel zu unserem Lagerraum ausgehändigt. Zu mir sagte sie:

»Was hattest du denn gegen den? Der sieht doch vollkommen normal, eher noch ganz kernig aus.« Sie grinste.

»Ach, lass gut sein. Er hatte sich am Abend vor meinem Besuch offensichtlich so richtig derbe zugeschüttet, und bis der Alkohol in seinem Blut verdampft war, brauchte es eben seine Zeit. Dementsprechend sah er aus wie ein Herumtreiber. Und ein Gespür für anständige Kleidung habe ich bei ihm auch nicht bemerkt.«

»Ich finde den ganz nett.« Rieke war hinzugekommen. »Ich kann ihm einladen helfen, wenn ihr wollt.«

Juliane war dagegen.

»Die Kartons sind zu schwer für dich. Das schafft Wolle schon allein.«

»Schade.« Rieke machte zog eine Schmollschnute.

»Du kannst aber schon mal eine Quittung vorbereiten, die er nachher unterschreiben soll. Wegen der Geldkassette, die er mit nach Le Lavandou nehmen muss. 6000 Kröten sind drin. Das muss er quittieren.«

»Mach ich.« Rieke huschte hinter ihren Schreibtisch.

»Alles drin im Bulli.« Laut ertönte Wolles Bassstimme. Und da kam er auch schon. Beim Gehen tänzelte er wie ein verspieltes Kind. Ich wusste immer noch nicht genau, was ich von ihm halten sollte, hatte ihm aber dennoch heute das Du angeboten.

»Deine Kollegin hat mir gerade einen Batzen Bargeld anvertraut. Ganz wohl ist mir nicht mit der ganzen Kohle im Auto. Zum Glück habt ihr einen Tresor in eurem Gästehaus.«

»Das handhaben wir Jahr für Jahr so. Mein Chef fühlt sich besser, wenn er weiß, dass das Geld parat liegt, wenn es gebraucht wird, und jederzeit eingekauft werden kann. Hast du die Schlüssel für den Bulli, den Tresor und auch für die Gästehaustüren in Le Lavandou eingesteckt?«

»Klar, hier.« Er klimperte mit dem Schlüsselbund in seiner Hosentasche.

»Gut. Pass drauf auf. Wo übernachtest du denn?«

»Ich hatte gehofft, du hättest ein Zimmer für mich klargemacht. Ansonsten würde ich den Bulli nehmen für diese eine Nacht.«

»Kommt gar nicht infrage. Das ist unser Firmenbulli und keine Notunterkunft. Außerdem hättest du dann weder eine Toilette noch eine Wasch- und Duschgelegenheit. Wie stellst du dir das vor? Willst du ungewaschen und verschwitzt nach Frankreich fahren?«

Er strich sich über sein Kinn, sah mich etwas von oben herab an.

»Wie ich dir schon einmal gesagt habe, du kannst nicht locker bleiben.«

Ich straffte wie auf Kommando meinen Körper. »Es ist auch nicht immer angebracht.«

»Ich fahre morgen um 5.00 Uhr los. Da habe ich ausreichend Zeit, um unterwegs auf einer Raststätte zu duschen. Das machen die Lkw-Fahrer schließlich auch, oder?«

Ich rollte mit den Augen, ließ ihn gewinnen und gestattete ihm die Übernachtung im Bulli. Aber mir war nicht wohl dabei. So buchte ich später für ihn ein Hotelzimmer in der Stadt. Danach machte ich mich auf den Weg zu Isa.

***

»Pst … sag erst mal nichts, wenn du in die Küche gehst«, bestimmte die mittelgroße schlanke Frau, die mir bei Isa die Tür öffnete. Sie umarmte mich kurz und schüttelte ihren dunkelblonden Pagenkopf. Ihre Augen hinter der silbernen runden Intellektuellenbrille ruhten mehrere Sekunden lang auf meinem Gesicht. »Isa versucht gerade, Nora zu trösten.«

Meine Freundin Marion nahm mir die Jacke ab, hängte sie an Isas Garderobe und dirigierte mich sanft am Arm zur Küchentür.

»Und das war wirklich das Allerscheußlichste! Das hätte ich nicht von ihm gedacht.« Nora löste sich ruckartig aus Isas Armen und rannte wortlos und heulend an mir vorbei zur Toilette.

Isa schüttelte den Kopf, während sie ihrer Tochter nachsah.

»Is' schon eine schräge Type, dieser Kollege von ihr, dieser Finn. Tzz …« Sie schüttelte abermals den Kopf. Dann erst nahm sie mich richtig wahr, strich mir über die Schulter. »Hi, Linda. Schön, dass du da bist.«

Isa, Marion und ich hatten uns für heute Abend bei Isa verabredet, nur so zum Plaudern, bei Wein und Kerzenschein.

»Ich hatte nicht mit Nora gerechnet«, sagte Isa. »Sie stand plötzlich weinend vor der Tür. Für sie ist heute Vormittag eine Welt zusammengebrochen.«

Marion ergänzte: »Nora hatte nach der ewigen Umtauscherei ihrer Geschenke für diesen Lehrer zwei Karten für ein Musical

153

besorgt. Für Phantom der Oper«, fügte sie an. »Sie hat es sich sehr schwergemacht, ein großartiges Geschenk für Finns Hilfeleistungen zu finden. Und sie dachte, das könne jetzt wirklich etwas für ihn sein. Sie wollte es ihm in der großen Pause vor ihrer Freistunde geben.«

»Ja und?«, fragte ich. Es war doch eine schöne Idee, wie ich fand.

»Na, der unsensible Scheißkerl hat die Karten nicht nehmen wollen. Er meinte, er hätte gern geholfen und ein Geschenk dafür sei nicht nötig. Sie solle es wieder einstecken. Nora glaubte zunächst, er mache Spaß. Als sie sein todernstes Gesicht betrachtete und nichts auf einen Scherz hindeutete, vermutete sie, er denke, er müsse unbedingt mit ihr in diese Veranstaltung gehen. Und natürlich hätte sie sich gern mit ihm zusammen das Musical angesehen. Aber für Nora wäre es ebenso in Ordnung gewesen, wenn er an jemanden anderen dachte. Das sagte sie ihm genauso. Auch, dass sie ihm lediglich eine Freude bereiten und sich mit den Karten für seine Hilfe bei der Renovierung bedanken wollte. Er hat sich nur umgedreht und Nora mit zugewandtem Rücken zugerufen, sie möge mit den Karten anstellen, was sie wolle, aber er könne dieses überflüssige Geschenk nicht annehmen. Nora hat dann eine Weile geschockt und allein vor dem Kaffeeautomaten im Pausenraum gestanden, da der Unterricht gerade wieder begonnen hatte. Dann hat sie sich für den restlichen Tag im Sekretariat krankgemeldet, ihre beiden Mädchen von der Tagesmutter abgeholt und mit ihnen den Nachmittag verbracht.«

Marion nahm sich nach diesem Kurzbericht ein paar Salzstangen aus dem Becher auf dem Küchentisch und nuschelte mit vollem Mund: »Also, ganz dicht ist der nicht. Eine Frau so zu kränken!«

Isa lehnte sich resigniert an den Kühlschrank und verschränkte die Beine. Während sie ihr Kinn auf eine Faust stützte, murmelte sie unanständige Bezeichnungen für Finn vor sich hin.

»Gibt es einen Grund, warum der so krass reagiert hat?« Ich war sprachlos. War doch süß von Nora, sich auf diese Weise erkenntlich zu zeigen.

»Der hat vielleicht ein grundsätzliches Problem. Mit Frauen, mit Sozialkompetenz … Was weiß ich?!«, schimpfte Isa laut durch die Küche.

Da kam Nora von der Toilette zurück. Sie hatte ihr hübsches Gesicht gewaschen und strich sich nun das feuchte Ponyhaar aus der Stirn. »Und weißt du was, Linda?«

Ich sah die junge Frau mit dem dunklen, im Nacken zu einem dicken Knoten gebundenen Haar neugierig an. Sie trug ein kurzes schwarzes, ärmelloses Kleid, eine lange silberne Kette darüber und graue Turnschuhe. Und sah umwerfend aus.

»Gehts noch schlimmer?« Meine Frage war nicht so ganz ernst gemeint, denn das Gehörte war bereits für Nora entmutigend genug.

»Ja. Finn ist abscheulich.« Mit zitternden Händen reichte sie mir ein zerknittertes Blatt Papier. Es war aus einem Collegeblock herausgetrennt. »Das hat er am späten Nachmittag unter meiner Haustür durchgeschoben.«

Nora, du bist einfach nach Hause gefahren und hast dich krankgemeldet. Das ist unfair, weil wir anderen nun für dich einspringen müssen. Außerdem hast du, bevor du mir dieses überflüssige Geschenk übergeben wolltest, so gar nicht krank auf mich gewirkt hast. Wenn du also bitte morgen in die Schule kommen würdest, anstatt dich in Selbstmitleid zu suhlen, wäre ich dir sehr dankbar. Bei der Renovierung habe ich dir gern geholfen. Du hättest –bei deinem handwerklichen Geschick – vermutlich Kleinholz aus deiner Küche gemacht. Wie schon gesagt, dafür verlange ich nichts. Ich möchte kein Aufheben aus der Sache machen und erwarte dein Entgegenkommen und deine Arbeitsbereitschaft.

Finn

Ich las verdutzt die mit erstaunlich kleiner Schrift – vermindertes Selbstwertgefühl? – hingekritzelten Sätze. »So ein Widerling.« Das waren tatsächlich meine ersten Gedanken. Macht, Überlegenheit, der Wille, andere zu beugen, schienen die Triebfedern dieses Mannes zu sein. »Was zum Teufel bildet der sich ein, Nora? Er ist doch nicht dein Chef!«

»Ich glaube, ich war die ganze Zeit blind. Zwar ist mir aufgefallen, dass der dauernd der Tollste im Kollegium sein will, indem er beispielsweise versucht, jedem, mit Ausnahme des Direktors – bei ihm traut er sich nicht – seine Meinung aufzudrücken. Und dennoch hab ich ihn irgendwie anziehend gefunden. Aber das ist jetzt vorbei.«

Nora schniefte. »So ein gefühlsamputiertes Ego braucht niemand.« Sprach's und versuchte, tapfer zu lachen. »Ich muss auch wieder los. Meine Freundin hat bestimmt nicht den ganzen Abend Lust, auf meine Gören aufzupassen.«

Sie drückte uns alle noch einmal.

»Und? Gehst du morgen zurück in die Schule?«

»Wahrscheinlich. Aber ich werde dem Ekel keine Beachtung schenken. Und garantiert keine Gefühle mehr.« Sie hob zum Abschied noch einmal die Hand und verschwand.

An diesem Abend blieben wir drei in Isas Küche. Wir saßen zusammen um den Küchentisch, lästerten über diesen seltsamen Finn und machten uns gleichzeitig hemmungslos über Isas griechischen Wein her, ohne daran zu denken, dass wir am nächsten Morgen fit zur Arbeit kommen mussten. Es passierte einfach so beim Plaudern. Die erste Flasche genossen wir im Rahmen der

Gemütlichkeit, die zweite tranken wir wegen der außergewöhnlichen Geschmacksnote dieses Weines, die dritte, weil wir sowieso schon mal dabei waren, die Vierte, weil das gute Tröpfchen uns so gut schmeckte …

»Du bist ganz schön fahrig in letzter Zeit, Linda. Ist was? Bist du verliebt oder arbeitest du zu viel?« Die Frage richtete Marion ganz unvermittelt an mich. Da waren wir gerade bei der zweiten Flasche.

»Blödsinn! Mir geht es gut. Du kommst auf Ideen!«

»Ich kenn dich schon ein paar Jahre, Liebste. Und irgendetwas ist mit dir.« Dabei hatte sie herausfordernd Isa angeschaut. Doch die schwieg. Ich auch. Aber nur solange die dritte Flasche noch nicht geöffnet war. Und dann rollte ich gemächlich den Vorhang hoch und gewährte den törichten Wunschbildern meines Herzens Einlass in Isas Küche. Ich schwärmte von Joes Klugheit und Wärme, seinen Anwandlungen von Poesie, seiner Stimme, die so viel Beruhigendes in sich barg, von seinem Verantwortungsbewusstsein, der Hilfsbereitschaft und seinem Einfühlungsvermögen.

Dabei betrachtete ich die ganze Zeit gespannt Marions offenen Mund, der sich anscheinend nie mehr schließen wollte. Ihr Unterkiefer streifte schon fast ihre Brust, während sie hin und wieder die Augen sehr weit aufriss. Auch die dritte Flasche war schnell geleert. Und als der Wein aus der Vierten uns schon nahezu außer Gefecht gesetzt hatte, hörte ich mich selbst lallen, dass alles, was Joe sage, einen Schimmer von Magie in sich berge. Ich hörte noch vage die Türglocke und dass Isa jemandem etwas zurief. Dann wurden Marion und ich in ein Auto gesetzt. Es war, wie sich später herausstellte, Marions Mann, der uns abholte und nach Hause fuhr.

Am anderen Tag kam ich nicht aus den Federn. Mir war übel und mein Kopf schien zu platzen.

Der Dialog mit meinem Wecker hatte in den letzten Tagen zugenommen. »Verehrteste, wollen wir uns im besten Alter nicht allmählich Gedanken machen über die Bekanntschaft eines soliden, angesehenen und im Alter zu Ihnen passenden Herrn, der …«

»Lass mich zufrieden mit deinem moralischen Gequassel!« Ich stieß ihn zur Seite und rannte ins Bad. Übergab mich. Legte mich wieder hin. Mein Kopf war nicht meiner.

Als ich aufwachte, war zumindest die Übelkeit weg. Ich setzte mich auf die Bettkante und dachte zunächst, mein Radiowecker brauchte wieder eins über die Rübe, als ich bemerkte, dass es das Telefon war, das klingelte.

Also tippelte ich schwerfällig und todkrank zum Telefon und riss genervt den Hörer an mich.

»Wo bleibst du denn?« Es war Juliane. »Joe hat angerufen. Er wollte wissen, wann der Koch in Le Lavandou eintrifft.«

Ich konnte nicht sofort antworten, war zu benommen. Wie spät war es denn überhaupt? Ach du Schreck. 12.45 Uhr. Das durfte nicht wahr sein.

»Ich komme gleich. Sorry. Ist Isa schon da?«

»Isa hat sich krankgemeldet für heute. Und du hörst dich auch seltsam an.«

»Wir sind gestern Abend versackt. Das kommt bei mir selten vor. Das weißt du. Und ich muss sooo büßen dafür, Juliane. Aber ich bin gleich da. Ich hoffe, es war sonst nichts Wichtiges?«

»Alles gut. Wegen meiner bleib doch auch den Tag im Bett. Sag mir, wann der Koch ungefähr ankommt und ich rufe in eurem Gästehaus in Frankreich an. Da erreiche ich Joe in der nächsten Stunde auf jeden Fall.«

»Danke. Ich glaube, ich nehme deinen Vorschlag an und hau mich noch mal hin. So viel trinke ich für gewöhnlich nie.«

»Ja, ja, der Alkohol. Vergiftet Kopf, Geist und Seele.« Sie lachte: »Dann erhol dich. Bis morgen in aller Frische – hoffentlich.« Sie legte auf.

Matt schlurfte ich ins Bad, ging auf die Toilette, hielt meinen Kopf unter den Wasserhahn und putzte mir die Zähne. In der Küche spülte ich eine Schmerztablette mit zwei Gläsern Wasser hinunter und verkrümelte mich anschließend wieder ins Bett. Ich schlief, bis mich erneut das Telefon weckte. Es war bereits 21.00 Uhr.

»Joe hier, hallo Linda. Ich habe gehört, du hast gestern zu viel getrunken?«, fragte er verschmitzt. Es tat gut, seine Stimme zu hören.

»Ein bisschen. Soll mal vorkommen. Hab den ganzen Tag geschlafen. Jetzt geht es wieder.«

»Ah. Prima. Mir gefällt es nicht, wenn es dir nicht gut geht.« Und samtiger: »Wirklich nicht.«

Verlegen rang ich um Worte. Da sprach Joe auch schon weiter.

»Benedikt hat mir erzählt, dass er dich gerne mit nach England genommen hätte, aber du hättest abgelehnt.«

»Mir war nicht nach Reisen. Und hier im Büro stehen die ganzen Angebote für die umliegenden Pfarrgemeinden und Schulen noch aus. Die Bank hat die Erhöhung unseres Geschäfts-Dispos abgelehnt. Das bedeutet, dass ich einige geschäftliche Planänderungen vornehmen muss. Benedikt hat sich komplett abgemeldet für die nächsten drei Monate.«

»Wie ich dich kenne, regelst du das zu aller Zufriedenheit. Wann kommt Benedikt denn zurück?«

»Kann ich dir nicht genau sagen. Von England aus will er noch hier- und dorthin reisen und plant in der Zwischenzeit auch noch einen Besuch bei euch, um nach dem Rechten zu sehen. Und wie war dein Tag heute?«

»Sehr schön. Wir haben hier 28° C mit viel Wind, ideales Surfwetter. Heute Nachmittag musste ich allerdings den Kurs abbrechen, weil die Strömung zu heftig wurde. Wir hängen dafür morgen noch eine Stunde dran. Gleich lege ich mich erst mal auf das Sofa im Eingangsbereich des Gästehauses, lese was Spannendes.«

»Aha«. Ich schmunzelte. »Wieder etwas über das Sexualverhalten der Tintenfische?« Darüber hatte er ein paar Tage vor seiner Abreise nach Le Lavandou gelesen und mir anschließend einen hinreißenden Vortrag gehalten.

»Diesmal nicht.« Er lachte laut. »Jetzt ist das Sozialverhalten der Haubenmeise dran. Während ich lese, warte ich auf euren Wolle. Die Couch könnte übrigens auch mal ausgetauscht werden. Wirkt ein bisschen durchgesessen.«

»Ist mir bekannt. Aber Benedikt findet, gerade das Abgewohnte habe eine besondere Ausstrahlung.«

»Der will seine Kohle beisammenhalten, weiter nichts.« Joe lachte wieder. Es klang aber nicht fröhlich, sondern eher nach … Ach. Keine Ahnung.

»Nee, mit Kohle kann der nicht gut, Joe. Du hast unsere Kontoauszüge gesehen. Mit unserer Geschäftsbank steht er seit Ewigkeiten auf Kriegsfuß. Wie er das schafft, von den übrigen Banken immer wieder Geld herauszubekommen, ist mir schleierhaft. Aber er ist unzweifelhaft stets sehr charmant, wenn er etwas erreichen will, besonders den weiblichen Bankangestellten gegenüber. Seinen Charme so richtig sprühen zu lassen, das hat der drauf wie kein anderer.«

»Weiß ich, Linda. Ich beneide ihn auch darum. Ziemlich sogar.«

»…«

»Sag mal, wann ist denn der Koch von Wilhelmshaven aus los-
gefahren, Linda? 15 Stunden reine Fahrtzeit müssen wir schon
einkalkulieren. Wenn man noch Pausen und Verkehrsbehinde-
rungen einrechnet, könnte es auch Mitternacht werden, ehe er
hier ist, nehme ich an.«

»Könnte gut sein. Tut mir leid, dass du so lange wach bleiben
musst.«

»Piet bleibt auch so lange hier. Kein Problem.«

Ohne Übergang hörte ich mich sagen: »Demnächst soll bei uns
an der Küste irgendwo in einem Kunstmuseum eine Ausstellung
eröffnet werden, so etwas zwischen Buchmesse und Gemäldega-
lerie. Den genauen Ort weiß ich nicht mehr. Ich nehme an, es geht
um Maler, die sich auch literarisch betätigt haben, und Autoren,
die gemalt haben. Genaues weiß ich noch nicht. Aber es hört sich
interessant an. Ich denke, ich werde hingehen, wenn es so weit
ist.«

»Klingt gut. Falls Benedikt nichts dagegen hat und diese Ausstellung läuft noch, wenn ich zurückkomme, könnte ich meine
Lieblingschefin Linda vielleicht dorthin einladen.«

Seine Worte versprühten in meinem ganzen Körper Endorphi-
ne. Joe wollte mit mir zusammen die Ausstellung besuchen. Was
sollte Benedikt dagegen haben? Mir verschlug es die Sprache.

»Wie wäre das?«

»Sehr gerne«, flüsterte ich, vor Aufregung fast unhörbar.

Lieblingschefin. Versuchte er gerade, charmant zu sein?

»Du weißt, mir liegt viel an der Natur. Ich habe inzwischen wieder ein neues Gedicht geschrieben. Es ist auf dem Weg zu dir. Du
darfst es rezensieren.«

»Ich freu mich drauf.«

»Bis dann, Linda. Träum was Schönes.«

»Du auch, sobald Wolle endlich angekommen ist.«

»Das kann nicht mehr so lang dauern. Ich hab genug Lektüre dabei. Tschau.«

Nachts um drei war mein Schlaf erneut zu Ende. Wieder einmal das Telefon. Oh Mann. Ich schlurfte barfuß durch die Wohnung und grapschte schlaftrunken nach dem Hörer und hörte Piets raue Stimme.

»Wolle ist noch immer nicht da. Joe sagte mir, ich soll dich schlafen lassen, aber ich dachte mir, es ist besser, wenn du Bescheid weißt. Ist Verlass auf den Typen?«

»Kann ich dir nicht mit Sicherheit bestätigen. Er ist rechtzeitig ins Büro gekommen, um alles abzuholen, was er mitnehmen sollte. Und er wollte um fünf Uhr morgens aufbrechen. Eigentlich müsste er längst bei euch sein. Was das letztendlich für einer ist, kann ich dir nicht sagen. Benedikt wollte ihn unbedingt einstellen.«

»Benedikt hat sich für eine Zeit ausgeklinkt. Den können wir jetzt nicht kontaktieren. Er will in Ruhe seine Geschäftsreisen durchziehen und in dieser Zeit keine Telefongespräche führen. In diesem Punkt hat er sich unmissverständlich ausgedrückt.«

»Ist schon klar. Legt euch einfach hin und schlaft ein wenig. Im Erdgeschoss sind, soweit ich weiß, noch zwei Zimmer frei. Dort kriegt ihr eher mit, wenn Wolle ankommt als im Wohnwagen. Ihr müsst nicht wach bleiben, bis er eintrudelt. Es kann ein Stau schuld daran sein, dass er noch nicht da ist, oder er hat irgendwo auf einem Parkplatz eine Rast eingelegt. Er wird sich schon bemerkbar machen, wenn er da ist.«

»Wie du meinst. Du weißt Bescheid.« Ohne weiteren Kommentar legte er auf und ich mich wieder ins Bett.

Auch am nächsten Morgen war Wolle noch nicht in Le Lavandou angekommen. Abends warteten alle immer noch, jetzt sichtlich nervös. Am nächsten Tag machten wir uns ernsthaft Sorgen um ihn. Joe und Piet riefen verschiedene Polizeidienststellen an, um sich nach den Unfällen der letzten zwei Tage zu erkundigen. Ohne etwas zu erfahren. Noch einen Tag später hatten wir die Gewissheit: Benedikts Favorit war mit unserem Bulli, den sechstausend Kröten und dem kompletten Proviant durchgebrannt. Der Bulli wurde mit ausgetauschtem Nummernschild im Gestrüpp eines Parkplatzes in Spanien an der N-121-A in der Nähe von Pamplona gefunden. Bis auf ein paar volle Getränkekisten war alles futsch.

Vincent war der Meinung, es geschehe Benedikt ganz recht, Lehrgeld zu bezahlen. Schließlich hatte er mir in meine Arbeit gepfuscht und über meinen Kopf hinweg, halsstarrig, wie er manchmal sein konnte, diesen Übeltäter engagiert. Da Vincent sich als Erstvertretung von Benedikt betrachtete, ordnete er an, darüber erst einmal Stillschweigen zu bewahren. Benedikt wollte nicht gestört werden, er hatte sich schlecht erreichbar gemacht und an der Situation war sowieso nichts mehr zu ändern. Es war, wie es war. Wir würden es ihm zu einem späteren Zeitpunkt schonend beibringen. Ich würde jemanden Neues nach Frankreich schicken müssen. Samstag wollte jedenfalls die Schulklasse eintreffen und dazu noch eine Gruppe junger Leute aus Köln.

»Joe, du und Piet müsst kochen«, befahl ich am Telefon. »Übergangsweise.«

»Gedacht haben wir uns das schon.«

Es klang keineswegs sauer und die Art, wie er es sagte, machte auf mich nicht den Eindruck, als fühle er sich überrumpelt.

»Piet kannst du vergessen. Der kann nicht mal Kartoffeln schälen. Er hat gleich gesagt, ohne ihn. Ich könnte abends nach dem Unterricht schlichte Speisen vorbereiten, die ich am nächsten Tag nur aufwärmen muss. Als Notlösung sozusagen. Die Putzfrauen vom letzten Jahr, die habt ihr doch weiterhin eingestellt?«

»Es ist Benedikts Aufgabe, sich um das französische Service-Personal zu kümmern. Aber ich glaube schon, dass sich bei den weiblichen Aushilfen nichts geändert hat. Es müsste Annemarie kommen, eine Studentin aus Marseille, die haben wir seit vier Jahren. Und Carla, die wohnt am Ort und ist seit zwei Jahren während der Sommermonate im Gästehaus tätig. Carla übernimmt auch diverse Dienste auf Abruf während der übrigen Zeit – also ganzjährig. Eventuell hat sie Lust, auch in der Küche zu helfen oder ein paar schnelle Gerichte hinzuzaubern. Fragt sie doch mal. Ich gebe dir am besten gleich die Telefonnummern, unter denen die beiden erreichbar sind.«

»Ich habe die beiden schon gesehen. Sie haben sich bereits bei uns vorgestellt und ihre Telefonnummern an die Pin-Wand geheftet.« Dann lachte er ein bisschen. »Linda …«

»Gibt es sonst noch etwas zu besprechen?«

»Wovon sollen wir die Lebensmittel kaufen? Gibt es irgendwo hier verborgene Schatztruhen? Wir brauchen Bares.«

Ach, du lieber Himmel. In all dem Chaos hatte ich daran überhaupt nicht gedacht. Unser ganzes Bargeld hatte Wolle, wo immer er steckte.

»Um ehrlich zu sein, Joe, ich weiß es gar nicht. Mensch, dass ich das mit dem Geld verdrängt habe … Ich werde direkt zur Bank gehen und eine Blitzüberweisung vornehmen. So etwas müsste problemlos funktionieren. Ich glaube, dass dauert einen Tag. Kannst du mir Piet mal geben und ihn nach seiner Bankverbindung fragen? Wir haben selbst kein Konto bei einer französischen Bank. Ich müsste das Geld zunächst auf Piets Konto überweisen. Er müsste es dann abheben und in den Tresor im Gästehaus einschließen. Schlüssel hat er.«

»Warte. Ich hole ihn.«

Piets Stimme drang derart spröde aus dem Hörer, dass ich automatisch an meinem Ohr kratzte.

»Joe hat mir erzählt, was du vorhast. Geht in Ordnung. Du kannst das so machen. Hast du einen Zettel parat? Dann diktiere ich.«

Ich spurtete zur Bank und regelte mein Anliegen. Der Auftrag wurde von der jungen neuen Bankangestellten glücklicherweise sofort problemlos ausgeführt, obwohl das Limit unseres Überziehungskredites damit wieder weit überschritten war.

Zurück im Büro, rief ich Simone an. »Linda hier. Linda von der Reiseagentur. Hallo Simone.«

»Linda …«

»Du … Also, wie fange ich an? … Ich hatte dir leider absagen müssen für die Kochstelle in Le Lavandou, weil mein Chef – ohne mein Wissen – bereits einen anderen Bewerber im Visier hatte, obwohl ich gern dich genommen hätte.«

»Ich hätte das gern gemacht, eure Reisegruppen mit tollem Essen versorgt. Ist halt schade.«

»Simone …«

»…«

»Könntest du nun doch für uns arbeiten?«

»Wie? Braucht ihr eine zweite Kraft?«

»Nur eine. Eine, die kochen kann und nicht mit unserem Bulli und einer prall gefüllten Geldkassette untertaucht.«

»Soll das heißen, die Person, die ihr eingestellt hattet, hat das so abgezogen?«

»Genau. Und nun brauche ich jemanden, der einspringt. Es ist mir auch unangenehm, dich nach der Absage um deinen Einsatz zu bitten. Hätte mein Chef mich allein walten lassen, wäre das alles anders gelaufen – auch wenn sich das im Moment nicht sehr loyal anhört.«

»Ich würde eure Gäste in Frankreich gerne bekochen. Sehr gern! Wann müsste ich denn los?«

»Möglichst sofort«, erwiderte ich trocken.

»Ups ... Okay, sofort also.« Es entstand eine kurze Pause. Linda wartete gespannt auf eine weitere Reaktion. Dann sagte Simone: »Sagen wir morgen Mittag. Bis dahin hätte ich meine Sachen gepackt.«

»Wirklich? Das ist grandios. Kannst du heute noch zu mir ins Büro kommen?«

Sie erschien eine knappe Stunde später in bester Laune.

»Was sagt denn die Polizei dazu, dass der Kerl mit eurem Geld und dem Proviant durchgebrannt ist? Haben die ihn schon erwischt?«

»Leider nein. Auf dem Vertrag, den er unterzeichnet hat, hat er einen falschen Namen angegeben. Wolfgang von Braubach. Schon bei dem Namen hätte es bei mir klingeln müssen. Warum hatte ich mir seinen Personalausweis nicht zeigen lassen? Ist bei uns halt nicht so üblich. Bei uns zählt in erster Linie der persönliche Eindruck, den jemand hinterlässt. So handhabe ich das und meine Kollegen ebenso. Was wir durch die Ermittlungen der Polizei inzwischen wissen, ist: Die Wohnung, in der ich Wolle – diesen angeblichen Koch – angetroffen hatte, gehörte nicht ihm. Der eigentliche Mieter war selten zu Hause. Mal wohnte er bei einer Freundin, mal hielt er sich bei einem Freund oder in einer anderen Stadt auf. An dem besagten Wochenende hatte er die Wohnung seinem besten Freund für einen kleinen Geburtstagsumtrunk überlassen. Er selbst war in Darmstadt bei seinen Eltern und als er, nichts Böses ahnend, am Sonntagabend seine Wohnung betrat, entdeckte er den Mann, der sich bei der Vertragsunterzeichnung Wolfgang von Braubach nannte, und auf der Couch vor sich hindöste. Er setzte ihn kurz entschlossen vor die Tür, bevor er mit seinem Freund, dem er die Wohnung für die Feier überlassen hatte, ein ernstes Wörtchen redete.«

Bei meiner Berichterstattung wurde mir wieder mulmig. Irgendwie hatte ich seit dem Diebstahl unseres Firmen-Bullis gefühlt, dass es den Wolle, den Benedikt meinte, in dieser Wohnung nie gegeben hat. Durch meine Unaufmerksamkeit hatten wir nicht nur viel Bargeld verloren. Obendrein mussten auch sämtliche Schlösser im Gästehaus ausgetauscht werden, da der Betrüger im Besitz aller Zweitschlüssel war. Das war ein Risiko.

Der gestohlene und zu meiner Erleichterung in Spanien wieder aufgetauchte Bulli war zwar nach polizeilicher Spurensicherung nach ein paar Tagen von Piet und einem seiner Kumpel nach Frankreich gebracht worden, aber in keinem verkehrstauglichen Zustand. Das alles würde noch eine Menge Ärger geben, wenn Benedikt von der Geschichte erfuhr. Und wie peinlich mir das erst war …!

Mit Simone sprach ich alles durch und händigte ihr die Schlüssel für unserem Ersatz-Bulli aus. Sie hatte vorgeschlagen, mit ihrem eigenen kleinen Renault zu fahren, aber ich hatte das abgelehnt. Denn sie musste noch einiges an Lebensmitteln und Getränken mit nach Frankreich nehmen.

DAS MANUSKRIPT

13

Wilhelmshaven - damals, vor vielen Jahren

Fast ein Geständnis

Endlich lief alles perfekt in Le Lavandou. Zwar hatten wir in diesem Jahr deutlich weniger Anmeldungen als in den Jahren zuvor, hegten aber zumindest die Hoffnung, dass sich das bald ändern würde. Schließlich taten wir alles dafür, auch die kompliziertesten Reisegruppen zufriedenzustellen. Deren Weiterempfehlungen waren schließlich unser geschäftliches Überleben.

Inzwischen hatte ich von Joe per Post bereits das zweite Gedicht erhalten. Das Erste hatte er mir kommentarlos gesandt, dieses hier wurde von ein paar lieben Zeilen begleitet. Ich behütete die schönen Verse in meiner Nachttischschublade.

Eines Tages kam erneut Post von ihm. Es war jedoch kein Gedicht beigefügt, nur ein Brief, in dem er zunächst von seinen Erlebnissen mit den Surfschülern berichtete, um anschließend viel zu häufig Benedikt zu erwähnen, wie mir schien. Benedikt, der sich bei mir noch nicht einmal telefonisch gemeldet hatte. Lediglich eine Postkarte mit roten Telefonzellen hatte er mir geschickt. Gut. Ich hatte gerade eine erneute Beziehung mit ihm abgelehnt. Das hatte ihn mehr getroffen, als ich vermutet hätte. Bei Joe hatte er mehrmals angerufen. Und ihm unter anderem mitgeteilt, dass er nun doch keinen Besuch in Le Lavandou mehr machen würde.

Er hatte von der Schule erfahren, wie zufriedenstellend alles bei der Klassenreise gewesen war und das reichte ihm. So sollte man hinsichtlich der nächsten Reisegruppen weitermachen.

»Wie lange kennst du deinen Chef eigentlich schon?«, fragte Joe in seinem Brief. »Ist es für dich in Ordnung, wenn er so lange umherreist und du ihn gar nicht siehst?«

Warum wollte Joe das wissen? Ich war eine unabhängige Frau und weder geschäftlich noch privat auf Benedikts Anwesenheit angewiesen. Also antwortete ich nicht darauf.

Bald darauf fischte ich noch einen Brief von Joe aus der Post. Auch für Isa und Juliane war je eine Ansichtskarte unter dem Postberg. Diese enthielt jedoch nur einen kurzen Gruß an beide mit dem Wunsch, Grüße an alle im Büro auszurichten. Juliane gab zu, ein bisschen neidisch auf meinen Umschlag zu sein.

Es war wieder ein Gedicht in dem Brief, ein eher melancholisches über einen unergründlichen See und dessen Verbindung zum Innersten im Menschen. Joe schrieb ansonsten nichts Besonderes, nur das, was man eben so schreibt, wenn man viele neue Eindrücke zu verarbeiten hat. Für mich lag dennoch ein Zauber zwischen seinen Zeilen von der gleichen Art, die während unserer Zusammenarbeit in Deutschland zwischen uns vibriert hatte. Aber mir leuchtete ein, dass ich meine Gefühle für Joe für mich behalten musste. Deren Geständnis würde einem Windstoß gleichkommen, der diesen Zauber zum Erlöschen bringen könnte.

Schon einen Tag später hatte ich Gelegenheit, mein Geheimnis tief unten in meiner Seele zu verstecken. Es schmerzte, denn es wollte heraus und das durfte es keinesfalls. Joe war am Telefon. Wie immer erzählte er zunächst vom Tag und fragte, wie es mir und den anderen ginge. Aber diesmal meinte ich zu spüren, dass er mir nicht wirklich zuhörte. Und dann fragte er ohne Vorwarnung: »Hast du eine Affäre mit Benedikt? Ist das so, oder stimmt es nicht?«

Ich war so erschrocken, dass ich zunächst nicht antworten konnte, bis ich endlich irritiert hervorzubringen vermochte: »Ähm … also nicht direkt.«

»Wie funktioniert sowas indirekt?«

»Ach, Joe!«

»Was meinst du denn mit Ach, Joe?«

Was war heute mit ihm? Ich war ihm überhaupt keine Rechenschaft schuldig. Aber seine bohrenden Fragen klangen, als wenn er dies glaubte. Ich fühlte mich hilflos, konzentrierte mich auf die Geräusche, die aus dem offenen Fenster von draußen zu mir hereindrangen, Töne, die ich vorher nicht wahrgenommen hatte. Ein Hund bellte, zwei Mädchen stritten miteinander um einen Puppenwagen.

»Joe, warum willst du das wissen? Ich bin hin und wieder mal mit ihm ins Bett gegangen. Es hatte nichts zu bedeuten. Ich mag ihn. Mehr nicht. Da sind keine großartigen Gefühle«, stammelte ich armselig herum.

»Und warum machst du es dann?«

»Joe!«

»Geht mich nichts an, willst du mir sagen.« Ich hörte ihn wütend schnauben.

»Natürlich geht es dich nichts an. Aber ich erzähl es dir, auf die Gefahr hin, dass du nun schlecht von mir denkst.«

Joe war gerade unmöglich! Ich rang nach Luft. Mir wurde finster vor Augen, als würde ich in ein schwarzes Loch fallen, als ich weitersprach. »Es ist so … manchmal braucht doch jeder Mensch ein wenig Nähe und Wärme. Es kann vorkommen, dass man unglücklich verliebt ist, nur von jemandem träumen anstatt ihn lieben darf … dann gleicht man es aus … irgendwie mit irgendwem, den man auch gernhat, aber natürlich nicht so, nicht wie den anderen ...« Himmel. Wie umständlich konnte ich sein. Ich sprach von man anstatt von mir selbst. Und dann fügte ich auch noch mit gespieltem Selbstbewusstsein hinzu: »Machen doch die meisten so.«

»Nicht, dass ich wüsste«, antwortete Joe gereizt. »Heißt das, wenn du jemanden liebst, jedoch keine reelle Chance bei ihm siehst, dann suchst du die Nähe zu einem anderen, der dir sympathisch ist und dir über deine wahren Gefühle hinweghelfen soll?«

Mein Gott, ich schämte mich so. »Vielleicht.«

»Vielleicht?«

»Ja. Und wenn du es genau wissen willst, ich spiele niemandem Gefühle vor, die ich nicht für ihn habe.«

»Also weiß Benedikt, dass du ihn nicht wirklich liebst?«

»Klar weiß er das.« Davon ging ich auf jeden Fall aus.

»Und wer ist der Glückliche, der deine wahren Gefühle verdient?«, fragte Joe zynisch.

Mein Magen rebellierte plötzlich, ich spürte, wie mir leicht übel wurde, aber ich hatte es unter Kontrolle – so wie es mir oft gelang, das unter Kontrolle zu bringen, was mir Angst machte. Manchmal betraf es auch meine Gefühle. Ich war nicht mutig genug, um auf Joes Frage ehrlich zu antworten und verfluchte mich dafür.

»Komm, lass uns von etwas anderem reden.«

»Zweifelst du an meiner Verschwiegenheit? Argwohn ist immer eine Sperre für die schönsten Seiten im Leben. Ich dachte, dass du mir vertraust.«

»Darum geht es doch nicht.«

»Worum dann?«

»Joe, bitte. Hör auf.« Ich heulte, obwohl es für eine erwachsene Frau sicher geeignetere Mittel gibt, sich auszudrücken, und Joe hörte es an meiner versagenden Stimme.

»So schlimm?«, fragte er.

»Ja.«

»Dann lass uns ein anderes Mal weitersprechen.« Er legte auf.

Ich ließ den Hörer einfach am Schreibtisch herunterbaumeln, legte meinen Kopf in den Nacken und lehnte mich weinend im Drehstuhl zurück.

DAS MANUSKRIPT

14

Wilhelmshaven – damals, vor vielen Jahren

Der echte Koch

Der Mann, der plötzlich in meinem Büro vor mir stand, war etwa Ende Zwanzig.

»Guten Tag, wie kann ich Ihnen helfen?«

»Guten Tag. Entschuldigen Sie, dass ich so unangemeldet bei Ihnen hereinplatze.« Fahriges Umherschauen signalisierte seine Verlegenheit.

Mir war bewusst, dass ich ihn kannte, aber mir fiel nicht ein, woher. Aber ganz sicher war ich ihm schon einmal begegnet.

»Ich kenne Ihren Chef, Benedikt Rosenkemper. Er hat mich als Koch engagieren wollen – irgendwo in Frankreich – und wollte sich melden, um einen Arbeitsvertrag mit mir zu abzuschließen. Da ich nichts mehr von ihm gehört habe, dachte ich mir, da ich sowieso gerade in der Gegend zu tun habe, schaue ich kurz vorbei.«

WAS?

Ich verstand nicht sofort. Und von einer Sekunde auf die andere schwante mit etwas. Mir wurde flau im Magen. Hatte ich naiv und gutgläubig mit dem falschen Wolle einen Arbeitsvertrag geschlossen? Ich schluckte und befahl mir selbst, locker zu atmen.

Der Mann stand etwas unbeholfen mitten im Raum, und ich sah ihm seine Unsicherheit deutlich an. Er wirkte sympathisch, blickte mir geradewegs in die Augen und versteckte seine Hände nicht in den Taschen seines Trenchcoats, sondern ließ sie seitlich an seinem Körper baumeln. Er stutzte, weil er meinen verdatterten Gesichtsausdruck wahrnahm. »Ach so. Ich habe mich noch gar nicht vorgestellt. Mein Name ist Wolfgang Czerny. Ich wohne in Waldesch und reise als gelegentlicher Messeverkäufer durch die Gegend. Herrn Rosenkemper habe ich im Frühjahr hier in Wilhelmshaven beim Stadtfest kennengelernt.«

Das war nicht gespielt. Der Typ war zu echt, als dass mir Zweifel gekommen wären. Und darum war es sonnenklar! Konnte sich in meiner prekären Lage nicht ein feenhafter Zauber auftun, der mich daraus erlöste? Alles Blut in meinem Körper schien sich in meinem Gesicht zu treffen. Ich hatte das Gefühl, kurz zu schwanken, fasste mich aber gleich wieder, obwohl meine Beine mich kaum halten wollten. Mein Gott, wie peinlich. Hatte ich tatsächlich einen falschen Koch eingestellt! Einen mit klebrigen Fingern. Einen echten Gauner. War auf ihn hereingefallen. Benedikt wird mir den Hals umdrehen.

Ich öffnete den Mund, ohne etwas zu sagen, denn ohne Vorwarnung tauchte in meinem Kopf das Stadtfest auf, das wir alle zusammen besucht hatten. Zwischen diversen Anbietern war da ein Stand gewesen, der Elektroartikel im Angebot hatte und vor dem Benedikt lange, vertieft in eine Unterhaltung, gestanden hatte. Das Gesicht seines Gesprächspartners erschien zunächst schemenhaft vor meinen Augen, die Konturen wurden zunehmend deutlicher. Es war unzweifelhaft das Gesicht des Mannes, der damals versucht hatte, uns ein Massagegerät zu verkaufen. Des Mannes, der jetzt vor mir stand. Er war der richtige Wolle! Benedikt hatte uns später von dessen Schicksal berichtet. Ihn hatte er einstellen wollen. Und uns, nicht einmal mir, ein Wort davon gesagt! Jetzt sah ich es klar vor mir: das Türschild und der Name an der Klingel im zweiten Stock rechts. W. Czerny. Da hatte ich sogar geklingelt. Es hat niemand geöffnet. Und dann bin ich schnurstracks in die gegenüberliegende Wohnung marschiert, gemäß der Auskunft der Frau, die diese Wohnung gerade verlassen wollte, nämlich, dass Wolle hier wohne. Wie ärgerlich, das alles.

Er sah mir mein Entsetzen an, erfasste aber nicht den Grund.

»Tut mir leid, bei Ihnen einfach ohne Termin hereinzuplatzen. Ich hätte vorher anrufen sollen.«

»Ist schon gut. Ich bin diejenige, die sich entschuldigen muss. Setzen Sie sich.« Ich deutete mit dem Finger auf die beiden Polstersessel vor meinem Schreibtisch. Er blickte mir überrascht in die Augen und zog kurzentschlossen seinen Mantel aus. Dann nahm er auf einem der Stühle Platz und faltete seinen Trench über beide Beine.

Mit verzweifelter Miene fragte ich ihn, ob er etwas trinken wollte. Er verneinte, wollte keine Umstände machen. Meine Beine waren puddingweich und in meinem Kopf drehte sich das Wilhelmshavener Stadtfest. Dieser Blödmann von Benedikt. Er hätte mir doch sagen können, um wen es geht. Hatte er Angst, dass ich ihn nicht ernst nehmen würde? Das wäre eher Vincents Art gewesen. Oder Julianes. Aber da konnte ein Benedikt doch drüberstehen.

»Verzeihen Sie vielmals. Ich halte Sie bestimmt auf.« Bedrückt wandte er seinen Kopf Richtung Ausgang, so als würde er am liebsten wieder gehen.

Nachdem ich ihm nachdrücklich beteuert hatte, dass er überhaupt keine Umstände mache, schenkte ich ihm eine Tasse Kaffee ein und stellte Milch und Zucker dazu. Ricke hatte kurz zuvor eine frische Kanne für mich gekocht. Hiermit versuchte ich, mein schlechtes Gewissen und den peinlichen Umstand, den ich verantwortete, für Sekunden zu überbrücken.

»Ich wiederhole es noch einmal. Ich bin diejenige, die sich entschuldigen muss, Herr Czerny. Ich habe einen Fehler gemacht und Sie verwechselt. Versehentlich habe ich für die Ihnen versprochene Kochstelle in Frankreich einen anderen Mann eingestellt, einen Betrüger, der jetzt mit viel Geld und Proviant stiften gegangen ist.«

Er starrte mich ungläubig an, so als würde ich ihm einen Bären aufbinden wollen. Um mit der Situation nicht allein zu bleiben, entschuldigte ich mich kurz und fragte nebenan im Büro nach Vincent oder Juliane. Beschämt erklärte ich ihnen knapp, was passiert war. Beide sahen sich sekundenlang fragend an, kamen in Anbetracht der außergewöhnlichen Situation aber gleich mit in mein Büro. Sie begrüßten Herrn Czerny besonders freundlich und setzten sich dann zu mir und ihm an den Schreibtisch. Und nun erzählte ich dem echten Wolle die ganze Geschichte, während Juliane und Vincent hin und wieder bestätigend nickten.

Herr Czerny hörte gespannt zu, nickte ab und zu oder neigte seinen Kopf zur Seite. Nur einmal sagte er, dass er an besagtem Tag für eine knappe halbe Stunde seine Wohnung verlassen habe und ausgerechnet da müsse ich bei ihm geklingelt haben.

Vincent ergriff später das Wort: »Es ist nicht allein die Verantwortung von Frau Mondhi, dass das Ihnen von Herrn Rosenkemper gemachte Versprechen – sagen wir mal so – in die Hose gegangen ist. Keiner von uns hatte ahnen können, dass Herr Rosenkemper Sie, den Massagegeräte-Verkäufer vom Wilhelmshavener Stadtfest meinte, als er Frau Mondhi gegenüber von einem Wolle aus Waldesch sprach. Herr Rosenkemper hat diese wichtige Information, warum auch immer, für sich behalten. Ein lieber Kerl, der Rosenkemper, bestimmt, aber ein Chaot, sage ich Ihnen. Ich weiß, ich darf so nicht über ihn reden. Er ist mein Geschäftspartner und der beste Freund, den ich mir wünschen könnte.« Vincent stützte seine Hände auf die Knie und atmete tief durch.

Herr Czerny nickte, beinahe konnte man es sogar als verständnisvoll bezeichnen. Ich fuhr also mit meinem Bericht fort:

»Der falsche Wolle ist mit unserem Bulli, dem gesamten Proviant und einer Kassette mit Bargeld verschwunden.«

»Waaas?« Herr Czerny sperrte seine Augen vor ungläubig weit auf. »Da kriegt einer eine Chance auf einen spannenden Job, wenn auch nicht auf reguläre Weise, und verspielt dann dieses Glück? Ich bin fassungslos.«

»Sind wir auch«, fügte ich an. »Er hatte mir einen falschen Namen genannt, diesen auch in den Vertrag geschrieben, falsche Adresse, vermutlich falsches Geburtsdatum, und ich war leider so naiv und habe nichts von alldem kontrolliert. Bisher war das nie nötig gewesen. So konnte weder die Polizei noch die Staatsanwaltschaft mit Erfolg ermitteln.«

Herr Czerny presste die Lippen zusammen, nickte: »Das tut mir leid für Sie.« Er erhob sich. »Ich werde Ihre Zeit nun auch nicht länger in Anspruch nehmen. Ich hätte gern als Koch für Sie gearbeitet, glauben Sie mir. Aber es hat eben nicht sollen sein. Danke dennoch, dass Sie sich so viel Zeit genommen haben.«

Vincent war auch aufgestanden. Gerade, als Herr Czerny sich seinen Mantel wieder anziehen wollte, hielt Vincent ihn am Oberarm fest. »Bleiben Sie. Setzen Sie sich bitte wieder. Wir werden eine Lösung finden.«

Ach, Vincent. Seine große Klappe hatte mich so manches Mal schon halb wahnsinnig gemacht, aber wenn es drauf ankam, bewies er oft auch ein großes Herz   wie Benedikt.

»Was machen wir also jetzt mit der Situation?«, fragte Juliane überrascht und dabei Vincent anschauend.

»Nun, Benedikt ist nicht erreichbar. Also bestimme ich«, antwortete Vincent mit Blick auf Juliane. Dann wandte er sich wieder Herrn Czerny zu: »Sie können von mir einen Arbeitsvertrag bekommen. Ihre Zuverlässigkeit setze ich voraus. In Österreich fehlt immer Personal, vor allem Köche. Die brauchen wir in unseren größeren Quartieren sowohl im Sommer als auch im Winter. Österreich ist unser Hauptreisegebiet und rundum ausgebucht. Deshalb wäre es nicht schlecht, dort auf Dauer einen angestellten Koch zu haben, der die Oberhand behält. Ihre Geschichte hatte Herr Rosenkemper uns seinerzeit knapp geschildert, ohne sein Vorhaben mit Ihnen näher einzugrenzen. Ich gehe somit davon aus, dass Ihnen ein regulärer längerfristiger Arbeitsvertrag recht wäre?«

Herr Czerny riss den Mund weit auf. Sprang hoch und umarmte Vincent ganz spontan, der sich wohl ein wenig überrumpelt fühlte und ihn sachte wieder von sich schob.

Juliane – Vincents rechte Hand – stand auf und sagte: »Also, lieber Vincent, lieber Herr Czerny – oder darf ich gleich Wolle sagen? – auf in mein Büro. Vertrag besprechen.«

LAUENBURG

Gegenwart

4

Der Traum

Nachts schlafe ich, vermutlich altersbedingt, nicht so gut. Ich nicke für kurze Zeit ein, werde häufig wach und drehe und wälze mich umher, bis ich erneut ein wenig schlafe – und träume – und wieder aufwache – und träume. Ich träume erstaunlich viel. Ein Traum kehrt immer wieder. Ich laufe eine Wiese – einer Alm ähnlich – hinunter und versuche irgendetwas einzuholen, kann mich jedoch beim Aufwachen nie daran erinnern, was es ist. Ich hetze die Alm hinab, weil ich fürchte, nein, weil ich weiß, dass ich das, was ich versuche einzufangen, nicht mehr einholen kann. Mein schwarzes Kleid weht im Wind. Ich stürme immer weiter die endlose Wiese hinunter und werde unterdessen immer panischer. Sobald ich merke, dass ich fallen werde, bin ich schon wieder wach und ich zittere wie mein im Traum vom Wind durchgepustetes schwarzes Kleid. Dieses Nachtgespenst verfolgt mich unablässig und ich weiß noch genau, wann ich diesen Traum das erste Mal hatte. Es war die Nacht, bevor Joe verfrüht aus Frankreich zurückgekehrt war.

DAS MANUSKRIPT

15

Wilhelmshaven - damals, vor vielen Jahren

Sturm und Regen über Südfrankreich

Die Saison lief unerwartet schlecht in diesem Jahr. Schwere Unwetter tobten über Südfrankreich und in Wilhelmshaven stornierten die Kunden reihenweise ihre Buchungen. Dadurch fielen auch die Surfstunden in Le Lavandou flach. Das Animationsteam, das im Großen und Ganzen aus jungen Männern aus der Gegend um Le Lavandou bestand, hatte nichts anderes mehr zu tun, als eilig die Sport- und Spielgeräte von den Strandplätzen zu entfernen und im Lagerraum des Gästehauses zu verstauen. Die Wohnwagen drohten abzusaufen und Simone hatte sich vorsichtshalber schon in einem freien Zimmer im Gästehaus einquartiert. Piet und Joe schafften die beiden Caravans in eine große Fabrikhalle am anderen Ende der Stadt und zogen ebenfalls ins Gästehaus. Sie waren ratlos, was sie tun sollten und warteten gespannt auf Benedikts Anruf.

»Packt ein, Jungs«, befahl dieser tags darauf am Telefon. »Das wird nichts mehr dieses Jahr, wenn man dem längerfristigen Wetterbericht glauben darf. Der Strand ist unterspült, dem Campingplatz und unseren Sportstätten geht es nicht anders und jetzt weiterzumachen, hieße zu riskieren, dass ein größerer finanzieller Schaden entstünde, als wir verkraften könnten.«

»Linda, was sollen wir machen?«, hatte Benedikt mich zuvor am Telefon gefragt. Ein Wunder, dass er sich überhaupt einmal bei mir meldete. »Die Südfrankreich-Unwetter machen uns einen gehörigen Strich durch die Rechnung. Was sagst du? Haben wir viele Buchungen offen?«

»Fast alles storniert, Ben. Die meisten Kunden sind wegen der Unwetter abgesprungen. So etwas gab es noch nie, seit ich für dich arbeite. Und wir haben gerade einmal Anfang August.«

»Ist nicht zu ändern. Wir brechen ab. Ich melde mich ein anderes Mal.« Er legte auf, und ich starrte verdutzt den Hörer an.

»Was ist denn mit Benedikt los?«, fragte ich Juliane irritiert.

»Der ist gestresst. Merkst du doch. Du hast selbst gesagt, die Bank lehne eine Erhöhung eures Dispos ab. Dann der Reinfall mit der diesjährigen Saison in Le Lavandou. Ich möchte nicht in seiner Haut stecken. Nur gut, dass er von der Wolle-Geschichte, dem gestohlenen Geld und den Ausgaben für eure Frankreich-Lebensmittel, die nun zum Fenster hinaus sind, noch nichts weiß.«

»Du hast recht. Ich möchte zu gern wissen, womit der vermeintliche Wolle unsere Vorräte überhaupt abtransportiert hat. Und warum er die hat mitgehen lassen.« Ich zuckte ratlos mit den Schultern. »Zum Glück ist wenigstens der Bulli bei Pamplona gefunden worden.«

»Der wird Helfer gehabt haben, nehme ich an. Die werden am Grenzübergang Frankreich/Spanien gewartet haben. Alles raus aus dem Wagen, rein in einen anderen. Und ab die Post.« Juliane machte eine ausholende Geste und gab dann Rieke irgendwelche Anweisungen.

Mein Telefon klingelte. Es war Joc.

»Benedikt will, dass wir einpacken. Macht auch meiner Meinung nach keinen Sinn, hier unten weiter herumzuhocken. Ich schau den Tag lang aus dem Fenster, kann nicht unterrichten und nicht mal an den Strand. Übermorgen fahre ich mit dem einen Bulli zurück nach Sengwarden, schlaf erst einmal aus und bringe euch den Wagen am nächsten Tag gleich in der Früh. Dann komme ich auch ins Büro. Simone fährt morgen schon mit dem anderen Bulli.«

»Alles klar. Du musst noch aufräumen?« Ich hatte meine Stimme unter Kontrolle, konnte nicht zeigen, wie sehr ich mich freute, weil ich befürchtete, zudringlich zu wirken.

Seit unserem Telefonat, in dem er mich nach meiner Beziehung zu Benedikt gefragt hatte, waren seine Anrufe kürzer geworden, klangen abgekühlter, nicht kalt, aber eben weniger warm, weniger mir zugewandt. Es verunsicherte und verletzte mich zutiefst, aber ich wollte ihn auf keinen Fall danach fragen.

»Das meiste haben wir schon geschafft. Da sind nur noch ein paar Kleinigkeiten, die ich mit Piet zusammen erledigen will.«

»Dein Vertrag läuft zunächst weiter bis Ende des Jahres. Schön, dass ich dann hier vor Ort wieder Hilfe habe.«

Er erwiderte nichts darauf, sagte nur: »Wir sehen uns.« Und legte auf.

DAS MANUSKRIPT

16

Wilhelmshaven - damals, vor vielen Jahren

Abschied

Der Tag seiner Rückkehr war da und ich freute mich wahnsinnig, ihn heute im Büro wiederzusehen. Einen Anschlussvertrag bis zum Jahresende hatte ich schon vorbereitet, ohne ihn zu fragen. Normalerweise schloss ich mit Aushilfen keine Saisonverträge, die über den Oktober hinausgingen, diesmal aber wollte ich eine Ausnahme machen. Benedikt würde brummeln. Aber das war mir gleich.

Morgens verließ ich schon um halb fünf mein Bett. Ich war zu aufgedreht, um noch schlafen zu können. Dann brauchte ich Stunden für mein Aussehen. Als Erstes putzte ich mir die Zähne, dann wusch ich mir im Waschbecken Gesicht und Haare. Anschließend bekamen die Haare eine Kur einmassiert, das Gesicht beschmierte ich mit einer Antifaltenmaske. Während Kur und Maske einwirkten, schnitt und feilte ich an meinen Nägeln herum, rasierte meine Beine, zog eine Pinzette aus der Waschtisch-Schublade und zupfte hier und da an mir herum. Anschließend duschte ich ausgiebig und cremte mich ein. Noch gestern hatte ich mir für diesen Tag ein neues Outfit besorgt, das etwas gewagter ausfiel als mein gewöhnlicher Style. Auch hatte ich mir gleich vier neue Rundbürsten gekauft, um meine Haare zu föhnen – wie sie das beim Friseur machten. Allein das hielt mich eine Stunde in

183

Aktion. Anschließend stellte ich mir eine Mini-Schale Müsli zusammen und trank Kräutertee. Zu weiterem war mein vor lauter Überschwang fiebernder Körper nicht fähig. Endlich, endlich war Joe wieder da.

Das Telefon klingelte als ich mein Büro betrat. Joe. Er erklärte lapidar, er brauche wieder mehr Zeit für sein Studium und könne deswegen nicht weiter für mich arbeiten. Er bedankte sich für meine Freundlichkeit und für alles Entgegenkommen.

Wie betäubt legte ich auf. Mein Körper fühlte sich an wie ein zerbrochenes Porzellangefäß.

Es war Isa, die mich erlöste. Sie hatte seit zwei Stunden keinen Laut aus meinem Büro gehört. So kam sie, um zu fragen, ob alles in Ordnung sei. Meine Betäubung verwandelte sich in ohnmächtige Verzweiflung, unter der ich wie vom Blitz getroffen vom Drehstuhl hochsprang, ans Fenster stürmte, um gierig die frische Luft einzusaugen und dann exzessiv in Tränen auszubrechen. Isa schloss ab und blieb, sehr besorgt um mich, bis nachmittags bei mir.

Joe holte seine Sachen am nächsten Tag. Er umarmte mich vorsichtig, so als könnte ich daran zerbrechen. Ich sagte nicht viel, um vor ihm nicht zu heulen. Er zog seine Schublade in unserem Schreibtisch auf und griff nach seinen Habseligkeiten, packte sie in seinen grünen Lieblingsrucksack und sagte nur: »Tschüss. Und danke für alles.«

Verwirrt blickte ich durch die offene Tür ins Nebenbüro und sah ihn, wie er noch längere Zeit mit Juliane und Rieke sprach und dann Juliane sehr fest und lange umarmte. Ich war wie versteinert und hoffte, dass es keiner bemerkte. Joe überreichte Juliane, Rieke und Isa – Maxi war heute nicht da – je ein winziges Tütchen. Anschließend gab er allen die Hand zum Abschied. Dann ging er, ohne sich noch einmal zu mir umzudrehen.

Von Isa erfuhr ich, was in den kleinen Beuteln war, nämlich Glückssteine. Einen winzigen Malachit-Stein für Juliane, für Rieke ein Rosenquarz-Stückchen, für Maxi ein Tigerauge, das er für sie bei Isa deponiert hatte, und für Isa hatte er ein Aquamarin-Steinchen ausgesucht. Ich war leer ausgegangen. Verstanden habe ich das nicht. Und Isa auch nicht. Und darum nahm sie mich so fest in den Arm wie sie konnte und lud mich zum Wochenende ins Kino ein, in einen Horrorfilm, von dem sie wusste, dass ich ihn gern sehen wollte. Sie selbst mochte dieses Genre nicht und dennoch drängte sie darauf, mit mir hinzugehen. Immer war Isa für mich da, baute mich auf, wenn es mir schlecht ging. Menschen wie ihr begegnete man viel zu selten.

Auf dem Nachhauseweg sah ich an den Litfaßsäulen die Werbeposter für die Ausstellung »Maler und Dichtung«. Wie schön wäre es gewesen, wenn Joe sich an sein Versprechen erinnert hätte. So musste ich ihn wohl zu den Menschen zählen, die es nicht wirklich ernst meinen, sondern nur dumm daherreden.

DAS MANUSKRIPT

17

Wilhelmshaven - damals, vor vielen Jahren

Am Fluss

Drei Wochen später sah ich ihn wieder. Er fuhr mit seinem Rad über einen holprigen, im Grunde unbefahrbaren Pfad am Flussufer der Maade vorbei. Ein Ort, an dem ich oft und gern spazieren ging, da er von Spaziergängern eher selten aufgesucht wurde und ich in Ruhe meinen Gedanken nachhängen konnte. Von meiner Wohnung aus musste ich fast vierzig Minuten laufen, um dorthin zu gelangen. Aber das machte mir nichts aus. Es gab auch ausgewiesene Wander- und Spazierwege am Fluss entlang, die gefahrloser waren als die holprigen Zwergenpfade hier. Aber ich liebte die wilden, naturbelassenen Pfade am Fluss. Joe sah mich nicht gleich, erst als ich ihn rief.

»Hey.« Er stieg vom Rad.

»Hey, Joe. Wo fährst du hin?« Ich versuchte, normal zu klingen. Mein Atem ging schnell, als wäre ich gerannt.

»Zum Vogelinstitut. Tabellen anfertigen. Und du? Wieder mal frische Luft schnappen?«

»Wie du siehst.« Ich wollte ihn unbedingt fragen, warum er mir gegenüber so reserviert gewesen war – bei seinem plötzlichen Abschied. Warum er überhaupt so schnell das Handtuch geworfen hatte. Ich wusste, er war auf das Geld angewiesen und es hätte ihn freuen müssen, dass sein Vertrag im Gegensatz zur ursprünglichen Planung verlängert worden war. All die Worte für diese Frage sprangen und hüpften auf meiner Zunge und zwischen meinen Zähnen umher, und doch kam mir keines über die Lippen. Ich traute mich einfach nicht.

»Du siehst gut aus«, sagte ich stattdessen.

»Danke. Du auch. Wie immer.«

Für einen Moment starrten wir beide intensiv auf die vielen Findlinge, die zwischen Gräsern und Unkraut bis hinunter zum Fluss herumlagen. Mir war, als hortete Joe ebenfalls Worte, Sätze und Fragen und hielt sie gefangen.

Es war inzwischen September, aber noch angenehm warm, mit einem sanften Wind in der Luft. Joes Haar war länger geworden oder es kam mir so vor, und seine Stirnlocken, die ihm sonst ins Gesicht fielen, richteten sich in dem Lüftchen auf, was mir einen ausgezeichneten Blick auf die zwei schmalen Fältchen auf seiner Stirn und seine sympathischen Augen erlaubte.

»Warum siehst du mich so an? Beunruhigt dich etwas?«

»Ich habe dich so lange nicht gesehen, du fehlst mir«, kam es aus mir herausgeschossen, ohne dass ich jetzt auch nur ein Wort hätte zurückhalten können.

Er straffte sich und schien für einen Moment verdutzt.

»Ich fehle dir? Das wird Benedikt schon auszugleichen wissen.« Seine Äußerung hatte einen bissigen Unterton.

Ich glotzte ihn an. »Was meinst du? Benedikt ist gar nicht da.«

»Er kommt schon zu dir zurück. Mach dir keinen Kopf.«

Was sollte diese schnodderige Antwort?

»Das nehme ich doch an. Er kommt genau übermorgen zurück. Wieso sollte ich mir deswegen einen Kopf machen? Warum sagst du so was, und warum in diesem Ton, Joe?«

»Am Tag bevor Benedikt nach England geflogen ist, an dem Tag, an dem er dich hatte mitnehmen wollen, rief er mich an. Ich dachte, er hätte neue Details wegen des Kochs oder allgemein, aber es ging um dich.«

»Wie bitte?« Mein Unterkiefer klappte herunter.

»Er sagte, er hätte seit einiger Zeit den Eindruck, dass, … wie drückte er sich aus? … ich scharf auf dich sei. Aber ich sollte meine Luftschlösser ruhig abbauen. Du spieltest gern mit Männern … und du wärst mit ihm zusammen, noch nicht wirklich fest, so wie er sich das vorstelle, aber das würde die Zeit bringen. Er erzählte freimütig, du hättest leider keine Lust, ihn auf seiner Reise zu begleiten, aber das hätte nichts zu sagen, da er sich an deine Launen gewöhnt hätte. Heute so, morgen so. Bei einer Frau wie du, da dürfe man einfach nie die Nachsicht verlieren. Ich muss sagen, ich hatte ihn da noch nicht so ganz ernst genommen.«

Seine Ausführungen machten mich ganz schwindelig.

»Bei unserem letzten Telefonat, das er mit mir in Le Lavandou wegen der spontanen Rückreise geführt hat, wiederholte er seine Worte, sagte, du spieltest gerne. Und sollte es so aussehen, als wenn du Interesse an mir hättest, sei auch das nur ein Spiel, und zwar eines, das ich von vorneherein verloren hätte. Ich hätte doch wohl nicht ernsthaft vor, mich vor einer so viel älteren Frau zum Affen zu machen.«

Er schaute erst nach oben, stierte auf irgendeinen Punkt in der Luft. Sah mich Sekunden später mit leicht vorgeschobenem Kinn wieder an. »Und er plane eure anstehende Hochzeit, wenn er von seinen Reisen zurück sei.«

Ich lehnte mich an einen dicken Baum. Mein Mund stand offen, schloss sich einfach nicht. Mein Herz schien mich erschlagen zu wollen, es hämmerte so intensiv, dass ich es im Kopf noch zu spüren glaubte.

»Wie kommt er dazu, dir so etwas zu erzählen? Nichts davon ist wahr. Ich war auf dem Beziehungsgebiet noch nie eine Spielerin.

Wir werden nicht heiraten. Und du glaubst ihm diese Geschichte auch noch?«

»Warum hätte ich daran zweifeln sollen? Ich hatte dich in einem meiner Briefe vorsichtig nach Benedikt gefragt, wollte herausfinden, ob er Recht hat mit dem, was er sagte, nämlich, dass du mit ihm verbandelt bist. Ich wollte eine Antwort darauf, ob du ihn vermisst, wenn er so lange auf Reisen ist und gern wissen, wie lange ihr euch schon kennt, um mir Klarheit zu verschaffen, ob es stimmt, was er sagt. Du hast mit keinem Wort auf meine Fragen geantwortet! Daraus konnte ich nur folgern, dass es etwas gibt, was du mir nicht sagen willst. Mir gegenüber hattest du nie davon gesprochen, dass du mit ihm etwas am Laufen hast. Erst als ich dich in einem Telefonat danach fragte, hast du es zugegeben – mit dem entzückenden Hinweis darauf, dass er nicht derjenige sei, den du liebst, das sei ein anderer. Mehr hast du mir nie erzählt.«

»Ich dachte, das wäre zu kompliziert.« Eine blödere Erwiderung hatte ich gerade nicht auf den Lippen.

»Was wäre kompliziert?«

»Dem anderen zu sagen, dass ich ihn liebe oder dir zu sagen, wer er ist.«

»Wovor hast du Angst?« Joe griff nach einem niedrig hängenden Ast und hakte sich an ihm fest, sodass er nun leicht überheblich wirkte. »Sag's mir!«

»Wenn du es unbedingt wissen willst – Mann, ich habe einfach Angst, mich lächerlich zu machen.«

»Aha.« Mehr Worte folgten darauf nicht. Ein paar Sekunden lang sagte keiner von uns mehr etwas. Dann fuhr er fort:

»Von meiner Einladung zu der Ausstellung, die du gerne besuchen wolltest, warst du offensichtlich nur wenig angetan. Ich hatte gehofft, es freut dich, aber ich habe keine Begeisterung hören können und alles zusammen so ausgelegt, dass du wirklich gerne Spielchen treibst.«

»Das ist lächerlich, Joe. Ich hatte mich sehr über die Einladung gefreut. Glaub mir bitte. Ich war so überrascht und benommen vor Rührung, dass ich so schnell nicht wusste, wie ich meine Freude ausdrücken sollte. Es muss für dich zurückweisend geklungen haben. Es tut mir leid, wenn das so rübergekommen ist.«

»Gut.« Er löste seine Hand vom Ast und seine Gesichtszüge entspannten sich, wurden merklich weicher. Dennoch sagte er: »Ich hatte vermutet, es wäre dir lieber gewesen, der Typ, an dem dein Herz so hängt, hätte dich eingeladen, sofern er auch Interesse an derlei Ausstellungen hat. Ich kenn ihn ja nicht.«

»Doch«, antwortete ich.

Meine Antwort riss Joes Brauen nach oben. Ich registrierte, wie er den Mund öffnete.

»Du kennst ihn«, sprach ich weiter, wobei mir vor Aufregung schon ein bisschen schwarz vor Augen wurde.

»Dann sag es doch.«

»Ja.«

»Also, Linda, los jetzt. Wer ist es? Wen liebst du tatsächlich?«

In meiner altmodischen Vorstellung galt immer noch, dass der Mann den ersten Schritt macht und sich outet, und in meinem Kopf hämmerte es gewaltig, als ich rief:

»Dich, du Idiot!« Irgendwie musste ich meine Seele schützen, und wenn dadurch, dass ich schrie.

Joe schluckte hörbar, aber er schien keineswegs verärgert über meine aggressive Art, ihm eine Liebeserklärung zu machen. Im Gegenteil, seine Stimme wurde sanft: »Wirklich? Und was war mit dem Herz?«

»Herz? Was meinst du?«

»Ich hatte dir, bevor ich nach Frankreich abreiste, ein kleines Herz aus Marzipan geschenkt.«

»Richtig. Aber so eines hattest du meinen Kolleginnen auch geschenkt!«

»Ja.« Mehr wusste er dazu anscheinend nicht zu sagen.

»Ich hatte es aufbewahrt wie einen Schatz, bis ich bemerkt habe, dass es gar nichts Besonderes war, nichts, das mir persönlich gegolten hätte.« Es tat mir gut, dieses jetzt sagen zu können.

»Es war für dich persönlich. Aber ich gebe zu, mich dumm benommen zu haben. Ich wollte meine Gefühle für dich mit dem kleinen Geschenk andeuten, und, da ich nicht sicher wusste, ob du meine Gefühle erwiderst, bin ich zunächst auf Nummer Sicher gegangen und habe allen Kolleginnen ein solches Herz geschenkt. Damit es nicht so … auffiel. Ursprünglich wollte ich nur dir eines schenken. Glaub mir.«

Ich starrte ihn entgeistert an und bemerkte, wie seine Augenlider sich senkten.

»Du hast das Herz aus dem Fenster geworfen«, hörte ich ihn fortfahren. »Juliane hat's gesehen. Sie hat es mir erzählt, als ich neulich bei euch anrief. Ich vermutete, dies sei ein Indiz dafür, dass du dich für Benedikt, entschieden hast, eine vernünftige Verbindung, die du in gesellschaftlicher und moralischer Hinsicht nicht zu rechtfertigen brauchst.«

Ich stieß mich heftig von dem Baumstamm ab, der mir bis jetzt ein bisschen Halt geboten hatte. »Ich brauche mich für nichts zu rechtfertigen. Niemals. Ich bin frei und selbständig genug, um zu tun und zu lassen, was mir gefällt.«

Er kam einen Schritt näher.

»Ach ja?«

»Ja! Ich habe das Marzipanherz aus dem Fenster geschmissen. Nachdem ich bemerkt hatte, dass du allen Kolleginnen eines gekauft hattest. Zuvor war es etwas Besonderes für mich!«, wiederholte ich hitzig. Ich schnaufte vor Aufregung. »Und ein Moralapostel war ich noch nie. Was soll dieser Quatsch? Moralisch vertretbare Verbindung? Hast du …«

Er war plötzlich bei mir. Ich spürte seine Hände auf meinen Wangen, in meinem Haar. Sein Mund erforschte mein gesamtes Gesicht. Wie in Trance sog ich seinen Atem ein, während seine Finger unter mein Sweatshirt glitten, die Träger meines BHs streiften. Unwillkürlich öffnete ich meine Lippen, ließ es zu, dass seine sich darin verfingen, und ich unternahm nichts, um ihn abzuwehren, nichts, um mich aus seinen Händen zu lösen, die wie bei einem Modellierer an meinem Körper auf- und abglitten, nichts, was meinen Händen Einhalt gebot, als sie unter seinen Pullover glitten. Unsere Lippen hingen aneinander, während wir uns gegenseitig aus unserer Kleidung schälten, uns nicht zu wehren vermochten gegen das Feuer in uns und gegen eine Welt, die nur uns beiden gehörte.

Dass es angefangen hatte zu nieseln, hatten wir nicht mitbekommen. Also streiften wir uns nach dem Akt voller Glückseligkeit lachend die feuchten Klamotten wieder über und damit einstweilen unseren Anstand, unsere Tugend und unsere Sittsamkeit.

LAUENBURG

Gegenwart

5

Isa

Die Vase von Isa lacht mich weiter an. Sie weiß vermutlich, dass sie einen ganz besonderen Wert für mich hat. Plötzlich mischen sich so viele Bilder in meinem Kopf.

Isa war nicht nur eine prima Kollegin gewesen, sondern auch eine großartige Freundin. Zwei Jahre nachdem ich nach Lauenburg gezogen bin, ist sie an Bauchspeicheldrüsenkrebs gestorben. Das ist nun mehr als zwanzig Jahre her. Ich habe lange gebraucht, um ihren Tod zu verschmerzen.

Isa war die Einzige, die von Anfang an von meiner Liebe zu Joe wusste. Niemals hätte sie anderen etwas darüber erzählt. Alles, was ich auf dem Herzen hatte, konnte ich ihr erzählen. Bei ihr musste mir nichts peinlich sein. So sagte sie eines Nachmittags, wenige Tage nachdem ich von Joe die pinkfarbene Rose geschenkt bekommen hatte, zu mir:

»Linda, es ist, wie es ist. Du kannst deine Gefühle nicht abstellen wie einen heißen Backofen. Lass sie zu. Unüberwindliches, Aussichtsloses gibt es nicht, wenn man jemanden wirklich liebt. Die Zeit wird dir helfen. Joe wird, wie die anderen Aushilfen auch, nur bis zum Herbstende für dich arbeiten und zwischenzeitlich Wochen in Frankreich sein. Und dann wirst du sehen, ob irgendeine Bindung zwischen euch bleibt. Ich kann dir heute nicht sagen, wie er zu dir steht, aber ich habe den Eindruck, er sieht dich oft gedankenverloren an. Wenn da etwas ist zwischen euch, wird es geschehen.«

DAS MANUSKRIPT

18

Wilhelmshaven - damals, vor vielen Jahren

Geständnisse

Nachdem wir wieder vollständig angezogen waren, standen wir minutenlang dicht voreinander, ein wenig scheu, und hielten uns an den Händen. Der Regen benetzte unsere Gesichter, wusch langsam unsere Verlegenheit ab. Und erst, als die Wolken sich weiter öffneten und uns völlig zu durchnässen drohten, fanden wir unsere Sprache wieder.

»Benedikt hat mich glauben lassen, du seist mit ihm zusammen, locker noch, aber es wären nur deine Launen, die eine feste Verbindung verhindern würden«, begann Joe, während er sich das Wasser von der Stirn strich.

»So ein Blödsinn. Ich hatte vor Jahren mal was Festes mit ihm. Das dachte ich zumindest, bis ich irgendwann erkannt habe, dass er noch andere »feste« Liebschaften hatte. Nein, da ist nichts mehr. Auch wenn ich kürzlich mit ihm wieder einmal ein Mini-Techtelmechtel hatte, hat das nichts zu bedeuten. Ich verstehe mich gut mit ihm. Das ist alles. Und von Heirat war überhaupt nie die Rede. Ich habe keine Ahnung, was da in ihn gefahren ist. Am Tag vor seiner Abreise nach Cornwall habe ich ihm noch erklärt, dass ich kein Verhältnis mehr mit ihm will. Ich kann mir nicht vorstellen, dass er das nicht verstanden hat.«

»Ich glaube, er hat deine Abfuhr falsch interpretiert. Am Telefon klang er sehr enttäuscht, weil du nicht mit ihm nach England fliegen wolltest, dennoch schien er optimistisch, was die weitere Aussicht auf ein gemeinsames Leben mit dir betrifft.«

»Dann irrt er sich gewaltig.« In meinem Dachstübchen purzelten die Gedanken von einer Ecke in die andere. Es war nur Joe, den ich wollte.

In meinem Kopf stromerst seit Wochen nur du und sonst keiner. Nur du. Es fiel mir auch jetzt noch schwer, es zu sagen. Zu sehr schämte ich mich, war er doch so viel jünger als ich. Und dann, blitzartig, überwand ich mich, gewann mein törichtes Gefühl die Oberhand und ich hörte mich laut und deutlich sagen:

»In meinem Kopf schleichst Tag und Nacht nur du herum, niemand sonst. Nur du.«

Ein Hauch von Erleichterung und Freude huschte über sein Gesicht.

»Mit meinen Tabellen in der Vogelwarte werde ich heute nicht mehr weiterkommen. Das muss bis nächste Woche warten. Lass uns in die Stadt zurückfahren. Setz dich auf meinen Gepäckträger. Da ist Platz. Meinen Rucksack habe ich im Institut gelassen.«

»Und wo geht's dann hin?« Ich lachte. Wir waren inzwischen tropfnass, und mir war nicht klar, was wir in diesem Aufzug in der Stadt unternehmen konnten.

»Weiß nicht«, sagte er und lachte ebenfalls.

»Ich schon.« Ich wurde mutig. »Du schiebst dein Rad bis zur Straße und dann radeln wir in die Stadt. Das heißt, du radelst und ich hocke mich auf deinen Gepäckträger und zeige dir, wo es langgeht.«

»Ach so?«

»Ja.«

»Wo geht's denn lang?«

»Zu mir.«

»So.« Er grinste wie ein Spitzbube.

»Wir sind beide pitschnass, brauchen trockene Klamotten und etwas Warmes zum Trinken. Du kannst eine Jogginghose und ein Shirt von mir haben. Es sieht ja keiner außer mir. Mit dem Rad nach Sengwarden zu fahren bei dem Wetter, das kannst du jedenfalls vergessen.« Ich blieb ernst, während ich das sagte, aber in meinem Bauch lachte ein Strolch.

»Einverstanden.« Mehr gab er nicht von sich. Stattdessen küsste er mich noch einmal ausgiebig. Er schnappte sich sein Rad, nahm es an die eine und mich an die andere Seite. So liefen wir tropfnass nebeneinanderher, Joe in einer Hand ein in die Jahre gekommenes Fahrrad, in der anderen eine in die Jahre gekommene Frau.

Als wir die Landstraße erreichten, kletterte ich auf den Gepäckträger. Wir fuhren vorüber an kleinen Waldgebieten, die sich vereinzelt direkt am Straßenrand oder weiter hinaus zwischen den Feldern entlangzogen.

Endlich erreichten wir die Innenstadt. Ich wohnte in der Mozartstraße in einer geräumigen Wohnung mit Balkon in der dritten Etage. Joes Fahrrad stellten wir in den Innenhof, ein Platz, auf den ich von meinem Wohnzimmerbalkon so gern herabsah, weil er mit schmalen, fantasievoll gestalteten Wegen und einer Mischung aus kleinen Büschen und großen Bäumen einem Zaubergarten glich, dessen allmorgendlicher Anblick mir den Tag versüßte.

Vor dem Hauseingang schüttelten wir uns beide wie nasse Hunde und stiegen Hand in Hand die Stufen zu meinem Quartier hinauf. Ich schloss auf, wir huschten hinein, ich schloss wieder zu. Ich wollte uns ein Handtuch holen, danach Wasser aufsetzen für einen heißen Tee oder Kaffee. So zog ich Joe an der Hand zum

Bad, doch wir schafften es nicht mehr hinein. Unsere Lippen fanden zu schnell wieder zueinander, noch bevor wir überhaupt ein Wort gesprochen hatten. Wir kickten unsere nassen Schuhe von den Füßen und zogen einander atemlos die nassen Kleidungsstücke aus. Immer abwechselnd er eines von mir, ich eines von ihm, bis wir endlich hüllenlos waren und ich ihn zum Bett dirigierte. Es war dämmerig im Schlafzimmer, weil die Jalousien noch halb heruntergelassen waren. Ich knipste eine kleine Bambuslampe auf der Konsole an, bevor ich mich zu Joe legte. Ich hoffte, dass das weiche Licht meinen Körper schöner malte. Joe drehte mich auf den Bauch, fasste mein Haar und hob es an, um mit unendlichen sanften Küssen vom Nacken angefangen an meinem Rücken entlangzuschleichen bis über den Po und die Beine, während ich seine Hände überall an meinem Körper zu spüren glaubte. Es war atemberaubend, so dass ich dieses Gefühl kaum noch aushalten konnte. Ich wand mich aus seinen Armen, wies ihn an, sich auf den Rücken zu legen und schlängelte mich auf seine Oberschenkel. So konnte ich mich mit meinen Lippen an seiner Brust und an seinem Bauch hinunterarbeiten zu der Stelle, die ihm ein geflüstertes Du bringst mich um den Verstand entlockte. Wir warfen jegliche Hemmungen über Bord und ließen dem Fieber in uns freien Lauf – stürmisch und unkultiviert.

Anschließend umfasste ich, verschwitzt und glücklich mit beiden Händen sein Gesicht und sah ihn nur stumm an.

»Ich liebe dich«, sagte Joe auf einmal.

»Du musst das nicht sagen.«

»Wenn es doch so ist ...« Er drehte sich auf die Seite, zog mich zu sich heran. »... dann darf ich es doch sagen, oder?«

Ich zauderte, war bemüht, mir selbst Mut zuzusprechen. »Ich liebe dich auch. Ich weiß nicht, wie lange schon. Womöglich schon ab dem Moment, als du dich bei mir im Büro vorgestellt hast. Aber ganz sicher weiß ich es, seitdem du mir beim Griechen die Geschichte von dir und deinen Pflegeeltern erzählt und mich danach gebeten hast, dich in den Arm zu nehmen.«

Joes Zunge fuhr schnell über seine Unterlippe, dann grinste er. »Ich wusste ziemlich sicher, dass du in dem Moment auch nicht ablehnen würdest.«

»Trotzdem. Ich selbst bin manchmal komplizierter in solchen Dingen.« Ich schmiegte mich fester an ihn und genoss den Geruch und die Geborgenheit seines Körpers, als er sagte:

»Manchmal denke ich auch ein wenig umständlich, weil ich Angst habe, für etwas oder jemanden nicht gut genug zu sein. Als wir vorhin hierher geradelt sind, hatte ich mir Sorgen gemacht, dir als Liebhaber nicht zu genügen. Ich hatte noch nicht viele Freundinnen.«

»Ich habe überhaupt keinen Grund, mich zu beklagen. Im Übrigen sind mir keine Techniken wichtig, sondern du.«

»Das beruhigt mich.« Seine Hände fuhren gelassen über meinen Rücken und ich streckte mich behaglich.

»Was wird Benedikt sagen, wenn er erfährt, dass wir beide …«, er stockte, »… zusammen sind?«

Auf einmal war mir nicht mehr so wohl. Waren wir das? Ein ungleiches, nicht den allgemeinen Moralvorstellungen entsprechendes Paar? Und ja, was würde Benedikt sagen? Was würden die anderen sagen? Ich setzte mich auf, lehnte mich an eines meiner flauschigen Kopfkissen. Jetzt erst bemerkte ich, dass meine nachtblaue Bettwäsche einen wunderbar neutralen Kontrast zum Gesamteindruck meines kunterbunten Schlafzimmers lieferte, das heute nämlich aussah, als beabsichtigte ich, hierin einen Flohmarkt für Frauen zu veranstalten. Überall lagen noch Kleidungsstücke herum, die ich heute Morgen quer im Raum verteilt hatte. Ich hatte noch nicht gewusst, was ich anziehen werde und deswegen den halben Kleiderschrank ausgeräumt. Hoffentlich dachte Joe jetzt nicht, ich sei immer so unordentlich.

Ich wich seiner Frage, ob wir nun zusammen sind, ängstlich aus.

»Wenn Benedikt zurück ist, werde ich ihn zunächst einmal fragen, was die Mär von unserer bevorstehenden Hochzeit bedeuten sollte. Jetzt habe ich Hunger, du auch?«

»Hm.« Er nickte. »Ziemlich großen sogar.«

Ich sprang aus dem Bett. »Gut. Dann rufe ich direkt den Home-Service an. Ich habe nämlich nicht viel Vernünftiges zum Kochen im Haus momentan. Was magst du? Pizza, chinesisches Nudelgericht oder Pommes mit Currywurst?«

»Was du möchtest.«

»Nein, sag du.«

»Nein, du.« Er lachte breit, während er sich auf die Bettkante setzte.

Ich war schon beim Telefon und griff nach dem Hörer. Die Nummern diverser Lieferdienste waren bereits eingespeichert, weil ich manchmal nach der Arbeit einfach zu faul war, um für mich noch etwas zu kochen.

»Also, bevor wir uns gleich streiten …«, ich überlegte kurz, »… bestelle ich Schinken-Paprika-Pizza und Salat mit Thunfisch? Für uns beide?«

»Klar. Gerne.« Er stand auf, und vor dem Bett stehend streckte er sich hingebungsvoll, während er rief:

»Ich muss mal.«

Ich deutete mit dem Finger aufs Bad. »Dort bitte.«

»Manche Dinge haben eben Vorrang«, sagte er nur lachend.

Während ich unser Essen bestellte, konnte ich beobachten, wie Joe zur Badezimmertür schritt. Verträumt schaute ich ihm hinterher und bewunderte still sein Hinterteil. Natürlich war das mit dem Hinterteil nichts Elementares. Joe war vor allem klug und sensibel, aufrichtig und zuverlässig. Es tat beinahe weh, so verliebt war ich.

Unser Essen würde in einer halben Stunde kommen. Ich stellte mich ans Küchenfenster und sah auf die Straße hinunter. Draußen wehte Laub umher. Es schüttete so stark, dass die Rinnsteine, die ohnehin schon mit Blättern verstopft waren, überzulaufen drohten. Ich verlor mich in dem hypnotisierenden Geplätscher und spürte es in mir selbst rieseln, als wären wir eins, der starke Regen und ich. In mir floss ein intensives Empfinden, das mich mit Wohlbehagen und Zuversicht erfüllte, aber gleichzeitig einen leicht bitteren Beigeschmack hatte.

»Bist du nicht glücklich? Du schaust so nachdenklich?« Joe war aus dem Bad gekommen, stellte sich hinter mich und legte seine Hände auf meine nackten Schultern, um sie leicht zu massieren.

»Natürlich bin ich glücklich. Überglücklich.« Ich drehte mich zu ihm um, nahm seinen Kopf in meine Hände und küsste ihn auf die Nase. »Aber ich mache mir Gedanken, wie das mit uns werden soll, Joe. Ich bin so viel älter als du. Du fragst mich, was Benedikt sagen wird, wenn er von uns erfährt. Das kann ich dir sagen. Er wird mich auslachen und behaupten, ich hätte den Verstand verloren. Ich kenne Benedikt schon recht lange und so, wie ich ihn kenne, wird er sich lustig machen, Sprüche von sich geben wie ›Wenn du etwas zum Spielen brauchst, kauf dir einen Hund‹ oder etwas in der Art.«

Joe lachte unbekümmert. »Na und. Lass ihm doch den Spaß. Lass ihn Sprüche klopfen, wenn er dann zufriedener ist. Allerdings habe ich den Eindruck, dass du selbst mit dem Altersunterschied nicht klarkommst, und um von deinen Ängsten abzulenken, lieber von Benedikt sprichst.«

Insgeheim wusste ich, dass er recht hatte. Ich zog ihn auf die Eckbank und setzte mich auf seinen Schoß. »Mag sein. Aber der Altersunterschied zwischen uns ist groß. Du hast dein ganzes Leben noch vor dir im Gegensatz zu mir. Wir können kein gewöhnliches Paar sein, kein gemeinsames Leben aufbauen, nur auf der Basis von Liebe und Begehren. Ich weiß nicht, was genau für dich ‚zusammen sein‘ bedeutet. Was auch immer …, es wird keine Zukunft haben. Ich will dich, will dich unbedingt, befürchte aber, dass es aussichtslos ist mit uns.«

Manchmal, während unserer früheren Gespräche in der Agentur, blickte Joe mich nahezu weise an. Er sah die Dinge so rein und hellerleuchtet, wie sie sind. Nun sah er mich wieder mit diesem Gesichtsausdruck an, wach, ernst und aufmerksam. »Gefühle scheren sich nicht darum, was möglich oder unmöglich ist, weil sie willkürlich kommen und der Vernunft das Heft aus der Hand nehmen. Das ist einfach so. Was du fühlst, kann deinen Verstand ausschalten, aber es geht nicht umgekehrt. Also, was willst du machen? Wir sind beide erwachsen. Du verführst keinen Teenager!«

Aha. So einfach sollte es ein. »Du meinst, einfach meinen Gefühlen nachgeben, löst das Problem?« Seine Unbekümmertheit irritierte mich immer wieder – und zugleich schätzte ich sie.

»Ja. Deinen Gefühlen nachgeben und die Zeit, die wir miteinander haben, genießen, das wäre ein Anfang. Ganz gleich, wie viel Zeit es sein wird, einige Wochen, ein Leben. Das wissen wir nicht, und gerade deshalb ist diese Zeit zu kostbar, um sie mit trübseligen Gedanken zu vergiften. Du musst aufhören, dir ständig zu überlegen, was sein wird, was passieren kann. Das lähmt dich irgendwann komplett und du kannst keinen glücklichen Moment genießen, weil du dich fragst, wie lange er wohl andauern wird. Es ist doch nicht wichtig, dass du schon einen Teil deines Lebens hinter dir hast und ich noch plane. Wir können uns doch wunderbar ergänzen.«

Diese Unbeschwertheit und Sorglosigkeit in Joes Lebenseinstellung! Er hatte eine scheußliche Kindheit gehabt und dennoch wohnte eine Zuversicht in ihm, von der ich selbst nur zu träumen wagte.

»Du bist lebenstüchtig, gradlinig und aufgeweckt, Joe. Das bewundere ich. Aber ich habe nicht deine Leichtigkeit. Ich bin grüblerischer veranlagt und frage mich, ob Liebe genug ist, um eine derart ungleiche Verbindung einzugehen.«

»Ich weiß. Ich wollte dich auch nicht kritisieren, sondern nur, dass du uns eine Chance gibst. Wir werden sehen, was sich daraus entwickelt. Liebe reicht immer, sie ist ein Geschenk und das Wichtigste im Leben. Meine Lebensplanung steht auch noch gar nicht. Was ich nach dem Studium mache, weiß ich nicht. Vielleicht mache ich mit der Ornithologie weiter, eventuell aber auch etwas im sportlichen Bereich oder beides. Auf jeden Fall etwas, das mir Spaß macht, auch wenn es nicht viel Geld bringt. Geld und Macht sind mir weniger wichtig als mein soziales Umfeld. Das Wichtigste für mich ist das, was mir in meiner Kindheit gefehlt hat, nämlich einen Menschen wirklich zu lieben und von ihm geliebt zu werden.«

Als Isa und ich uns bei einem gemeinsamen Restaurantbesuch einmal über einen jungen Mitarbeiter unterhielten, den wir für ein paar Monate beschäftigt hatten und dessen Visionen pausenlos um Geld und Karriere kreisten, hatte Isa gesagt, dass man einen Menschen gut danach beurteilen könne, mit welchen Zielen und Wünschen er in die Zukunft blickt. Daran musste ich sofort denken und einmal mehr erschien Joe mir reifer und älter, als er war.

Es klingelte. Meine Butterdose aus Porzellan polterte vom Küchentisch, weil ich zu schnell aufsprang, um mir etwas überzuziehen. Immerhin war ich nur mit einem Slip bekleidet und dem Pizzaservice wollte ich so nicht die Tür öffnen.

Joe war schneller. Er flitzte zur Tür und nahm unser Essen ganz unverkrampft in Unterhosen entgegen. Bezahlte aus eigener Tasche, überreichte dem jungen, im triefenden Regenmantel vor ihm stehenden Pizzafahrer ein großzügiges Trinkgeld und bestand darauf, mich einzuladen. Inzwischen hatte ich es geschafft, mir mein hellblaues Lieblingsnegligé überzustreifen. Joe schlüpfte in ein weißes Shirt von mir. Wir entschieden, in der Küche zu essen.

Während ich zwei große Teller und Besteck auf den Tisch legte, entfernte Joe mit dem Handfeger die Scherben der Butterdose vom Fußboden. »Scherben bringen … sag's…«, forderte er mich neckisch auf, als er dieselben in den Müll befördert hatte.

»Glück?«, fragte ich unschuldig.

Er nickte mehrmals und blickte wieder so unwiderstehlich verschmitzt drein, dass ich ihn zwingend küssen musste. Es war schon dunkel draußen, und es stürmte und regnete immer noch. Das Unwetter faszinierte und beunruhigte mich gleichzeitig.

»Ich hoffe allerdings, dass die Fensterscheiben nicht auch noch zerspringen. Denn Glasscherben bringen kein Glück.«

»Keine Bange. Die Scheiben sind stark. So wie du«, flüsterte er. »Und jetzt machen wir uns über unser Abendessen her, oder?«

Ich schüttelte amüsiert den Kopf, zündete eine Kerze an und setzte mich zu ihm an den Tisch.

Wir aßen mit gutem Appetit und tranken Bier dazu. Während des Essens sprachen wir nicht viel, sahen uns vielmehr verliebt an oder beobachteten das Toben draußen.

Als wir satt waren, sagte ich: »Ich weiß, dass ich zu viel nachdenke. Ich will dich auch nicht verunsichern. Aber ich mache mir trotzdem Gedanken, wie es mit uns weitergehen soll. Ich möchte nur noch einmal verdeutlichen, dass ein Mann, der mit einer wesentlich jüngeren Frau zusammen ist, generell toleriert wird, aber eine Frau mit einem jungen Lover gilt immer noch als unanständig. ›Was das Gesetz nicht verbietet, verbietet der Anstand‹, sagte schon Seneca, der römische Philosoph.«

»Der gute Seneca hat nicht unsere Liebe gemeint. Ihm ging es vor allem um Rücksichtnahme, Achtsamkeit und Respekt im Umgang miteinander.«

»Ach so?« Die Ernsthaftigkeit, mit der er das sagte, war filmreif und entlockte mir ein Lachen.

»Sich nur lieben ist wunderschön, aber oft ist es nicht genug, gerade dann nicht, wenn andere denken könnten, es ist nicht gut … ich meine, dass wir uns lieben, ist nicht gut.«

Joe schob seinen Teller beiseite. »Gut ist für viele Menschen nur das, was sie gewohnt sind oder was sich für sie zu lohnen scheint. Was nicht lohnenswert ist, scheidet aus. Es mag schon sein, dass eine Beziehung, in der die Frau älter ist, für einige Menschen eine charmante Episode im Leben, ohne Zukunft, ohne Zinsen, ohne Ertrag ist. Ich will aber keine Geschäftsbeziehung mit dir und verzichte auf jegliche Art von Profit.«

Er lachte verschmitzt und noch ehe ich antworten konnte, kitzelte er mich so unvorhergesehen am Bauch, dass ich gleichzeitig kicherte und kreischte und im Gewühl meinen leer gefutterten Teller vom Tisch fegte. Ach nein! Das war heute schon der zweite Scherben-Streich.

»Oh. Sorry.« Joe ließ von mir ab und stand auf. Schon wieder holte er den Handfeger aus dem Küchenspint hervor, um die weißen Trümmer aufzufegen. »Deine Scherbenproduktion beschafft uns ganz sicher einen riesigen Glücksregen. Glaub dran«, erklärte er fröhlich während des Fegens.

»Bestimmt.« Ich sah ihn übermütig an, während ich ihm das Kehrblech abnahm und die Scherben in den Müll schüttete. Dann zog ich ihn dicht an mich, um ihn zu umarmen und um diese wunderbare Kombination von Unbekümmertheit und Lässigkeit festzuhalten. Ich wollte ihn gar nicht wieder loszulassen. Es fühlte sich gut und ungewohnt an, so viel Zuversicht und Optimismus in meinen Armen zu halten.

»Was brauchst du, damit du dich von mir geliebt fühlst?«, fragte er mit einem Mal und hauchte einen Kuss auf mein Haar.

Auf diese im Grunde einfache Frage war ich nicht vorbereitet, weswegen ich zunächst ihr ausweichend meinen Blick auf meine sturmerprobten Fensterscheiben richtete. Der Regen hatte Wilhelmshaven weiterhin fest im Griff. Mein Blick schwenkte am Fenster vorbei, blieben kurz an dem Bild mit dem Kornblumenfeld in meiner Küche hängen. Die Kaffeemaschine musste dringend entkalkt werden. Ich vergaß es jedoch dauernd. Und einkaufen musste ich auch unbedingt, denn mein Kühlschrank sah mich mahnend an.

Wieso lieferte ich mich gerade so banalen Gedankenausflügen aus? Joe hatte mir soeben eine grundlegende Frage gestellt, die eine klare Antwort verdiente? Ich löste mich ein wenig von ihm, fasste ihn an den Händen, suchte seine Augen, deren Pupillen von dem warmen Licht der Pendellampe über uns in ein Moosgrau getuscht wurden. Sie ähnelten nun der Farbe des Meeres bei Sonnenuntergang und diese Vorstellung half mir auf die Sprünge.

»Ich will dir jederzeit vertrauen, mich auf dich verlassen können, ich will, dass wir uns gegenseitig respektieren, ich brauche deine Wärme, deine Stimme, deinen ruhigen Verstand, aber auch ausreichend Zeit für mich, für eigene Unternehmungen, für meine Freundinnen und mein Patenkind. Ich wünsche mir, dass du mir gegenüber ehrlich bist und vor allem, dass du niemals etwas zu mir sagst, was du nicht wirklich meinst«, sprudelte es aus mir heraus. »Schon meine Oma meinte, man solle niemals den Worten eines Mannes arglos vertrauen, denn entscheidend sei am Ende nur, was er tut.«

Joe schaute nur spitzbübisch.

»Natürlich gibt es auch Frauen, die nur oberflächlich daherreden und es steckt nichts dahinter«, fügte ich schnell hinzu.

»Besser hätte ich nicht antworten können, wenn du mir die gleiche Frage gestellt hättest. Hinsichtlich unserer Beziehungswünsche stecken wir im gleichen Sack. Ich will auch deine Wärme, deine Stimme, dein Vertrauen. Ist doch selbstverständlich, dass du nicht jede freie Minute mit mir verbringen möchtest. Du kannst dir Zeit für dich nehmen, so viel du willst und brauchst. Demnächst werde ich sowieso mehr in der Vogelforschung arbeiten. Die haben einige zusätzliche interessante Jobs zu vergeben. Mal sehen. Ich will mich dort auf jeden Fall noch mehr engagieren. Und was das oberflächliche Daherreden betrifft, verspreche ich dir, verdammt aufzupassen, damit du auf meine Worte zählen kannst. Im Übrigen bin ich kein Hallodri, der auf seine Versprechungen keine Taten folgen lässt.«

»So hat es auf mich auch nicht den Anschein, Joe. Aber es ist eine Einstellung, die mir ganz besonders am Herzen liegt.«

Wir hielten uns immer noch an den Händen.

»Hast du mit dieser Einstellung schon viel Bullshit erlebt?«

»Geht so. Oberflächlichkeit ärgert mich einfach. Ich kann dir einige Beispiele nennen.«

Er dirigierte mich zurück auf die Eckbank, wo wir uns erneut aneinander kuschelten.

»Die harmloseste Variante hat sich bei einer Freundin von mir einquartiert, nicht gerade meine beste Freundin, aber wir kennen uns schon sehr lange und unternehmen hin und wieder gemeinsam etwas. Sie verspricht manchmal, mich im Laufe der nächsten Woche anzurufen, um einen Termin zum gemeinsamen Joggen festzulegen oder für einen Kinobesuch. Ich weiß genau, sie wird sich melden, aber erst Wochen später. Das ärgert mich enorm. Einmal war ich auf der Suche nach einem Maler. Elisabeth sagte sofort, sie kenne jemanden, der gut und zuverlässig arbeite und sie würde ihn gleich heute noch anrufen und mir Bescheid geben, ob und ab wann er Zeit habe. Ich habe zehn Tage auf eine Rückmeldung von ihr gewartet. Vergeblich! Auf meine spätere Nachfrage antwortete sie lapidar, sie wäre noch nicht dazu gekommen. Ich verstehe so eine Haltung nicht. Wenn ich jemandem verspreche, mich um etwas zu kümmern, dann kümmere ich mich auch. Ich notiere es mir, damit ich es nicht vergesse. Natürlich schließe ich da von mir auf andere. Und bin sauer, wenn andere nicht so handeln. Aber es ist für mich schwer nachvollziehbar.«

Joe sagte kein Wort und strich mir liebevoll über den Kopf.

Ich fuhr fort: »Schlimmer war mein letzter Ex. Abgesehen davon, dass er schnarchte wie eine Kettensäge, übernahm er auch nur ungern Verantwortung und war äußerst unzuverlässig. Als er mir eine Reise nach New York versprach, habe ich ihm das wirklich geglaubt. Genau drei Jahre habe ich mir angehört, er würde mir die Reise zu Weihnachten oder zum Geburtstag schenken. Und mich darauf gefreut. Schön blöd. Immer schenkte er mir etwas, was ich mir gar nicht gewünscht hatte, etwas, das er selbst aber gut gebrauchen konnte. Irgendwann wurde es mir zu bunt und ich habe ihn gefragt, wie ernst er es denn wirklich meine mit unserem New York-Trip. Mit ernster Miene beteuerte er, er habe es tatsächlich immer vorgehabt, aber wir hätten doch noch massig Zeit, um dorthin zu fahren. Wir haben wochenlang darüber diskutiert. Letztendlich ist es nie zu dieser Reise gekommen. Eines Tages offenbarte mir Willy, er hätte da noch eine kleine Überraschung für mich, ohne besonderen Anlass, einfach so zwischendurch. Ich war wirklich gespannt. Als er mir ein kleines, mit einer goldenen Schleife umwundenes Kästchen übergab, glaubte ich zunächst, es handele sich um einen Verlobungsring. Was sollte in solchem Schmuckkästchen auch anderes enthalten sein? Mein Herz pochte, als ich es nervös öffnete.«

Nun konnte ich nicht gleich weitererzählen, weil sich die Szenerie augenblicklich vor Augen hatte und im Nachhinein selbst darüber lachen musste. Joe lachte bereits, ohne zu wissen, was folgen würde. Als wir uns wieder beruhigt hatten, fuhr ich fort:

»Meine Gesichtszüge entgleisten vollends, als ich schließlich den Inhalt aus der kleinen Schachtel nahm …«, es war die Hölle, schon wieder bekam ich einen Lachkrampf, »… zwischen meinen Fingern hielt ich …«, Joe guckte neugierig, »… zwei Ohrstöpsel.«

Er sprang auf, hielt sich seinen Bauch und quietschte vor Vergnügen.

»Willy wollte mich gewiss nicht hochnehmen, nein, er war halt so … rational. Die Ohrstöpsel betrachtete er als notwendig, damit ich nachts nicht mehr umziehen musste, weil er schnarchte. Auf die Idee, dass eine Frau in einer kleinen, mit Schleifchen versehenen Schachtel etwas ganz anderes vermuten könnte, wäre Willy niemals gekommen. Sachlich und vernünftig denkend offenbarte er mir, die Stöpsel wären auch praktisch für unsere New York-Reise, als Vorboten sozusagen, damit ich im Hotelzimmer in Ruhe schlafen könne.«

»Und ihr seid dann wirklich gar nicht mehr dorthin geflogen?«

»Nein. Wenige Wochen nach diesem sensationellen Geschenk haben wir uns getrennt.«

Joe wurde wieder ernst. »Ich verstehe dich. Ich bin ebenfalls verletzt, wenn jemand so mit mir umgeht. Zuverlässigkeit ist auch mir ganz wichtig, nicht nur in einer Beziehung, sondern auch gegenüber Freunden. Meine Ex hat das anders gesehen. Die war eher sprunghaft, beinahe leichtfertig. Ich kann mich erinnern, dass ich mich einmal wochenlang auf eine kleine Wochenend-Städtetour gefreut hatte, die sie mir zum Geburtstag schenken wollte. Yvonne hatte mich gefragt, was ich von einem Kurztrip nach London halten würde. Davon sprach sie etwa vier Monate, bevor ich dreiundzwanzig wurde, immer wieder. Sie wollte mir eine Hotelübernachtung inklusive eines Gutscheines für einen Besuch in Madame Tussauds Wachsfigurenkabinett spendieren, weil sie wusste, dass ich da unbedingt hinwollte. Ich habe mich über ihren Vorschlag sehr gefreut und das habe ich ihr auch gesagt. Danach haben wir nie mehr darüber gesprochen und ich traute mich auch nicht, sie daran zu erinnern.« Er lachte, und ich spürte an der Art, wie er es tat, nämlich wie ein Lausebengel, dass er ganz sicher darüber hinweg war. »Meinen Geburtstag hatte sie zunächst vergessen. Jedenfalls rief sie mich erst etwa eine halbe Stunde nach Mitternacht an – also, genau genommen am Tag nach meinem Geburtstag – und entschuldigte sich, mir so spät, nämlich zu spät, zu gratulieren. Ich war nur traurig. Bin dann eingeschlafen in der Hoffnung, sie käme am nächsten Tag oder wenigstens recht bald vorbei, um mit mir über unsere London-Reise zu sprechen. Aber Flötepiepen. Sie kam zwei Tage später und redete nur von ihrer Arbeit und davon, wie viel Häuser und Wohnungen sie in der letzten Zeit verkauft hatte. Yvonne ist Immobilienmaklerin und sehr engagiert. Sie ist auch älter als ich, vier Jahre, um genau zu sein. Sie verdiente schon richtig viel Geld, als wir zusammen waren. Ich konnte ihr als Student kaum etwas bieten. Ich wohnte noch in Oldenburg, zusammen mit zwei weiteren

Jungens in einer Wohngemeinschaft in einer heruntergekommenen Mansarde. Yvonne hatte eine Eigentumswohnung in der
Stadt mit allem Pipapo. Sechs Wochen nach meinem Geburtstag
trennte sie sich von mir. Sie habe sich in einen Künstler verliebt,
erklärte sie mir damals. Kürzlich habe ich sie in der Stadt getroffen. Wir haben ein Bier zusammen getrunken und dabei erzählte
sie mir, mit dem Neuen habe sie es damals nur einen Monat ausgehalten, der sei auf Drogen gewesen. Nun sei sie verheiratet. Mit
einem Bankdirektor, was zwar lukrativ sei, aber ihr Mann habe
Angst vor jedweder Veränderung. Für ihn müsse alles so bleiben
wie es ist. Ausnahmesituationen könne er schwer akzeptieren.
Veränderungen seien Auslöser für seine Panikattacken. Damit
könne sie schwer umgehen. Und ebenso unbefriedigend sei, dass
er keine Kinder zeugen könne. Sie spiele mit der Idee, sich einen
Liebhaber zu suchen.« Joe grinste. »Ehrlich, ich bin froh, dass wir
uns damals getrennt haben.« Sein Blick war zärtlich, als er mir
wiederholt mit seiner Hand über den Kopf fuhr.

»Wie sah sie denn aus?« Das interessierte mich nun doch brennend.

»Ich habe, glaube ich, noch ein Foto von ihr in meinem Portemonnaie. Das hat aber nichts zu sagen. Willst du es sehen?«

Mich wunderte, dass er das Bild seiner Ex noch mit sich herumtrug, aber da er so offen damit umging, ließ ich meine misstrauischen Gedanken gleich wieder davon wehen. »Ja. Zeig mal.«

Er schnappte sich sein Portemonnaie, das er nach dem Bezahlen unseres Abendessens auf eine Ecke meiner Küchenbank geschmissen hatte und kramte umständlich ein in der Mitte gefaltetes, etwas mitgenommenes Foto heraus. Das Bild zeigte Yvonne
und ihn auf einem Weihnachtsmarkt. Joe sah bemerkenswert gut
aus. Sein Gesicht strahlte unter einer schneebedeckten, geschmückten Riesentanne. Seine ebenfalls mit Schneeflocken ge

sprenkelte hellgraue Pudelmütze saß etwas verrutscht über seiner rechten Stirn. Er lachte und hatte den silberfarbenen Schal ein wenig über das Kinn gezogen. Der dunkelblaue Parka stand ihm hervorragend. Seine verwaschenen Jeans und die hohen braunen Boots waren typisch für seine lässige, jedoch nicht nachlässige Art, sich zu kleiden. Joes' faszinierende Augen leuchteten in die Kamera, anstatt Yvonne anzusehen. Einen Arm hatte er über ihre Schulter gelegt, wobei seine Hand von ihrem langen dunkelbraunen Haar verdeckt war.

Yvonne trug eine graue Kaninchenfell-Jacke, einen lilafarbenen Glockenhut mit asymmetrischer Krempe und ein aufgesetztes Lächeln.

»Ah. Das ist sie also.« Mehr Worte war sie mir nicht wert.

»Ja.«

»Du bist toll getroffen. Wer hat das Foto aufgenommen?«

»Ein Kumpel, mit dem ich studiert habe. Er hat das Studium letztes Jahr aufgegeben und macht jetzt eine Ausbildung in Bremen. Wir haben viel zusammen unternommen, als wir beide noch in Oldenburg wohnten. Regelmäßig Kontakt haben wir noch, aber wir sehen uns nicht mehr so häufig, zweimal im Jahr vielleicht. Jedenfalls war auch er mit seiner Freundin auf dem Oldenburger Weihnachtsmarkt.«

Joe wollte das Foto zurück in sein Portemonnaie stecken, zögerte dann aber. »Zu Hause vergesse ich ständig, das Foto herauszunehmen.«

Meine Augenbrauen zogen sich leicht zusammen. Er bemerkte es und stupste mich auf die Nasenspitze. »Hey. Wenn du willst, tausche ich es gleich aus gegen ein Bild von dir. Hast du ein aktuelles?«

»Ich glaube nicht.«

»Gut, dann fotografiere ich dich morgen. Unten am Fluss?«

»Ach, Joe. Ich bin gar nicht fotogen.«

»Du willst nur kneifen.«

»Quatsch.«

»Doch. Also morgen nach deinem Feierabend?«

»Na gut. Aber es muss nicht unbedingt morgen sein.« Ich war wirklich nicht fotogen und hatte arge Bedenken. Ach, was soll's? Ich beschloss, mich auf die Fotosession mit ihm einzulassen.

»Super.« Joe kitzelte mich schon wieder am Bauch. Ich schimpfte und schubste ihn weg.

»Ich muss dich noch etwas fragen.«

»Ja?«

»Warum hast du eigentlich so ohne jegliche Vorwarnung bei uns gekündigt? Ich begreife das nicht. Du hast während deiner Telefonate aus Frankreich nie etwas gesagt und plötzlich brauchtest du mehr Zeit für dein Studium. Ohne nähere Erklärung. Das hat mich wirklich getroffen.«

Seine fröhliche Miene verschwand und über sein Gesicht huschte ein bitterer Ausdruck.

»Benedikt hatte mir unmissverständlich zu verstehen gegeben, dass ihr heiraten wollt. Ich hatte keinen Grund, ihm nicht zu glauben, obwohl ich mich sehr darüber gewundert hatte. Ich konnte seine Bemerkung einfach nicht gelassen hinnehmen. Dazu war ich zu verliebt in dich – und zwar schon längere Zeit. Als ich überstürzt nach Frankreich fahren musste, glaubte, nein, hoffte ich sogar, dass dir etwas an mir liegt, weil du beim Abschied so traurig gesagt hattest, du würdest mich jetzt schon vermissen, obwohl ich noch nicht wirklich fort war. Du hast plötzlich geweint und gesagt, es sei, weil ein alter Mann am Abend zuvor einen süßen Hund überfahren habe, der Robbi gehört habe, einem kleinen Jungen, der zwei Häuser weiter wohne und den du gut kennen würdest. Und der sei nun untröstlich, weil der Hund noch auf der Straße gestorben sei. Das täte dir so leid und du würdest es dir mehr zu Herzen nehmen als angemessen. Bestimmt war der überfahrene Hund ein Grund für deine Tränen, aber instinktiv fühlte ich, dass du vor allem wegen meiner Abreise betrübt warst. Als Benedikt mir dann von eurer bevorstehenden Hochzeit erzählte, ist mein größter Traum zerplatzt, der Traum von einer Frau, die viel mehr ist als alles, was ich mir je ersehnt hatte.« Sein Blick war zärtlich und verletzt zugleich.

»Benedikt hat mit dieser Ankündigung meinen größten Traum zertrümmert. Ich dachte, du hast tatsächlich Spaß an bizarren Spielen und lachst über mich. Denn dass du mir außergewöhnlich viel bedeutest, hast du inzwischen wohl begriffen, oder?«

»Ich treibe keine Spielchen, schon gar nicht mit Gefühlen, Joe. Eine Erklärung für Benedikts Verhalten habe ich nicht. Er war keine Option für eine richtige Beziehung und außer Sympathie und ab und an ein bisschen Sex war nichts zwischen uns. Und die Geschichte mit dem Hund … war gelogen.« Ich senkte den Kopf, denn ich schämte mich jetzt dafür, dass ich ihm nicht gleich gesagt hatte, dass ich beim Abschied wegen seiner Abreise geweint hatte.

»Ich glaube dir ja, aber du hast anscheinend Benedikts Gefühle für dich falsch interpretiert. Er wollte, dass ich die Finger von dir lasse.«

»Mag sein, aber ich kann es mir schwer vorstellen, dass er wirklich vorhatte, mich zu heiraten. Er hat wohl gemerkt, was ich für dich empfinde, und war eifersüchtig. Aus verletzter Eitelkeit oder aus Liebe, …. Ich werde so bald wie möglich mit ihm sprechen.«

Joe nickte.

»Da ist auch noch etwas anderes, was ich nicht so ganz verstehe.« Es war mir peinlich, es anzusprechen, es gehörte sich nicht so richtig, aber ich wollte eine Erklärung. »Ich verstehe jetzt, warum du dich nach deiner Rückkehr aus Frankreich so kalt von mir verabschiedet hast. Ist Benedikts Ankündigung unserer vermeintlich anstehenden Hochzeit auch der Grund dafür, dass du allen einen kleinen Glücksstein zum Abschied geschenkt hast, selbst Maxi, mit der du am wenigsten zu tun hattest, nur mir nicht? Als Isa es mir sagte, war ich echt geknickt.«

»Die Glückssteine hatte ich schon Tage vor Benedikts Mitteilung auf einem Markt in Frankreich erstanden. Ich hatte für jeden von euch ein Mitbringsel in der Tasche haben wollen, also kein Abschiedsgeschenk. Für dich hatte ich keinen Glücksstein. Das ist richtig.«

Dann sagte er nichts mehr und schaute mich nur an, schätzte meinen Gesichtsausdruck ab – und lachte dann. »Für dich hatte ich eine Kette mit einem kleinen Rubin gekauft. In Anbetracht einer Hochzeit mit einem anderen hätte mein Geschenk ziemlich lächerlich gewirkt. Ich würde dir die Kette gern nachträglich schenken. Ist das in Ordnung?«

Sprachlos warf ich mich in seine Arme. Dieser Joe. Wohltuend und undurchschaubar.

»Wie sieht's denn nun wirklich mit der Fortführung deiner Arbeit bei uns aus?«, fragte ich ihn ein paar Minuten darauf. »Normalerweise läuft ein Vertrag nur für eine Saison, so etwa von Mai bis Oktober, für dich hatte ich ihn allerdings verlängert bis Ende des Jahres. Bei mir im Büro ist noch einiges liegen geblieben, was aufgearbeitet werden muss und nebenan bei Vincent brauchen sie auch Unterstützung.«

»Ich würde gern weiterhin bei euch arbeiten. Allerdings weniger Stunden, weil ich meinen Kollegen in der Vogelwarte bereits zugesagt habe, mich dort mehr um die Statistiken zu kummern. Ist das ein Problem?«

»Das werden wir schon regeln.«

»Und wie, denkst du, soll das mit uns beiden im Büro laufen, vor den anderen?« Er neigte den Kopf leicht Richtung Schulter. »Sollen wir als Paar auftreten oder ist dir das unangenehm? Von meiner Seite aus können wir ruhig offen zeigen, dass wir uns lieben.«

»Okay, ich verstehe, dass du kein Fan von Heimlichkeiten bist, aber mir wäre lieb, wenn wir es vorerst noch nicht zeigen. Ich brauch einfach ein bisschen Zeit.«

»Schade. Wie du willst«, bemerkte er ernst. »Aber das darf kein geheimer Dauerzustand werden. Dafür gibt es außer deinen gesellschaftlichen Vorbehalten keinen Grund.«

»Versprochen. Ich werde ‚uns‘ nicht ewig verstecken. Gib mir Zeit. Bedenke, ich bin etwas mehr als doppelt so alt als du.«

»Und doppelt so süß, doppelt so brillant, doppelt so …«

Telefon.

Ungern nahm ich ab. Es war Benedikt.

»Hi, Linda. Ich bin endlich wieder im Lande und würde dich gern sehen. Hast du Lust? Ich bring uns eine Flasche Wein mit.«

»Hallo Benedikt«, erwiderte ich laut genug, sodass Joe es mitbekam. »Ähm, heute Abend ist es etwas ungünstig.«

»Wieso? Hattest du einen anstrengenden Tag? Bist du müde?«

»Nein, das ist es nicht.« Was sollte ich sagen? Hilfesuchend blickte ich zu Joe. Der nickte nur stumpf, was ich wie ein ‚Sag die Wahrheit‘ deutete. Flüchtig lenkte ich meinen Blick wieder zum Fenster und registrierte, dass es nicht mehr regnete und nur der Wind sich noch aufspielte. Ein paar bunte Blätter klebten an der Fensterscheibe, ein kleiner Zweig schrappte am Glas.

»Ich habe Besuch. Joe ist bei mir, Benedikt.«

Die Stille am anderen Ende der Leitung war lang genug, um mein schlechtes Gewissen ins Maßlose zu steigern. »Es tut mir leid.«

»Verstehe ich das jetzt richtig, Linda? Du hast was mit diesem Frischling angefangen?«

»Ja«, entgegnete ich nur.

»Mensch Linda. Bist du verrückt? Der Kleine riecht doch noch nach Milch!«

»Betrachte es, wie du magst, Benedikt. Es ist meine Entscheidung.«

»Lass uns dieses Gespräch jetzt beenden. Ich würde dich gern morgen Mittag wegen der Sache mit Wolfgang Czerny sprechen.« Seine Worte hatten einen bedrohlichen Unterton, als er diesen Namen aussprach. Er wusste es also schon.

»Geht in Ordnung. Um eins?«

»Ja. Ein Uhr ist okay. Bei mir im Büro. Tschüss!«

»Benedikt!«

»Was denn noch?«

»Hättest du die Güte, die Sache mit Joe und mir vorerst nicht den anderen zu erzählen? Ich bitte dich darum! Wir müssen morgen auch wegen Joe noch einmal reden.«

Benedikt erwiderte nichts, legte einfach auf.

Mir blieb keine Zeit, mich groß darüber aufzuregen. Gerade als Joe auf mich zulief, um mich in den Arm zu nehmen, läutete es an der Tür. Wer konnte das jetzt noch sein? Es war 22 Uhr durch.

»Mami ist nicht da und ich habe ganz schlimm geträumt«, weinte Emilia, die im Haus gegenüber wohnte und jetzt wie das Sterntaler-Mädchen im weißen Nachthemd und bunten Pantöffelchen, zitternd vor Angst und Kälte meine Wohnung betrat.

Ich ging in die Hocke und wischte ihr mit einem Finger eine Träne von ihrer Wange. »Schatz, wo ist Mama denn?«

»Sie wollte mit Bernd in eine Kneipe. Sie hat gesagt, ich soll schön schlafen und sie würde nicht so spät wiederkommen. Aber sie ist noch nicht wieder zurück und jetzt habe ich Angst. Ein

Mann wollte mir den Kopf abschneiden, das hab ich geträumt.«
Sie weinte jetzt ganz jämmerlich.

Wortlos führte Joe sie zur Couch im Wohnzimmer. Ich setzte
mich hinzu und hielt sie im Arm, während Joe ihr den Rücken
streichelte.

»Emilia ist mein Patenkind. Ich geh rüber und mache für Viola
einen Zettel an die Tür. Wenn sie zurückkommt, weiß sie, dass
die Kleine bei mir ist. Einen Schlüssel für die Haupteingangstür
drüben habe ich.«

»Lass mich das machen. Das Mädchen möchte bestimmt nicht,
dass du jetzt weggehst, wenn auch nur kurz. Mich kennt sie doch
gar nicht.«

»Ok. Gerne.« Ich erklärte ihm genau, wo Viola mit Emilia
wohnte, und blieb mit der Kleinen auf der Couch sitzen. Ständig
ließ Viola sie allein, um mit irgendeinem Typen auszugehen. Viola trank zu viel, rauchte zu viel, vögelte zu viel, das Letztere
scheinbar ziemlich wahllos. Sie kümmerte sich nicht um eine Arbeitsstelle und liebte es, wenn die fünfjährige Emilia keine Erwartungen an sie stellte, sondern sie einfach nur in Ruhe ließ und sich
stattdessen allein mit ihren Puppen oder Buntstiften beschäftigte.

Viola hatte ich auf einer Nachbarschaftsfeier kennengelernt. Sie
hatte damals gerade ihren Job als Kassiererin in einem Supermarkt verloren. Kurze Zeit später war sie schwanger, aber der
Vater hatte sich fix aus dem Staub gemacht. Er hatte einen guten
Job, war Lehrer. Aber eine arbeitslose Frau und ein Kind unterstützen zu müssen, das hatte nicht in sein bisher bequemes Leben
gepasst und er hatte mit allerlei Tricks versucht, sich an den Un-
terhaltszahlungen vorbeizudrücken. Noch während der laufen-
den Klage war er mit seinem Motorrad tödlich verunglückt. Oft
heulte Viola sich bei mir aus. Sie war hübsch mit langem schwarzem Haar, schlank und modisch stets up to date, woher auch im-

mer sie die stylischen Klamotten herhatte, denn sie verfügte nur über wenig Geld. Doch ihr Leben erschien ihr freudlos und trist. Mit ihren 32 Jahren hätte sie reif genug sein müssen, um ein Kind aufzuziehen, aber sie schaffte es nicht, sich um ihr kleines Mädchen zu kümmern. Eine Tagesmutter für Emilia zu suchen, damit sie zumindest wieder halbe Tage arbeiten gehen konnte und soziale Kontakte hatte, erschien ihr zu anstrengend und kostspielig. Obwohl das Jugendamt in ihrem Fall als alleinerziehende Mutter die Tagespflege bezahlt hätte. Aber Viola wollte so trostlos weiterleben, wie sie lebte. Ihr einziger Halt war bedauernswerterweise nicht Emilia, sondern ihre Männer. Wie sie es anstellte, war mir schleierhaft, aber sie hatte ununterbrochen einen Freund oder Liebhaber, wenn auch nie einen von Bestand. Die Angst, mit Emilia allein zu bleiben, blockierte sie.

»Möchtest du etwas essen oder trinken, Schatz?« Ich war aufgestanden, um für Emilia eine Decke zu holen.

»Hab keinen Hunger. Aber Durst.« Sie sah mich mit großen Augen an und ein winziges Lächeln stahl sich über ihr Gesichtchen.

»Ok. Und worauf? Limonade oder Früchtetee?«

»Limonade.«

Ich ging in die Küche, suchte nach der Flasche, denn ich wusste, irgendwo hatte ich noch eine Limo. Ah, da unten im Regal. Ich nahm die Flasche und ein kleines Glas, ging zurück ins Wohnzimmer, steckte Emilia eines von meinen Sofakissen in den Nacken und deckte sie mit meiner kuscheligen Fleecedecke zu. Dann goss ich das Glas halb voll, hob ihren Kopf und ließ sie trinken. Sie genoss die Fürsorge und weinte nicht mehr. So wie ihr Kopf aufs Kissen sank, schloss sie die Augen und es sah aus, als wäre sie fast schon wieder eingeschlafen. Da kam Joe zurück.

»Zettel hängt an ihrer Tür. Den sieht Viola bestimmt sofort.«

»Danke, Joe.«

Er setzte sich neben mich, nahm meine Hand. »Wie kommst du denn an ein Patenkind?«

»Warte, ich erzähle es dir gleich.« Ich tippte mit einem Finger auf meine Lippen und deutete auf Emilia. Ein paar Minuten später war sie tatsächlich fest eingeschlafen und Joe und ich schlichen uns zurück in die Küche.

Joe wollte wissen, wie ich Viola kennengelernt hatte. »Anfangs tat sie mir leid, Sie litt sehr darunter, mit dem Baby allein zu sein. Manchmal klingelte sie bei mir an der Tür, wollte nur einen Kaffee mit mir trinken und sich ein bisschen ihren Kummer von der Seele reden. Irgendwann habe ich dann angefangen, auf die Kleine aufzupassen, wenn Viola ins Kino oder auf eine Party wollte. Das war zunächst nicht allzu häufig und für mich war es okay. Später ging sie immer öfter aus, traf sich mit verschiedenen Männern, hat mir oft nicht mehr Bescheid gesagt, wenn sie Emilia allein ließ. Als ich sie einmal darauf ansprach, meinte sie nur, Emilia sei alt und vernünftig genug, um ein paar Stunden abends allein zu verbringen, da sie sowieso im Bett sei und schliefe.«

»Die hat vielleicht Nerven.« Joe schüttelte den Kopf. »Und als sie auf die Idee kam, die Kleine taufen zu lassen, hat sie dich gebeten, Patentante zu werden?«

»Ja. War doch in Ordnung. Ich mag Emilia sehr. Es gab für mich keinen Grund, die Patenschaft abzulehnen.«

»Verstehe. Aber wenn du Nein gesagt hättest, könnte Viola dir jetzt nicht ständig eine Mitverantwortung für ihr Kind aufdrängen.«

»Dass ich als Patentante mitverantwortlich sein würde für die Kleine, war mir von Anfang an klar und ich brauchte auch zwei Tage Bedenkzeit, bis ich den Vorschlag annahm. Aber ich fühlte mich so oder so schon zuständig, frag mich nicht, warum. Als ich zugestimmt habe, hatte ich es mir gut überlegt und es kam von Herzen.«

»Na gut.« Er sah mich liebevoll an.

»Heute wird viel zu viel darüber geredet, dass man lernen soll, möglichst oft Nein zu sagen, um sich nicht vor den Karren anderer spannen zu lassen, um selbst mehr Freiraum zu haben. Nicht wenige scheinen zu glauben, ein Ja bedeute Schwäche oder zeuge von mangelndem Durchsetzungsvermögen. Das ist Blödsinn. Ich habe oft darüber nachgedacht und finde, dass ein Ja auch unendlich viele Chancen und Wege im Leben öffnen kann und keine Schwäche, sondern ein Gewinn ist. Dass ich Emilias Patentante bin, habe ich nie bereut. Ich liebe dieses Kind.«

Joe sagte gar nichts, beugte sich zu mir herüber und küsste mich innig, bis das Schrillen meines Telefons unserem Geknutsche ein Ende setzte. Wie unerfreulich.

»Hey, danke, dass du dich gekümmert hast. Bin zurück.« Viola lallte ein wenig, war wohl nicht mehr ganz nüchtern.

»Lass Emilia bei mir. Ich bring sie dir morgen früh vorbei.«

»Alles, klar. Danke nochmal, Linda.« Sie legte auf.

Joe trug Emilia, die immer noch in meiner Fleecedecke eingekuschelt war, ins Schlafzimmer. Dort schlief die Kleine friedlich zwischen uns.

Mitten in der Nacht musste ich aufs Klo. Emilia schlummerte fest, Joe ebenso. Ich nutzte die Gelegenheit, um ein paar Minuten auf den Balkon hinauszugehen, um den gestrigen Abend Revue passieren zu lassen. Es war eine stürmische Nacht, deren Dunkel mit diversen Geräuschen ausgefüllt war, eine Eule, eine Katze, irgendwo in weiter Ferne die Alarmanlage eines Autos …

Ich duldete dieses übermächtige Gefühl für Joe in mir, und doch wich die Angst vor dem Urteil anderer nicht. Ich musste lernen, meine Feigheit zu überwinden. Ich wollte ihn nicht verlieren, nur weil ich nicht den Mut aufbrachte, zu ihm zu stehen. Ein paar Sterne waren noch am Himmel zu sehen. Ich bildete mir ein, einer winke mir ermutigend zu. Ich würde meine Scheu überwinden, da war ich mir jetzt sicher. Aber ein kleines bisschen Zeit, nur ein bisschen, würde noch nötig sein. Wieder sah ich zum Himmel und erinnerte mich an die Tage, als ich noch jung war – so alt wie Joe – und auf einer zwischen zwei Birnbäumen befestigten Schaukel sitzend, die Sterne beobachtet habe. Als ich tief Luft holte, spürte ich beim Ausatmen plötzlich Joes Hände auf meinen Schultern.

»Komm ins Bett. Du musst schlafen, grübeln kannst du tagsüber, wenn es unbedingt sein muss.« Er legte seinen Arm um mich und bugsierte mich zurück aufs Bett. Emilia schlummerte ganz friedlich. Vorsichtig legte Joe sich auf die eine Seite, ich mich auf die andere. Mit Emilia in unserer Mitte konnte ich mich nicht an ihn herankuscheln. Deswegen berührten wir uns mit den Füßen, was in mir ein so wohliges Gefühl auslöste, dass ich nicht lange brauchte, um wieder einzuschlafen.

Als ich aufwachte, zog Kaffeeduft in meine Nase. Oder bildete ich mir das ein? Ein schöner Song, es war SOS von ABBA, tönte aus dem Radiowecker. Es war halb neun Uhr durch. »Geschafft, Gnädigste. Er war heute Nacht bei dir. Was sagt man dazu?« Ich musste mich erst einmal sammeln, zwinkerte meinem durchgeknallten Wecker zu und stutzte dann, denn ich war allein im Bett. Emilia und Joe waren bereits aufgestanden.

An der Fensterscheibe klebte nasses Laub, angeklatscht vom gestrigen Sturmregen. Heute war Samstag, gegen Mittag hatte ich einen Termin mit Benedikt. Die Vorstellung entfachte nicht gerade ein Hochgefühl in mir. Da würde ich durchmüssen. Wie heißt es doch so schön? Das Leben ist wie eine Fibel, in der das Schicksal jeden Tag eine Seite umblättert. So ähnlich jedenfalls. Das hatte ich irgendwo gelesen. Wer hatte das gesagt? Ein Philosoph? Ich erinnere mich nicht. Vielleicht wird das Gespräch gar nicht so schlimm. Benedikt sollte begreifen, woran er mit mir wirklich war. Joe wollte ich nicht auf Dauer verleugnen, nur jetzt am Anfang. Der Gedanke an ihn ließ mich aus dem Bett springen. Ich sah ihn in der Küche mit einem Messer herumhantieren. Er schnitt ein Brötchen in Scheiben und reichte diese Emilia, die fröhlich am vollständig gedeckten Frühstückstisch saß und Limonade trank. Joe begrüßte mich mit einer Umarmung und den Worten »Ausgeschlafen, Honey?«

»Ja. Und ihr beide? Habt mich nicht geweckt!«

»Weil wir Brötchen und Nutella und Pflaumenmus und Schinken gekauft haben. Wir wollten dich überraschen.«

»Überraschung gelungen.« Ich küsste ihn auf den Hals. »Ich husch nur schnell unter die Dusche. Dauert wirklich nicht lange. Versprochen.«

Ich freute mich riesig.

Mit nassem Haar, Schlabberhose und Top hockte ich mich an den Tisch. Wie eine kleine Familie saßen wir nun in meiner Küche und ließen es uns schmecken.

Emilia erzählte sehr ernst von Bernd. »Der hat komische Zähne und spielt mit Mama in unserer Wohnung nackig fangen.«

»…?« Ich fand keine Worte. Emilia tat mir leid.

Joe hielt sich seinen Bauch, wie immer, wenn er lachte oder Mühe hatte, einen Lachkrampf abzuwehren. Er wollte Emilia nicht das Gefühl geben, nicht ernst genommen zu werden und erklärte ihr, er hätte einen Mückenstich am Bauch.

Viola schlief vermutlich noch. Jedenfalls hatte sie sich noch nicht gemeldet. Emilia bettelte, noch hierbleiben zu dürfen, aber Joe wollte nach Sengwarden, um sich um seine Hausarbeit im Fach Meeresbiologie zu kümmern, die dringend auf Fertigstellung wartete. Und ich musste einkaufen und dann ins Reisebüro zu Benedikt. Also nahmen wir Emilia nach dem Frühstück an die Hand, Joe rechts, ich links, und marschierten auf die andere Straßenseite. Viola bewohnte eine der drei Wohnungen im Erdgeschoss des vierstöckigen Mietshauses.

Unangenehme Essensgerüche durchzogen den schmucklosen Hausflur. Ich war nicht neugierig zu erfahren, welch sonderbare Speise hier jemand kreierte. Viola öffnete, leicht verschlafen im halbdurchsichtigen Negligé, was ihr anscheinend weniger peinlich war als mir.

»Moin.« Sie strich sich ihr langes Haar aus dem Gesicht, zog Emilia zu sich heran und gab ihr einen Kuss.

»Iih, du stinkst aus dem Mund, Mami.« Emilia rümpfte die Nase.

»Hab mir ja auch die Zähne noch nicht geputzt, Schätzchen.«

»Moin Viola. Alles klar?« Unsere Augen trafen sich kurz, dann senkte sie schnell den Blick.

»Schon.«

Ich fasste sie kurz am Arm. »Emilia hat gut geschlafen und bereits gefrühstückt.«

»Das ist klasse.« Viola strich ihrer Tochter über die Wange und schickte sie in ihr Zimmer mit dem Auftrag, etwas Schönes zu malen.

»Das ist Joe, mein Kollege«, brachte ich unsicher an.

»Kollege? Ah so.« Sie grinste flüchtig. Es war schwer zu sagen, was sie dachte.

Dann schaute sie Joe herausfordernd an.

»Kann dein Kollege einen tropfenden Wasserhahn reparieren?«

»Klar, kann ich das. Aber ich brauche entsprechendes Werkzeug.« Joe wieder mit seiner Gutmütigkeit …

»Habe ich nicht. Geld für einen Klempner leider auch nicht.«

»Kein Ding. Zu Hause habe ich das passende Werkzeug. Aber dann müsste ich noch mal herkommen. Heute Abend?«

Ich hörte wohl nicht recht. Joe ließ sich von Viola glatt vereinnahmen.

»Wenn du das machen würdest, wäre das toll. Ich darf doch du sagen?« Viola bewegte ihren grazilen Oberkörper wie eine Königsboa, die, sobald ihre Beute nahe genug herangekommen ist, zuschnappt. Zumindest kam es mir so vor.

»Natürlich, Viola. Freut mich, dich kennenzulernen«, sagte Joe höflich.

»Ganz meinerseits.« Ihr Lächeln war pure Verheißung, eine latente Ouvertüre zu einem potenziellen Liebesspiel. Und Joe lächelte ergeben zurück. Hatte ich Wahnvorstellungen?

»Allerdings wäre es gut, wenn ich mir den Wasserhahn eben ansehen könnte. Dann weiß ich genau, was ich für Werkzeug mitbringen muss. Wahrscheinlich brauchst du nur eine neue Dichtung. Die kostet kaum etwas.«

»Ja. Kommt doch herein.«

Sie zog mich am Arm, zupfte an Joes Shirt-Ärmel und bugsierte uns durch den Flur. Der defekte Wasserhahn befand sich an der Küchenspüle. Mir schwante Böses und ich hatte recht. In diesem Saustall war Kochen kaum möglich. Violas hochwertiger Elektroherd, ein Geschenk ihrer Großeltern, war den abgefressenen Tellern, den Töpfen mit verkrustetem Inhalt und der Pfanne mit Ei-Resten wehrlos ausgeliefert. Die Backofentür glänzte von Fettsprenkeln. Auf der Arbeitsplatte wetteiferten alte Zeitungen, zwei Tüten mit Müll, mehrere volle Aschenbecher, eine mit Zwiebel- und Kartoffelschalen gefüllte Rührschüssel, leere Bierflaschen und eine halbvolle Flasche Rotwein um Platz eins der deutschen Dreckliste. Insgeheim befürchtete ich, die kleine Emilia würde in die Fußstapfen ihrer Mama treten und später den gleichen traurigen Lebensstil führen wie sie. Oft machte ich mir Gedanken, ob und wie ich diese Entwicklung verhindern konnte. Jedoch war es Viola, die ihrem Kind die Orientierung vorgab, nicht ich. Kommentarlos begutachtete Joe zunächst den tropfenden Wasserhahn. Er bat um einen Zettel und notierte irgendetwas. Dann erst schien er das Chaos zu bemerken.

»Du hattest wohl Besuch?«, fragte er mit einer beispiellosen Naivität.

»Ähm, nein. Ich hatte in den letzten Tagen keine Zeit, sauber zu machen. Entschuldigt bitte den Anblick.« Viola sah etwas beschämt drein und ich drehte den Kopf weg, als sie mich anzuschauen versuchte, um diese Ausrede nicht noch bestätigen zu müssen.

»Ich komme dann gegen Abend noch einmal vorbei«, sagte Joe unbekümmert und sah dann zu mir. »Linda kommt mit. Ich bin sowieso bei ihr. Wir müssen vorher noch etwas zusammen durcharbeiten. Stimmt's?« Er wartete auf meine Antwort.

»Stimmt«, erwiderte ich, ohne meine Gedanken richtig sammeln zu können. »Aber jetzt müssen wir los.«

Viola lächelte uns an. »Ist gut. Bis heute Abend. Und danke noch einmal, Linda. Wegen Emilia. Wegen allem.«

Ich presste die Lippen aufeinander, nickte und trottete mit Joe davon. Auf einmal schämte ich mich, weil ich instinktiv unlautere Absichten bei Viola vermutet hatte. Und dass Joe betont hatte, heute Abend mit mir zusammen zu Viola zu gehen, war ein untrügliches Zeichen dafür, dass mein Misstrauen mich nur unnötig erschöpfte.

Wir verabschiedeten uns für ein paar sehnsuchtserfüllte Stunden mit einem langen Kuss, verborgen in einer stillen Ecke im Hinterhof, wo Joe sein Rad holte, um nach Sengwarden zurückzufahren. Wir würden uns am frühen Abend wiedersehen. Zurück in meiner Bleibe machte ich mich ans Aufräumen.

Später, auf dem Weg zum Reisebüro klopfte mein Herz laut vor Aufregung. Ich wollte Benedikt nicht verletzen. Vielleicht hatte er in seiner Wut den anderen doch etwas verraten? Hatte sich über mich und Joe lustig gemacht. Was würden meine Kolleginnen und Kollegen sagen? Besonders von Vincent und Juliane waren lästernde Kommentare zu erwarten. Außer Benedikt sollte nur Isa wissen, dass Joe mich auch liebte. Ich würde Sie heute Nachmittag noch anrufen. Zu ihr hatte ich uneingeschränktes Vertrauen. Isa war die beste Freundin und Verbündete, die man sich wünschen konnte.

Ein paar Meter vor der Eingangstür unseres Reisebüros kamen mir zwei auffällig beleibte Menschen entgegen, die den kompletten Bürgersteig einnahmen und mich mit ihren massigen Körpern umzurennen drohten. Ich hüpfte an den Straßenrand und nahm noch wahr, wie die beiden Arm in Arm ihre strahlenden Gesichter spazieren führten, ohne sich um den Rest der Welt zu scheren. Dieses Gemüt wünschte ich mir manchmal auch – ohne Erfolg.

Unsere Agentur hatte jeden zweiten Samstag geschlossen. Hin und wieder traf man Vincent oder Juliane an diesem Tag im Büro an. Der geschlossene Samstag war heute. Ich schloss die seit Tagen erbärmlich quietschende Holz-Eingangstür zum Büro auf und betrat Vincents Geschäftsraum. Benedikt stand mitten im Raum, flankiert von Juliane an der rechten und Vincent an der linken Seite. Alle drei blickten auf mich herab wie auf einen reuigen Sünder. Jedenfalls hatte ich diesen Eindruck. Also hatte Benedikt doch …

Da fragte Juliane plötzlich mit einem frechen Grinsen auf dem Gesicht: »Hast du die beiden Dicken noch gesehen?«

»Ja, wieso fragst du?«, antwortete ich irritiert.

»Das waren mein Onkel und seine Frau. Er wird sechzig, sie ist zweiundvierzig. Sie wollten nur eben vorbeischauen, um mir mitzuteilen, dass sie Eltern werden.« Juliane gluckste, dann brach sie in schrilles Gackern aus.

»Na, ist doch schön«, sagte ich erleichtert, dass anscheinend doch nicht Joe und ich Thema waren.

»Ich kann mir beim besten Willen nicht vorstellen, dass die beiden ein Kind bekommen.« Juliane sah mich belustigt an.

»Und wieso nicht?« Manchmal verstand ich sie nicht sofort.

»Linda!? Du hast die beiden doch gesehen! Sahen die beiden etwa aus wie Akrobaten?« Sie lachte künstlich.

Ich antwortete nicht. Es war mir zu blöd. Vincent hingegen quietschte vor Vergnügen wie unsere Eingangstür. »Vielleicht haben die es so gemacht …«, er vollführte eine seltsame Armbewegung von oben nach unten und wieder nach oben, »… er hat sie an den Füßen gepackt und auf den Kopf gestellt.«

Eine fantastische Interpretation von einer armseligen Großbacke! Und selbst auch nicht der Schlankste. Mir stand momentan überhaupt nicht der Sinn nach solchen Schlüpfrigkeiten.

Benedikt war ernst geblieben. Er konnte der Angelegenheit auch nicht viel Lustiges abgewinnen. Trocken sagte er:

»Linda. Schön, dass du jetzt schon da bist. Komm, lass uns beide kurz in mein Büro gehen. Wir müssen zuerst unter vier Augen sprechen.«

Ich presste meine Lippen fest aufeinander und nickte nur.

»Also, dann.« Benedikt legte mir seinen Arm um die Schulter und führte mich ab wie ein Vater, der sein kleines Mädchen vom Spielplatz abholt. Als ich mich umdrehte, um die Tür hinter uns zu schließen, bemerkte ich Julianes Blick, der signalisierte, dass sie wohl liebend gern mit hineinkommen wäre, damit ihr das zu erwartende Drama nicht entging. Typisch für sie. Manchmal dachte ich, dass sie auf Sensationen lauerte, denn auch wenn es mir so erschien, als lebe sie sorgenfrei und mit einer gewissen Leichtigkeit, mangelte es Juliane an irgendetwas, das ich nicht näher zu bezeichnen vermochte. Sie hatte sich zweimal lukrativ scheiden lassen. Außer für ihren Job brauchte sie für nichts und niemanden Verantwortung übernehmen und wirkte offenbar aufgrund dessen flatterhafter, manchmal sogar oberflächlich. Wer konnte schon wirklich hinter menschliche Fassaden schauen?

Benedikts neue Deckenlampe warf ein kaltes Licht auf die transparenten Vorhänge vor den neuen Kunststofffenstern. Draußen war die Welt grau und finster. So wie meine Verfassung in dem Moment, als ich mich auf die Besuchercouch setzte und direkt Benedikts herausfordernde Worte vernahm.

»Sag doch mal Linda …«, er geriet ins Stocken, setzte sich nicht hin, sondern schritt auf eines der Fenster zu, wo er mit dem Rücken zu mir gewandt stehen blieb. Er schaute hinaus: »Habe ich dir überhaupt nicht gefehlt in den letzten Wochen?«

Wieso begann er unser Gespräch mit so einer Frage? Ich war gereizt und vollkommen angespannt.

»Nein, Benedikt«, platzte es aus mir heraus, viel härter, als ich es beabsichtigt hatte. »Warum hast du Joe erzählt, wir würden heiraten. Bist du nicht ganz bei Trost?«

»Ich hatte angenommen, wir beide hätten nach unserem Stadtfest-Abend einen schwachen Neustart versucht. Aber dir hat es anscheinend nichts bedeutet. Linda, wir sind aus dem Alter heraus, in dem wir uns mit Affären durch das Leben schleppen. Ich war der Meinung, es würde irgendwann alles passen zwischen uns – bis auf dein Faible für deine Aushilfskraft. Allerdings konnte ich das nicht ernst nehmen. Es ist einfach absurd, dass ein junger Grünschnabel mir die Frau wegschnappen könnte. Als du partout nicht mit mir nach England reisen wolltest, hielt ich das für eines deiner Spielchen. Nichts weiter. Anmachen und Abwehren oder Rar-Machen. Vorgeben, keine Zeit zu haben, den Mann zappeln lassen, na eben … was Frauen oft so machen.«

»Mach dich nicht lächerlich, Benedikt. Du weißt genau, dass ich mit solchen Späßchen nichts am Hut habe. Ich bin für Aufrichtigkeit von Anfang an. Was denkst du von mir? Dass ich derlei Spielchen nötig habe? Ich mag keine Jäger, weder diejenigen, die Wild erschießen, noch diejenigen, die auf diese Weise Frauen erobern wollen.«

»Was immer du auch von mir denkst, ich hatte nach der Rückkehr von meinen Reisen ehrlich vor, dich zu fragen, ob du mich heiraten willst. Ich war sicher, du würdest zustimmen. Die tiefe Vertrautheit, unsere Freundschaft …« Er rang nach Worten. »Wir respektieren uns, verlassen uns aufeinander, haben so lange hervorragend zusammengearbeitet. Das ist doch nicht Nichts! Du willst mir doch nicht ernsthaft sagen, dass du diesen Milchbart mir vorziehst, geschweige denn liebst!«

»Ja, ich liebe ihn, ob es dir gefällt oder nicht!« Ich wurde laut und befürchtete, man könnte uns nebenan hören.

»Linda. Krieg dich wieder ein. Das glaubst du doch wohl selbst nicht.« Benedikt schüttelte den Kopf, ganz so, als wäre es undenkbar, dass irgendwer auf der Welt an meine Liebe zu Joe glauben wollte.

»Gib es zu. Der Junge ist nur ein Mittel, um dich durch die Wechseljahre zu bringen«, sagte er gekränkt.

Die Luft im Raum wurde stickig. Rasch lief ich zum Fenster und riss es mit Schmackes auf. Benedikts Worte trafen mich hart und ich spürte sein verwundetes Herz, als gehöre es zu mir.

»Du kannst richtig gemein sein. Das hätte ich nicht von dir gedacht. Übrigens, den Vertrag mit Joe habe ich verlängert, dein Einverständnis vorausgesetzt.«

Ich rechnete mit heftigem Widerstand, aber dann sah ich plötzlich, dass Benedikt weinte. »Entschuldige, Linda.« Er wollte sich abwenden.

Da ging ich auf ihn zu und legte meine Hände auf seine Schultern. Er befreite sich unwirsch, straffte sich und sagte, mit einem Mal relativ gefasst: »Lass uns den Vertrag mit Czerny besprechen. Der ist wichtiger als dein Vertrag mit Joe. Nebenan warten sie auf uns.«

Ich zitterte noch leicht, als wir Benedikts Büro abschlossen und uns zu Juliane und Vincent an den runden Tisch in unseren Besprechungsraum setzten. Inzwischen war auch Wolfgang Czerny eingetroffen. Ich hatte nicht gewusst, dass er kommen würde. Aber es ging schließlich um seine zukünftige Arbeit bei Vincent, möglicherweise auch bei Benedikt. Das würde ich gleich bestimmt erfahren. Wolle legte gerade seinen Mantel über einem leeren Stuhl ab. Er ging auf Benedikt zu und gab ihm die Hand. Dann reichte er sie mir.

»Guten Tag, Linda. Wir kennen uns schon flüchtig.« Er lachte breit.

»Hallo, Wolle. Schön, dich zu sehen.« Ich lächelte gezwungen zurück. Die Verwechslung, die ich verschuldet hatte, berührte mich immer noch peinlich, zumal ich, nachdem ich den unechten Wolle zum ersten Mal zu Gesicht bekommen hatte, Benedikt beinahe geistige Umnachtung bei seiner Personalauswahl bescheinigt hätte. Ich riss mich zusammen. »Ich hoffe, du hast mir meinen Fehler verziehen.«

»Du hast doch gar keinen gemacht. Es waren die äußeren Umstände und die Unkenntnis meines richtigen Namens«, antwortete Wolle. Er war wirklich nett.

Juliane hatte Tee und Kaffee serviert und nachdem wir alle eine dampfende Tasse vor uns stehen hatten, begann Benedikt zu sprechen. »Wir wollen heute den vertraglichen Rahmen für deine zukünftige Festanstellung abstimmen. Ich freue mich, dass du dir heute Zeit genommen hast und zu uns gekommen bist.«

»Kein Thema. Ich richte mir ohnehin gerade in Wilhelmshaven meine neue Wohnung ein. Juliane hat sich sehr ins Zeug gelegt, damit ich so kurzfristig eine geeignete Bleibe hier in der Stadt finde. Sie hat sich in meinem Namen umgeschaut und sehr schnell etwas Geeignetes gefunden. Ich bin sehr zufrieden mit ihrer Auswahl. Danke nochmals, Juliane. Ohne deine Hilfe hätte ich so schnell nichts Passendes gefunden.«

»Gerne.« Juliane lächelte aufrichtig erfreut über das Lob.

Wieder ergriff Benedikt das Wort. »Zunächst Wolle, möchte ich mich im Namen aller noch einmal entschuldigen für den Fehler meiner Mitarbeiterin …« Er sah Linda herausfordernd an. Niemand äußerte sich dazu. Juliane zog kurz die Nase hoch. Vincent blickte Benedikt scharf an. Wolle sah, offensichtlich peinlich berührt, zu Boden und sagte kaum hörbar: »Das hat sich doch inzwischen längst aufgeklärt. Ich bin nicht sauer, sondern heilfroh, einen festen Job bei euch zu bekommen.«

Benedikt konnte seinen innerlichen Frust nicht verbergen. An Wolle gewandt, fuhr er eiskalt fort: »Du hast gedacht, ich halte mein Wort nicht. Ich hatte dir auf dem Stadtfest einen Job zugesichert und auf einmal stand ich wie ein Lügner da. In Le Levandou ging kurzfristig ohne Koch alles drunter und drüber. Und warum?!« Er sah jeden von uns der Reihe nach an. Keiner hatte Lust, ihm zu antworten, sondern wartete gespannt auf eine weitere

Einlage von ihm. Die folgte. »Weil Linda nicht fähig war, sich die Personalien dieses Verbrechers aus Waldesch näher anzusehen. Ihr Hirn war dermaßen mit anderen Dingen gefüllt, dass sie auch einen Triebtäter oder einen vollständig Geisteskranken unter Vertrag genommen hätte, ohne sich bei mir rückzuversichern, dass alles seine Richtigkeit hat.«

Juliane verlor sichtbar die Geduld und verdrehte die Augen. »Benedikt! Jetzt mach mal einen Punkt«, sagte sie laut und entschieden. »Es reicht.«

Ich hatte Benedikt noch nie dermaßen bösartig und unbeherrscht erlebt. All das sprach dafür, wie sehr ich ihn verletzt hatte. Er tat mir unendlich leid, aber meine Gefühle gehörten Joe. Ich hatte sie nicht im Griff. Meine Vernunft wehrte sich, riet mir, es mit Benedikt zu versuchen. Mein Bauch plädierte für Joe.

Vincent sprach in die bedrückte Stille: »Lasst uns nun endlich die beiden Verträge besprechen, den einen zwischen mir und Wolle, den anderen zwischen dir, Ben, und Wolle.« Benedikt ließ sich weder auf Julianes noch auf Vincents Kommentar ein.

»Wer kommt für die Kosten der fatalen Verwechslung auf? Linda, du?«

»Welche Kosten meinst du konkret?«, fragte ich zurück, obwohl mir schwante, an was er dachte. Sollte ich die Alleinschuld an der Verwechslung und damit gleich alle Folgekosten übernehmen? Das konnte er nicht ernsthaft in Erwägung ziehen! Schließlich war er es, der versäumt hatte, mir den kompletten Namen des Bewerbers zu nennen, auch wenn er ihn zu dem Zeitpunkt wahrscheinlich selbst nicht einmal gewusst hatte.

Vincent und Juliane starrten Benedikt entgeistert an, als dieser meinte: »Wir hatten Überführungskosten für unseren nach Spanien entführten Bulli, ferner Werkstattaufwendungen für erhebliche Reparaturen an diesem Wagen, wie immer dieser Gauner es auch angestellt haben mag, neben anderen Mängeln derart immense Lackschäden zu verursachen. Die Barkasse mussten wir ersetzen und Lebensmittel und Getränke mussten doppelt besorgt werden, damit für unsere Frankreichurlauber ein halbwegs normaler Aufenthalt gewährleistet war. Ach ja. Nicht zu vergessen. Besonders kostspielig war der Austausch sämtlicher Schlösser im Gästehaus-Haupttor und an den weiteren Türen.«

Er sah mich an, offensiv und selbstgerecht. Wie besiegt senkte ich meinen Kopf und dachte daran, wie oft ich für ihn schon die Kastanien aus dem Feuer hatte holen müssen, weil er selbst von Zeit zu Zeit kopflose Entscheidungen getroffen hatte. Beispielsweise führte ich seit Jahren die schwierigen Gespräche mit seiner Hauptbank, verhandelte oft stundenlang, bettelte um neue Kredite, rang um Stundungen der Ratenzahlungen und in der Regel hatte ich dabei Erfolg, da der Bankdirektor mir mehr vertraute als Benedikt als Geschäftsinhaber.

Einmal hatte ich für Benedikt die Kuh vom Eis gezogen, als dieser einem Hotelbesitzer an der Ostsee für teures Geld einen Diskjockey vermittelt hatte, der von Musik überhaupt keine Ahnung hatte. Schnell jemanden ködern und an das Hotel vermitteln, lautete damals Benedikts Devise. Das Hotel hatte ganz dringend einen DJ gebraucht und so hatte Benedikt blauäugig einen ihm bekannten Masseur angeheuert und diesen ins Hotel geschickt, wo eine wichtige Veranstaltung stattfinden sollte. Es war nicht zu erwarten gewesen, aber Fakt: Der vermeintliche DJ hatte bei der Probe am Nachmittag nichts auf die Reihe gekriegt, keinen Musiktitel gekannt, die Technik nicht begriffen. Benedikt hatte das Geld für die Vermittlung vorab erhalten. Damit der Abend nicht platzte und er die bereits erhaltene Kohle nicht zurückzahlen musste, hatte Benedikt spontan einen anderen DJ engagiert, einen weiblichen, ebenfalls ohne Erfahrung, aber in Kenntnis der gängigsten Songs, nämlich mich. Ich war kurzerhand als Ersatz-DJ an die Ostsee gereist und habe den Abend ohne Peinlichkeiten gemeistert.

Ein anderes Mal hatte Benedikt einem Studenten, der für ihn als Animateur gearbeitet hatte und dessen Drogenabhängigkeit bekannt war, eine wahnsinnige Summe an Bargeld zwecks Einreichung bei der Bank ausgehändigt und sich darauf verlassen, dass der Mann dieses Geld tatsächlich zur Bank bringt. Schlimmes vorausahnend hatte ich Benedikt davon abgeraten. Doch er wollte nicht hören. Selbstverständlich war der Student mit dem Geld über alle Berge. Es gab viele Geschichten, die bestätigten, dass auch Benedikts Hirn häufiger mit anderen Dingen beschäftigt war als den gerade anstehenden. Dennoch musste er mich vor Vincent, Juliane und Wolle herunterputzen, um seine eigenen seelischen Blessuren zu verarzten.

»Du hast mir oft unverantwortliches Handeln vorgeworfen. In diesem Fall, nun ja, trage ich ein wenig mit Schuld. Nur aus diesem Grund werde ich davon absehen, dir die exorbitanten Kosten, die mir durch deine Schluderei entstanden sind, aufzubürden. Ich hatte damals selbst nicht mehr den vollständigen Namen von Wolle im Kopf, hatte jedoch auf deinen Instinkt und deine Menschenkenntnis gesetzt, Linda.«

Ich schwieg. Ließ ihn reden. Lächelte in mich hinein und ruhte in mir bei dem Gedanken, dass ich gestern den wundervollsten Hintern der Welt geküsst hatte.

Benedikt hatte sich allmählich wieder im Griff. Vincent und Juliane hatten ihm gedroht, nach Hause zu fahren, falls er vorhätte, mich weiter zu beschimpfen anstatt zur Sache zu kommen. Ein paar bissige Bemerkungen folgten noch, dann besannen sich endlich alle auf den eigentlichen Grund unserer Zusammenkunft. Nach einer Stunde war fest vereinbart, dass Wolle bei uns in einem festen und langfristigen Arbeitsverhältnis stehen würde. Zwischen Juli und Dezember war er für Benedikts Agentur als Koch und Handwerker tätig und von Januar bis Juli würde er für Vincent im Einsatz sein.

Etwa eine Stunde, nachdem ich wieder zu Hause war, rief Benedikt mich an, entschuldigte sich für seine Entgleisungen und seine Anschuldigungen und beteuerte mehrfach, wie leid es ihm tat. Er plante, die nächsten Monate in Ostdeutschland zu verbringen, nach geeigneten Ferienunterkünften und vielleicht sogar nach einem Häuschen dort Ausschau zu halten.

Abends machten Joe und ich uns auf zu Viola. In rosa Shorts und schwarzem Spaghetti-Top öffnete sie die Tür. Sie begrüßte uns fröhlich.

Die heute Vormittag noch extrem schmuddelige Küche war geputzt. Stattdessen verwandelten eine aufgeräumte Ablage, sauberes Geschirr und ein Teller mit frischem Obst den Raum in ein gemütliches Ambiente. Da hatte Viola sich aber richtig verausgabt. Joe schien die Neugeburt der Küche nicht zu registrieren. Er stellte seinen Werkzeugkoffer vor die Spüle, entnahm eine Zange und irgendwelche Dichtungsgummis in verschiedenen Größen und schraubte am Wasserhahn herum. Er würdigte auch Viola keines Blickes, die sich sichtlich abmühte, ihm zu gefallen. Während Joe sich bückte, um Kleinteile aus seinem Koffer zu nehmen, schob sie ihre nackten Beine allzu dicht vor ihn, sodass ihm kaum eine andere Wahl blieb, als darauf zu schauen. Als er wieder aufrecht vor ihr stand, schüttelte sie ihre Mähne hin und her, um sie dann in aufreizender Manier glatt zu streichen. Ihr Gehabe erinnerte mich an Juliane. Als Joes Augen einen kurzen Moment auf ihr ruhten, weil er sie nach einem Putzlappen fragte, nutzte sie den Moment, um – nur ein paar Sekunden lang – vor seiner Nase mit ihren Hüften umher zu schwingen, rechts, links, rechts, Pause. Dann drückte sie für einen Augenblick ihr Hinterteil an seinen Oberschenkel und sagte lächelnd: »Klar. Hol ich dir sofort.«

Ich saß stumm und sauer am Küchentisch. Mir fehlten die Worte. Wie so oft.

»Wo ist denn Emilia?«, konnte ich nur fragen, weil es mich wunderte, dass die Kleine um diese Zeit nicht da war.

»Bei einer Freundin aus dem Kindergarten. Die pennt da heute Nacht.«

»Aha.«

»Ja. Bärbel bringt sie morgen zusammen mit Luisa in den Kindergarten. Ich hab also heute kinderfrei.« Sie wirbelte zum Schrank mit den Putzutensilien und dem Staubsauger und zog einen alten Lappen heraus.

»Schön für dich«, murmelte ich fuchsig.

Viola reichte Joe das Putztuch, irgendwie geziert, mit ausgestrecktem Arm. Joe war gerade nicht so konzentriert, um es sicher zu greifen, so dass es auf den Boden fiel. Ich beobachtete, wie beide sich zum Tuch hinunter bückten, Violas Blick plötzlich innehielt und belustigt in der Werkzeugtasche kleben blieb.

»Joe!«, rief sie und lachte. »Du hast ja Kondome in deiner Arbeitstasche.«

»Ich habe immer Kondome dabei«, sagte Joe ganz ernst. »Man kann nie wissen …«

Viola schoss einen schnellen Blick zur Seite, auf mich, die ich immer noch am Küchentisch hockte und mir wünschte, wir wären nicht hierher gekommen.

»Verantwortungsbewusst, mein Lieber«, raunzte sie und warf sich neben ihn wieder in Pose.

Joe zeigte nicht das gewünschte Interesse an ihr, sondern wandte sich dem Wasserhahn zu, sodass Viola nachlegte.

»Hm.« Sie biss sich auf die Lippen. »Du machst Sport, was?«

»Sicher. Wieso?«, fragte Joe zurück, während er mit einem neuen Dichtungsring den Rohrauslauf einfasste.

»Hammer, deine Figur!«

»Danke.« Joe lachte amüsiert und schraubte den Wasserhahn fest. Mir kam es beinahe vor, als gefiel ihm diese Art von Anmache.

Am liebsten hätte ich Viola einen Eimer mit Eiswasser über den Kopf geschüttet, damit sie sich abkühlte. Die einzige Entschuldigung, die ich gelten lassen konnte, war, dass sie nicht mit Sicherheit wusste, dass Joe und ich … Schließlich hatte ich ihn nur als Arbeitskollegen vorgestellt.

»So, das wär's. Der dürfte nicht mehr tropfen«, stellte Joe fest.

»Danke dir.« hauchte Viola.

»Wenn noch mal was ist, darf ich dich anrufen?«

Das war doch wohl nicht ihr Ernst?

»Klar. Gern. Wenn ich helfen kann …«

»…?« Wie konnte Joe nur …? Ich erhob mich aus meiner Zuschauerecke. »Helfen musst du bereits mir. Und zwar im Büro«, versuchte ich mich einzumischen.

»Prima, Joe. Nett von dir«, triumphierte Viola, ohne sich um meine Worte zu kümmern

»Wir müssen los. Müssen dringend den Kino-Spot für unsere Angebote durchsprechen«, fuhr es aus mir heraus.

»Was?« Joe guckte perplex.

»Wie? Jetzt noch?« Viola lehnte gelassen an der Spüle und gaffte mich an.

»Ja. Jetzt noch«, giftete ich zurück und fasste Joe am Arm.

Er zuckte nur mit den Schultern als er Viola entschuldigend zulächelte. Dann begleitete sie uns zur Tür.

»Nochmals vielen Dank. Und arbeitet nicht mehr so lange. Irgendwann musst du doch auch Feierabend haben, Linda.«

»Schon klar. Mach's gut. Bis dann.«

»Tschüss«, flötete Joe in allzu sanfter Tonlage.

»Was meintest du denn eben mit Kino-Spot, Honey?« Auf dem Weg zurück zu mir puffte er mich vergnügt in die Seite. »Gibt Benedikt tatsächlich seine Moneten für sowas her?«

»Niemals! Im Grunde meines Herzens meinte ich das auch nicht«, erwiderte ich angesäuert.

»Ach, und was sollte das dann eben? Was genau meintest du denn?«

»Viola hat gerade auch einen Kino-Spot geboten. Mit dir. Sie war die Praline, die sich gern von dir vernaschen lassen wollte. Oder so ähnlich.«

»Mach mal halblang, Linda. Ich glaube, sie flirtet einfach nur ganz gern.« Er blieb abrupt stehen und nahm meinen Kopf in seine Hände. »Eifersüchtig?«

»Nein. Ich fand es nur blöd, dass du nichts gesagt hast gegen ihr Flirten, wie du es so harmlos ausdrückst.«

»Honey, was sollte ich denn sagen?? Ich wollte nur schleunigst den Wasserhahn repariert bekommen, um mich dann von dir umflirten zu lassen. Gerade gehen dir aber weniger schöne Sachen durch den Kopf, oder?«

Er nahm irgendwie alles so leicht – im Gegensatz zu mir.

»Lass gut sein.« Wir standen vor meiner Wohnungstür. »Magst du Portwein? Ich hab noch welchen im Kühlschrank.«

»Sehr gern.«

LAUENBURG

Gegenwart

6

Der Vorleser

Isa hatte zwei Enkeltöchter, Estella und Lilly. Sie waren oft bei ihr. Als sie vier oder fünf Jahre alt waren, habe ich ihnen häufig Märchen erzählt, die sie wie die meisten Kinder mochten, aber vor allem fanden sie Gefallen an Geschichten, die ich für sie erfand.

Ich fahre zusammen, noch ganz in Gedanken. Die Haustür wird aufgeschlossen. Da ich allein wohne, kann es nur Joe sein. Nur Anna und Joe haben einen Schlüssel für mein Haus. Allerdings klingelt Anna trotzdem. Joe macht das eher selten, gewöhnlich dann, wenn er den Schlüssel vergessen hat. Ansonsten betritt er mein Haus ohne Vorankündigung. Mir macht das nichts aus, im Gegenteil, ich freue mich, dass er bei mir ein und aus geht und seine Familie nichts dagegen hat. Da ist er schon. Immer noch attraktiv, immer noch bezaubernd in seiner Ausstrahlung. Sein kurzer Kinnbart ist frisch gestutzt und sein braunes, mit feinen grauen Strähnen durchzogenes Haar ist zu einem Pferdeschwanz gebunden, was bei den meisten Männern um die fünfzig lächerlich aussieht. Bei ihm sieht es toll aus. Er scheint gerade die beste Laune in ganz Lauenburg in meine Wohnung zu tragen.

»Ich habe mir endlich ein Haus-Boot gekauft, Linda! Es liegt in der Elbe. Ich habe ein paar Fotos mitgebracht.«

»Wie schön, dass du dir diesen Traum erfüllt hast.« Ich drücke ihn fest. Es fühlt sich gut an, so warm und vertraut. »Du hast mir gar nicht erzählt, dass du dir momentan wieder Boote anschaust, um eines zu kaufen.« Ich bin ein bisschen erstaunt, gewöhnlich informiert mich Joe über alles.

»Ich wollte es dir sagen, wenn der Kaufvertrag unter Dach und Fach ist. Und das ist er – seit einer Stunde. Auf diesem Boot habe ich die passende Atmosphäre zum Schreiben.«

Mein Lächeln zeigt ihm, dass ich ihn verstehe.

Joe geht vollkommen auf in seiner Arbeit als Schriftsteller. Er schreibt Gedichte, Geschichten, vorwiegend Jugendromane, und das mit Erfolg. Gleich bei zwei großen Verlagen steht er unter Vertrag. Der eine veröffentlicht seine Gedichtbände, der andere seine Romane. Er schreibt unter dem Pseudonym Zac Martinson. Zac von Zacharias. Joe-Niklas Zacharias. Ja, so hatte er sich damals bei mir vorgestellt, als er sich um die Stelle des Surflehrers bewarb. Wie lange das schon her ist! Nun setzt er sich auf einen Küchenstuhl und hält mir sein Smartphone entgegen.

»Schau. So sieht es aus.«

Ach, diese neumodische Technik. Mir macht es wenig Spaß, mir Fotos auf einem kleinen Telefon anzusehen, aber ich meckere nicht. Greifbare Bilder wären mir lieber. Aber mit der Zeit schreitet eben auch die Technik voran. Es ist nur schwer, sich daran zu gewöhnen, wenn man alt ist. Da stehe ich doch eher auf Vertrautes, Gewohntes. Auf Fotos zum Anfassen.

»Das Boot passt zu dir«, sage ich und streichele über seinen Oberarm.

Das Boot gefällt mir tatsächlich. Es ist azurblau mit relativ großen Fenstern, die bestimmt viel Licht ins Innere lassen. Die Böden sind mit Holzdielen gedeckt. Neben der geräumigen, gemütlich eingerichteten Küche gibt es ein kleines Wohnzimmer, ein Bad und einen Schlafraum.

»Da kannst du auch mit deiner Frau gut ausspannen.«

»Ach, eher nicht. Sie steht nicht so auf Boote. In erster Linie habe ich es für mich gekauft. Du weißt, wie viele Jahre ich davon schon gesprochen habe. Jetzt habe ich endlich zugegriffen. Der Preis war unschlagbar. Ein paar Renovierungsarbeiten sind noch nötig, aber das kann ich selbst.«

»Sicher. Was sagen deine Kinder?«

»Meine Jungs kommen morgen vorbei, um sich das Boot anzuschauen. Wir wollen an Bord zu Abend essen. Hast du nicht Lust, auch zu kommen?«

»Ein anderes Mal. Mach du dir erst einmal einen schönen Abend mit deiner Familie. Ich kann ja hoffentlich jederzeit vorbeikommen.«

»Natürlich. Du kannst kommen, wann immer du magst.« Er verstaut das Smartphone in seiner Jackentasche. »Ich habe ein neues Kapitel für meinen Roman fertig geschrieben. Darf ich es dir vorlesen?«

Ich genieße es, wenn er mir vorliest, sei es aus eigenen Werken oder fremden. Ich koche uns eine Kanne Kakao und wir setzen uns ins Wohnzimmer, Joe auf die Couch und ich in meinen Lieblingssessel – einen schweren, hellgrau-rot-weiß gemusterten Ohrensessel im Landhausstil. Den hat mein Sohn David vor ein paar Jahren für mich auf einer Auktion erstanden. Zuerst wollte ich ihn nicht, da ich dachte, er passt überhaupt nicht zu meiner Wohnzimmereinrichtung. Das stimmt auch, doch das macht mir nun nichts mehr aus. Er ist sehr bequem und ich kann darin wunderbar tagträumen.

Joes Stimme entführt mich in eine andere Welt. Wie angenehm dieser Klang immer noch ist. Wie ausgefeilt und durchdacht seine

Worte sind. Wie sehr würde er mir fehlen, wenn er nicht mehr käme, um mir vorzulesen! Aber er schaut herein, beinahe täglich, manchmal nur kurz, manchmal für ein paar Stunden. Ich erinnere mich nun gerade an seine Worte, diese Worte, die er damals zu mir sagte, als wir bei Isa zu Besuch waren und ich ihn fragte, was passieren würde, wenn er sich in eine jüngere Frau verliebte. »Du wirst immer zu meinem Leben gehören, Linda. Immer. Egal, was passiert. Selbst, wenn unsere Liebe aus noch unbekanntem Grund nicht halten wird, selbst, wenn ich jemals eine andere Frau an meiner Seite haben sollte, du bist ein Teil von meinem Leben und ein Teil von mir.«

Eine Stunde lang höre ich ihm zu und versinke im Rausch seiner Erzählung. Wie von Geisterhand öffnet sich dabei ein Portal der Erinnerungen. Dabei erliege ich immer wieder den unvermittelt auftauchenden Schattenrissen an die wenigen Wochen, die mir das Schicksal als seine Freundin und Geliebte geschenkt hatte.

DAS MANUSKRIPT

19

Wilhelmshaven - damals, vor vielen Jahren

Pure Missgunst

Joe bestand darauf, endlich ein paar Fotos von mir machen zu dürfen. Also kauften wir in der Stadt einige Filmrollen für seinen Fotoapparat, um später zu meiner Lieblingsstelle am Fluss zu fahren. Ich hielt mich nicht für fotogen, hoffte aber insgeheim, dass die Aufnahmen dennoch einigermaßen ansprechend wurden. Joe nahm mich in seine Arme und brachte es fertig, meine Bedenken einzufangen und zu zerstreuen.

»Für mich bist du schön. Ist doch einerlei, ob eine Haarsträhne nicht perfekt liegt oder ein bis zwei kleine Augenfältchen zu sehen sind.«

Während der Autofahrt zur Maade ließ ich meinen Blick über die prachtvollen herbstlichen Pastelle gleiten. Ein milder Wind wehte das Laub auf der Straße umher. Heute am frühen Morgen waren es draußen schon 19 Grad, also ganz schön warm für einen Herbsttag. Die Sonne tüpfelte glitzernde Partikel auf die vom Regen feuchte Straße, die meine Gedanken in Alles ist momentan wunderschön und Ich habe so ein Glück nicht verdient zu marmorieren schienen. Gleichzeitig genoss ich Joes Hand auf meinem Oberschenkel und spürte seine Zuneigung besonders intensiv. Doch mein zaghafter Geist signalisierte mir, vorsichtig mit

244

meinem Glück umzugehen. Trotzdem sprach ich mir immer wieder Mut zu.

Wir parkten am Straßenrand und liefen ein langes Stück durch den Wald hinunter zur für mich beeindruckendsten Stelle am Fluss. Dort, wo bemooste Baumwurzeln aus der Erde ragten und größere und kleinere Steine sich im Gras versteckten. Wo es galt achtzugeben, um nicht auszurutschen auf dem steinigen Pfad, der einen hinunter zum Wasser führte.

»Eindrucksvolle Kulisse.« Joe grinste.

»Ja.« Ich stellte meine Tasche ins Gras und mich in Pose.

»Moment.« Joe zog die Träger seines Rucksacks von den Schultern und richtete seine Kamera aus. Und dann ging es los. Ich umarmte einen Baum, hockte mich ins Gras, setzte mich auf einen Stein, hob die Hände hinter meinen Kopf, beugte mich nach vorne und verteilte Handküsse, neigte mich zur einen Seite, wieder zur anderen und allmählich kam ich mir vor wie ein Modell. Joe gab Anweisungen, denen ich prompt folgte. Und während ich den Pfad zum Wasser hinunterlief, jagte Joe immer noch mit seinem Fotoapparat hinter mir her. Er schien Vergnügen daran zu finden, mich zu knipsen. Ich rannte den Weg wieder hinauf, zog meinen roten Parka aus, weil es mir langsam zu warm wurde, und warf ihn über einen schweren Ast.

»Jetzt hab ich dich für immer festgehalten.« Joe verstaute seine Kamera wieder. »Die Bilder sind bestimmt richtig gut geworden. Und bevor ich's vergesse …«

Fragend schaute ich ihn an. »Ja …?«

»Ich liebe dich. Weißt du warum?«

»Weil ich so charmant, attraktiv und sexy bin.« Ich bemühte mich ernst zu bleiben, schaffte es aber nicht ganz, weil mich ein Lachen überkam.

»Das auch«, bestätigte er. »Aber vor allem, weil du warm, verlässlich und gewissenhaft bist.«

»Wir werden noch sehen, ob das stimmt«, erwiderte ich außer Atem und gutgelaunt. »Hast du eine Flasche Wasser eingesteckt? Ich hab Durst. Und nichts zum Trinken eingepackt.«

Hatte er. Joe nahm die Flasche aus seinem Rucksack und reichte sie mir. Als ich mich bedient hatte, nahm auch er einen kräftigen Schluck. Dann zog er seine dicke Jacke aus und hängte sie ebenfalls über den Ast, an dem auch meine Jacke baumelte.

»Von dir möchte ich aber auch noch ein paar Fotos schießen, mein Lieber«, neckte ich ihn und stupste ihn auf die Nase.

»Eilt nicht«, erwiderte er. »Ich glaube, ich hab gar keinen Film mehr für den Apparat.« Sprach's, fasste meine Arme, verschränkte sie hinter meinem Rücken und hielt sie dort gefangen, während er mich küsste. Als er mich wieder losließ, stattdessen seine Hände unter mein T-Shirt grub und ich mich an seinem Hosenbund zu schaffen machte, merkte ich plötzlich, dass wir beobachtet wurden – von einem Berner Sennenhund.

»Stopp!«, schrie ich und wies auf den ungebetenen Zuschauer.

Joe drehte sich um und starrte ebenfalls erschrocken den Hund an. Der stand einfach nur da, blickte in unsere Richtung und hechelte. Er erinnerte mich an einen Artgenossen, an Joop. Den Hund einer ehemaligen Freundin. Eine Freundin, die ich für eine hielt.

»Joop?« Der Hund bellte, als hätte er verstanden und trabte auf mich zu. Dann schnupperte er an meiner Hand.

»Er ist es Joe. Ich glaube, es ist wirklich Joop. Den Hund kenne ich.«

»Joop!!« Eine schrille Frauenstimme gellte durch die Luft und ließ mich frieren. Mein Blick schnellte in Richtung der Stimme.

»Hallo Sonja«, begrüßte ich die Frau, die trotz des sonnigen Herbsttages in einen dicken braunen Wintermantel und einen riesigen Schal gehüllt war und in duckender Haltung unter einem Busch hervorgekrochen kam. Sie war nicht besonders groß, aber kräftig gebaut und ihr tiefschwarz gefärbtes Haar war zu einem zotteligen Dutt festgesteckt, was ihrem mürrischen Gesichtsausdruck eine noch sauertöpfischere Note verlieh.

»Ach Linda. Lange nicht gesehen.« Sie kam auf uns zu und leinte den Hund an.

»Stimmt. Wie geht's?«

»Wie immer. Viel Arbeit. Wenig Geld. Keine Zeit für nichts. Und du?« Argwöhnisch blinzelte sie zu Joe hinüber, statt mich anzusehen.

»Mir geht es gut.«

»Sicher. Du musst auch nicht so viel arbeiten wie ich.« Das war ihre Standardaussage. Seit jeher glaubte sie, sie sei die Einzige im Universum, die unermüdlich schuftete, während andere lediglich einen Job erledigten. Sonja hatte sich nach unserem gemeinsamen Abitur für eine Buchhändlerausbildung entschieden und sich vor Jahren mit einer kleinen Buchhandlung selbständig gemacht, nachdem sie einige Jahre überhaupt nicht gearbeitet hatte, weil sie keinen Plan hatte, was und wo.

»Hallo, ich bin Joe«, fuhr Joe dazwischen.

»Angenehm. Sonja.« Sie machte flüchtig Anstalten, ihm ihre Hand zu reichen, zog sie aber gleich wieder zurück.

»Ups. Ich hätte dich vorstellen müssen. Entschuldige«, sagte ich Joe zugewandt.

»Kein Ding, Linda.« Joe blieb locker.

»Wir waren lange Jahre befreundet«, antwortete ich leise und dachte, dass es eher so war, dass ich geglaubt hatte, wir seien befreundet. In Wirklichkeit hatte Sonja, wie sich irgendwann herausstellte, mich nie als Freundin gesehen, sondern eher als Feindin. Schon immer war sie äußerst misstrauisch allem und jedem gegenüber. Sie entdeckte Gemeinheiten in neutralen Aussagen, beschnupperte jede Äußerung nach versteckt Boshaftem, kehrte gute Gedanken, Pläne und Zielrichtungen in schlechte um, suchte nach Hintergedanken und unlauteren Absichten in nahezu jeder stattfindenden Kommunikation. Es war in der Tat sehr schwierig mit ihr gewesen und erst, nachdem unsere Wege sich endgültig getrennt hatten, ist mir klargeworden, wie sehr ich unter ihren Launen gelitten hatte.«

»Befreundet? Du hast mir immer nur Ungutes gewünscht.« Ein schmutziges Lächeln unterstütze ihre Worte.

»Sonja, du weißt, dass das nicht stimmt.« Sie tat mir leid wegen ihrer schon fast paranoiden Veranlagung und gleichzeitig war ich wütend. »Ich glaube, wir beenden jetzt unsere Unterhaltung.«

Ein höhnisches Lachen entfuhr ihrer Kehle.

»Dein schamloses Spektakel soeben sollte wohl keiner mitkriegen, was?«

»Was meinen Sie?«, mischte sich Joe ein.

»Euer unanständiges Geknutsche. Ich stand schon eine Weile dort drüben«, sie wies auf die Stelle zwischen einem Haselstrauch und einer Heckenkirsche. »Dass du dich nicht schämst. Es mit so einem jungen Kerl zu treiben. Ich habe vorhin gezögert, euch etwas zuzurufen. Wollte nicht gleich stören. Bis Joop vorgelaufen ist.«

»Es ist meine Entscheidung, mit wem ich knutsche«, sagte ich lässig, obwohl ich um Beherrschung ringen musste.

Sie zog verächtlich ihre Mundwinkel nach unten, zuckte mit den Schultern und wand sich zum Gehen. »Komm Joop!« Dann drehte sie sich noch einmal um. »Du fasst doch sowieso immer ins Klo, was deine Auswahl an Männern betrifft«, feixte sie und zog ab.

»Musst du gerade sagen«, keifte ich ihr nach.

Joe lachte verdattert und schüttelte den Kopf. »Das war mal deine Freundin?«

»Ja. War sie.« Ich zog meinen Parka vom Ast. »Komm, lass uns nach Hause fahren.«

Er fasste nach seiner Jacke und warf sie über die Schultern. »Wie konnte so eine deine Freundin sein?«

»Wir kannten uns von der Schule. Haben viel zusammen unternommen. Das heißt, ich habe das mitgemacht, was ihr genehm war, weil sie ansonsten gleich sauer war. Sie konnte nie vertragen, wenn jemand nicht nach ihrer Pfeife tanzte. Nach ihrer Ausbildung ist sie zwei Jahre nach Australien verschwunden. In dieser Zeit hatten wir wenig Kontakt gehabt und ich Gelegenheit, neue Freundschaften zu schließen, was in ihrer Gegenwart nicht möglich war. Sie vertrug es nicht, wenn ich meine Freizeit mit anderen Freundinnen genoss. Zwei Jahre hat sie in Australien ausgespannt, ihr Erbe durchgebracht und nichts getan. Als sie zurückkehrte, wusste sie anfangs nicht, wo sie arbeiten sollte, hat dann eine Ausbildung zur Buchhändlerin absolviert und später eine kleine Buchhandlung aufgemacht. Ich habe ihr bei allem, was damit zusammenhing, so gut ich konnte, geholfen. Eine Einladung ins Theater, wobei sie unbedingt selbst das Stück auswählen wollte, war das Dankeschön. Das Stück gefiel mir überhaupt nicht und nur, weil sie mich danach gefragt hatte, habe ich ihr das auch gesagt. Sie ist ausgerastet. Ein so tolles Stück, von allen, die es bereits gesehen hätten, bejubelt, nicht zu würdigen, sei eine Frechheit. Mit mir könne man nirgendwo hingehen. Es gibt so viele unschöne Geschichten über uns zu erzählen. Aber ich bin momentan nicht in der Stimmung dazu. Was sie gesagt hat, dass ich mich schämen müsse …«

»Linda!« Joe fasste mich mit beiden Händen um die Hüften und drehte mich zu sich hin, sodass wir uns gegenüberstanden. »Diese Sonja hat selbst große Probleme, wie mir scheint. Und wahrscheinlich fühlt diese Giftschlange sich besser, wenn sie anderen ein schlechtes Gewissen einreden kann.«

»Kann sein«, sagte ich kleinlaut. Musste diese blöde Kuh uns jetzt den schönen Tag verderben? Ich beschloss es mit einem Nein.

»Sie hat Probleme. Große sogar. Nicht nur, dass sie mit einem ausgesprochenen Misstrauen die Welt wahrnimmt, sie hat, soweit ich weiß, keine Freunde, keine Kinder und selten einen Partner.«

»Wohl, weil sie überall böse Absichten wittert?«

»Ja. Sie trägt wenig Liebe in sich, weder für sich noch für andere. Als Kind hat sie statt Zuneigung und Nähe von ihren Eltern Unmengen an Essen und Spielsachen bekommen. Kein Kuscheln, keine gemeinsamen Urlaubsreisen. Ihre Eltern haben lieber allein Urlaub gemacht und sie von den Großeltern beaufsichtigen lassen. Herumgealbert wurde in der Familie nie, es gab wenig Gespräche, kaum Zuwendung. Sonja hatte nicht die Möglichkeit, Vertrauen in unsere Welt zu fassen. Es stimmt. Überall wittert sie Böses. Alles ist aus ihrer Sicht gegen sie.«

»Warum hast du dich nicht schon viel früher von ihr ferngehalten?«, fragte Joe erstaunt.

»Ich habe viele Jahre kaum gemerkt, wie sehr ich unter ihr gelitten hatte. Ich war oft traurig, weil ich ihr nichts recht machen konnte und wegen ihrer paranoiden Anschuldigungen. Und dann habe ich mir eingeredet, dass ich verpflichtet bin, zu ihr zu stehen, weil sie schon so lange meine Freundin – oder wie immer man es im Nachhinein auch nennen mag – war.«

»Und wann war der Zeitpunkt gekommen, der euch entzweit hat?«

»Wir hatten einen Streit. Eine Banalität eigentlich. Wir gerieten in eine Diskussion über verschiedene gesellschaftliche Aspekte. Sie behauptete von sich, ein toleranter Mensch zu sein und wollte von mir wissen, ob ich das auch so sehe. Ich kannte sie schon Jahre und möchte behaupten, dass sie eher Überheblichkeit mit Toleranz verwechselt. So habe ich vorsichtig geantwortet, dass sie nicht immer tolerant sei, worauf sie entrüstet aufschrie, das sei doch eine Unverschämtheit von mir. Und so begann ein heftiger Streit, in dem ich ihr vorwarf, sie würde andere Meinungen nie gelten lassen und laut werden, um recht zu bekommen. Denn welchen Sinn hat es, sich für tolerant zu halten, wenn man bei nahezu allen Gelegenheiten davon überzeugt ist, selbst recht zu haben und alles abwertet, was nicht den eigenen Vorstellungen entspricht?«

»Das ist nur herablassend. Mit Toleranz hat das auch meiner Meinung nach wenig zu tun.« Joe drückte mir einen Kuss auf die Stirn.

»Seit ich sie kenne, findet sie unablässig einen Grund zu jammern, speziell über die Ungerechtigkeit, mit der das Leben sie straft, und das Glück, das immer andere haben. So wie ich sie kenne, erwartet sie stets, dass andere für sie sorgen. Sie hat von mir ständig erwartet, dass ich ihr nach dem Mund rede. War ich in einem Punkt anderer Meinung als sie, war das gleich ein Verrat an unserer Freundschaft. Am schlimmsten war es für mich, sie sagen zu hören, ich wünsche ihr Übles und freue mich insgeheim, wenn es ihr schlecht gehe. Das hat sie dann versucht, mit völlig an den Haaren herbeigezogenen Beispielen zu belegen. Obwohl ich immer zu ihr gehalten habe. Das hat mich richtig fertiggemacht.«

»Wie ein Mensch gewohnt ist zu denken, davon hängt oft ab, wie er seinen Alltag sieht. Die eigenen Fantasien haben Einfluss darauf, wie jemand anderen begegnet und mit ihnen umgeht. Das ist bekannt. Denkt diese Sonja – und die Gründe hierfür mögen eher in ihr selbst liegen statt bei dir – du wärst ihr nicht wohlgesinnt, wird sie dich immer so beurteilen, egal, was du machst. Du kannst im Grunde gar nichts richtig machen. In ihren Augen wird es immer falsch oder niederträchtig sein.«

Wir waren wieder am Auto angelangt, stiegen ein und hielten kurze Zeit später vor einem kleinen Lokal, wo wir einen Imbiss zu uns nahmen. Anschließend fuhren wir zu mir nach Hause. Nun hatten wir die Gelegenheit, uns unbeobachtet zu lieben. Aber ich war weniger heißglühend als vorhin, da ich die ganze Zeit Sonjas verdrießliches Gesicht vor Augen hatte und vor allem den Busch, aus dem heraus sie uns argwöhnisch beobachtet hatte.

Gegenwart

7

Beste Freundinnen

Nachdem Joe gegangen ist, kommt Anna vorbei. Wieder einmal versucht sie, mich zum Ausgehen zu bewegen. Wir könnten etwas essen gehen oder ins Theater, falls wir noch Restkarten bekommen. Aber nein. Ich mag nicht. Wieder enttäusche ich Anna. Ich weiß, wie schade sie es findet, dass ich keine Lust auf Unternehmungen habe. Ich schaffe es nicht, mich zu vergnügen, fühle mich schuldig bei dem Gedanken, heitere Stunden außer Haus zu erleben. Es ist weder logisch noch bin ich eine gute Freundin, eher eine langweilige. So ist das, und so ist es geblieben, seit einem unwiderruflichen Tag vor vielen Jahren an einem Fluss in Wilhelmshaven.

Außer Anna war immer auch Isa für mich da gewesen. Bei ihr bin ich vorhin gedanklich stehen geblieben, bevor Joe erschienen ist. Isa und ihre zwei Enkeltöchter, Estella und Lilly. Die Mädchen mochten meine erfundenen Geschichten sehr. Allerdings schaffte ich es, wenn überhaupt, nur mit Mühe, dieselben Geschichten jedes Mal detailgetreu zu reproduzieren, wenn die Kinder sie wieder und wieder hören wollten. Häufig wurde ich von einem der Mädchen unterbrochen.

»Das letzte Mal war es der Kastanienbaum, der was zur Birke gerufen hat ...«

»Doch! Die Elfe wurde wohl hereingelassen in die Polizeistube. Das hast du einmal erzählt.«

So begann ich eines Tages, meine Märchen aufzuschreiben, damit ich sie korrekt vorlesen konnte.

Ich erinnere mich, dass ich Joe einmal mit zu Isa und den Kindern genommen hatte. Manchmal überfallen mich diese wunderschönen Gedanken an das, was einmal war. Isa kochte für uns und hantierte allein in der Küche herum. Joe und ich beschäftigten uns unterdessen mit den beiden Mädchen, die unbedingt auf dem flauschigen Wohnzimmerteppich mit uns herumalbern wollten. Wie ich es inzwischen gewohnt war, bettelten sie hiernach darum, dass ich ihnen wieder Geschichten erzählte.

Ich sehe Joe noch vor mir, wie er mit den Kindern und mir im Schneidersitz dort auf dem Teppich hockt …

DAS MANUSKRIPT

20

Wilhelmshaven - damals, vor vielen Jahren

Märchenstunde und Theater

Und ich begann, Estella und Lilly diese Windgeschichte, die die zwei immer wieder hören wollten, vorzulesen.

Als es Herbst wurde in Wukubai, begannen die Bäume des Landes, unruhig zu werden. Der Herbst hatte den Blättern ihren grünen Farbstoff genommen und ihnen dafür ein knallbuntes Laubwerk geschenkt. Doch der Wind war noch nicht gekommen, um es hinunterzuwehen. Normalerweise zog er gleich zu Herbstbeginn in Wukubai ein. Doch diesmal war anscheinend etwas dazwischengekommen.

Da zog Joe mir sanft die Blätter aus der Hand und las zur Freude der Mädchen den Text mit verstellten Stimmen vor.

»Das gibt es doch nicht«, rief die Buche der Birke zu, die ihr gegenüberstand. Ihre Baumrinde plusterte sich nervös in der Mitte auf und sank wieder in sich zusammen, bevor die Buche weitersprach: »Noch nie hat der Wind sich verspätet. Ich mache mir ernsthaft Sorgen.«

»Ach, der kommt schon noch«, entgegnete die Birke, die meistens die Ruhe bewahrte, wenn etwas Ungewöhnliches in dem großen Park passierte. »Wahrscheinlich hat er nur verschlafen.«

»Verschlafen!?«, schrie der alte Kastanienbaum. »So lange kann man doch nicht verschlafen!« Auch er war mit seiner Geduld am Ende.

Und dann las Joe den Mädchen wie ein professioneller Vorleser die ganze lange Geschichte vor. Ich fand es berauschend, ihn dabei zu beobachten. Und einfach großartig.

Es war nicht nur überraschend für die Kinder, sondern vor allem für mich, wie Joe plötzlich den Zeigefinger verschwörerisch auf seine Lippen legte und sagte, er habe auch eine Geschichte. Wir verstummten neugierig und lauschten, was er zu bieten hatte.

***

WANU

Unzählige Sterne und Planeten sind im Laufe der Zeit entdeckt worden. Nur einen hat man bis heute noch nicht gefunden – den Planeten WANU.

Dort leben keine Wesen von der Art, wie die Menschen sich das immer vorstellen. Keine kahlköpfigen grünen dünnen Männchen mit großen Köpfen. Auf WANU leben nur kleine Lichter. Sonnengelb strahlende und in alle Ecken des Planeten funkelnde Lichter. Jedes Licht hat einen Namen. Und sie sind lebendig, richtige Lebewesen wie bei uns auf der Erde die Menschen, die Tiere und die Blumen. Doch der Planet WANU ist längst überfüllt von Glanz und Schimmer. Man schubst sich manchmal schon gegenseitig. Selbstverständlich entschuldigt sich das eine Lichtlein beim anderen, wenn es ein anderes versehentlich angerempelt hat.

Die größeren Lichter mit den spitzen Strahlen sind die Männer. Jeder Mann wird einmal ein hoher Baum mit riesigen starken Ästen. Die Frauen sind die kleineren Lichter mit den abgerundeten Strahlen. Diese werden einmal zu Feen.

Auch wenn es keiner glaubt. Denn das alles zu glauben, fällt einigen Leuten bestimmt schwer …

»Ich glaub das wohl!« Estella krabbelte auf Joe zu und umschlang seinen Hals.

»Ich bin eine von den Feen!«, bekundete Lilly, indem sie nickte, damit wir ihr das abnahmen.

»Weitererzählen!« Estella wurde ungeduldig.

»Dann darfst du meinen Hals nicht so fest drücken«, sagte Joe grinsend.

»Ist doch gar nicht feste.« Sie ließ ihn los und kniete sich neben ihn.

Ich schenkte Joe einen innigen Blick. In Anbetracht seiner jungen Jahre schien er mir mehr geprägt vom Leben und gescheiter als manch Gleichaltriger. Ich zwinkerte zurück, als er mir zublinzelte und mit bühnenreifer Mimik und Stimme mit seinem Märchen fortfuhr. Da kam Isa ins Wohnzimmer, um den Tisch für uns zu decken. Neugierig blieb sie mit dem Stapel Teller in den Händen vor uns stehen und spitzte die Ohren.

Die Lichter auf WANU sollen, wenn sie erwachsen sind, auf die Erde hinunterspringen, damit sie dort automatisch zu Bäumen und Feen werden. Ein Lichtmann wird zu einem Baum, die Lichtfrau verwandelt sich in eine Fee, deren zu Hause ein Baum ist. Doch manche von ihnen weigern sich, hinunter auf die Erde zu hopsen, weil der Mann im Mond oft erzählt, dort unten gäbe es schlimme Angewohnheiten wie Streit und Zeitmangel, Neid und Habgier, Unzufriedenheit und Größenwahn und vor allem Rücksichtslosigkeit. Doch eines Nachts stieg der Mondmann freudig erregt aus dem Planetenfahrstuhl und berichtete, er hätte sich heute Morgen wieder heimlich vom Mond geschlichen, um auf die Erde zu fahren. Und es sei die Wahrheit. Aber außer allen schlechten Eigenarten, die er von der Erde gewohnt war, habe er noch etwas anderes wahrgenommen, das ihm nie zuvor aufgefallen war. Etwas Einzigartiges, wofür man alles stehen- und liegenlässt, wofür Worte gar nicht ausreichen. Einzigartig auch, weil es so tief aus dem Herzen kommt. Liebe soll es heißen.

Fortan sprangen die Lichter, sobald sie erwachsen waren, hinunter zu unserem Planeten. Denn alle wollten wissen, was das denn wohl ist – Liebe.

Und wenn ihr dann und wann einmal einen sanften Ruck in eurer Nähe vernehmt, euch umdreht und dennoch nicht seht, was das war – ja, das wird wohl eines dieser Lichtlein gewesen sein, das soeben bei uns gelandet ist. Es leuchtet nämlich eine Zeit lang nicht, um sich unerkannt hier unten umzuschauen.

Und unter den dicksten Bäumen im Wald ist bestimmt ein ehemaliger Lichtmann, der alles in der Welt überschaut und behütet. Und ganz oben in den Baumkronen wohnen die Feen in Blätterhütten und fliegen tagsüber unsichtbar umher. Und dann flüstern sie einigen Menschen ins Ohr, keine Angst vor der Liebe zu haben.

***

Joe schaute vielsagend zu mir herüber. Estella und Lilly klatschten in die Hände und drängten mich, wie so oft – ohne jemals Erfolg damit zu haben, vielleicht aber gerade deswegen, – ihnen noch Die kleine Meerjungfrau von Hans Christian Andersen vorzulesen. Ich wehrte mich stets. Sollte doch niemand mitbekommen, wie hemmungslos ich heulen kann. Es ist das schrecklichste und gleichzeitig faszinierendste Märchen, das ich kenne. Die kleine Meerjungfrau steht aus Liebe zu einem Prinzen Höllenqualen durch, opfert sogar ihr Leben für ihn …

… und ich erschlage meine Liebhaber mit einem Beil.

Zum Glück träumte ich das nur. Isas Enkelinnen bedrängten mich wieder und wieder, ihnen die Meerjungfrau vorzulesen. Ich blieb jedoch standhaft.

Meine Träume waren oft sehr seltsam. Ich hatte mich daran gewöhnt. So ging es mir auch nachts nach diesem Märchennachmittag bei Isa. Ich schüttelte mich ordentlich, als ich aufwachte und zählte meine im Traum von mir totgeschlagenen Liebsten. Nur Joe hatte ich verschont. »Wie nett von mir«, dachte ich gerade sarkastisch, da lärmte mein Radiowecker.

»Was um Himmels Willen, hat dieser junge Mann, was dir ein Älterer nicht bieten könnte?«, brummte er.

»Alles«, antwortete ich keck. »Alles, was ich mir immer gewünscht habe.«

Daraufhin hielt das dämliche Ding seinen Rand.

***

Die Wochen mit Joe waren trotz meiner Zweifel wunderschön. Die Bitternis, die mein Glück bedrohte, war Violas Versessenheit auf ihn. Immer wieder rief sie an. Zuerst war es ein verstopftes Klo, und sie erkundigte sich zunächst bei mir, ob ich einen Pömpel habe, wohlwissend, dass ich keinen besaß, nur um danach Joe anrufen zu können, um ihn zu fragen. Joe, hilfsbereit wie gewohnt, lieh sich den WC-Stampfer von einem Bekannten und löste selbstverständlich die Verstopfung in Violas Toilette. Ein anderes Mal brauchte sie Hilfe beim Aufbau eines neuen Bettes für Emilia. Kurze Zeit später lag sie mit Fieber im Bett und benötigte Medikamente. Da sie Joes Telefonnummer nun schon auswendig kannte, rief sie gleich von dem Apparat auf ihrem Nachtschränkchen aus bei ihm an.

»Wenn du zufällig in die Stadt kommst, könntest du dann eben in der Apotheke für mich ein schleimlösendes Präparat und Kopfschmerztabletten besorgen? Ach, ist das lieb von dir! Ja, Joe, wenn du nicht wärst! Nein, Joe, nein, das ist nicht nötig. Danke, Joe. Du bist einfach der Beste.«

Zufällig war ich gerade in Joes Wohnung, als Viola wegen der Medikamente bei ihm anrief, und ich musste ihrem Geschwätz lauschen, woran ich selbst Schuld hatte, da ich Joe gebeten hatte, das Telefon auf die Mithörfunktion umzustellen. Nachdem ich mitbekommen hatte, dass es wieder Viola war, die anrief, hatte ich unbedingt hören wollen, was sie denn nun wieder für einen Vorwand anbrachte, um Joe bei Fuß gehen zu lassen. Viola hier. Viola dort. Joe hier. Joe bei Viola. Wie Madame es forderte. Öfter schon hatte ich mitbekommen, dass sie einfach nur anrief, um mit ihm zu plaudern.

Es war Anfang Dezember, als Viola Joe als Begleitung für einen Theaterball anheuerte, weil sie bereits seit langem zwei Karten dafür hatte. Ihr Bernd war an dem Abend verhindert – wer weiß, vielleicht war er auch schon wieder über alle Berge – und Joe hatte leichtgläubig zugesagt. Das war zu viel. Für mich blinkten nun keine Geduldssternchen mehr am Himmel. Wir stritten uns heftig, und außer mir vor Entrüstung und Eifersucht klingelte ich bei Isa. Ihr Freund Janosch öffnete mir, bot mir seinen Kuschelsessel an und reichte mir Melissentee. Dann suchte er die Wohnung nach Taschentüchern ab, während ich flennte.

Janosch war selten ernst, machte über fast alles Scherze und war ebenso liebenswürdig wie Isa. Die beiden passten hervorragend zueinander. Er tröstete mich mit lieben Worten, mit Witzchen und nachdem ich meinen Tee getrunken hatte, auch noch mit Kakao mit Sahne und Schokoraspeln, bis Isa vom Einkaufen zurück war.

»Und als du wissen wolltest, warum er sich bereit erklärt hat, mit Viola diesen Theaterball zu besuchen, ist er einfach weggelaufen?«, fragte Isa. Sie wiegte verwundert ihren Kopf hin und her.

»Ja. Sagt einfach, er habe keine Lust auf unnötige Diskussionen, dreht sich um und mit Fahrtwind durch die Tür.«

Die Situation im Geiste noch vor meinen Augen, stand ich auf, atmete enttäuscht tief durch und lief wütend im Wohnzimmer umher. »Unreif und konfliktscheu wie ein Kind, so hat er sich benommen.«

»Du musst mal die Illusion loslassen, dass alles und alle immer perfekt sein müssen. Auch die Menschen, die wir lieben, können das nicht. Niemals wird alles perfekt sein! Jo ist noch zu jung, um in allen Punkten erwachsen zu sein. Das schaffen doch nicht einmal wir in unserem Alter.«

»Du hast recht. Aber auf mich hat er von Anfang an reifer gewirkt als andere, die so jung sind wie er«, schob ich ein, denn so
war es auch. »Ich kann mich doch unmöglich so getäuscht haben.
Jetzt sehe ich, dass er nicht einmal in der Lage ist, einer Frau, die
ihn ganz offenkundig für sich gewinnen will, eine Absage zu er-
teilen, obwohl er mit mir zusammen ist und mir sagt, er liebe
mich. Aber gut. Darüber ist Viola nicht wirklich informiert. Ich
habe ihr Joe lediglich als Kollegen vorgestellt. Beim Hinausren-
nen aus meiner Wohnung murmelte er noch irgendwas von …
›sich nur als dankbar erweisen … Viola nur nicht im Regen stehen
lassen wollen …‹. Ich habe nicht mehr richtig hingehört. Mir war
schlecht vor Zweifeln an seiner Liebe zu mir.«

»Hm«, machte Isa und drückte mich an den Schultern auf die
Couch zurück. »Hm, da sind wieder schlechte Filme, die in deinem Kopf ablaufen. Du lässt dich und deine Gefühle von deinem
Kopfkino führen. Lass dich doch nicht von solchen Szenarien be-
herrschen. Das hat noch niemandem gutgetan.«

Ich zog meine Stiefeletten aus, nahm eines der riesigen roten
Sofa-Kissen, legte mich lang und schob das Kissen unter meinen
Kopf.

»So ist es gut.« Isa nickte. »Weißt du, dein Joe, der hat noch Be-
darf an Lebenserfahrung. Er darf sich austesten, muss erst noch
lernen, wo sich unsichtbare Schranken verstecken. Hab Geduld.
Er ist nicht dumm und wird bald einsehen, dass er das so nicht
mit dir machen kann, wenn er dich halten will. Vermutlich ist er
auch ein ausgesprochener Helfertyp. So etwas gibt es schließlich.
Und wenn ich ehrlich bin, Linda …«, Isa sah mich kritisch an, »…
zumindest in einem Punkt ist er erwachsener als du. Er scheint
große Emotionen zulassen zu können, während du dir ständig
überflüssige Gedanken machst. Ich glaube jedenfalls, dass er dich
liebt. So wie er dich ansieht, wie er sich dir gegenüber verhält,

wenn ich euch zusammen erlebe …, also da sagt mir mein Bauch, er steht hundertprozentig zu dir, und auf meine innere Stimme kann ich mich in der Regel verlassen.«

»Vielleicht hast du recht. Ja, wahrscheinlich sogar. Die Stimme in meinem Bauch flüstert mir das Gleiche zu«, murmelte ich. Meine Eifersucht, meine Angst, Joe an Viola zu verlieren, hatte sich hochgeschaukelt. »Aber, weißt du Isa …, manchmal ist Lieben nicht so einfach, wie man sich das vorstellt. Meine Gefühle für ihn hemmen scheinbar mein Denkvermögen. Möglicherweise wollte er Viola wirklich nur einen Gefallen tun, nichts weiter, und Viola will sich mit den Karten für seine Hilfsbereitschaft nur erkenntlich zeigen. Sie benimmt sich allerdings ihm gegenüber wie ein Vamp. Ich habe solche Angst, dass sie es schafft, ihn zu verführen.« Bei dieser Vorstellung senkte ich den Kopf. »Sie ist wesentlich jünger als ich. Bei ihr ist der Altersunterschied nur ein Klacks.«

Isa hob beschwichtigend die Arme. »Nun mach dich doch nicht verrückt, Linda! Joe hat ganz offenbar kein Problem mit deinem Alter. Du hast eins damit.«

Es stimmte wahrscheinlich.

»Als er in Frankreich war, hat Marion mich einmal angerufen und mir geraten, ihn unbedingt zu vergessen. Sie könne sich das mit ihm und mir nicht vorstellen. Er sei doch gerade erst dem Kindesalter entwachsen. Und ja, natürlich könne ich träumen, doch die Lösung sei, ihn abzuhaken, anstatt ihn auch noch bis zum Winterbeginn weiterzubeschäftigen. Vielleicht helfe es mir, meine Gefühlskoller aufzuschreiben und das Blatt anschließend zu verbrennen.«

Isa grinste. »Und was hast du geantwortet?«

»Dass ich meine Begeisterung für Joe nicht auf einem einzigen Blatt unterbringen kann. Da hat sie nur gelacht und meinte, eine präzise literarische Abfassung in einer vollgekritzelten Kladde wäre auch ganz nett, alternativ könne es auch ein Buch werden, aber ich soll's nicht übertreiben.«

»Marion ist sehr rational in vielen Dingen. Sie würde nie versuchen, ihre Grenzen auszutesten, weil sie Angst davor hat, nicht normal zu erscheinen. Normal ist bedeutungslos, Schätzchen. Achte nicht darauf, was sie sagt. Ich bin der Meinung, dass Bauch und Herz unser Leben im Wesentlichen beeinflussen. Für mich ist das in Ordnung mit dir und ihm, das weißt du.«

Ich erhob mich und umarmte Isa.

»Das weiß ich. Ich habe Angst, nicht stark genug für uns zu sein. Und erst recht nicht stark genug, wenn ich ihn wieder verliere.«

»Es ist ein Talent zu verlieren und trotzdem stark zu sein. Normalerweise ist man nur stark, wenn man irgendwie oder irgendwas erreicht oder über etwas gesiegt hat.«

»Ja sicher.« Gefühlte drei Minuten sagte niemand etwas von uns beiden.

»Isa, ich bin enttäuscht von Joe, weil er obendrein einfach davongelaufen ist, anstatt mir die Situation zu erklären. Vielleicht hätte ich Verständnis gehabt für das, was er sagt, aber so … lässt mich einfach stehen«, sagte ich dann trotzig.

»Das ist kindisch und albern. Und ich wünsche dir, dass er das bei der nächsten kleinen Auseinandersetzung, die in keiner Beziehung jemals ausbleibt, besser macht. Aber jetzt lass es erst einmal gut sein. Wir sind auch nicht perfekt, und unser Benehmen und unsere Handlungsweise kommt bestimmt bei manchen auch hin und wieder nicht gut rüber.«

Ihr Blick wanderte nach oben zur Zimmerdecke und sie lachte in sich hinein, so als würde sie sich etwas Verrücktes vorstellen. Irgendein Spaß durchzuckte ihre Mimik, betupfte ihr Gesicht mit Schelmerei und dann lachte sie lauthals heraus.

»Erinnerst du dich an Bob?« Sie stand auf und hielt sich den Bauch. Ganz krumm vor Lachen stand sie vor mir, sodass sie mich ansteckte und ich bei der Erinnerung an Bobby ebenfalls lachen musste. Aber ich hatte auch Jahre später noch etwas wie ein schlechtes Gewissen, wenn ich an das Abschiedsgeschenk denke, das wir ihm, als er unsere Reiseagentur verließ, übergeben hatten. Das war gar nicht nett.

»Ich meine nur …«, quietschte Isa, »… um das zu bekräftigen, was ich gerade gesagt habe, nämlich, dass wir alle uns manchmal ein bisschen danebenbenehmen. In dem Zusammenhang fällt mir eben sofort Bobby ein. Und dieses unmögliche Geschenk. Dafür hat er sich die ganzen Wochen zuvor aber auch unmöglich benommen, absolut unkollegial.«

»Die Bobby-Story ist zehn Jahre her, Isa-Kind. Dass du da jetzt mit ankommst …« Ich rollte mit den Augen, um diese Feststellung zu unterstreichen.

»Ja und? Bobby werde ich nie im Leben vergessen. Schade, dass wir sein Gesicht beim Auspacken nicht gesehen haben.«

»Mir tut's dennoch ein bisschen leid. Auch wenn er's verdient hatte.«

»Linda. Was du immer hast!«

Damals hatte der zwanzigjährige Robert Mohr eine Anstellung in Vincents Agentur gefunden, nachdem er seine Ausbildung zum Veranstaltungskaufmann mit Bravour beendet und danach zunächst ein halbes Jahr in England gearbeitet hatte. Benedikt und Vincent hatten in den höchsten Tönen von ihm gesprochen und auch die anderen Kollegen, ich eingeschlossen, waren anfangs geblendet gewesen von seinem charmanten Auftreten. Beinahe wie Joc, hatte er recht fix alle Arbeiten erstklassig umgesetzt und ist allen eine große Hilfe gewesen, obwohl ich bemerken muss, dass er in der Regel für die Agentur von Vince gearbeitet hat, für mich

kaum. Von Anfang an hatte er sich geweigert, Aufgaben von mir
zu übernehmen, immer mit dem Hinweis, Vincent ließe ihm keine Luft für weitere Arbeiten. Nach Ablauf der Probezeit präsentierte er uns dann ein anderes Bild von sich. Vor allem wir Frauen
mochten ihn immer weniger, da er sich mehr und mehr zum Bü-
roarschloch entwickelt hatte. Fortwährend hatte er geprahlt, wie
großartig er war und sich gleichzeitig bei Vincent über nachlässige Arbeit von uns beschwert. Ich sehe ihn wieder deutlich vor
meinen Augen, diesen Aufschneider, diesen Blender. Seine Arroganz hatte einwandfrei fusioniert mit seiner Vorliebe, Fehler bei
anderen zu suchen. Bei sich selbst war er jedoch völlig betriebs-
blind. Für seine Schnitzer oder Ungeschicke hatte er jedes Mal
schnell einen anderen Schuldigen gefunden. Mal war es Torstis
Oberflächlichkeit, mal Maxis nachlässige Rhetorik im Kunden-
kontakt oder Julianes angeblich unpassender Befehlston ihm gegenüber. An allen mäkelte er herum und erklärte uns, wie wir unsere Arbeit effektiver gestalten konnten. Bei Vince hatte er sich so
eine fette Gehaltserhöhung erschleimt, obwohl der sich später ärgerte, dass er sich so hatte blenden lassen. Eines Tages hatte Bobby dann die Idee, er könnte Büroleiter werden. Mit diesem Vorschlag war er zu Vincent ins Büro marschiert, nicht ohne uns vorher über sein Vorhaben zu informieren. Die dicken Papierkugeln,
die Juliane hinter ihm her geschleudert hatte, hatte Bob gar nicht
wahrgenommen. Vincent hatte allerdings bereits Juliane, die
noch nicht lange bei uns arbeitete, als Büroleiterin ausgeguckt.
Und so hatte Bob sich eine deftige Absage eingefangen. Und nicht
nur das. Vincent hatte endgültig genug von der Unverschämtheit
dieses Mitarbeiters und Bob einen Tag später nahegelegt, sich einen anderen Job zu suchen. Woraufhin Bob ihm erklärt hatte,
dass er das ohnehin vorgehabt habe, wenn er nicht zum Büroleiter befördert worden wäre, denn er hätte Besseres zu tun, als nie-

dere – und genau das waren nach Vincents Bericht Bobs Worte – Arbeit zu leisten. Bobby hatte schnell eine andere Arbeitsstelle gefunden. Als Abschiedsgeschenk hatte Vincent ihm ein Buch über Strategisches Management gekauft, obwohl alle, außer Benedikt, der Meinung gewesen waren, ein Geschenk wäre nun doch zu viel des Guten. Benedikt aber, gutmütig wie eh und je, hatte Vincent von dem Buchgeschenk überzeugen können. Also hatten Juliane, Isa, Maxi und ich dieses Buch in ein goldenes Schächtelchen verpackt, das Schächtelchen mit goldenem Papier umwickelt und aus seidenem Band eine goldene Schleife drumgebunden – doch nicht ohne zuvor ein kleines Gedicht mit hineinzulegen, liebevoll mit goldenem Gel-Schreiber auf elfenbeinfarbenes Papier gebracht. Juliane hatte vorgehabt, das Management-Buch heimlich auszutauschen, nämlich gegen einen Ratgeber mit dem Titel Wie trage ich zu einem guten Betriebsklima bei? Aber wir anderen waren dagegen, weil es Vincents und Benedikts Bemühungen missachtet und zusätzlich Arbeit gemacht hätte. Ebenso waren wir gegen Julianes Vorschlag, einen Hundehaufen mit ins Päckchen zu legen. Pfui, Juliane!

»Weißt du noch, was wir uns damals zusammengereimt haben?« Isa machte ein wissendes Gesicht.

»Klar. Aber den ganzen Text kenne ich nicht mehr.«

»Ich schon, zumindest in Teilen.« Isa lachte wieder. Dann trat sie ein paar Schritte zurück und verbeugte sich. »Darf ich Ihnen zur Aufmunterung das Gedicht von einem jungen Mann präsentieren?«

»Nur zu«, erwiderte ich, setzte mich aufrecht hin und wartete gespannt auf das, was folgen würde.

Isa zog die oberste Schublade des Vitrinen-Schranks auf, nahm eine Kladde heraus, blätterte und fand, was sie gesucht hatte. Ihre

Lesebrille setzte sie sich weit unten auf die Nase und verbeugte
sich noch einmal, bevor sie übertrieben loslegte.

>>Hier kommt das Stück von diesem Mann, der
glaubte, dass er alles kann …
dass er der Tollste, der Schönste, der Fleißigste ist,
und alles nur nach sich bemisst,
der sich aufpumpt wie ein Luftballon,
und niemand bringt ihn zur Raison.

Gern soll man ihm zu Füßen liegen,
wer ihm nicht huldigt, der soll fliegen.
Er pfeift komplett auf Konventionen,
weil die sich nur für Spacken lohnen.
Meint er – verkannte Lichtgestalt
und fordert keck noch mehr Gehalt.

Leise wie auf Gummisohlen,
will er Sympathien beim Chef einholen.
Für eigene Fehler völlig blind,
sieht er nur, wie töricht alle anderen sind.
Beurteilt sie schnell negativ,
ob Leistung schlecht, ob Zähne schief,
niemand ist so perfekt wie er,
oh Mann, das nervt uns alle sehr.

Unser Chef, der ist ein Pfiffikus,
machte mit dem Bürschchen Schluss.
Und sagte ihm dann folgendes,
im Text, im Kern recht Goldenes:
Wer allzu schnell nach oben fliegt,
manchmal eins auf die Schnute kriegt.<<

Isas Vorstellung heiterte mich endgültig auf. Wir redeten noch eine Weile und allmählich konnte ich mir sogar vorstellen, der Zeit mit Joe wieder mit mehr Zuversicht zu begegnen. Mir wurde immer bewusster, dass Joe sich um alles, was er tat, weniger Gedanken machte als ich. Das würde hin und wieder zu Auseinandersetzungen führen. Wollte ich das? Die Antwort war nein. Aber eines wollte ich auf jeden Fall. Nämlich Joe.

DAS MANUSKRIPT

21

Wilhelmshaven - damals, vor vielen Jahren

Jemand ganz Besonderes

»Die Karten waren richtig teuer. Und sie hatte sich total auf die Veranstaltung gefreut. Bernd war leider unaufschiebbar und unvorhersehbar zu einem wichtigen Geschäftsessen eingeladen worden, war also verhindert. So kurzfristig wusste sie nicht, wen sie mitnehmen konnte und allein hingehen mochte sie nicht. Es war reiner Zufall, dass ich sie im Getränkemarkt getroffen hatte, wo sie mir das mit dem Theaterball gleich erzählte – um mich unmittelbar danach direkt zu fragen. Ich wollte ihr einen Gefallen und dir auf keinen Fall wehtun, Linda.«

Joe hatte nach Mitternacht noch bei mir geklingelt.

»Ist schon vergessen.« Ich nahm ihn in den Arm. »Und wie war's?«

»Wir waren gar nicht da.«

»...?«

»Emilia sollte bei ihrer Kindergartenfreundin übernachten und ist von deren Mutter schon nach dem Mittagessen abgeholt worden. Doch spätnachmittags bekam sie plötzlich Fieber und Ohrenschmerzen, so dass die Mutter der kleinen Freundin den Arzt gerufen und Emilia wieder nach Hause gefahren hat. Mittelohrentzündung. Damit war das Thema Theaterball erledigt.«

»Arme Kleine«, sagte ich nur und dachte insgeheim, dass Emilia, ohne es zu wollen, den Abend gerettet hatte. Natürlich tat sie mir leid.

»Und weißt du, wie es ihr jetzt geht?«

»Sie hat Antibiotika bekommen. Ich nehme an, morgen wird sie wieder schmerzfrei sein.«

Ich nahm mir vor, gleich morgen früh nach ihr zu sehen.

Isas Auftritt mit dem Gedicht für Bob nahm mich noch so gefangen, dass ich Joe um drei Uhr nachts die Bobby-Story erzählte. Ich berichtete auch über Juliane, der damals der Job als Büroleiterin versprochen worden war, den Bob sich angeln wollte. Und womit sie sich bei ihm für seine Durchtriebenheit hatte bedanken wollen.

»Typisch Juliane«, lachte Joe. »Sie ist stark und lässt sich nichts sagen. Aber sie will auch immer die Beste sein und bewundert werden. Und wenn sie weniger Beifall kriegt als erwartet, dann kann sie ihre Mitmenschen oder potenzielle Gegenspieler schon ganz schön fertigmachen.«

»Juliane ist ziemlich selbstbewusst. Und vor allem spritzig. Von ihrer Schlagfertigkeit würde ich mir gern ein Stück abschneiden.«

»Ey, du bist doch auch redegewandt. Stell' dich nicht so in den Schatten. Außerdem finde ich nicht, dass es viel mit Selbstbewusstsein zu tun hat, andere mit Worten oder Taten herunterzuputzen. Wenn Juliane wirklich schlagfertig genug wäre, dann hätte sie es nicht nötig, andere herabzusetzen oder zu beleidigen. Ich habe schon mehrfach mitbekommen, wie sie das macht. Nicht gut. Für mich nicht ok.«

»Wenn du das sagst …« Ich küsste ihn. Es war bezeichnend für sein ethisches Empfinden und seine Klugheit, was er gerade über

Juliane gesagt hatte. Und wieder spürte ich, dass mein Herz für einen ganz besonderen Mann so voller Liebe schlug.

Emilia ging es am nächsten Tag schon viel besser. Ich las ihr ein bisschen vor und versprach, abends noch einmal zu kommen.

»Mama ist ihr Diamantring in den Abfluss gefallen«, empfing sie mich am Abend an der Tür.

Die Antibiotika hatten offensichtlich geholfen und ihren Ohrenschmerzen den Garaus gemacht. Aufgeregt lief sie im roten Sternen-Nachthemdchen voraus.

»Mama ist im Badezimmer und macht sich Sorgen wegen ihrem Ring. Weil der jetzt im Wasserrohr steckt. Und es ist alles nass.«

Ich folgte Emilia auf dem Weg ins Bad. Das Erste, was ich dort sah, war ein schwarzer Herrenslip über einem ansehnlichen Po. Dieser pendelte auf dem Badewannenrand hin und her, weil sein Besitzer gerade versuchte, ein Shirt an einer Leine über der Wanne aufzuhängen. Mein Blick wanderte höher. Das ist doch nicht …?

Joe – nur mit Socken und Slip bekleidet.

Nachdem er es vollbracht hatte, sein T-Shirt aufzuhängen, sprang er vom Wannenrand und mir fast auf die Füße. »Linda«, flötete er süß und überrascht und schien intensiv zu überlegen, welch förderlichen Worte er vorbringen könnte, um mich zu beschwichtigen.

»Joe«, erwiderte ich eben so süß. »Wollten wir uns nicht um acht bei mir treffen?«

»Natürlich. Ich war gerade erst von der Vogelwarte nach Hause gekommen, als Viola anrief und völlig durch den Wind war, weil ihr ein wertvoller Ring in den Ausguss gefallen war …«

»Das ist richtig, Linda. Es ist meine Schuld, dass Joe jetzt halbnackt hier herumhüpfen muss.«

Meine Schuhe waren glitschig und hinterließen Abdrücke auf den patschnassen Badfliesen. Ich sah Viola giftig an, dann Joe. Abwechselnd. Viola. Joe. Viola. Wartend auf das, was nun kommen würde. Es war recht spannend, was Viola dann von sich gab.

»Guck doch nicht so sauer. Es ist absolut nicht das, was du wohl denkst … ganz ehrlich! Mir ist mein Diamantring, ein Geschenk meiner Oma, in den Abfluss gefallen, weil ich vor dem Waschbecken-Putzen den Ring auf dem Rand abgelegt und vergessen hatte, den Stöpsel aufzulegen. Irgendwie ist der Ring dann in den Abfluss gerutscht. Ich wusste nicht, was ich machen sollte und habe Joe angerufen. Der hat ja so eine Zange, weißt du, die, die er auch für den Wasserhahn in der Küche benutzt hat und …«

»Joe hat nur eine Unterhose an, haha …« Emilia amüsierte sich. »Linda, guck doch!«

»Ich hab das bereits gesehen«, sagte ich angespannt trocken, aber so höflich wie möglich zu der Kleinen.

»Warum lachst du denn nicht?«, nervte sie nun.

»Weil hier alles nass ist und das T-Shirt von Joe auch«, antwortete ich mürrisch.

»Ich hab den Siphon demontiert, um den Ring herauszufischen. Meistens funktioniert so etwas ganz gut.« Joe, in Erklärungsnot, versuchte, seine Situation weiter zu rechtfertigen. Aber Viola ließ ihn nicht ausreden.

»Meistens funktioniert das ganz gut, ja«, lachte Viola. »Joe hat sogar daran gedacht, einen Lappen um die Überwurfmutter zu wickeln, damit es keine Kratzer gibt. Was er vergessen hat, ist, einen Eimer unter den Siphon zu stellen. Das stehende Wasser spritzte nur so heraus. Joes Jeans und Shirt müssen bis morgen trocknen. Ich wollte ihm so lange meinen Jogginganzug leihen. Hier. Siehst du?« Sie hielt mir eine schwarze Jogginghose und einen grau-braunen Sweater entgegen. Joe griff sofort danach und zog alles an. »Nur trockene Socken bräuchte ich jetzt noch«, sagte er an Viola gewandt.

»Hole ich dir.«

Ich hatte das Gefühl, dass sich meine Kehle verdickte und fasste mir impulsiv an den Hals, stürmischer, als ich wollte. Ich trug die Kette mit dem kleinen Rubin, die Joe mir geschenkt hatte und erst als ich den kleinen Stein kullern sah, bemerkte ich, dass ich in meiner Aufregung allzu hitzig an der Kette gezogen und sie zerrissen hatte. Vergeblich suchten wir alle nach dem Steinchen. Aber seltsamerweise konnte keiner von uns es finden. Emilia kroch auf den nassen Fliesen herum und wollte nicht aufgeben. Es war zwecklos. Das Steinchen ward nicht mehr gesehen.

»Es kann sich doch nicht auflösen«, meinte Viola. »Wenn ich nachher richtig wische, dann werde ich den Rubin finden. Versprochen.«

»Hast du deinen Ring denn wieder?« Meine Worte schwebten glasklar und unendlich gedehnt durch die mit Misstrauen aufgeladene Luft.

Sie ignorierte meinen Ton. »Ja. Klar. Der ist gleich mit dem Wasser herausgerutscht. Zum Glück. Ich werde ihn in ein Pfandhaus bringen müssen. Für eine gewisse Zeit jedenfalls. Bin gerade etwas knapp dran.«

Ich erwiderte darauf nichts, da ich vollkommen unsicher war, ob ich den beiden ihre Story abkaufen sollte oder nicht. Letztendlich schien alles ganz einleuchtend. Und ich wollte mich zwingen, Joe zu vertrauen, wenn es auch nicht ganz einfach war.

»Soll ich gleich mit zu dir kommen?«, fragte er mich vorsichtig. »Oder empfängst du keinen Mann in Jogginghosen, um es dir mit ihm gemütlich zu machen?«

»Wie? Seid ihr zusammen?« Viola riss überrascht die Augen auf.

»Ja.« Joe brachte dieses ganz nüchtern und wie selbstverständlich hervor, während er mich verliebt ansah, was mich einerseits beunruhigte, denn ich wollte es noch nicht öffentlich machen, andererseits war es gut und richtig, dass er Viola mit seiner Antwort endlich in ihre Schranken wies.

»Liest du mir jetzt etwas vor?«, bettelte Emilia. Das hatte ich ganz vergessen. Nur aus diesem Grund war ich doch gekommen.

»Ja. Aber nur eine kleine Geschichte. Es geht mir heute nicht so gut.«

»Macht nichts. Hauptsache du liest etwas. Joe soll dabeibleiben.«

Die Stimmung zwischen Joe und mir war noch im Keller, als wir zusammen meine Wohnung betraten.

»Jetzt weiß Viola wenigstens, dass du kein Freiwild für sie bist«, zickte ich Joe an.

»Das war ich auch vorher nicht«, erwiderte Joe ebenso giftig.

Wir standen uns beide verbittert gegenüber. Ich, weil ich mich mit ihm noch nicht sicher genug fühlte, um seine Aktion bei Viola bedingungslos zu glauben, er, weil er meine Skepsis nicht verstehen wollte. Mein Blut geriet gehörig in Wallung.

»Du merkst es nicht einmal. Was glaubst du wohl, wie weit Viola heute gegangen wäre, wenn ich nicht hinzugekommen wäre?« Ich sah ihm provozierend in die Augen. »Und Juliane scharwenzelt ebenso eindeutig um dich herum.«

»Du machst dich lächerlich! Erst Viola. Dann ist es plötzlich Juliane, die mich vernaschen will. Wer will mich deiner Meinung nach noch alles ins Bett kriegen?« Er schüttelte heftig den Kopf. »Viola hat es nicht so leicht, scheint mir. Sie tut mir fast leid in ihrer Hilflosigkeit, insbesondere, wenn es um Emilia geht. Ich habe den Eindruck, es wird ihr alles zu viel. Sie hat mir gegenüber erwähnt, dass sie Depressionen habe und an manchen Tagen kaum aus dem Bett komme. Wenn sie dann um Hilfe bittet, ist es für mich tatsächlich nicht leicht, nein zu sagen. Aber du machst jedes Mal aus einer Mücke einen Elefanten.«

»Ich weiß, dass Viola depressiv ist. Deswegen unterstütze ich sie mit Emilia, wo ich kann. Das ist aber längst kein Grund, zum Dank meinen Freund anzubaggern.«

»Du siehst Gespenster! Außerdem wusste Viola überhaupt nicht, dass wir zusammen sind.« Entrüstung veränderte seine Stimme in einen schroffen Klang. »Du traust dich ja nicht, dich zu outen. Außer Benedikt und Isa weiß niemand von uns. Da musst du dich nicht wundern, wenn sich eine andere für mich interessiert, weil sie denkt, ich bin frei.« Jetzt spritzte Joe aber richtig mit Gift.

Ich daraufhin auch. »Du willst dauernd der Tollste sein, vor allem für die Frauen. Du machst dich bei ihnen nützlich, bist überfreundlich, lächelst alle lieb an, tust mitunter sogar so, als würdest du ihnen den Hof machen – wenn ich an die kleinen Marzipanherzen denke. Und dann noch die vielen Komplimente, die du meinen Kolleginnen so zwischendurch machst …« Mir fiel zwar auf, dass ich ein wenig übertrieb, aber ich stand unter Strom und war nicht in der Lage, mich zu bremsen. »Du willst anscheinend deinen Beliebtheitsgrad immer höherschrauben …«

Dann hörte ich, wie die Tür ins Schloss fiel. Ich durfte allein weitermotzen.

Die erste Hälfte der Nacht verbrachte ich schlaflos und wälzte mich heulend zwischen den Kissen umher. Die zweite Hälfte saß ich, in eine dicke Strickjacke gehüllt, auf dem Balkon und blies Trübsal. Ich würde gleich um acht in der Agentur anrufen und einen Urlaubstag einreichen. Ich brauchte einen Tag zur Besinnung. Natürlich stand es mir nicht zu, Joe vorzuwerfen, dass Viola um seine Aufmerksamkeit buhlte, vor allem, weil sie von unserer Beziehung nichts wusste. Dennoch hätte er sich weniger auf ihre Bitten und Forderungen einlassen sollen. Mir kam es vor, als würde er sich in Violas Schmeicheleien suhlen, was mich in Rage brachte, selbst, wenn er ihr gegenüber standhaft blieb. Aber auch von Juliane ließ er sich gern einwickeln. Wie dem auch sei, ich würde mich bei Joe entschuldigen. Aber sofort.

Frühmorgens, noch bevor ich in unserer Agentur anrufen konnte, war Joe schon am Telefon.

»Es tut mir leid, Linda. Dass ich schon wieder abgehauen bin.« Eine winzige Pause, in der mein Herz einen Luftsprung vor Erleichterung machte und in der ich nicht gleich die passenden Worte fand, folgte. Da fuhr er auch schon fort:

»Lass uns morgen reden. Heute bin ich sehr beschäftigt wegen meiner Facharbeit und abends muss ich dringend in der Vogelwarte mit einer Auswertung weitermachen. Hab dich lieb. Wirklich.«

Erleichtert atmete ich durch. »Ich dich auch. Mir tut es auch leid. Ich werde heute ein bisschen ausspannen und zu Hause bleiben. Morgen sehen wir uns bestimmt im Büro?«

»Ich würde gern morgens zum Frühstück zu dir kommen. Dann können wir vor der Arbeit reden. Ist doch albern, so ein Streit um nichts.«

»Sicher. Bis morgen.« Meine Antwort schlich leise und vorsichtig durch die Leitung.

»Tschüss, Honey.«

DAS MANUSKRIPT

22

Wilhelmshaven - damals, vor vielen Jahren

Gewissensbisse

Am späten Nachmittag versuchte ich mit einem Spaziergang am Fluss meinen Kopf durchzulüften. Unser Streit am Abend zuvor machte mir Sorgen. Ich bekam Angst, Joe durch mein mangelndes Vertrauen und meine Eifersucht zu verlieren. Ich sah Sonja vor mir. Sonja mit ihrem Argwohn und den unangebrachten Verdächtigungen und verstand nicht, wie schwer sie sich ihr Leben machte, indem sie der ganzen Welt misstraute. So wollte ich nicht sein und nicht werden. Ich dachte an das kurze Gespräch mit Juliane hinsichtlich Lutz' und Vincents fehlender Aufmerksamkeiten und sann daraufhin über Juliane nach, die offensichtlich Bewunderung und Beifall brauchte, um ihrer selbst sicher zu sein. Immerhin hatte ich des Öfteren erlebt, wie sie Komplimente von Joe zufrieden dankend entgegennahm. Komplimente ohne Hintergedanken. Wie konnte ich Joe nur vorwerfen, er wolle anderen Frauen den Hof machen? Es erschien mir mit einem Mal völlig absurd, aus unserer Liebe ein Geheimnis machen zu wollen, nur aus Angst vor den Reaktionen der Menschen, die mir wichtig waren. Das eigentlich Beschämende aber war, dass ich ein großartiges Geschenk, das das Leben mir mit Joe machte, dadurch entwertete.

Die einsetzende Dämmerung sorgte mit einem Mal für eine geheimnisvolle, beunruhigende Illustration des Flusses mit seinem einsamen Ufer. Mir war, als wäre ich ganz allein in diesem wilden Stück Natur …

LAUENBURG

Gegenwart

8

Unvollständiges Puzzle

Mir war, als wäre ich ganz allein in diesem wilden Stück Natur …

Und dann? Was war dann?? Immer wieder bleibe ich an dieser Stelle hängen. Ich möchte so gern fortfahren, meine Geschichte zu Ende schreiben, mich erinnern. Was geschah hier am Fluss? Mein Kopf bleibt auch nach all den Jahren ein Buch mit sieben Siegeln!

Ich stehe auf. Gehe hinaus in den Garten und lehne mich an den Apfelbaum, dessen Zweige weit hinüber in Annas Garten reichen und im sanften Wind an Annas kleinem Holzschuppen kratzen. Im Licht der Abendsonne tanzen auf einmal unzählige Staubpartikel unter dem schräg verlaufenden üppigen Schuppendach. Etwas lenkt meinen Blick auf eine Weinflasche direkt darunter. Sie ist halb gefüllt mit Kieselsteinchen. Darin steckt irgendein Zweig. Anna und ihre Vorliebe für Deko! Wahrscheinlich ist sie wieder am Aus- oder Umsortieren ihrer vielen Schmuckwerke. Ich habe plötzlich das Gefühl, beide Hände fest um die Rückenlehne meiner alten Gartenbank krallen zu müssen, als wäre diese im Augenblick das einzig wirklich Greifbare. Ich schließe die Augen.

Schattenhaft taumelnde Erinnerungen, die mich unter einer zentnerschweren Traurigkeit begraben, aber ohne ein klares Bild von den Geschehnissen zu liefern, ziehen an mir vorbei. Ich fahre mir mit der Hand über die Stirn, als wolle ich diese wenig aufschlussreichen Puzzleteile fortwischen. Sie helfen mir nicht. Doch sie bleiben. Unentwegt spuckt mein Hirn Bilder aus: Uferzonen der Maade, Bäume, Pfade, kleine und große Steine und – eine Flasche. Zwischen Gräsern und groben Steinen, blinkendem Licht, aufgeregtem Stimmengewirr, Fußgetrappel, fremden Händen, die mich herausfordernd an den Schultern packen und einer Bahre, auf der – völlig reglos – meine ehemalige Kollegin Juliane liegt, kommt eine Sektflasche daher gerollt und verspritzt wahllos ihre letzten Tropfen. Sie stoppt an einem Hinkelstein, an dem ein Rucksack lehnt.

Das wars. Mehr geben meine Erinnerungen nicht her. Es hat keinen Sinn, ich komme nicht weiter …

Aber eines habe ich nicht vergessen: Nach meinem kleinen Ausflug an diesem Fluss damals, fand ich mich auf einmal aus unklarem Anlass in der Psychiatrie wieder. Und fühlte mich dort … geborgen? Nein. Das nicht unbedingt. Aber beschützt. Ich hätte nicht allein sein wollen in der Zeit danach.

DAS MANUSKRIPT

23

Wilhelmshaven/Gravesend (England) - damals, vor vielen Jahren

Unterwegs mit Benedikt

Nachdem ich die psychiatrische Klinik wieder verlassen konnte, versuchte ich, Benedikt deutlich zu machen, dass ich nicht mehr für ihn arbeiten, sondern fortgehen wollte, fortgehen aus Wilhelmshaven. Er schien es mit Fassung zu nehmen, im Nachhinein merkte ich jedoch, dass er mich anscheinend nicht ganz ernst genommen hatte. Denn mit rührseliger Miene bat er mich tags darauf ein letztes Mal um Hilfe. Ihm schwebte vor, seine Gruppenreisen auch nach England auszuweiten. Sein Traum war es schon länger, auch Reisen in den Süden Englands anzubieten. Benedikt hatte bereits verschiedene Unterkünfte im Visier, darunter ein altes Bauernhaus, das er gegebenenfalls kaufen wollte, und er erhoffte sich meine Begleitung bei der Begutachtung. Ich hatte eingewilligt, hatte, seinem verfluchten Hundeblick ausgeliefert, wieder einmal nachgegeben, anstatt ein paar Tage allein irgendwohin zu reisen, um mich selbst wiederzufinden, um zu überlegen, ob ich nach Joe, der sich schon Wochen nicht mehr gemeldet hatte, suchen oder ob ich es lassen sollte. Schließlich deutete sein Verhalten sehr darauf hin, dass seine Liebe zu mir nur ein Strohfeuerchen gleich einer kleinen Nebelschwade gewesen sein muss. Mein Gedächtnis bezüglich wesentlicher Vorkommnisse funktionierte nicht mehr, ich habe Wochen in der Psychiatrie verbracht, bin nicht mehr ich, sondern ein fragiles Kartenhäuschen. Dadurch ist das zarte Band, das uns miteinander verband, sicher noch viel morscher geworden. Tatsächlich hat sich Joe, seit ich ihn das letzte Mal sah – ich glaube, er war bei dem eigenartigen Vorfall damals unten am Fluss für kurze Zeit mit dabeigewesen – nicht mehr gemeldet, auch nicht im Reisebüro. Isa und Rieke haben Überstunden gemacht, um Benedikts Büroarbeit zu bewältigen. Lohnte es sich, einem geliebten Menschen nachzulaufen, der sich ohne Worte einfach aus dem Staub macht?

Nein. Und so war es für mich wie eine Flucht, als ich dann doch mit Benedikt nach Gravesend verreiste. Ich brauchte eine Auszeit. Und ich fühlte mich ihm auch ein wenig verpflichtet, weil er mich schon einmal mit nach England nehmen wollte und ich ihm knallhart einen Strich durch seine Pläne gemacht hatte.

So hockte ich auf einmal an Deck der Fähre Calais-Dover und starrte auf die Wellen, die in gleichmäßigem Rhythmus heftig gegen den Schiffsrumpf schlugen. Jede Woge spülte mir Schuld entgegen, auf eine Art subtil, doch unbarmherzig. Es war windig, kalt, und von oben begann es sanft zu regnen. Bis auf Benedikt und mich hatten sich nur noch ein junges Liebespaar und ein älterer Herr nach draußen gewagt und ließen sich den Meereswind um die Nase wehen. Obwohl ich in meiner wetterfesten Jacke sicher an Deck auf einer Bank hockte, hatte ich das Gefühl zu taumeln und zu versinken – in den Wellen, in meiner Erinnerung oder bei dem Versuch, mich zu erinnern. Letzteres traf es wohl am besten. Mein Kopf versuchte zurückzuschauen zu einem Ereignis, das mit einem Vergehen verbunden zu sein schien und von dem mein Verstand gänzlich abgekoppelt war. Irgendetwas Unverzeihliches, Scheußliches versteckte sich in meiner Seele.

Selbstvorwürfe hatten sich wie Parasiten in mich hineingefressen, unmittelbar nach dem Tod meiner Kollegin Juliane.

Tell me why I feel so sad …

War es ein neuer Hit aus den Charts, der in meinen Ohren spukte?

… Why I feel so sad, so sad …

Nie mehr würde ich glücklich sein, nie mehr lachen, nie mehr träumen, nie mehr lieben. Eine Spur von Selbstmitleid mischte sich unter meine Traurigkeit und konkurrierte mit den Schuldgefühlen.

Benedikt nahm meine Hand.

»Hey, alles ok?«

Das Rauschen des Meeres veränderte sich in vorwurfsvolle Stimmen. Wispernd misshandelten sie meine Ohren, zunächst flockig, federleicht, ihre Bestimmtheit und Kraft ließen das Flüstern in einem zischenden und rasenden Inferno gipfeln.

Tell me why I feel so sad …

Es ging mir nicht aus meinem Ohr. Die Töne hatten etwas Mystisches, sie trugen mich fort. Weit fort. In ein anderes Land? Das Land der Amnestie?

»Alles in Ordnung?« Benedikt nahm zärtlich mein Kinn zwischen Daumen und Zeigefinger, hob es leicht an, sodass seine besorgten Augen meine erforschten.

Ich zuckte mit den Schultern.

»Nicht wirklich.« Es fiel mir schwer, ihn anzusehen.

»Ich bin nicht mehr sicher, ob ich das durchstehe, mir diverse Herbergen mit dir anzusehen. Ich bin überhaupt nicht in Stimmung für so etwas und es war vollkommen unüberlegt von mir mitzufahren. In mir ist alles so … ungeordnet.«

»Natürlich ist in deinem Kopf noch alles durcheinander.« Er tippte mit dem Finger auf meine Stirn. Da lag etwas in seinem

Blick, das ich vorher noch nie so an ihm gesehen hatte. Etwas wie mangelnde Zuversicht, aber er sagte: »Glaub mir, es kommt der Tag, an dem es da drin wieder aufgeräumt ist.«

Er streichelte mir übers Haar, hauchte mir nun einen freundschaftlichen Kuss auf mein Haupt. In seinem Blick mischte sich Hoffnung mit Bedauern und Skepsis.

»Meine Idee ist doch, dich mitzunehmen, damit du mal etwas anderes siehst und ein bisschen auftankst.«

Ich sagte nichts dazu, lächelte nur säuerlich, während ich verrückterweise dachte, dass er vorteilhafter aussähe, wenn er sich seine ungezähmten langen Locken so in der Art wie Joe sein Haar trug, schneiden ließ. Dann schaute ich wieder auf die Gischt. Der weiße Schaum stieg immer höher und sein Klatschen gegen das Heck schien mir zu drohen. Eingeschüchtert versenkte ich mein Gesicht an Benedikts Brust, schutzsuchend, entmutigt. Und heulte ihm sein Hemd nass. Was scherten mich schon die neugierigen Blicke der anderen Passagiere?

Bald hatte die Stena Line Dover erreicht. Von dort fuhren wir mit einem Leihwagen noch etwa eine Stunde bis Gravesend und eine weitere Viertelstunde bis zum Hotel, das charmant verwurzelt inmitten eines Buchenhains ganz in der Nähe des Themse-Ufers lag. Es war schon fast Mitternacht. Ich hatte vorab zwei Zimmer reserviert. Auf Benedikts Vorschlag, ein Doppelzimmer zu nehmen, damit ich mich mit meinen Stimmungsschwankungen nicht allein fühlte, war ich nicht eingegangen. Obwohl ich dauernd den Wunsch nach Nähe verspürte und Benedikt sehr mochte, erschien es mir in Anbetracht unserer abgebrochenen Liaison und meines angeborenen Leichtsinns, der mich möglicherweise wieder schwach werden ließ, das Beste. So verdrückten wir uns mit unseren sieben Sachen, jeder für sich, in getrennte Etagen und beschlossen, müde von der Anreise, uns sofort schlafen zu legen.

Es war der helle Schimmer des anbrechenden Tages, der mich am nächsten Morgen weckte, und ich versteckte meinen Kopf unter der Bettdecke, um das grelle Licht auszusperren. Ich verspürte nicht die geringste Lust, aufzustehen und mit Benedikt Unterkünfte auf ihre Zweckmäßigkeit für Gruppenreisen hin abzuklappern. Wäre ich doch ein paar Tage allein verreist. Aber schließlich war es meine freie Entscheidung gewesen, Benedikt zu begleiten, und da musste ich jetzt eben durch. Es war sogar gut möglich, dass er Recht hatte und die Abwechslung es schaffte, meine trüben Gedanken zu vertreiben. Da pochte es an der Tür.

»Linda. Bist du wach, Kleines?«

Benedikt konnte es nicht lassen, dieses Kleines. Es passte zu seinem Beschützerinstinkt. Es gefiel mir nicht besonders, allerdings ärgerte es mich im Grunde auch nicht. Und Benedikt konnte man sowieso nie lange böse sein.

»Nein!«, rief ich.

»Alles klar.« Ich hörte ihn lachen.

»Ich gehe schon mal zum Frühstück und warte dort auf dich. In Ordnung?«

»Okay. Ich beeil mich.«

Widerwillig schuppte ich die Bettdecke von mir weg und gähnte ausgiebig, während ich lustlos noch ein paar Minuten auf der Bettkante sitzen blieb. Irgendwo aus düsterer Ferne tauchten verschwommene Silhouetten auf und zogen durch meine Gedanken, geistige Malereien, die ich weder deuten noch einordnen konnte. Joe fuhr als Schattenbild auf seinem klapprigen alten Damenrad an mir vorbei und sah nicht so fröhlich aus wie gewohnt. Eine Flasche Sekt war achtlos zwischen Steinen und Gras abgestellt. Wieder Joe, der sich mit ernstem Gesicht langsam auf mich zu bewegte, um sich ganz plötzlich in Luft aufzulösen. Juliane, wie auch immer das passiert sein mochte, lag tot unter einer Art Plane. Ich sprang irritiert auf, schnappte mir frische Unterwäsche, Jeans und Sweatshirt, setzte mich auf die Toilette und hüpfte dann unter die Dusche. Ich ließ den Wasserstrahl hart auf meinen Kopf prasseln, um die Gespenster herauszuschwemmen.

Mit noch feuchten Haaren betrat ich den Frühstücksraum.

Benedikt zog mir einen Stuhl zurecht.

»Wie geht es dir heute? Du siehst besser aus als gestern. Hast du gut schlafen können?«

So durchgeknallt er auch manchmal war, seine fürsorgliche Ader war auch etwas, weswegen ich ihn so mochte. Er gehörte nicht zu der Sorte Menschen, die einen nach dem Befinden fragen und sich wieder umdrehen, bevor man geantwortet hatte.

»Mir geht es nicht gut, aber besser als gestern. Geschlafen habe ich zum Glück wie ein Murmeltier. Und du?«

Ich schmunzelte. Er hatte sich rasiert und roch gut.

»Auch. Wie immer.«

Mit einem fröhlichen Grinsen schenkte er mir Kaffee ein.

Erst dann nahm ich wahr, dass er schon allerlei leckere Sachen vom Buffet für uns beide gedeckt hatte. Er wusste genau, was mir schmeckte.

»Ich hol' uns noch Rührei. Moment.«

Sprach's und verschwand Richtung Buffet.

Wir probierten nahezu alles, was das interkontinentale Frühstück zu bieten hatte, schlürften Kaffee ohne Ende und führten belanglosen Small Talk. Tiefe Gespräche am Morgen lagen mir noch nie.

Mit dem Mietwagen brauchten wir keine halbe Stunde, bis wir eines der von Benedikt bevorzugten potenziellen Unterkünfte, einen renovierten Hof in Dartford, erreichten. Diesen wollte er sich unbedingt als erstes ansehen. Nein, Lust dazu hatte ich immer noch keine. Ich wäre am liebsten gleich wieder nach Hause gefahren, sehnte mich danach, in Ruhe grübeln und Trübsal blasen zu dürfen, ohne dass mich ständig jemand aufzumuntern versuchte.

Das riesige Gebäude, vor dem wir nun standen, lag versteckt am Ende eines verschlungenen, holprigen Weges, der von der Hauptverkehrsstraße weg, auf ein weitläufiges ländliches Areal führte. Das Gebäude bestand nach den Informationen, die Benedikt vorab eingeholt hatte, nur aus der Hälfte des ehemaligen Bauernhauses, nämlich dem Teil, der seinerzeit der Lagerhaltung diente. Der andere Teil war inzwischen abgerissen worden. Ein weißer Holzzaun, der stumm um neue Farbe bat, umrahmte einen großen Vorgarten. Dieser beherbergte ein Meer von gemischten Stauden und noch nicht zurückgeschnittenen Rosenbüschen. In wenigen Wochen erst würde es wieder Frühling werden, doch ich bildete mir ein, der würzige Duft von Thymian und Lavendel prickele in meiner Nase, obwohl zurzeit gar nichts blühte. Durch das offene Holztürchen im Zaun gingen wir zwischen den Beeten hindurch über eine Art Treppe aus hervorstehenden Baumwurzeln in Richtung Hauseingang. Die Haustür erreichten wir über zwei breite Block-Treppenstufen aus Naturstein, ich meine, Benedikt sagte, es sei Silberquarzit. Mir gefielen die Holzleisten, mit denen die Tür verarbeitet worden war. Sie waren in einem schönen Ton gestrichen, farblich etwa zwischen Smaragd und Türkis. Die Farbe rief in mir Erinnerungen wach an die Meeresbuchten in Südfrankreich, wo ich so gerne Urlaub machte.

Das Steildach war mit orangeroten Ziegelelementen gedeckt und eine Art Erker mit zwei Sprossenfenstern schaute von oben auf uns herab.

Die Sonne schien, aber es war frostig und der kalte Wind kroch mir in die Augen, sodass diese brannten, je mehr ich rieb. So idyllisch das Bild von diesem Haus auch sein mochte, ich empfand eine merkwürdige Anspannung, die aus irgendwelchen finsteren Ecken dieses Hofes kam.

»Wann genau hast du den Termin mit dem Besitzer?«

Meine Stimme verbarg nicht meine Ungeduld.

»Erst in einer knappen Stunde. Ich dachte, wir schauen uns das hier vorher erst allein an.«

Benedikt tat, als merke er meine Gereiztheit nicht.

»Du meinst, wir laufen in der Kälte noch eine Stunde lang um das Haus …?«

»Komm.«

Benedikt ignorierte meinen bissigen Ton. Er nahm mich bei der Hand und führte mich den gepflasterten Pfad um das Haus herum. Unweit des Hinterhofs mit teils gepflasterten, teils naturbelassenen schmalen Wegen plätscherte ein Bach. Er floss seinen ausgedehnten Weg über unregelmäßig im Boden verankerte Steinbrocken hinweg. Die endlos scheinende Weide fügte sich wild und ungepflegt in die Landschaft ein. Zahllose Obstbäume, vor allem Kirschbäume, sprenkelten die Wiese. Weiter vorne, dort wo Benedikt und ich stehen geblieben waren, verlangten vertrocknete Zweige von Himbeer- und Brombeerbüschen nach einem Rückschnitt.

Erklären konnte ich es nicht, aber in mir sträubte sich alles, hier zu verweilen. Ich wollte nicht auf den Bach und die völlig verwilderte Grasfläche schauen.

»Die Gäste hätten hinterm Haus Platz genug. Und sieh' mal.« Benedikt deutete auf einen verlassenen Holzkohlengrill, der auf teilüberdachten Pflastersteinen vor sich hingammelte.

»Nicht übel. Ich kann mir gut vorstellen, hier eine Schulklasse oder unsere Gruppen unterzubringen. Die Fotos vom Innenteil hast du noch gar nicht gesehen, Kleines, stimmt's?«

»Hast du mir nicht gezeigt. Nein. Hast du sie dabei?«

Er kramte in seiner Aktentasche.

Währenddessen schweiften meine Augen wie unter Zwang zurück zur Wiese und erspähten einzelne Steine, die aus der Grasfläche herausragten, kleine flache, unebene Steinplatten und wadenhohe Felsbrocken, nahezu alle mit hellgrünem Moos bewachsen. Der Wind blies nun kräftiger, spielte mit den Grashalmen und riss an den kleineren Zweigen der vielen Obstbäume.

»Sieh mal. Das Gebäude wurde im unteren Teil in ein modernes Loft umgebaut. So ein großflächiger Raum mit klarer Trennung zwischen der geräumigen Küche und dem Aufenthalts- bzw. Wohnbereich ist die perfekte Unterkunft für unsere Gäste. Und hier …«, die Euphorie weitete seine Augen, als er mir ein weiteres Foto unter die Nase hielt, »… das ausgebaute Dachgeschoss. Acht große moderne Mehrbett-Zimmer. Zwei Bäder. Zehn Duschen und zehn Toiletten auf dem Flur. Das ist genial.«

Ich sah gar nicht richtig hin. Mit meiner persönlichen Hochstimmung war es immer noch nicht weit her.

»Du musst dich aber dringend erkundigen, wie das hier klappt mit der Kanalisation, nicht, dass du dich später mit maroden Abwasserleitungen herumschlagen muss. Ist ja nicht unwahrscheinlich bei einem so alten Bau.«

Es war fies von mir, ihm die Vorfreude zu verderben. Aber ich musste mich abreagieren, denn ich wollte eigentlich nur noch nach Hause. Ich machte ungerechterweise Benedikt für meine Entscheidung verantwortlich, mit ihm hierher gefahren zu sein.

Benedikt überhörte wohlwollend meine Bemerkung. »Soweit mir bekannt ist, ist der Bau von innen vollständig renoviert worden. Alles Weitere werden wir gleich erfahren.«

»Wie du meinst.«

Benedikt ging ein paar Schritte vor, wieder zurück, drehte sich, wendete sich wieder mir zu, zeigte auf dies und das. Er plante, als hätte er den Hof schon gekauft.

»Die alten Fensterläden aus Echtholz finde ich urig. Sie passen hinein in dieses Idyll. Die lassen wir. Die könnte Torsti für uns streichen. Die Fassade scheint ganz in Ordnung, ich kenne mich da nicht so aus, aber ..., ... ein neues Dach über dem Grillplatz herrichten ..., ... Biertische und Sitzbänke ..., ... die Ziegel könnte man belassen ...«

Es war mir nicht mehr möglich, ihm zu folgen, wirklich zuzuhören. Gedankenversunken, ohne sagen zu können, woran genau ich dachte, stand ich, nahezu apathisch, zwischen wuchernden, noch fruchtlosen Himbeersträuchern auf dem steinigen Pfad, der zum Bach führte. Ich bekam plötzlich kaum noch Luft, starrte auf die Wiese, während meine Finger sich um meine Tasche krampften. Der Wind blies das Gras in meine Richtung und ich schwankte, als einzelne moosbedeckte Steinbröckchen vermeintlich auf mich zu schwebten und der Garten mit mir Karussell spielte. Benedikts Bewegungen zerflossen in grauem Schaum. Seine Stimme klang wie aus weiter Ferne, seine Worte trieben ohne Sinn an mir vorbei. Das Karussell drehte sich schneller und schneller und dann wurde es um mich herum stockdunkel.

Unser Leihwagen verfügte über funktionstüchtige Liegesitze. Dort erwachte ich ausgestreckt, meine Füße auf der Armatur.

»Da bist du ja wieder.«

Benedikts Ton hatte etwas Väterliches, als er sich über mich beugte und sanft meinen Arm massierte.

Mein erstaunter Blick forderte eine Erklärung.

»Du hattest einen Schwächeanfall.«

»Oh Gott. Wie peinlich.«

Ich schämte mich.

»Hast du mich vom Garten bis zum Auto geschleppt?«

»Allein hättest du es ohnmächtig nicht geschafft, oder?« Er grinste und streichelte dabei kurz meinen Oberschenkel.

»Mensch, Ben. Wie konnte mir das passieren?« Ich rappelte mich hoch. »Es tut mir leid. Bitte sei nicht sauer. Schon wieder sorge ich für Unannehmlichkeiten. Ich wäre wohl besser in Deutschland geblieben oder allein verreist.«

»Linda, mach dir keinen Kopf. Ich wollte dich gern dabeihaben. Das weißt du.«

Der Wind blies immer kräftiger, rüttelte am Wagendach. Ich fuhr erschrocken zusammen, lehnte mich an Benedikts Schulter.

»Vorhin, in diesem Garten, hatte ich so ein seltsames, unsicheres Gefühl. Alles dort schien mir bedrohlich. Ich weiß überhaupt nicht, was mit mir los ist, Ben. Diese wilde Wiese …, die hat mir Angst gemacht.«

»Du brauchst dich nicht zu rechtfertigen.«

Ich presste die Lippen fest aufeinander und nickte.

»Am liebsten würde ich ein paar Tage allein sein, andererseits sehne ich mich auch nach Halt.«

»Schon okay, versuch', dich zu entspannen. Ich bin für dich da.«

Ein weiterer Schrecken durchzuckte mich.

»Sag mal, wie spät ist es eigentlich? Ist der Hauseigentümer schon da gewesen?«

»Vergiss ihn. Jetzt bist du erst mal wichtig.«

»Wie meinst du das?«

»Ich habe dem Besitzer einen Zettel vor die Haustür gelegt. Steine zum Festhalten liegen genug herum. Er wird die Notiz gleich finden und mich wahrscheinlich noch heute Abend im Hotel anrufen, um einen neuen Termin auszumachen. Jetzt fahren wir beide zum Hotel zurück oder in die Stadt oder wo immer du hinwillst. Heute fallen alle Herbergsbesichtigungen aus.«

»Ist das dein Ernst?«

Er antwortete nicht, nickte nur jovial. Es beruhigte mich und ich hauchte ihm einen Kuss auf die Wange. Ich wollte allerdings nicht, dass er wegen mir den Tag im Hotel herumhängt. Meine Idee, trotz des leichten Sturms noch ein bisschen an der Themse entlangzuspazieren und dann irgendwo etwas essen zu gehen, nahm er gern an. Ich fühlte mich jetzt wieder einigermaßen fit für einen Spaziergang, was immer auch der Grund für meine plötzliche Ohnmacht gewesen sein mochte.

Unterwegs sprachen wir nicht viel. Ich hatte die Augen geschlossen und döste ein wenig im Auto. Unweigerlich musste ich an Joe denken, und gleich schlug mein Herz ein paar Takte schneller. Wohin hatte er sich abgeseilt? Und warum? Ich vermisste ihn sehr, so sehr.

Wir parkten den Wagen irgendwo am Straßenrand und marschierten lange, aber wortkarg, nebeneinanderher. Vermutlich wusste keiner von uns beiden so wirklich mit der Situation umzugehen. Die Situation – das war ich.

Mir taten die Füße weh, weil ich heute Morgen aus Eitelkeit keine bequemen Schuhe angezogen hatte. Wir schlenderten einen kurzen Schotterweg hinunter zu einer Bank, von der aus wir eine schöne Aussicht auf die Themse erwarteten. Meine Haare waren vom Wind völlig zerzaust, obwohl ich es zu einem Knoten geschlungen hatte, denn im Gegensatz zu Benedikt trug ich keine Mütze. Ich schob mir eine Strähne hinters Ohr und betrachtete hingebungsvoll den Fluss.

Immer noch schien die Sonne und sprenkelte scharenweise kleine Lichter auf die Wasseroberfläche, während der Wind die Wellen zum Tanzen brachte.

Ich lehnte meinen Kopf wieder an Benedikts Schulter und fragte ihn schuldbewusst, ob er sich über den verlorenen Tag ärgere. Er verneinte.

»Mir bleibt noch die ganze Woche Zeit, mich um die Unterkünfte zu kümmern. Das schaffe ich auch allein. Wenn du willst, buche ich dir heute noch einen Rückflug.«

Ich traute meinen Ohren nicht.

»Den Vorschlag würde ich gern annehmen«, murmelte ich, überrascht und erlöst zugleich.

»Das geht in Ordnung. Mach dir keine schlechten Gedanken deswegen. Es war auch nicht richtig von mir, dich zu fragen, ob du mich begleitest. Deine Entlassung aus der Klinik ist gerade erst ein paar Tage her. Du brauchst Ruhe und Zeit. Das habe ich jetzt verstanden.«

Er nahm mein Gesicht zwischen beide Hände.

»Es war ein Schock für mich, als du mir sagtest, du würdest nicht mehr für mich arbeiten wollen. Ich habe es seinerzeit schwer verdaut, dass du dich in diesen jungen Hüpfer verliebt und ihn mir vorgezogen hast. Aber dass du nun ganz aus meiner Reichweite verschwinden willst, das hat mich hart getroffen, auch wenn ich es dir nicht so gezeigt habe.«

Er machte eine Pause. Nahm seine Hände von meinem Gesicht. Wandte sich ab.

»Ich liebe dich«, Linda, sagte er kaum hörbar. Es klang, wie Ich muss bald sterben.

Was dann in mich gefahren war, kam einer Bewusstseinsspaltung nahe. Es war unfassbar, unerklärlich, unentschuldbar. Ich fühlte, wie meine Hände einen Kopf umfassten, wie ich eine Mütze herunterriss, meine Finger ungläubig über braunes Haar gleiten ließ und in diesem Moment absolut sicher war, er wäre zurückgekehrt.

»Joe, Joe, wo warst du? Wo warst du denn solange?«

Ich bedeckte Benedikts Gesicht und Hals mit Küssen, verschlang seine Ohren, krallte mich weinend und ungehemmt überall an ihm fest …, bis Benedikt schrie, bis er mich gewaltsam von sich schüttelte, bis ich schluchzend und erschöpft auf der dreckigen, feuchten Erde lag.

Eine Formation schwarzer Wolken begleitete uns auf der Rückfahrt zum Hotel. Wie versprochen, buchte Benedikt mir einen Rückflug nach Deutschland. Früh am nächsten Morgen fuhr er mich zum Flughafen.

Danach habe ich ihn nur noch einmal wiedergesehen.

LAUENBURG

Gegenwart

9

Der Anruf

Auf dem Küchentisch wartet noch Olivia Herzbecks Brief. Allmählich sollte ich die Dame mal anrufen, anstatt unschöne Erinnerungen hervorzuholen. Die Vorstellung, die Frau zu kontaktieren, macht mir fast ein wenig Angst. Sollte ich das wunderliche Schreiben einer mir vollkommen fremden Person überhaupt ernst nehmen? Einerseits vermute ich einen Irrtum, andererseits möchte ich gern Licht ins Dunkel bringen. Letztendlich ist es wohl die Neugier, die alle Zweifel beiseite schubst und mich zum Hörer greifen lässt.

»Hier ist Linda Mondhi, Frau Herzbeck. Guten Tag.«

»Frau Mondhi. Guten Tag. Das ist sehr freundlich von Ihnen, dass Sie mich so schnell anrufen. Ich hoffe, ich habe Ihnen mit meinem Schreiben keinen Schrecken eingejagt.«

»Nein.« Ich atme kurz ein und langsam wieder aus. Am anderen Ende der Leitung herrscht erwartungsvolle Stille. »Ich bin nur verwundert, einen Brief von einer fremden Frau mit einem … ähm … verhüllten Inhalt … in meinem Postkasten zu finden.«

»Es tut mir leid, dass ich mich ein wenig verschleiert ausgedrückt habe. Ich habe nicht gewusst, wie ich das, was ich Ihnen gern erzählen möchte – nein, erzählen muss – in schriftlicher Form zum Ausdruck bringen kann, ohne Sie zu verwirren. Deswegen ziehe ich ein persönliches Gespräch vor und wäre erleichtert, wenn Sie mir gestatten, Sie zu besuchen. Wir können uns auch gern in der Stadt in einem Café treffen, wenn es Ihnen angenehmer ist.«

»Sagen Sie mir doch bitte zuerst einmal, um wen es geht. In Ihrem Schreiben erwähnen Sie eine Person, die wir beide gekannt haben. Wer ist diese Person? Und was geht sie mich an?«

»Die Frau, über die ich mit Ihnen sprechen will, heißt Juliane Rothmann und war eine Kollegin von Ihnen. Sie hat jahrelang etwas Wichtiges für Sie aufbewahrt.«

»…?« Ich schlucke.

»Sie arbeiteten gemeinsam in einer Reiseagentur.«

Ein unangenehmes Gefühl macht sich in mir breit. Mein Instinkt wittert Sturm.

»Juliane ist tot. Was gibt es da noch zu reden?«

Mein schnippischer Ton ist unangemessen.

»Sie ist gestorben. Da haben Sie recht. Ich habe Juliane sehr gemocht. Aber ich möchte am Telefon keine Einzelheiten besprechen. Ich würde mich gern mit Ihnen treffen.«

Olivias Ton bleibt gutmütig, ruhig, gelassen.

Ich zögere noch. Mein Gespür für unangenehme Wahrheiten ist recht gut entwickelt.

»Wie sind Sie an Herrn Rosenkemper geraten?«

»Ich kenne Lutz Rothmann, Julianes Ehemann, sehr gut. Vincent Berghaus, seinerzeit Kompagnon und Freund von Herrn Rosenkemper sowie Chef von Juliane, hat immer noch Kontakt zu Lutz, den er schon zu Zeiten, als Lutz' Frau Juliane noch bei ihm arbeitete, sehr schätzte. Den Kontakt zu seinem Freund Rosenkemper hat er natürlich auch nicht eingestellt, was immer mit dem Rosenkemper damals auch los war, als er unvermittelt das Türchen hinter seiner Reiseagentur in Deutschland geschlossen hat und nach Frankreich gezogen ist. Kürzlich kamen Lutz Rothmann und Vincent Berghaus auf alte Zeiten zu sprechen, wie das manchmal so ist. Dabei erwähnte Herr Berghaus Ihren Namen und dass Sie Hals über Kopf nach einem traumatischen Erlebnis weggezogen seien. Wohin genau wusste er nicht. Aber dass es irgendwo im Umfeld der Lüneburger Heide sein musste, daran erinnerte er sich. Er gab mir die Adresse Ihres früheren Chefs. Rosenkemper heißt er, wohnt in Montpellier. Herr Rosenkemper wusste, wo ich Sie erreichen kann. Ich hoffe natürlich, dass er nun von Ihrer Seite aus keine Unannehmlichkeiten bekommt, weil er Ihre Anschrift herausgegeben hat.«

»Das ist schon in Ordnung.«

»Wollen Sie mich treffen?«

Mich überzeugt Olivias Art, wie Sie mit mir spricht, die Kraft und Ruhe in ihrer Stimme.

»Na gut«, höre ich mich einlenken.

»Prima. Wann und wo passt es Ihnen am besten? Ich arbeite zurzeit nicht und kann mich nach Ihnen richten.«

»Schlagen Sie einen Termin vor. Ich bin sowieso immer zu Hause. Deswegen ist es mir einerlei, wann Sie kommen möchten. Und … ich will in kein Café. Bitte kommen Sie zu mir. Meine Adresse haben Sie ja.«

»Gern.«

Wir einigen uns auf Samstagnachmittag.

LAUENBURG

Gegenwart

10

Julianes Bekenntnis

»Guten Tag, Frau Mondhi. Mein Name ist Olivia Herzbeck. Ich habe Ihnen den Brief geschrieben. Wir sind verabredet.«

15 Uhr. Wie vereinbart. Wo bleibt denn Joe? Er wollte doch hinzukommen.

»Kommen Sie«, sage ich und dirigiere sie ins Wohnzimmer.

Die Frau ist Mitte 40. Schlank, mittelgroß, bekleidet mit Jeans und einer schwarzen Satinbluse. Ihr Haar, kastanienbraun und kurz, passt hervorragend zu ihrem schmalen Gesicht. Die warmen dunklen Augen strahlen Energie und Wärme aus. Als ich sie bitte, auf meiner Couch Platz zu nehmen, lächelt sie auf eine irgendwie besänftigende Weise, gerade so, als wolle sie andeuten, dass ich nichts zu befürchten habe.

Es klingelt an der Haustür. Das müsste Joe sein. Gott sei Dank. Aber er hat doch einen Schlüssel. Weswegen klingelt er nur?

Es ist Anna.

»Anna, ich habe Besuch. Aber bleib ruhig da. Ich freue mich, dass du gerade kommst.«

»Ich sah eine fremde Frau vor deiner Haustür und dachte, ich komm rüber. Falls du Unterstützung brauchst.«

»Danke. Das könnte sein …«, flüstere ich, »… das ist nämlich die Frau, die mir den Brief geschrieben hat. Du erinnerst dich bestimmt daran. Ich hatte dir davon erzählt … also, von diesem merkwürdigen Schreiben einer Frau, die mir über meine ehemalige Kollegin etwas berichten will. Das ist schon seltsam. Die ist schon lange tot.«

Anna hebt die Brauen, nickt verschwörerisch.

Wir gehen ins Wohnzimmer. Ich stelle ihr Olivia Herzbeck vor. Die beiden reichen sich die Hand. Anna fragt, ob sie für uns Kaffee oder Tee machen soll. Sie kennt sich in meiner Küche aus. Seit einiger Zeit besitze ich eine moderne Padmaschine. Die hat mir Natalia mitgebracht. Zu deren Ärgernis benutze ich sie kaum. Manchmal hänge ich eben an alten Dingen. Meine bisherige Kaffeemaschine macht ebenso guten Kaffee. Aber Anna ist für Neues zu haben. Während ich mich, neugierig auf das, was mich erwartet, zu Olivia setze, höre ich Anna in der Küche rascheln und dann das ratternde Geräusch des Automaten.

Sie kommt ins Wohnzimmer zurück mit einem vollen Tablett. Drei Tassen dampfender Kaffee, ein Kännchen Kaffeesahne, Zucker. Nachdem sie den ersten Schluck getrunken hat, beginnt Olivia leicht verlegen zu sprechen.

»Es gibt etwas, das ich Ihnen gern erzählen möchte. Wie ich Ihnen am Telefon schon sagte, geht es um Ihre frühere Kollegin Juliane Rothmann.«

Sie macht eine kurze Pause und schaut mich etwas verlegen an, bevor sie fortfährt.

»Sicher möchten Sie erfahren, woher ich Juliane kannte?«

Juliane! Automatisch durchzuckt mich eine leichte Panik, aber ich nicke zögerlich und sage nichts, damit sie weiterspricht. Ich bin vollkommen angespannt, will mich aber zwingen, es mir anzuhören, was immer folgen mag.

Olivia spielt nervös mit ihren Fingern, massiert sich mal Zeige- und Mittelfinger der linken, dann der rechten Hand, bevor sie weiterspricht.

»Juliane wurde nach einem schweren Unfall sehr lange, also bis zu ihrem Tod vor zehn Wochen, von mir gepflegt. Ich werde Ihnen eine Begebenheit erzählen, die Juliane mir, so gut sie es mit ihrer Sprachstörung vermochte, in ihrem letzten Lebensjahr anvertraut hat.« Sie schluckt ein paar Mal, bevor sie fortfährt. »Juliane beichtete mir, dass sie schwere Schuld auf sich geladen habe und bat mich inständig, Ihnen erst nach ihrem Tod davon zu berichten.«

»Sie haben sie gepflegt?! Was für eine Sprachstörung? Welche Schuld? Von wem sprechen Sie denn? Juliane ist vor mehr als einem Vierteljahrhundert gestorben!«

Anna rückt nah an mich heran und streichelt beruhigend meinen Arm.

Alarmiert schaue ich ihr ins Gesicht, öffne meinen Mund. Ich bekomme gerade schlecht Luft.

»Anna, könntest du schauen, ob du Joe irgendwo im Garten siehst. Er wollte bei dem Gespräch dabei sein.«

»Joe ist tot«, sagt sie leise. »Das weißt du doch, Linda. Das weißt du doch.« Sie sieht mich an und dann zu Olivia. Ich sehe, dass sie weint. Vielleicht bilde ich es mir auch nur ein. Sie streichelt meinen Arm nun fester. Was redet sie da?

»Damals, ein paar Wochen, nachdem Juliane so heftig gestürzt war, hatte man ihn tot aufgefunden, Linda. Du warst seit längerem in der psychiatrischen Klinik, als Isa und ich es dir zusammen mit deinem zuständigen Stationsarzt sagen mussten. Wieder und wieder hast du behauptet, der Tote könne nicht Joe sein, du spürtest es und die Pathologie müsse sich irren. Niemand konnte dich davon überzeugen, dass die Ergebnisse der Pathologie eindeutig waren. Du hast es nicht geglaubt, hast dich geweigert, Joe loszulassen.«

Sie drückt meinen Oberarm, krallt mir ihre Fingernägel ins Fleisch, vermutlich ohne es zu merken.

»Es hatte keinen Sinn, mit dir darüber zu diskutieren. Zu keiner Zeit. Du hast Joes Tod nie akzeptiert, ihn verdrängt, für dich war er einfach nicht tot.«

Ich spüre den Schmerz an meinem Arm wie etwas Lästiges aus weiter Ferne, denn der andere Schmerz, der wirklich unerträgliche, der aus meinem Inneren empor strömende, droht mich zu erwürgen.

Mir ist schwindelig, ich sehe plötzlich nur verschwommen, möchte etwas richtigzustellen.

»Joe ist doch nicht tot! Und Juliane ist bei einem Unfall gestorben. Vor langer Zeit schon.« Ich schreie es heraus.

Das stimmt doch? Oder?!

»Sie irren sich«, sagt Olivia ganz ruhig. »Bitte hören Sie mir zu.«

»…?«

Ich versuche, mich zu beruhigen. Ziehe mit offenem Mund den Atem ein, bis sich mein Bauch aufbläht, dann lasse ich die Luft mit einem leisen fff … wieder heraus, lausche wachsam Olivias Worten.

»Juliane ist vor zehn Wochen gestorben«, höre ich ihre Stimme. »Ich habe sie gepflegt. Sie hatte vor sehr langer Zeit einen Fahrradunfall. Das ist richtig. Sie ist damals verunglückt, weil sie Schlafmittel genommen hatte, um sich das Leben zu nehmen. Die Ärzte haben ihr zwar ein Mittel gegen die vielen Pillen, die sie geschluckt hatte, verabreichen können. Doch sie hatte durch den Unfall eine Kopfverletzung erlitten. Einen normalen Alltag hatte es für sie und ihren Mann Lutz seither nie mehr gegeben. Und Joe-Niklas ist tot.«

»Das sind doch Hirngespinste!«

Ich springe auf, renne zur Terrassentür hinaus und rufe nach Joe. Leider ist er auch nicht im Garten. Gestern noch hat er mir versprochen, heute vorbeizuschauen. Gestern? … Oder war es schon länger her?

Als ich mit wackeligen Knien zurück ins Haus schlurfe, sehe ich Anna und Olivia die Köpfe aneinanderstecken.

Nun erst nehme ich den festen grünen Stoff wahr, der auf Olivias Füßen ruht. Auf einmal dämmert mir, was es sein könnte. Ein Rucksack? Olivia sieht meinen irritierten Blick und hebt das Objekt empor, hält es mir hin. Es ist ein Rucksack. In Dunkelgrün. Er macht mir zweifellos Angst. Deswegen schüttele ich mit dem Kopf, anstatt das Ding zu ergreifen. Olivia lässt es wieder auf ihre Füße sinken.

»Juliane hat ihn aufbewahrt. Sie hatte ihn in einer Kiste im Keller, unter alten Tischdecken und Bettbezügen, die nicht mehr im Gebrauch waren, vergraben. Sie bat mich, Ihnen das gute Stück erst zu geben, wenn sie gestorben ist.«

Olivias Worte schwirren um mich herum wie im Traum. Ich setze mich hin, schwerfällig, ohne etwas zu sagen. Anna nimmt mich fest in den Arm, ich weine heftig, und uns umgibt bis auf mein Schluchzen nur Stille.

Es dauert eine Weile, bis ich wieder einigermaßen in der Spur bin. Olivia fragt vorsichtig, ob sie weitererzählen dürfe. Doch ich brauche noch einen Moment, schüttele den Kopf und hebe abwehrend die Hände. Noch bin ich nicht bereit zuzuhören. Ich starre jetzt gebannt diesen Rucksack an. War ich eben noch nicht dazu imstande gewesen, ihn anzufassen, so taste ich jetzt zögerlich nach ihm. Ergeben befühle ich ihn. Ich erinnere mich. Er hatte zu Joe gehört wie ich damals. Dieser grüne, nun so lange verwaiste Rucksack. Gerade hat er noch verschlafen vor Olivias Füßen gelegen, da beginnt er jetzt, in meinen Händen zu erwachen und aus ihm heraus klettern kleine Filmabschnitte. Aus ihm wachsen Bäume, Büsche, Steine und werden zu einer Waldlandschaft. Ein Fluss verbindet die Szenerie mit zwei weiteren Personen, die am Uferrand eng beieinanderhocken. In dieser Kulisse begegne ich mir nun selbst, beobachte mein schweres Atmen, beobachte angespannt, dass ich es bin, die diesen Rucksack aus dem Gras hebt … mein Gott!!

Dann wird alles schwarz. Ich spüre zwei Hände, die mich stützen, zwei Hände, die meine Beine hochlagern, und vier Hände, die mich festhalten, während ich weine und die Realität nicht wahrhaben will. Noch mit 78 Jahren will ich, kann ich die Wahrheit nicht akzeptieren. Nun, wo Olivia plötzlich mit diesem grünen alten Rucksack auftaucht, muss ich den Tatsachen ins Auge sehen. Mein Bewusstsein kann nicht mehr verdrängen, was ich damals getan habe. Das Ereignis am Fluss wird transparent. Klar und hell wie eine frisch geputzte Fensterscheibe. Der Tag der Abrechnung ist offensichtlich gekommen. Ich habe Joe getötet!

Als ich halbwegs wieder zur Besinnung komme, liege ich mit geschlossenen Augen auf der Couch, und Anna hält meine rechte Hand, Olivia meine linke. Irgendwann höre ich Olivias Stimme. Ob sie ein anderes Mal wiederkommen solle, oder ob ich jetzt bereit wäre für Julianes Lebensbeichte. Julianes Lebensbeichte? Eher müsste ich … Aber ich drücke ihre Hand zum Zeichen, dass sie erzählen soll. Ohne meine Augen zu öffnen, lausche ich ihren Worten.

LAUENBURG

Gegenwart

II

Befreiung

Es sind einige Wochen vergangen seit Olivias Besuch. Niemals hätte ich es für möglich gehalten, dass ich Juliane von einer Seite kennenlernen sollte, die niemand an ihr vermutet hätte. Mein eigenes Drehbuch wurde umgeschrieben. Ich fühle mich heute erlöst, in einer unbeschreiblichen Weise leicht, entlastet. Es fällt mir nicht mehr schwer, meine Aufzeichnungen zu beenden. Bisher erinnerte ich mich lediglich an den Streit mit Joe, dass ich einen Ausflug an die Maade gemacht habe …

Nun kann ich ihn endlich begreifen und schreiben – den exakten Schluss. Meine Befreiung!

DAS MANUSKRIPT

24

Wilhelmshaven - damals, vor vielen Jahren

Die Wahrheit

Juliane steckte sich zwei Finger in den Hals und erbrach die sieben dick belegten Scheiben Toastbrot und die drei Becher Schokopudding, genau das, was sie soeben verdrückt hatte. Das ging schon seit vier Jahren so. Es war befreiend. Schlimm war es nur, wenn sie auf irgendwelchen Feiern oder sonstigen Zusammenkünften zum Essen gezwungen war und kaum eine Möglichkeit hatte, die Figur-Zerstörer loszuwerden. Aber bisher hatte sie immer einen Weg gefunden. Zum Glück waren die gängigsten Abführmittel rezeptfrei.

Früher hatte auch immer das hoch dosierte Schilddrüsenpräparat gereicht, um ihren Stoffwechsel anzukurbeln, und das sie sich lange Zeit von Lutz hatte verschreiben lassen. Doch mittlerweile war der entschieden dagegen, dass sie es nahm. Er hatte die neuesten Studien darüber gelesen.

»Figur hin oder her ... Julie, ich bin Internist und kein schlechter. Das ist Medikamentenmissbrauch, was du da machst. Es ist auf Dauer nicht zumutbar für deinen Körper. Deine Schilddrüse funktioniert, du brauchst keine Pillen dafür.«

Sie hatte ihn wütend angeschrien, immer wieder versucht, ihn davon zu überzeugen, wie wichtig das Medikament sei, um ihre schlanke Taille beizubehalten. Lutz meinte nur, er finde es über-

haupt nicht unangenehm, wenn er an ihr ein bisschen mehr zu
fassen hätte, und dann hatte er sie nebenbei noch verhöhnt. »Du
siehst aus wie Schneewittchen. Kein Arsch und kein Tittchen.«
Dauernd kam er mit irgendwo aufgeschnappten dämlichen Sprü-
chen daher. Mit ihm war nicht mehr zu diskutieren.

Also übergab sie sich eben. Und futterte, wenn der Heißhunger
sie überkam und niemand zusah. Zufrieden drückte sie die Klo-
spülung und wischte den Toilettenrand sauber. Kotzen war das
Einzige, was ihr im Leben noch Genugtuung, wenn nicht sogar
Freude verschaffte. Denn Freude war ansonsten für sie ein Gefühl, das sie kaum empfand. Es sei denn, die Menschen, mit denen
sie zu tun hatte, erkannten ihre hervorragenden Leistungen im
Job, ihr Engagement im Büro, ihre Schönheit, ihre Offenheit.
Schrecklich war es für sie, wenn sich über einen längeren Zeit-
raum niemand zu ihren positiven Eigenschaften äußerte und ihr
unermüdlicher Einsatz, die vielen Überstunden und ihre großartige Kompetenz ignoriert wurden. Juliane war überzeugt, dass ihr
Sachverstand den ihrer Kolleginnen weit übertraf. Und auch
sonst war sie doch die fähigste Mitarbeiterin am Arbeitsplatz.
Anfangs hatten ihre Kolleginnen und die beiden Chefs sie noch
bewundert und gelobt. Jedoch schien die Wertschätzung langsam
ausverkauft zu sein und das tat weh. Sie war doch das Aushänge-
schild der Agentur. Sie war die Einzige, die konsequent auf ihr
Äußeres achtete, niemals erschien sie ungeschminkt oder nachlässig gekleidet zur Arbeit. Nicht wie Linda, die nur hin und wieder Make-up benutzte und eher selten gestylt war, die ihre
stumpfen Haare meistens nur nachlässig verknotet trug. Oder
wie Isa, die mit ihren blau gefärbten Strähnchen und Herrenhaar-
schnitt auf cool machte und obendrein noch viel zu enge Shirts
trug. Hannes schob sich vor ihr Auge. Der schlaksige Hannes mit
seiner übergroßen Brille und seiner Introvertiertheit. Er war ein

bescheidener Kollege, der selten den Mund aufmachte. Rieke war witzig, aber bestimmt nicht der hellste Stern am Himmel. Maxi und Torsti zählten auch nicht gerade zu den attraktivsten Menschen. Von den beiden Chefs ganz zu schweigen. Der eine halbwegs normal gebaut mit ungeordnetem, viel zu langem Haar, der andere untersetzt. Erschienen sie im Büro, falls sie überhaupt erschienen, dann in Jeans, ausgeleierten Shirts oder im Holzfällerhemd. Das waren doch keine Geschäftsmänner. Willkommen waren Juliane jedoch deren Komplimente für ihren Einsatz und für ihr großartiges Aussehen. Aber auch die hatten von Tag zu Tag nachgelassen. Mittlerweile war wohl alles selbstverständlich. Der Lichtblick im Arbeitsalltag war eindeutig Joe. Er war klug und attraktiv wie sie, von ihm erntete sie Applaus, ja, er hofierte sie sogar ein wenig. Das gefiel ihr. Aber er war wohl ein wenig zu jung. Doch was machte das schon aus? Es irritierte sie allerdings, dass Joe sich offenbar enorm zu Linda hingezogen fühlte. Aber das war nur ein abwegiger Gedanke. Linda war zwar nett und nicht ganz blöd, aber eher schlicht in ihrem Äußeren, hinsichtlich ihres Verhaltens oft zu überlegt und viel zu verkrampft. Joes Aufmerksamkeit hatte sie nicht verdient. Er war zu kostbar für eine, die zu viel nachdachte und selten locker war. Wahrscheinlich hatte sie ihn im Griff, weil sie ihn als Aushilfe für sich eingestellt hatte und er so hoch springen musste, wie es ihr beliebte. Normalerweise machte Linda keine Verträge, die über eine Saison hinausgingen. Konnte es sein, dass Linda unter ihrer distanzierten Fassade mehr Gefühle als erlaubt für ihn hatte? Juliane sah Joe in Gedanken vor sich. Seine ausgeprägte, doch ziemlich ästhetische Nase und seine Augen, deren Farbe allein schon eine Rarität war und mit denen er neugierig die Welt betrachtete. Die Augen von Lutz hingegen wirkten oft kalt oder übermüdet. Aber Lutz war ihr inzwischen gleichgültig, denn er begehrte sie nicht mehr so wie am Anfang ihrer Liebe, war immer sparsamer geworden mit seiner Begeisterung für sie. Sah er nicht, dass sie stets alles getan hatte, um für ihn die Superfrau zu sein? Er konnte sie vorzeigen, schlank, schön, geistreich wie sie war. Aber der erwartete Beifall blieb aus. Das Feuer loderte nicht mehr so wie einst.

Sie putzte sich die Zähne, spülte ausgiebig mit Mundwasser nach und ließ sich kaltes Wasser über das Gesicht laufen. Dann sprühte sie etwas Geruchsneutralisator ins Bad, obwohl das momentan nicht unbedingt vonnöten war, denn Lutz hatte noch eine OP für heute Abend geplant und würde erst spät nach Hause kommen. Juliane begab sich in ihr luxuriöses Schlafzimmer, öffnete den begehbaren Kleiderschrank, tauschte ihre schwarze Designerjeans und die graue Seidenbluse gegen eine bequeme Schlupfhose und ein weißes Marken-T-Shirt. Dann hockte sie sich aufs Bett.

»Ich weiß gar nicht, wer oder was ich bin«, flüsterte sie, als würde ihr jemand zuhören. »Ich sehe gut aus, habe einen erfolgreichen Mann, und doch bin ich ständig traurig und in mir ist eine Leere, die sich seit Jahren nicht füllen will. Ich weiß nicht mal, wem ich überhaupt noch etwas wert bin. Vielleicht Joe?« Sie legte sich auf die Seite und kuschelte mit einem ihrer Kopfkissen.

Betrübt sann sie über das Älterwerden nach, über das Verwelken. Glücklicherweise gab es seit einiger Zeit Botulinustoxin, das zwar als Anwendung gegen Falten noch nicht offiziell zugelassen war, es wurde jedoch schon von einigen Hautärzten für diesen Zweck verordnet. Für sie stellte sich gar nicht erst die Frage nach möglichen Nebenwirkungen. Sie war sofort Feuer und Flamme und hatte sich einer Behandlung unterzogen. Es war ihr wichtig, immer zum Anbeißen auszusehen, da kam es nicht auf den Preis oder selten auftretende Nebenwirkungen an.

Viele Frauen, die sie kannte, hatten Kinder. Sie nicht. Das bedauerte sie heute. Es war nicht so, dass die Natur ihr nicht wohlgesinnt war und sie keine hätte bekommen können, nein, sie hatte sich nie mit einer so großen Verantwortung belasten wollen. Außerdem wollte sie sich mit einer Schwangerschaft ihre Figur nicht verderben, Schwangerschaftsstreifen waren für sie das Abstoßendste, was man dem weiblichen Bauch zufügen konnte. Jan, ihr zweiter Ehemann, konnte sich eine Ehe ohne Kinder nicht vorstellen. Sie aber war vehement gegen diese kleinen Nervtöter. So hatte sie Jan vertrieben. Heute hatte er eine große Familie. Lutz waren Kinder nicht so wichtig. Ihr war Lutz nicht mehr wichtig. Für Lutz war sie nicht mehr wichtig. Gar nichts mehr war noch von Bedeutung. Schon lange nicht mehr.

Erst jetzt bemerkte sie, wie feucht ihr Kissen vom Heulen war. Angewidert schleuderte sie es gegen die Wand. Herumheulen war das Letzte. Sie sprang auf und öffnete die unterste Schublade der Kommode. Dort, in einer Kassette, war alles versteckt, was sie brauchte und was sie aus dem Krankenhaus-Arzneischrank hatte mitgehen lassen, nachdem sie diesen mit dem heimlich entwendeten Schlüssel ihres Mannes entriegelt hatte. Sie war vorbereitet. Seit zwei Wochen schon. Die Frage war nur, wann sie es tun würde. Und heute schien ihr der richtige Zeitpunkt.

Es war Anfang Dezember, der Tag vor Nikolaus, Freitagmittag, gleich halb zwei. Und Wochenende. Und vollständiges Ende.

Nervös riss sie die Kassette auf und wühlte eine Spritze hervor, die sie vor kurzem mit einer Flüssigkeit gefüllt hatte. Sie nahm zwei Schachteln mit weißen ovalen Kapseln heraus, die den Wirkstoff Midazolam enthielten, und eine volle Packung mit Schlafpillen. Spritze und Medikamente warf sie in eine Sporttasche. Dann hastete Juliane in die Küche, nahm eine Flasche Wasser und zwei Flaschen Champagner aus dem Kühlschrank und packte sie ebenfalls in die Tasche. Ihr Gesicht brannte vor Erregung. Sie schnappte eine ihrer Übergangsjacken vom Garderobenhaken, alles geschah wie im Rausch. Für einen Abschiedsbrief war sie zu nervös. Fieberhaft riss sie einen Zettel vom Notizblock in der Küche, schrieb nur »Lebewohl« darauf und platzierte diesen unter einem leeren Wasserglas auf dem Küchentisch. Mochte Lutz doch denken, was er wollte.

Mit dem Auto benötigte sie knapp zehn Minuten. Sie parkte auf einem kleinen Parkplatz, der nicht in unmittelbarer Nähe der Maade lag. Sie lief durch das Dickicht, schlich mit ihrer Tasche zwischen Ästen und Büschen umher, bis sie auf einen kleinen Waldweg kam, den sie eine Weile entlanggehen musste, um das Flussufer zu erreichen. Sie lief zwischen jeder Menge Sträuchern ein kleines Stück das sich absenkende Ufer hinunter, das weiter unten von dicken Felsbrocken gesäumt war. Wenige Meter rechts und links neben ihr schirmten einzelne hohe Baumgruppen den Fluss ab. Zwischen zwei Sandbirken stellte sie ihre Tasche ins Gras und hockte sich hinein. Der Dezember war mit für diese Jahreszeit relativ warmen Temperaturen gestartet, so fror sie nicht. Schon häufig hatte sie hier gesessen, wenn sie richtig niedergeschlagen war. Dieser Ort barg Ruhe in sich. Gewöhnlich kam kaum ein Spaziergänger hier vorbei. Man konnte gut auf den Fluss schauen, aber das Gras war mit Disteln und allerlei Unkräutern durchflochten, die wenigen schmalen Pfade waren wegen der Unebenheiten und Wurzelstücke schlecht zu nutzen und ringsum ragten verwilderte Büsche aus dem Boden.

Eine Tablette entfaltete ihre vollständige Wirkung nach maximal einer halben Stunde. Sie wollte mit einer halben beginnen und sich einen Schluck Champagner dazu gönnen. Somit war es noch möglich, sich in aller Ruhe auszumalen, wie Lutz und ihre Kollegen um sie trauerten, weil sie plötzlich begriffen, wen sie verloren hatten. Und dann konnte Juliane noch ein paar von den Dingern nachschmeißen, eine komplette Schachtel sollte reichen. Hinterher die Spritze mit Kaliumchlorid. Da würde nichts mehr wehtun. Das würde alles ganz schnell gehen und niemand mehr helfen können.

Sie erhob sich, kramte den Champagner und eine der Schachteln aus der Tasche. Euphorisch köpfte sie die Flasche, sah sich um. Ganz allein war sie hier. Behutsam drückte sie eine Filmtablette aus der Packung, nutzte die Kerbe in der Tablette, um sie zu teilen und spülte die Hälfte der Pille mit einem ordentlichen Schluck aus der Flasche hinunter. Sie setzte sich wieder, zog die Knie ans Kinn und umschlang mit beiden Armen ihre Beine.

Der Klang einer vertrauten Stimme sprengte ihre Gedanken und ließ sie zusammenfahren.

»Hey Juliane, was machst du denn hier so allein?«

Joe stieg vom Rad und lehnte es an einen Baumstamm. Er war einer der wenigen Männer, die ein Damenrad besaßen. Er nahm seinen Rucksack ab und legte ihn ins Gras.

»Ich war für einen Moment unsicher, ob du's wirklich bist. Aber ja! Ich habe dich sogar von hinten erkannt.«

Sie registrierte sein Schmunzeln. Das hatte ihr gerade noch gefehlt. Das war doch wohl nicht wahr! Ausgerechnet Joe tauchte wie aus dem Nichts im allerungünstigsten Moment ihres Lebens auf. Fassungslos schenkte sie ihm ein gekünsteltes Lächeln. So ein Mist. Das war eine absolut missliche Lage. Sie hatte erwartet, höchstens zwei oder drei Hunden mit ihren Besitzern zu begegnen. Ihr Atem ging flach, ohne dass sie es beeinflussen konnte und ein verzweifelter Erklärungsversuch sickerte verhalten aus ihrem Mund.

»Nichts. Nur ein bisschen entspannen. Und du?«

»Ich komme grad aus der Bibliothek. Hab mir einen Haufen Bücher ausgeliehen. Für meine Biostudien.«

Er deutete auf seinen Rucksack. Dann wandte er den Kopf und bemerkte die geöffnete Champagnerflasche.

»Hey, du sitzt hier und trinkst alleine Champagner? Was ist los? Irgendwelche Sorgen, von denen ich nichts weiß, oder feierst du heimlich?«

Ihr verzagter Gesichtsausdruck entging ihm nicht. Joe entging nie, wenn jemand bekümmert war. Besorgt legte er den Arm um Juliane.

Ja. Ja. Linda hatte andauernd geschwärmt, über welch außergewöhnlich feine Antennen Joe verfügte.

Juliane hatte Mühe, die angefangene Tablettenschachtel unter ihren Oberschenkel zu schieben, sodass er diese nicht auch noch entdeckte. Jetzt lehnte sie sich an ihn, legte ihren Kopf auf seine Schulter, und er ließ es zu. Wie behaglich sich das anfühlte. Auch wenn ihr das Gefühl nicht ihre Todessehnsucht nehmen konnte.

»Willst du reden? Oder darf ich erst einen Schluck von dem guten Zeug da?«

Er grinste, nahm die Flasche und wartete auf ihre Zustimmung.

»Klar. Trink!«

Es klang freundlich, aber unecht.

»Erst du.«

Er reichte ihr den Champagner. Gehorsam nahm sie einen Schluck. Dann war er dran, trank und stellte die Flasche behutsam ab.

»Erzähl.«

»Du zuerst. Wo willst du hin? Nach Hause zum Bücherwälzen?«

Sie wollte einen lockeren Anschein erwecken, aber Joe nahm den trügerischen Tonfall in ihrer Stimme wahr. Er spürte eine

Gefahr für Juliane und drückte sie wieder an sich, um sie zu beschützen.

»Auch. Aber zuerst wollte ich noch in die Vogelstätte. Da nehme ich gern den Weg hier am Fluss entlang, obwohl der zum Radfahren eher weniger gut geeignet ist. Erst recht mit meinem alten Klappergestell. Du weißt ja, dass ich neben dem Studium ein paar Stunden in der Woche für die Vogelwarte hier in der Nähe arbeite. Gleich muss ich dort noch einige Bestandserfassungen von Brut- und Zugvögeln aktualisieren, bevor ich anschließend Bücher wälze. Da hast du wohl recht.«

Er trank noch etwas Champagner. »Es macht mir Spaß, bei euch zu arbeiten. Und Linda will, dass ich das weitermache, also die Arbeit mit ihr im Büro und der Job im Sommer in Frankreich. Ich weiß aber noch nicht genau, wie ich Linda beibringen soll, dass ich im nächsten Sommer nicht als Surflehrer zur Verfügung stehe, sondern mich für ein halbes Jahr in die Helgoländer Bucht zurückziehen muss. Ich werde auf Scharhörn arbeiten.«

»Ich werde dort noch ein zweites Praktikum als Vogelwart machen. Das ist eine einsame Aufgabe, und ich bin gespannt, ob ich das aushalte, so ganz allein die Sommermonate über auf dieser kleinen unbewohnten Insel. Meine einzige Beschäftigung wird das Zählen der Vögel sein, die bei Hochwasser die Insel besuchen. Mein dortiges Hauptwerkzeug nennt man Fernrohr.«

Er schmunzelte, sah Juliane an, so als erwarte er eine Reaktion. Als sie nichts entgegnete, fuhr er fort.

»Ich hoffe, ich stehe das durch. Auf jeden Fall werde ich Linda gehörig vermissen, werde sie kaum sehen, außer wenn sie eine Besuchserlaubnis bekommt. Das ist das Schlimmste. Für mein Studium ist der Job ideal und bereichernd. Nur Linda ...« Er biss sich auf die Lippen. »... Linda wird mir sehr fehlen. Ich möchte sie deswegen nicht verlieren.«

Die halbe Tablettendosis, die sie ohne Störung soeben hat nehmen können, beeinflusste noch nicht Julianes Bewusstsein. Der Schock über das eben Gehörte saß tief.

Es war nicht eindeutig, was furchtbarer für Juliane war. Der Schauder, der ihr bei Joes letzten Sätzen über den Rücken lief oder die Erkenntnis, dass eine Frau, die wesentlich unattraktiver war als sie selbst, von Joe geliebt wurde. Plötzliche heftigste Eifersucht drohte, ihren Verstand zu verätzen.

Sie rückte von ihm ab. Sah ihm scharf in die Augen.

»Du bist mit Linda zusammen?« Ihr Ton war entsetzt, was Joe nicht entging.

»Es stört dich?«

»Nein.« Juliane wandte sich ab. »Ich wusste nur nichts davon!«

Sein Blick bekam auf einmal etwas Ängstliches und er klopfte sich mit der flachen Hand auf den Mund, als wolle er das Gesagte ungesagt machen.

»Ist mir rausgerutscht. Wir haben das bisher geheim gehalten. Linda wollte das unbedingt.«

Er senkte leicht den Kopf. Pause. Hob ihn wieder und schaute Juliane bittend an.

»Sie wird sauer sein, wenn du ihr sagst, dass ich dir das erzählt habe. Mensch, manchmal kann ich meine Klappe einfach nicht halten.«

»Schon gut. Mach dir darum keine Gedanken.«

Joe nickte erleichtert. Zog Juliane wieder ein wenig an sich heran. Sie sträubte sich nicht. Es lag ihr auf der Zunge, aber nein, sie konnte ihm unmöglich sagen, dass sie neidisch auf Linda war. Richtig neidisch! Obwohl ihr doch alles egal sein sollte. Aber das jetzt war nicht egal. Er legte fest den Arm um sie, sehr fest.

»Sag schon, was ist los. Dir geht's nicht besonders, Juliane. Das merke ich doch.«

Einer Antwort bedurfte es nicht. Im selben Augenblick sandte das Schicksal mich vorbei.

DAS MANUSKRIPT

25

Wilhelmshaven - damals, vor vielen Jahren

Finale - endlich

Am späten Nachmittag versuchte ich mit einem Spaziergang am Fluss meinen Kopf durchzulüften. Unser Streit am Abend zuvor machte mir Sorgen. Ich bekam Angst, Joe durch mein mangelndes Vertrauen und meine Eifersucht zu verlieren. Ich sah Sonja vor mir. Sonja mit ihrem Argwohn und den unangebrachten Verdächtigungen und verstand nicht, wie schwer sie sich ihr Leben machte, indem sie der ganzen Welt misstraute. So wollte ich nicht sein und nicht werden. Ich dachte an das kurze Gespräch mit Juliane hinsichtlich Lutz' und Vincents fehlender Aufmerksamkeiten und sann daraufhin über Juliane nach, die offensichtlich Bewunderung und Beifall brauchte, um ihrer selbst sicher zu sein. Immerhin hatte ich des Öfteren erlebt, wie sie Komplimente von Joe zufrieden dankend entgegennahm. Komplimente ohne Hintergedanken. Wie konnte ich Joe nur vorwerfen, er wolle anderen Frauen den Hof machen? Es erschien mir mit einem Mal völlig absurd, aus unserer Liebe ein Geheimnis machen zu wollen, nur aus Angst vor den Reaktionen der Menschen, die mir wichtig waren. Das eigentlich Beschämende aber war, dass ich ein großartiges Geschenk, das das Leben mir mit Joe machte, dadurch entwertete.

Die einsetzende Dämmerung sorgte mit einem Mal für eine geheimnisvolle, beunruhigende Illustration des Flusses mit seinem einsamen Ufer. Mir war, als wäre ich ganz allein in diesem wilden Stück Natur …

Während ich mich durch ein paar Büsche hindurch zum Ufer vorkämpfte, nahm ich mir vor, so bald wie möglich voll und ganz zu meiner Beziehung zu Joe zu stehen, und diese nicht mehr zu verheimlichen.

Ich strich mir energisch die Haare aus der Stirn und stapfte voran auf die Böschung zu.

Und dann sah ich sie …

Engumschlungen, wie verschweißt, saßen beide im Ufergras. Kein Blatt Papier hätte sich zwischen die beiden drängen können.

Joe … und … Juliane.

Zähmen ist Vertrauen verdichten, es mit Wachs überziehen.

Das hatte Joe einmal gesagt. Verdichteten die beiden gerade ihr Vertrauen?

War es nur eine Sinnestäuschung. Spielte die Angst, Joe zu verlieren, mir einen Streich?

Mein Herz raste. Meine Beine gehörten nicht mehr mir. Ich glaubte zu fallen. Einen Moment blieb ich stehen und nahm das Bild in mir auf, das sich mir bot.

Automatisch wie ein Roboter, bewegte ich mich langsam die Böschung hinab auf die beiden zu.

»Joe …«

Beide drehten sich zu mir um.

»Linda??«

Wie aus einem Mund.

»Störe ich gerade?«

Mein Atem verlor sich, meine Worte klangen abgehackt und boshaft durch die Stille.

»Blödsinn, Linda. Es wird bald dunkel, was machst du hier?«

»Was ich hier mache, ist doch wohl einerlei!«

Ich erinnere mich, wie spöttisch Juliane mich ansah. Ich registrierte aber auch ein Mahnen in ihrem völlig erschöpft wirkenden Antlitz.

Joe stand auf. Schritt bedächtig auf mich zu.

»Honey, Liebes, es ist nicht immer das, was es zu sein scheint. Juliane geht es nicht gut. Auf meinem Weg zur Vogelwarte habe ich sie zufällig hier sitzen sehen, und ich wollte …«

»Du bist hinterhältig!«

Ich war nicht mehr Herr meiner Sinne, begriff nur meine eigene Verletzlichkeit und zog verächtlich die Luft durch die Nase.

„Für wie blöd hältst du mich? Für wie blöd?«

»Linda. Beruhige dich. Hör mir bitte zu.«

»Wir hatten uns geschworen, immer ehrlich zueinander zu sein. Erst unser Streit gestern und jetzt das.«

Augenblicklich begann ich zu heulen.

»Auch, wenn es nicht mehr geht mit uns, wenn einer sich in jemand anderen verliebt …«

»Das ist genau unsere Abmachung, Liebes – Ehrlichkeit …

»…«

Er wollte mich in den Arm nehmen.

»Bleib stehen!«, schrie ich ihn an und hob meine Hände wie bei einem Angriff.

Resigniert sah er mich an. In seinen Augen glaubte ich zu erkennen, wie er abwog, was er nun sagen sollte, die Wahrheit oder mit einer Lüge für Entspannung sorgen. Es würde die zweite Alternative wählen, da war ich mir sicher. Ich schnaubte ungeduldig. Wie lange brauchte er noch für seine Notlüge?

Überrascht merkte ich, wie ich etwas Grünes anstarrte, es gedankenlos nahm und dieses Ding sich in meiner Hand verkrallte, wie die Eifersucht in mir brannte und drohte, meine Vernunft niederzuringen. Wütend rammte ich Joe den mit Büchern beladenen Rucksack mit so viel Schwung gegen seinen Hals, dass er zur Seite kippte und einfach liegenblieb, als wäre er tot.

Wie vorhin, als ich die beiden am Ufer sitzen sah, stand ich danach verkrampft auf der Stelle, gänzlich unfähig, mich zu rühren.

Juliane hingegen sprang auf. Sagte kein Wort. Hastete zu Joe. Riss den Reißverschluss seiner Sweatjacke auf. Öffnete mit zwei Fingern leicht seinen Mund und legte ihr Ohr darüber, kontrollierte mit flacher Hand Brustkorb und Bauch, suchte nach Atembewegungen. Er lebte. Und sie wusste es genau, war sich völlig sicher – Joe musste in die stabile Seitenlage gebracht werden … Sie unterließ es. Brüllte stattdessen mich an.

»Was in aller Welt hast du getan?«

Die Frage war berechtigt. In mir war nur Stille. Starre. Was um Himmels Willen hatte ich getan? Das konnte doch nicht sein, dass Joe nun – ausgelöst durch meinen Wutausbruch – regungslos am Boden lag. Ich war doch nicht gewalttätig, hatte noch nie zuvor Gewalt …!

»Steh nicht so dumm rum. Hol Hilfe! Lauf zur Straße. Halte ein Auto an! Tu irgendwas!«

Ich vernahm Julianes Befehle wie aus weiter Ferne. Dann – wie fremd gesteuert - setzten sich meine Beine in Bewegung. Ich rannte, stolperte, suchte kurz Halt an einer Birke, rannte wieder los, lief weiter bis zur Landstraße – und weiß nur noch, wie ich irgendein weißes Auto anhielt, in dem zwei Männer saßen, an deren Aussehen oder Alter ich mich heute nicht mehr erinnern kann. Sie fingen mich auf, stützten mich, hörten mein Stammeln. Der Wagen besaß ein Autotelefon.

Für Juliane kam die Eröffnung, dass Joe sein Herz ausgerechnet an mich verloren hatte, einer persönlichen Demütigung gleich.

Vom eigenen Vater, den man durchaus als emotionslosen Klotz bezeichnen konnte, unbeachtet, hatte sie schon als Kind um Gunst und Liebe kämpfen müssen. Natürlich beobachtet auch ein kleines Mädchen sehr genau und es nimmt vieles wahr. Juliane hatte früh erkannt, dass ihr Vater sich gegenüber aufgeputzten Grazien herzlicher, entgegenkommender, hilfsbereiter zeigte als gegenüber unscheinbaren Frauen. Ihr Vater, der als Manager eines Automobilunternehmens seine eigenen Auftritte außergewöhnlich erfolgreich in Szene setzen konnte, schien den Perfektionismus gefressen zu haben. Ihre Mutter hatte er angefahren, wenn diese ungeschminkt herumlief, sie ein Stück Kuchen zu viel aß oder ihre Haare nicht perfekt frisiert waren. Auch für Juliane war es früh selbstverständlich gewesen, ihrem Vater eine attraktive Tochter zu sein, mit der er sich sehen lassen konnte, die er lieben konnte. Dafür war ihr keine Mühe zu groß. Sein Tod hatte nichts an diesem einmal eingeübten Ritual geändert. Maske und Auffrischung waren zu Julianes Lebensinhalt, zu ihrer Existenzberechtigung geworden. In sechsundvierzig Lebensjahren so viel Aufwand, so viele Entbehrungen für so viel gehobene Attraktivität. Und doch war sie niemals mit sich zufrieden. Es fehlte ihr an Individualität. Sie fühlte sich wertlos. Wäre Joe doch nicht hier aufgetaucht. Jetzt presste sich der Eindruck von Minderwertigkeit umso mehr in jede ihrer Körperzellen. Sie vermochte es nicht auszuhalten, musste agieren.

Joe hatte ihr stets gezeigt, dass er sie gern mochte. Hatte fortwährend mit ihr geflirtet, ihr geschmeichelt.

Ungeachtet dessen, dass sie heute sterben würde, erschien ihr eine derartige Erniedrigung – und wie eine Erniedrigung fühlte es sich für Juliane an – als maßlos grausam. Das konnte nur ein schlechter Witz sein, dass er mich liebte. Joe wollte sie auf den Arm nehmen, um sie aufzumuntern. Und wenn nicht?

Da lag er bewusstlos, aber nicht tot. Er atmete noch. Sie glaubte, dass ich mit dem Rucksack Joes Halsschlagader gestreift hatte und die Ohnmacht nur durch einen dadurch entstandenen Blutdruckabfall verursacht worden war. So etwas kam häufiger vor. Sie sah Joe mit einem Mal zucken, als wolle er sich drehen, was ihm jedoch nicht gelang.

Ich war losgelaufen, um Hilfe zu holen. Das würde ein wenig dauern, aber auch nicht allzu lang. Juliane blieb wahrscheinlich nicht viel Zeit, bis ich zurückkommen würde. Nicht mehr viel Zeit, um die restlichen Tabletten zu schlucken und sich mit Joes Rad vom Acker zu machen, um dort in Ruhe zu sterben, wo sie nicht sofort gefunden werden würde. Mit der Giftspritze wäre natürlich alles ganz schnell gegangen. So wie ursprünglich geplant. Nur gab es jetzt eine spontane Planänderung. Sie wollte mir nichts Böses. Bestimmt nicht. Aber diesen Triumph, diese Liebesbeziehung mit Joe, durfte sie mir nicht gönnen. Und Kaliumchlorid war als Todesursache schwer nachzuweisen.

Die halbe Midazolam-Tablette begann allmählich zu wirken, und obwohl Juliane nun schon recht müde war, gelang es ihr, die mitgebrachte Todesspritze aus ihrer Tasche zu angeln. Sie näherte sich Joe, der noch völlig benommen am Boden kauerte und zog einen Ärmel seiner Jacke aus. Darunter trug er nur ein kurzärmeliges T-Shirt. Sie streckte seinen Arm. Er hatte gute Venen. Sie setzte die Spritze an.

Danach zerrte sie Joe und dessen Rucksack in die Büsche. Schlagartig entschied sie sich dann, den Rucksack zu öffnen, um rasch die darin verstauten Lehrbücher auszukippen und diese mit einem Fußtritt unter einen sperrigen Schwarzdorn-Busch zu befördern. Dass dieser Handlung kein rechter Sinn zugrunde lag, war offensichtlich. Vielleicht war sie von der Tablettendosis schon zu benommen, um geordnet zu denken. Möglicherweise beabsichtigte sie auch, mich später mit dem Versteck der Leiche zu irritieren, vorstellbar war auch, dass sie selbst nicht mit dem Toten in Zusammenhang gebracht werden wollte. Oder sie hoffte, dass er nicht allzu schnell gefunden wird, damit die Einstichstelle nicht mehr sichtbar ist.

Joe ächzte und zappelte noch, als sie den Rest der Midazolam-Packung mit Champagner hinunterspülte und sich dann sein Rad schnappte. Sie musste weg hier. Weiter weg. Ein Stückchen nur. Das müsste noch zu schaffen sein, bevor die Tabletten ihre Wirkung voll entfalteten. Damit sie in Ruhe auch noch das Schlafmittel nehmen und einnicken konnte. Eine weitere Störung bei ihrem Suizid wollte sie nicht erleben. Und erst recht wollte sie nicht gefunden werden, bevor alles vorbei war.

Ein schmaler Pfad mit zahlreichen Wurzeln und Steinen führte zunächst die Uferböschung hinunter und schlängelte sich weiter nach links und rechts in Richtung der Baumgruppen.

Sie schwang sich auf Joes Rad, fiel damit um, denn sie hatte nicht bemerkt, dass sie beim Aufsteigen noch Joes Rucksack in der Hand gehalten hatte. Wieso hatte sie das Ding überhaupt an sich genommen? Egal. Sie machte den grünen Störenfried – wieder ohne jeglichen Sinn – am Gepäckträger fest und versuchte es noch einmal. Doch ihr körperliches Koordinierungsvermögen war inzwischen zu stark beeinträchtigt. Das Rad trug sie eine winzige Strecke die Böschung hinunter, bevor sie das Gleichgewicht verlor und wieder stürzte. Sie rappelte sich hoch. Ihre Knie waren aufgeschlagen. Die Hände voller Erde und Schrammen. Was soll's? Sie ließ das Rad, wo es war, rannte weiter, strauchelte, rammte mit den Schultern einen Baum, schwankte und stolperte über einen kleinen Felsbrocken. Stieß gegen einen größeren.

Richtete sich wieder auf und schlug mit dem Gesicht auf einen dicken Findling. Stand nicht mehr auf.

***

Die Männer parkten die Limousine irgendwo in Ufernähe. Wir stiegen aus. Mechanisch führte ich sie an die Stelle, von der ich annahm, dass dort etwas Schreckliches passiert sein musste. Ich konnte mich nicht erinnern, was es war. Ich realisierte nicht mehr, was ich selbst tat oder sagte. Einer der Männer lief zum Auto zurück. Rief dem anderen zu, er werde den Rettungshubschrauber anfordern. Eine Frau sei schwer verletzt. Jemand fasste mich an den Schultern, schrie mir irgendwas ins Gesicht. Ich fühlte kalten Schweiß auf meiner Haut, mein Herz klopfte in meinen Kopf hinein. Ich hörte Füße stapfen, Stimmengewirr, sah Personen um mich kreisen, ohne wahrzunehmen, wer sie waren oder wo sie herkamen. Es klang wie aus weiter Ferne, als mich jemand in den Arm nahm, mir besorgt erklärte, ich sei leichenblass und mich in eine Decke hüllte. Ich wurde irgendwo hingelegt, meine Beine etwas höher. Später fiel mein Blick auf eine leblose magere Frau mit blonden Locken, die ebenfalls in eine Decke oder Plane oder in etwas Ähnliches gehüllt wurde. Es war Juliane.

LAUENBURG

12

Alte Schriftstücke

Auch in den Wochen nach der Begegnung mit Olivia sehe ich mich selbst noch so manches Mal fassungslos und überwältigt auf dem Sofa liegen. Versteinert starrte ich an die Decke. Juliane war es also, die Joe auf dem Gewissen hatte! Innerlich einem Betonblock gleich, vermochte ich mich nicht zu rühren, wollte es, konnte mich aber ohne Annas und Olivias Hilfe nicht aufsetzen. Ich wollte weinen, aber meine Tränen schienen irgendwie eingetrocknet. Meine Kehle fühlte sich unangenehm trocken an, aber ich konnte den Mund nicht öffnen, weder um zu trinken noch um zu sprechen. Alles in und an mir war starr.

Und dann sah ich Olivia mehrere zusammengefaltete Zettel aus ihrer Handtasche kramen, die sie geglättet vor mir auf dem Tisch ausbreitete. Es dauerte eine Weile, bis ich, unschlüssig, ob es mich nicht noch mehr verunsichern würde, einen der vergilbten Fetzen in die Hand nahm. Die Buchstaben verschwammen ein wenig, und nur mit viel Mühe war ich imstande zu lesen.

Wilhelmshaven: Schwere Kopfverletzungen erlitt am Freitagabend eine Radfahrerin, die auf unbefahrbarem Gelände von ihrem Fahrrad gestürzt war. Sie wurde mit einem Rettungshubschrauber ins Reinhard-Nieter-Krankenhaus geflogen. Die Staatsanwaltschaft hat eine Obduktion angeordnet. Damit soll geklärt werden, ob möglicherweise gesundheitliche Probleme die Unfallursache waren.

Ein anderes Papier war anscheinend der Auszug aus einem Krankenhausbericht:

Die Patientin wurde mit einer starken fronto-basalen Verletzung und ausgedehnter Berstungsfraktur der Schädelkalotte, epiduralem Hämatom links temporal, generalisiertem Hirnödem sowie traumatischer Subarachnoidalblutung in unser Krankenhaus eingeliefert.

Das später veranlasste MRT und das EEG diagnostizierten ein schweres Schädelhirntrauma, das vermutlich durch einen Sturz vom Fahrrad auf einen Stein hervorgerufen wurde.

Der 46-jährigen Patientin wurden aufgrund einer hochgradigen Benzodiazepin-Vergiftung bei Verdacht auf Suizidversuch intravenös vier Gaben Flu-

mazenil je 0,3 mg im jeweils 1-Minutenintervall ver-
abreicht.

Wir entschieden uns zur Anlage einer epiduralen
Hirndruckmesssonde. Wundversorgung im Bereich
der ausgedehnten Weichteilverletzung links frontal
…

Operationsbericht

In Rückenlage wurde bei der tracheotomierten und
intubierten Patientin die Kopfhaut an typischer
Stelle beidseits temporal ausgiebig desinfiziert.
Nach Lokalbetäubung erfolgte das Anbringen der
G-W-Klammer mittels Eindrehens der Fixierungs-
schrauben beidseits temporal. Anschließend erfolgte die HWS-Extension mittels Aufhängens von 4
kg-Gewichten. Soweit durchführbar, wurde der
Kopf in physiologischer Stellung zur HWS gebracht
und die Gewichte über ein vorher am Kopfende des
Bettes angebrachtes Extensionsgestell aufgehängt.
Anschließend wurde die Stiff-Neck-Krawatte ent-
fernt.

Postoperativ wurde die Patientin zur weiteren
Überwachung auf die Intensivstation gebracht und
verbleibt zunächst weiterhin intubiert und kontrolliert beatmet

Ich fröstelte. Erschüttert schob ich die Zettel von mir, hin zu Olivia, der Wahrheitsüberbringerin. Wie schmelzendes Eis, das vom Hörnchen rinnt, begann die Welt, die ich um mich herum geschaffen hatte, zu zerfließen. Zaghaft tauchten einzelne Kulissen vor meinen Augen auf, zunächst verschwommen, dann immer deutlicher: Juliane, die mir zuruft, doch endlich Hilfe zu holen. Ich kann mich zunächst nicht rühren, nachdem ich Joe mit seinem Rucksack attackiert habe, dann laufe ich plötzlich los, bahne mir wie wahnsinnig einen Weg zwischen Bäumen und Büschen hindurch, renne in der Hoffnung, dass Joe nicht sterben muss, dass ich ihn nicht umgebracht habe. Zögernd, Szene für Szene, keimte die Vergangenheit vor meinem geistigen Auge auf. Seit mehr als einem Vierteljahrhundert hatte ich nichts mehr so klargesehen.

Und als wäre es nicht genug der Aufklärung, hatte Olivia noch weitere Zeitungsartikel für mich, die sie mir wortlos, aber energisch in die Hand drückte.

Wilhelmshaven: … entdeckte ein Spaziergänger am Nachmittag unter einer Heckenkirsche am Ufer der Maade eine von Insekten und Wild zerfressene Männerleiche. Der Tote muss mindestens zwei Wochen im Freien gelegen haben. Die Beamten ermitteln nun, ob der Mann eines natürlichen Todes gestorben ist oder getötet wurde.

Die Identität des Toten ist noch nicht geklärt. Nach Aussage des Polizeisprechers werden nähere Angaben aufgrund laufender Ermittlungen zum jetzigen Zeitpunkt nicht gemacht.

All die Jahre schlummerte die Vermutung eines großen Vergehens in mir, ohne zu wissen, was es war. Ich war damals sicher, Juliane wäre tot, als ich sie auf der Trage hatte liegen sehen. Dabei war es Joe. Joe, den ich so sehr herbeisehnte, dass ich seinen Tod über so viele Jahre hinweg verleugnete, ihn nicht wahrgenommen habe, nicht wahrhaben konnte. Und trotzdem: Tief in mir drin hatte ich den Verdacht vergraben, dass ich es war, die Joe mit seinem Rucksack getötet hatte. Dabei hatte ich Joe mit meinem Wutausbruch und dem Rucksack-Wurf lediglich verletzt. Das kann ich mit nichts entschuldigen, auch nicht mit meiner Eifersucht. Aber nicht ich, sondern Juliane hatte ihn auf dem Gewissen, sie selbst war gerettet worden. So war das. Der Spuk war vorbei.

Olivia erzählte bis in die Nacht hinein, wie sie von Lutz als Pflegerin für Juliane angeworben worden war. Olivia hatte noch nie zuvor ein finanziell so lukratives Jobangebot erhalten, kündigte von jetzt auf gleich bei ihrem damaligen Arbeitgeber und sagte zu. Anfangs überlegte sie noch, die Stellung wieder aufzugeben, denn sich um Juliane zu kümmern, war extrem aufreibend. Es war schon eine gute Portion Idealismus vonnöten, um diese Aufgabe durchzuhalten. Was nützte dieses Wahnsinnsgehalt, wenn sie selbst keinen Freiraum mehr hatte? So schlimm hatte sie es sich nicht vorgestellt. Sie musste sich rund um die Uhr um die schwerkranke Frau kümmern, betrat ihre eigene Wohnung nur noch selten, sodass sie diese bald aufgab und in Lutz' Haus einzog. Nach insgesamt zehn Monaten Aufenthalt in einer neurochirurgischen Rehabilitationsklinik und später in einem Akutkrankenhaus mit anschließender Reha in einer weiteren Klinik war Juliane ein Pflegefall geblieben. Zwar waren im Laufe der Zeit ihre halbseitigen Lähmungserscheinungen teilweise zurückgegangen, aber sie war antriebsarm und depressiv, manchmal richtig aggressiv. Auch verstand man sie sehr schlecht. Ihre Sprache war schwerfällig, verwaschen und langsam. Sie fand sich in Räumen nicht zurecht. Ihr Gehirn meldete ihr beständig, die Wände kämen auf sie zu. Alles in allem eine Wahnsinnsaufgabe für eine Pflegekraft.

Dennoch blieb Olivia. Ein Grund war, dass sie sich gern engagierte und sich richtig für eine Sache ins Zeug legen konnte. Noch nie hatte sie eine dermaßen verantwortungsvolle Aufgabe gehabt. Der andere Grund war schwer erklärbar. Sie mochte Juliane.

Im Laufe der Jahre wurde Julianes Pflege weniger mühevoll. War die Prognose der Ärzte anfangs völlig hoffnungslos, zeigte sich bald, dass sie allzu schwarzgesehen hatten. Julianes Halbseitenlähmung war mit der Zeit komplett verschwunden. Was ihre

Sprache anging, so machte sie von Monat zu Monat beachtenswerte Fortschritte. Juliane konnte sich nie wieder wirklich gut, jedoch bald bedeutend besser artikulieren. Wortfindungsstörungen blieben, aber eine Unterhaltung mit ihr war nun gut möglich, wenn man sich auf die verwaschenen Äußerungen fest konzentrierte. So erfuhr Olivia Stück für Stück mehr über Juliane, etwas, das niemand erwartet hatte, über ihre Eigenarten, ihr Wesen. Immer weiter öffnete sich die Kiste von Ereignissen und Erfahrungen aus Julianes Leben mit neuen Unwichtigkeiten. Und ganz am Ende, als die Kiste schon fast leer war, quoll noch etwas nach. Erschreckend und erlösend zugleich für mich war das, was ich von Olivia über Julianes schreckliche Tat und deren Beweggründe erfahren hatte. Es klärte auf, was damals am Fluss wirklich passiert war – und was mit mir passiert war.

Mein Geist, meine Seele, meine Sehnsucht nach Joe, hatten mich all die Jahre gefangen gehalten.

Noch nicht das ENDE …

LAUENBURG

Gegenwart

13

Abschied

Wieder renne ich in meinem Traum die mir inzwischen vertraut gewordene Wiese hinunter. Dieses Mal regnet und stürmt es so heftig, dass niemand freiwillig seine Wohnung verlassen würde. Nur ich. Aber ich weiß nicht warum. Ich muss rennen. Ich laufe und laufe und fühle Wasser und Verzweiflung meinen Nacken und mein Gesicht hinunterrinnen. Der Wind blockiert meinen Atem. Die Wiese ist matschig, und der Dreck entzieht meinen Füßen den Boden, sodass ich stürze, aber keinerlei Schmerz empfinde, nur Verlassenheit und Gram sowie Traurigkeit darüber, dass mein schwarzes Kleid nun über und über mit Schlamm bedeckt ist. Meine Beine wollen nicht aufstehen. So rolle ich den Abhang hinunter, lasse es einfach mit mir geschehen, angetrieben von Ratlosigkeit, wager Hoffnung und dem Wind. Und mit einem Mal lande ich unter einem Busch.

Joe sitzt neben mir. Unbeschreiblich gut sieht er aus, und er duftet wunderbar nach Moschus und Amber. Sein Duft fängt mich ein, als er einen Arm um meine Hüfte legt und mich streichelt. Sein Gesicht ist jung, so wie damals, als wir noch zusammen waren. Aber seine Stimme klingt viel älter:

»Linda. Honey. Schön, dass du gekommen bist.«

»Ich habe dich vermisst, Joe«, flüstere ich. »Ich habe dich so vermisst.« Ich will mich an ihn kuscheln, ihn berühren, aber, wo auch immer ich hinfasse, greife ich ins Leere, in ein Nichts, obwohl ich ihn doch deutlich vor mir sehe. Meine unzähligen Fragen bleiben unausgesprochen und unbeantwortet. Dann überlege ich nur eines: WARUM GREIFE ICH INS LEERE, WENN ICH DICH ANFASSE?!

»Das ist nicht weiter schlimm«, sagt Joe, als könne er meine Gedanken hören. »Es ist nur, weil ich gegenwärtig woanders bin. Aber es steht fest, dass wir uns endlich richtig voneinander verabschieden müssen. Das haben wir versäumt. Und ein Abgang ohne Abschied und ohne Perspektive ist wie eine Wanderung in den Abgrund, wie ein Fall in die Schlucht ohne Rettungsanker.« Er liebkost mit seinen Händen mein Gesicht, und ich kann sie jetzt spüren, diese warmen Hände. Es ist so wohltuend und beruhigend.

»Ich liebe dich«, flüstere ich. Meine Stimme ist heiser und tiefer als sonst. Bin ich das, die da spricht?

»Ich liebe dich auch«, sagt Joe und seine Lippen nähern sich meinen. Aber unsere Münder treffen sich nicht. »Du musst loslassen, Honey, loslassen. Wir werden uns wieder begegnen. Aber die Zeit ist noch nicht gekommen. Lebe, Linda. Genieße. Es ist nicht richtig, wenn du freudlos dein Dasein fristest, nur wegen einer verloren geglaubten Liebe. Wir beide sind nicht verloren. Wir gehören uns. Ich warte auf dich.«

Er drückt mir etwas sehr Kleines und Hartes in die Hand. »Adieu!«

»Adieu«, sagt mein Mund, ohne dass ich es beeinflussen kann. Noch einmal versuche ich, ihn zu umarmen. Aber Joe sitzt nicht mehr neben mir. Und in meiner Hand halte ich plötzlich den klitzekleinen Rubin, der sich vor vielen Jahren in Violas Wohnung von meiner Kette gelöst hatte und den ich nie wiedergefunden habe.

Als ich erwache, bin ich allein. Ich fühle mich benommen und friere. Deswegen bleibe ich noch ein wenig unter der Bettdecke liegen, bis der leichte Schwindel vorübergeht. Dann stehe ich auf und sehe direkt nach dem schwarzen Kleid, das ich in meinem Traum trug und das in meinem Schrank hängen müsste. Nur zu besonderen Gelegenheiten ziehe ich es an. Nun aber habe ich das Gefühl, es soeben noch am Körper getragen zu haben. Doch es pausiert still auf seinem Kleiderbügel. Ich begutachte es von allen Seiten. Natürlich ist es sauber. Kein noch so kleines schlammiges Fleckchen ist zu sehen. Ich kann nicht sagen, ob meine Sinne mir einen Streich spielen, aber dieses Kleid, das ich in meinem wiederkehrenden Traum immer anhabe, verströmt auf einmal diesen dezent warmen Duft nach Joe, der mich eben noch so fasziniert hat, eben als Joe neben mir saß. Und plötzlich fühle ich Zuversicht.

Zuversichtlich verbringe ich meinen Tag. Ebenso den nächsten. Und den übernächsten. Und so weiter.

Joes Duft haftet an meinem Kleid, wann immer ich es aus dem Schrank nehme. Ich habe es Anna beweisen wollen. Aber sie nahm keinen besonderen Geruch wahr. Manchmal spüre ich wieder Joes Hände in meinem Gesicht, höre seine Abschiedsworte. Manchmal. Das ist, bevor ich mich schlafen lege oder dem Gärtner zuschaue, wie er meine Beete in Ordnung hält.

Natürlich ist es für mich zu spät, mich dem Leben noch einmal neu zu stellen. Und kein Mensch kann ernsthaft behaupten, es gäbe eine objektive Realität in unserem Leben. Jeder Mensch schafft sich ohnehin seine eigene.

Zu meiner großen Freude ist Emilia gekommen. Drei Jahre ist es her, seit sie das letzte Mal bei mir zu Besuch war. Sie wird von

Mal zu Mal hübscher. Trotz der widrigen Umstände in ihrer Kindheit hat sie ihr Leben inzwischen großartig gestaltet. Ich spüre keine Verbitterung mehr darüber, dass ich sie nach meiner Flucht aus Wilhelmshaven so wenig unterstützt habe.

In Emilias Gepäck war auch die kleine Pillendose, die sie kürzlich in Violas Nachlass entdeckt hatte. Das kleine Döschen war, wie auch immer, in eine nie gebrauchte Kaffeekanne geraten und hatte sich dort jahrelang versteckt. Es war sechseckig und mit pinkfarbenen Mosaiksteinchen beklebt. Nur aus Neugierde öffnete ich den zierlichen Deckel und entnahm gebannt den Inhalt. Es war der kleine Rubin aus der Kette, die Joe mir einmal geschenkt hatte.

Es wird Zeit, dass ich noch ein bisschen Puder ins Gesicht stäube und mir eine frische Bluse anziehe. Emilia, Anna und ich gehen heute ins Theater.

Von der Autorin bereits erschienen:

Roman:
Scherbensommernacht

Kurzgeschichten:
Wie das Blatt sich manchmal wendet, meine Liebe

Gedichte:
Liebesstreben
Liebesfrieren

JANNE LOY
SCHERBEN
SOMMER
NACHT
ROMAN
LAUINGER VERLAG

Das Buch

Nach einer Scheunenparty in Münster verschwindet in den 90er Jahren die 15-jährige Imen, ein temperamentvolles, rebellisches Mädchen. Es gibt keine Hinweise, was mit ihr in dieser stürmischen Sommernacht geschehen sein könnte. Ihre Leiche wird nie gefunden. Ihre Familie zerbricht an diesem Verlust. Einzig Ella, Imens ältere Schwester, verliert auch Jahre später nicht ihren Mut, ihr Vertrauen in das Leben und den Glauben an die große Liebe. Obwohl es von Imen nach so langer Zeit immer noch kein Lebenszeichen gibt. Ständiger Begleiter ist ein gelber Luftballon, der immer wieder den Weg in Ellas Leben findet.

Die Autorin

Janne Loy, Industriekauffrau mit betriebswirtschaftlicher Weiterbildung, wohnt in der Nähe von Münster/Westf., wo sie in einem Institut der Uni arbeitet. Schon als Teenager kam bei ihr die Sehnsucht auf, selbst zu schreiben und eigene Charaktere in Geschichten auferstehen zu lassen. Manchmal sucht sie auch nach Widersprüchen in den Figuren, weil diese sie authentischer und greifbarer machen. Janne ist ein lebensfroher Mensch, der versucht, die Natur, Menschen und Kulissen mit allen Sinnen wahrzunehmen. Aus den Bildern, die sich dann im Kopf festsetzen, entwickelt sich manchmal eine richtige Geschichte. Janne ist ein Mensch, der oft zu viel in den Tag packt, wobei das Schreiben für sie Lieblingsbeschäftigung und Ausgleich zugleich ist.

JANNE LOY

SCHERBEN SOMMER NACHT

ROMAN

LAUINGER VERLAG

Die deutsche Nationalbibliothek verzeichnet diese Publikation in der
Deutschen Nationalbibliografie; detaillierte bibliografische Daten sind im Internet unter
www.dnb.de abrufbar.

© 2022 Lauinger | Der Kleine Buch Verlag, Karlsruhe
Umschlaggestaltung, Satz & Layout: Sonia Lauinger
Projektmanagement / Lektorat: Miriam Bengert
Korrektorat: Lisa Castea
Umschlagabbildung: Hintergrund: Blau Foto Science Fiction by Canva/ Mädchen by
Khoa Võ, Vietnam, Pexels/ Red Moth Watercolor by maxpixel/ broken-glass-4024471 by
matthewpriest, pixabay. Innenabbildung: watercolor-insects-fowers-clipart-trendy-png-
elements by envato
Druck: Arkadruk, Warschau, Polen

ISBN: 978-3-7650-9154-4

Dieser Titel erscheint auch als E-Book:
ISBN: 978-3-7650-9155-1

http://www.lauinger-verlag.de
http://www.facebook.com/DerKleineBuchVerlag
https://twitter.com/DKBVerlag
https://www.instagram.com/lauingerverlag/

Ich ließ meinen Engel lange nicht los,
und er verarmte in meinen Armen
und wurde klein, und ich wurde groß.
Und auf einmal war ich das Erbarmen,
und er eine zitternde Bitte bloß.
Da hab ich ihm seinen Himmel gegeben, -
Und er ließ mir das Nahe, daraus er entschwand;
er lernte das Schweben, ich lernte das Leben,
und wir haben langsam einander erkannt.
Seit mich mein Engel nicht mehr bewacht,
kann er frei seine Flügel entfalten
und die Stille der Sterne durchspalten -.
Rainer Maria Rilke

Erster Teil

Tage, an denen sie sich einbildet, soeben aus einem klebrigen Schlammloch gekrochen zu sein, aus dem sie sich in letzter Sekunde hat befreien können, sind nichts Außergewöhnliches. Sogar heute noch, viele Jahre später, fährt Ella ein eisiger Schauer in die Glieder, wenn sie die Geschehnisse von damals an ihrem inneren Auge vorbeiziehen lässt. Dann ist es, als geschähe all das Schreckliche noch im selben Moment, als wäre alles noch so gegenwärtig wie diese gemeine Sommernacht, in der ihre Schwester auf geheimnisvolle Weise verschwand. Weggeblasen. Ausgelöscht wie ein im Nu abgerissenes Haus.

Dieser verhängnisvolle Tag damals…

… war sehr heiß. Ella hatte sich mit ihren Freunden in der Stadt auf der Wiese am See verabredet. Dort wollten sie ein wenig plaudern und sich die Sonne auf ihre Gesichter scheinen lassen. Später hatten sie kurzerhand beschlossen, sich den gerade angesagten Actionfilm in dem vor einiger Zeit renovierten Kino im Kreuzviertel anzusehen. Es war Ellas Lieblingskino. Sie stand zwar nicht auf Filme dieser Art, wollte aber keine Spielverderberin sein. Sie war müde und heilfroh als die Vorstellung zu Ende war. Draußen wehte ein schwacher Wind und vereinzelte Regentropfen sorgten dafür, dass die Freunde sich nach dem Film rasch voneinander verabschiedeten. Alle waren mit dem Rad gekommen, nichts Ungewöhnliches für eine Stadt wie Münster, und wollten noch trocken nach Hause kommen. Ella blinzelte ein paar Mal vor Müdigkeit und seufzte kurz, ehe sie sich auf den Sattel schwang. Etwa zwanzig Minuten würde sie noch bis nach Hause radeln müssen. Sie freute sich auf ihr Bett.

Endlich angekommen, kramte sie den Schlüssel zum Schuppen aus ihrer Hosentasche, um dort ihr Fahrrad abzustellen. Das Haus lag zwischen Wiesen und Feldern an einer kleinen Zufahrtstraße, weit abgelegen von den übrigen, eher zusammengeballten Wohngebieten

in dieser Gegend. Sie sah auf ihre Armbanduhr. 23.05 Uhr. Das alte Vorhängeschloss, das den Fahrradschuppen einst gesichert hatte, war schon lange kaputt. Die Tür ließ sich leicht öffnen. Es schrammte ein bisschen auf den Waschbetonplatten, wie immer, wenn die schwere alte Holztür bewegt wurde. Das Schrammen der Tür war jedoch nicht das einzige Geräusch, das Ella wahrnahm. Von irgendwoher klangen noch andere Laute durch die Luft. Feenhaft auf ihre Art. Das zarte Summen erinnerte sie an eine Melodie, die ihre Schwester gerne hörte. Die Töne drangen zuerst sanft in Ellas Ohren, dann aber verwandelten sie sich in unfügsame morsche Klänge, die mit einem Mal erschlafften, als wären sie mit einem Hammer erstickt worden.

»Imen?«

Nichts rührte sich. Ella schloss ihr Rad ab. Das Licht im Schuppen funktionierte nicht. Sie wollte es morgen früh ihrem Vater sagen. Es war niemand im alten Schuppen, sonst hätte sie – wegen des Gerümpels, das hier herumstand – ein Rasseln oder Scheppern hören müssen. Die unirdischen Töne waren von draußen gekommen, so glaubte sie. Also sah sie sich dort um.

»Imen?«, rief sie noch einmal.

In der Ferne hörte man Donnergrollen. Ellas Müdigkeit befahl ihr, ins Haus zu gehen, aber sie zögerte noch, schüttelte unmerklich den Kopf. Sie hätte nicht schwören können, ob das Summen von Imen gestammt hatte. Es hatte nach ihrer Schwester geklungen und auch wieder nicht. Sie schaute vorsichtshalber noch einmal in den Schuppen, schob dann aber den Riegel mit dem defekten Schloss wieder vor. Ihre Schwester hätte sowieso längst zu Hause sein müssen. Sie war doch erst fünfzehn, zwei Jahre jünger als sie.

Ein sanfter Wind wehte ihr die Strähnen ihres braunen, stufig geschnittenen Haares durchs Gesicht. Mit einer schnellen Handbewegung strich sie sie hinter die Ohren. Einen kurzen Moment verharrte sie noch vor dem Schuppen und spähte in den sternenverhangenen Himmel. In ihrer Vorstellung waren Sterne Beschützer aller Lebewesen auf Erden, die sich ihnen zugetan fühlten.

Gebannt betrachtete sie einen langen weißen Streifen am Horizont. Ein Mondregenbogen! Davon hatte sie schon gehört, aber noch nie

zuvor einen gesehen. Das Licht des Vollmonds fiel auf eine alte Holz-
bank und schimmerte in dem Weiher neben dem Hausgrundstück, als
würde er sich darin erfrischen. Der grelle Schein beleuchtete plötzlich
eine Silhouette ein paar Schritte links von ihr. Ella zuckte zusammen.
Aber im selben Moment war der Schattenriss auch schon wieder verschwunden.

Sie war sich unsicher, ob ihre Müdigkeit ihr einen Streich spielte
und sie Gestalten sah, wo keine waren. Sie rieb sich die Augen, kniff sie
kurz zu, öffnete sie wieder – und schloss sie gleich noch einmal, denn
alles um sie herum war weiß, unerträglich weiß, blendend weiß.

Die Nacht in diesem Juni …

… in den späten 90er Jahren war ungewöhnlich warm und voller Geräusche. In der Ferne dröhnten gedämpfte Bässe von Partymusik, die
in Intervallen von der hohen scharfen Stimme einer Waldschnepfe
überstimmt wurden. Aus einem der größeren Waldabschnitte drangen
schauerliche Geräusche wie der heisere Schrei eines Fuchses und das
schrille Kreischen eines Marders durch die Finsternis. Vereinzelt war
Rehgebell zu hören, dazwischen der Ruf eines Uhus, vorübergehend
sogar das Grunzen und Quieken von ein paar Wildschweinen. Es zi-
schelte, flatterte, hallte und knisterte in dieser Nacht so lebhaft zwischen den alten Bäumen wie schon lange nicht mehr.

Auf dem dürren Ast einer Birke lauerte ein Bussard auf Beute, erspähte eine Maus und stürzte sich mit ausgebreiteten Flügeln von seinem Beobachtungsposten. Kleine Äste und Blätter wurden dabei vom
Baum gerissen und fielen auf den Waldboden. Die Maus rannte um
ihr Leben – vergebens. Unterdessen sendete eine Fledermaus aus ihrer
Baumhöhle reflektierende Geräusche in die Nacht, deren Schallwellen
von Laubkäfern zurückgeworfen wurden. So spürte die Fledermaus sie
rasch auf. Ein Waldkauz, dessen Kuwitt-Kuwitt-Höii-Huuhuuu eben
noch gespenstisch durch die Dunkelheit trieb, brach seinen Schrei ab
und beendete ohne Umstände die Käfermahlzeit der Fledermaus, indem er lautlos auf sie herabstieß und sie vertilgte.

Der Uhu hockte im Gewölbe einer majestätischen Buche auf einem
knorrigen Ast. Mit großen leuchtenden Augen beobachtete er im

silbern schimmernden Mondlicht einen Fuchs, so, als erwäge er den Angriff auf diesen Widersacher der gefährlicheren Art. Ein Igel schnarrte und knusperte laut beim Zermalmen von Larven und Würmern. Dieses Geräusch lenkte den Uhu vom Fuchs ab und lockte ihn zum Igel, dessen stachelige Festung er blitzschnell und erbarmungslos mit seinen gewaltigen Krallen einnahm. Anschließend schälte er das arme Ding vom Bauch her aus und ergötzte sich am Igelfleisch. Um die leere Igelhaut und die vielen herabgefallenen Blätter kümmerten sich anschließend Würmer, Asseln und Bakterien und verwandelten alles pflichtgetreu in Pflanzennahrung.

Es war eine ganz besondere Sommernacht. Während im Wald ein einziger Augenblick darüber entschied, ob das Leben einiger seiner Bewohner erlosch und der immerwährende biologische Kreislauf seinen Gang fortsetzte, knutschte die fünfzehnjährige Imen Al Cham unter einer alten Eiche intensiv und fordernd mit Jimmy, dem schlaksigen, langhaarigen Jungen aus der Abi-Klasse, auf den sie schon länger ein Auge geworfen hatte. Für sie war diese Nacht bahnbrechend, eine Nacht, die nach Liebe duftete, nicht nach Tod. Und heute Abend auf der Party war endlich die Gelegenheit gekommen, sich mal mutig an ihn heranzumachen. Dass er drei Jahre älter war, kümmerte sie ganz und gar nicht. So wie es ihr auch wenig ausmachte, ihre Eltern mit ihrer Aufsässigkeit und ihrem ungezügelten Temperament nahezu in den Wahnsinn zu treiben. Für sie war jede Abweichung von der Norm willkommen, wollte sie doch keinesfalls so langweilig und vernünftig werden wie ihre Schwester Ella. Imen nutzte sämtliche Möglichkeiten und Unmöglichkeiten, die das Leben ihr bot, und hatte immer neue Einfälle, die sie glaubte, augenblicklich in die Realität umsetzen zu müssen. Das Testen der Wirkung verschiedener alkoholischer Getränke gehörte ebenso dazu, wie der zeitweilige Konsum von Zigaretten und selten auch mal Haschisch, wovon ihre Eltern bisher zum Glück noch nichts mitbekommen hatten.

Vor mehr als einem Jahr hatte sie auf einer nachmittäglichen Kellerparty eine alberne Wette verloren. Die endete damit, dass sie sich von zwei Freundinnen eine Glatze schneiden lassen musste, was ihr selbst gar nichts ausgemacht hatte. Ihre Mutter jedoch hatte der leidliche

Anblick ihrer kahlköpfigen Tochter so hart getroffen, dass sie unmittelbar in Schnappatmung verfallen war und daraufhin mehrere Tage am Stück geheult hatte, wie jemand, der soeben Haus und Hof verloren hatte. Imens Vater hatte sekundenlang gar nichts gesagt, als Imen kahlgeschoren nach Hause geschlichen kam. Dann aber war sein Gesicht beinahe blaubeerfarben angelaufen. Er hatte sich ans Herz gegriffen, bevor er so laut zu toben begann, dass Imens Schwester Ella, die sich in ihrem Zimmer gerade Modezeitschriften mit Schnittmustern ansah, verängstigt aufsprang und die Hausärztin anrief. Niemals zuvor hatten die Mädchen ihren Vater dermaßen aus der Haut fahren sehen. Selbst die in Tönen zwischen Grün und Blau wechselnden Haarfarben, die Imen gern mal ausprobierte, hatte er immer nur kopfschüttelnd und mit zusammengekniffenen Lippen zur Kenntnis genommen. Inzwischen waren Monate vergangen und Imens Haare wieder gewachsen. Sie präsentierten sich zwar in einem artigen Honigblond, allerdings fielen ihr jetzt die Locken der rechten Kopfhälfte wild auf die Schulter, während sie das Haar auf der linken Seite raspelkurz trug. Ein zusätzlicher Aufreger für ihre Eltern war der – in Imens Vorstellung – unnötige Elternabend im Gymnasium, der vor kurzem stattgefunden hatte. Hier kam heraus, dass Imen in den letzten Wochen regelmäßig Schulstunden geschwänzt hatte, um sich mit zwei Freundinnen aus der Nachbarklasse in einer Eisdiele zu treffen. Die Entschuldigungsschreiben mit gefakter Unterschrift ihrer Mutter und allerlei erfundenen Krankengeschichten hatten den Schuldirektor jedoch nicht ganz überzeugen können und hatte er auf dem Elternabend die Bombe platzen lassen. Den auf diesen neuerlichen Schreckschuss folgenden Hausarrest hielt Imen durch, zumindest unter der Woche, das Ausgehverbot am Wochenende jedoch nicht. Sie sehnte sich nach ihrer Clique, sprang am späten Abend aus dem Fenster ihres Zimmers. Wobei sie sich ernsthaft hätte verletzen können, denn ihr Zimmer lag über dem Eingang zum Innenhof. Sie traf sich wie gewohnt am Samstagabend mit ihren Freunden und ließ es, ebenfalls wie gewohnt, krachen. Für ihre geplagten Eltern war sie oft ein Rätsel, für das es keine perfekten Maßnahmen zu geben schien. Nach dem abendlichen unerlaubten Ausflug wurde Imens Hausarrest um einige Tage verlängert und das Taschengeld für vier

Wochen auf ein schmerzhaftes Minimum reduziert. Schon aus diesem Grund hatte sie keine Lust mehr, sich am Wochenende im Jugendtreff zu verabreden, konnte sie sich dort doch nicht mal mehr eine Cola leisten. An diesem Samstag aber war die Qual endlich überstanden. Ihre Eltern hatten ihr erlaubt, an der Mittel- und Oberstufenparty des Gymnasiums teilzunehmen, die bei einem Schulkameraden in einer Scheune stattfand. Der Hof lag in der Bauernschaft Häger, zwischen Münster-Kinderhaus und Altenberge. Ihre Eltern hatten sie und ihre Freundin Milena am frühen Abend hingefahren. Und es war vereinbart worden, dass Milenas Eltern die Mädchen um 22.00 Uhr abholen und nach Hause bringen sollten.

»Imen! Nicht! Ahoa!« Jimmy stöhnte laut auf, als Imen flink und ungeniert den Reißverschluss seiner Jeans öffnete und ihre Hand frech durch den Hosenschlitz regierte.

»Hab dich nicht so, Süßer.« Imens Flüstern war keck und zärtlich zugleich. Sie drückte Jimmy zurück an den dicken Baumstamm. »Zeig mir, was du draufhast.« Resolut dirigierte sie seine linke Hand – seine rechte steckte immer noch in ihrem BH und befingerte den kleinen Busen – unter ihren knallgelben Minirock. Dann jedoch, als Jimmy vorsichtig und etwas unentschlossen seine Finger von oben in ihr Höschen schob, zog sie seine Hand vorsichtig beiseite.

»Hey, was ist jetzt?« Irritiert stoppte Jimmy seine Expedition, fasste sich aber schnell wieder und nahm Imens Gesicht zwischen beide Hände. »Wir müssen das nicht tun, Imen.«

»Müssen wir nicht. Aber wir könnten es tun.« Imens Blick war im Halbdunkel noch verführerischer. Ihre großen braunen Augen schienen zu glühen. Sie zog Jimmy zu sich heran und schob ihre Zunge leidenschaftlich in seinen Mund. Als sie sich wieder von ihm löste, warf sie den Kopf zurück und knöpfte ihre Bluse ein kleines Stück weiter auf. Unmittelbar darauf packte sie seine Lenden, während ihre vollen Lippen sich zu einem aufreizenden Lächeln verzogen. »Was meinst du, soll ich ein bisschen über deine Glocken pusten, Süßer?«

Jimmys Augen weiteten sich, was jedoch nur bedingt mit Imens Vorschlag zu tun hatte. Rasch zerrte er sie dicht an sich heran, presste seinen Mund an ihr Ohr und hauchte: »He, pass auf. Ruhig. Gaanz ruhig.« Sein Ton hatte etwas Beschwörendes. Er hob die rechte Hand, als wolle er auf etwas zeigen. »Da vorne ist was. Ich glaube, ich habe schon eben so etwas wie ein Grunzen gehört.«

Imen hob den Kopf von Jimmys Brust und wendete ihn dann sehr langsam in die Richtung, in die Jimmys Finger zeigte. Ihr Mund stand offen. Von ihrer gewohnten Kühnheit war nichts mehr zu spüren. »Sind die gefährlich?«

»Wenn sie sich angegriffen fühlen. Nicht rennen, keine schnellen Bewegungen!« Jimmy drehte sich vorsichtig um. Blickte hoch. »Da hinauf, Imen! Räuberleiter.« Er deutete auf den stattlichen Baum, der seine dicken Äste schützend über sie breitete. Jimmy formte seine Hände zu einer Kuhle. Imen kletterte wortlos auf den ersten dicken Ast, den sie erreichen konnte und hangelte sich von dort auf den nächsthöheren. Jimmy tat es ihr gleich. Da hockten sie nun zwischen den Ästen und sahen herab auf eine kleine Wildschweinhorde. Die Wildschweine grunzten und grabschten mit den Schnauzen über den Waldboden und traten nach einer Weile friedlich den Rückzug an.

»Scheiße, ich hab gar keine Uhr dabei. Wie spät ist es eigentlich? Nicht, dass Milena schon an der Laterne auf dem Hof wartet. So wars abgemacht, damit uns ihre Eltern dort abholen und uns nicht im Getümmel noch suchen müssen.« Imen klang beunruhigt. Sie wollte Milena und ihre Eltern nicht unnötig warten lassen. Sie fühlte selbst, dass sie es mitunter etwas übertrieb mit ihrem Aufbegehren und ihrem Selbstbestimmungsdrang, und es tat ihr in diesem Augenblick leid.

»Wir haben gerade mal 22.16 Uhr«, antwortete Jimmy mit Blick auf seine Armbanduhr. »Was ist denn los? Wirst du jetzt schon abgeholt? Oder warum fragst du?«

»Ach, lass mich! Verflucht, so eine Hühnerkacke! Also, das wars jetzt leider für heute. Ich muss los!« Imen war deutlich in Aufruhr, und kletterte eilig vom Baum. »Tut mir leid, ich hab's eilig. Muss rennen. Hoffentlich warten Milenas Eltern noch auf mich. Das kann sonst heiter werden!«

Jimmy sprang auch vom Baum und packte Imens Arm. »He, warte!«

Imen schüttelte ihn ab. »Nein. Warte du! Hier! Wenigstens noch

einen kleinen Moment. Du kommst am besten ein paar Minuten später
auf dem Hof an. Es muss nicht gleich jeder mitkriegen, dass wir uns
von der Party ins Wäldchen verzogen haben, schon gar nicht die Eltern meiner Freundin. Und Milena hab ich auch nichts davon gesagt«,
schnaufte Imen und rannte davon.

In ihrer Hast stolperte sie über einen am Boden liegenden Zweig,
raffte sich aber wieder auf. Jimmy blieb wie angewurzelt zurück. Zwei,
drei Minuten vielleicht, dann sammelte er sich und setzte sich in Bewegung. Er war achtzehn und reif genug, um zu wissen, dass man eine
Frau nicht nachts allein durch den Wald rennen lässt, ob sie es so wollte
oder nicht. Und schon gar nicht, weil ihnen die Wildschweine begegnet
waren, ein eher seltener, aber nicht ungefährlicher Augenblick. Also
stürzte er ihr hinterher, rief nach ihr, hörte und sah sie aber nicht mehr.
Von dem Plätzchen im Wald, wo beide ihr aufblühendes Sexleben kräftigen wollten, war man im Normaltempo, sofern man den ausgewie-
senen Waldspazierweg nahm, in zehn Minuten wieder am Hof. Es bestand aber auch die Möglichkeit, querfeldein zu laufen, mitten durch
Gestrüpp und widerspenstiges Buschwerk, welches der kürzere, aber,
in Anbetracht der vorhin gesichteten Wildschweine, auch der weitaus
riskantere Weg war. Jimmy war sich sicher, dass Imen diesen Weg genommen hatte, beherzt genug dafür war sie, jedenfalls kam es ihm so
vor. Nicht, dass ihm etwas an dem Mädchen lag – sie war attraktiv,
aber im Gegensatz zu ihm fast noch ein Kind –, doch die Art, wie sie
ihn auf der Party angemacht hatte, hatte ihm gefallen. Warum hätte er
sich nicht darauf einlassen sollen? Nur für einen Abend. Das war schon
okay. Und für sie bestimmt auch.

Vor einem Stapel gefällter Baumstämme zog er seine Jeans ein Stück
hinunter und pinkelte auf das Holz. Derweil dachte er daran, hier in
Ruhe den Joint zu rauchen, den Imen vorhin hinter der Partyscheune
für sie beide gedreht hatte. Er hatte sie jedoch mit dem Kiffen auf
später vertröstet, da er zuerst mit ihr in den Wald wollte, um dort un-
gesehen mit ihr zu knutschen. Nun war sie allein auf dem Weg zurück.
Das beunruhigte ihn tatsächlich – mehr als geahnt. Und so widerstand
er dem Reiz des Joints und rannte durch ein struppiges Waldstück
zum deutlich breiteren Weg, der auf den Hof führte. Als er zwischen

14

Büschen und Ästen einige Meter entfernt ein größeres Maisfeld erblickte, auf denen zwei sich bewegende Umrisse zu erkennen waren, stoppte er abrupt. Trotz der Dunkelheit war er sicher, dass es sich hierbei
wieder um Wildschweine handeln musste, zum Glück noch in ausrei-
chender Entfernung. Er kniff die Augen zusammen, konzentrierte sich
auf das Bild vor ihm und kam zu dem Entschluss, dass die Tiere ein
kleines Fotoshooting wert waren. In seiner Gürteltasche steckte fast immer seine kleine Sofortbildkamera – für alle Fälle. Und dies hier war so
ein Fall. Ob die Fotos aus dieser Entfernung etwas wurden? Einen Versuch war es wert. Wildschweine nachts im Kornfeld am Waldesrand.
Spannend! Er holte die kleine Polaroid hervor, schaltete den Blitz ein
und drückte ein paar Mal auf den Auslöser. Die flirrende Lichtquelle
machte die Tiere neugierig. Sie trotteten langsam näher. Nichts wie
weg! Jimmy steckte den kleinen Fotoapparat eilig in die Gürteltasche
zurück, schlug einen hasenartigen Haken und entschied sich für den
Abmarsch auf der anderen Seite, durch das Dickicht. Zweige zerkratz-
ten ihm das Gesicht. Er konnte im Unterholz kaum etwas sehen, taste-
te sich mehr mit den Händen vor als mit den Füßen. Als er wieder den
normalen Waldweg erreichte, sprangen mehrere aufgescheuchte Rehe
an ihm vorbei. Verwundert schaute er ihnen nach, stoppte und holte
tief Luft. Dann lief er weiter und erkannte, dass dies genau der Weg
war, der nur ein kurzes Stück von der schmalen Straße entfernt war, die
wieder zur Partyscheune führte. Langsam trottete er in diese Richtung.
Er machte sich jetzt keine Sorgen mehr, denn er war überzeugt, dass
Imen inzwischen längst wieder auf dem Hof sein müsste. Wie irrig
diese Annahme war, konnte er in diesem Moment noch nicht ahnen.

Noch immer war Ella vom Licht geblendet. Es kam ihr vor, als wäre
sie darin eingehüllt. Das konnte nur wieder eins von Imens Spielchen
sein. »Imen! Hör auf mit dem Humbug! Was machst du? Ich kann
nichts mehr sehen. Was machst du denn, verdammt! Was hast du da
für eine Lampe? Imen!«

Keine Antwort. Das grelle Licht, das Ella soeben noch gefangenge-
nommen hatte, wurde milder. Sie bildete sich ein, eine Hand lege sich
auf ihre Schulter, federleicht. Sie fuhr zusammen, drehte sich dann

***

Ende der Leseprobe

Sie möchten weiterlesen?

SCHERBEN-
SOMMER-
NACHT

Roman
von Janne Loy

349 Seiten
ISBN: 978-3-7650-9154-4
E-Book: 978-3-7650-9155-1

„Ein spannender Roman mit einem Schuss Übersinnlichen, der geschickt einen Kriminalfall mit gesellschaftlichen Themen verknüpft. Mit psychologischem Gespür zeichnet die Autorin Janne Loy ein Figurenensemble, das mit den Höhen und Tiefen des Lebens ringt."

Ingrid Mende, MünsterLand-Magazin für Freizeit, Kultur und Wirtschaft